BLACK TAXI

Dominik Bartels

BLACK TAXI

Roman

Blaulicht-Verlag

Bibliografische Information der Deutschen Bibliothek
Die Deutsche Bibliothek verzeichnet diese Publikation in der Deutschen Nationalbibliografie; detaillierte Informationen sind im Internet über http://dnb.ddb.de abrufbar.

Covergestaltung: Susanne Braun
Lektorat: Sybille Schreiber

ISBN: 978-3-941552-07-4

Printed in Germany

www.blaulicht-verlag.com

Gewidmet den Black Taxi-Fahrern, die ihren Dienst für die Community während der Troubles oft mit Anschlägen auf die Taxis und einige auch mit dem Leben bezahlen mussten.

1

So endete es also – das Leben. Irgendwann, genauer gesagt wenn es Zeit war, verschwand man in einem tiefen schwarzen Loch, das Friedhofsmitarbeiter emotionslos ausgehoben hatten. Gestern waren gleich zwei solcher Gruben in Auftrag gegeben worden.
Die beiden Löcher starrten Martin an, wie große Höhlen, in denen der Augapfel fehlte. Die Särge hatte er selbst ausgesucht, für Mutter etwas Geschmackvolles und für seinen Vater einen eher schlichten Kasten. Er fragte sich, ob die Auswahl des Sarges etwas über den Verstorbenen aussagte. Seine Eltern hätten wohl eine andere Wahl getroffen. Nein, sie hätten mit absoluter Sicherheit etwas anderes ausgewählt. So wie sie es immer taten, wenn er sich eine bestimmte Sache in den Kopf gesetzt hatte. Doch das war nun vorbei. Schluss. Aus. Für immer. Sie hatten keine Rückfahrkarte gelöst. Irgendwie fand er es erschreckend, dass sie erst sterben mussten, nur damit auch sein Wille einmal respektiert wurde. Und nun, nach dem Ende ihres irdischen Seins, bestimmte er plötzlich ganz allein über seine Eltern. Das Aussuchen der Särge, der Ablauf der Zeremonie, die Bestimmung des Beerdigungstermins und die anderen wichtigen Entscheidungen hatte er getroffen. Keiner hatte auch nur versucht, ihn dabei zu beeinflussen. Im Gegenteil, jeder wartete darauf, dass er die entsprechenden Anweisungen erteilte. Fühlte sich so die Macht an, von der so viele ehrgeizige Menschen träumten?
Er würde mit großer Sicherheit die Firma seines Vaters erben. Es gab keine Geschwister, die irgendwelche An-

sprüche hätten geltend machen können. Er rechnete auch nicht damit, dass im Testament seines Vaters etwas anderes, womöglich überraschendes, niedergeschrieben worden sein könnte. Komisch, ein Gefühl der Trauer wollte sich bei ihm einfach nicht einstellen. Er hatte stets ein distanziertes Verhältnis zu seinen Eltern gehabt. Das war in diesen gesellschaftlichen Kreisen jedoch mehr der Normalfall als die Ausnahme. Eliteschule und Kindermädchen hatten erheblichen Anteil an einer Entwicklung, bei der die emotionale Vernachlässigung der eigenen Kinder auch durch die Erfüllung aller nur erdenklichen materiellen Träume nicht kompensiert werden konnte.

Der Pastor versuchte sich an einer kitschigen Trauerrede. Er war sich sicher, dass alle Anwesenden genau wussten, dass seine Eltern niemals diese Heiligen waren, zu der sie der Diener Gottes in seiner Rede gerade hochstilisierte. Sie hatten Unmengen von Geld einfach verjubelt. Der Reichtum der gesamten Familie basierte ohne Zweifel auf der Ausbeutung von Zwangsarbeitern während des Zweiten Weltkriegs. Er wusste das alles und trotzdem genoss er den Wohlstand. Warum sollte er sich auch für Dinge verantwortlich fühlen, welche die Generationen vor ihm in den Sand gesetzt hatten? Er wurde schließlich in diese Familie hineingeboren, ohne dass ihn jemand gefragt hatte. Was konnte er also dafür, dass er von Geburt an reich war?

Der Pastor war inzwischen mit seinem verlogenen Nachruf fertig. Ach Gott, was waren die beiden doch für gutherzige Menschen. Klar, dass er sich zu so einer Rede verpflichtet fühlte, wo sein Vater doch in den letzten zwei Jahren fast den gesamten Umbau der Kirche finanziert hatte. Er fragte sich manchmal, ob Gott eitel war. Es war doch immerhin eine merkwürdige Tatsache, dass man mit kriechender Unterwürfigkeit um sein Wohlgefallen buhlen musste. Wenn man nur ordentlich betete, dabei seine Herrlichkeit pries und seine Einzigartigkeit lobte, dann wurde einem Gottes Gnade zuteil. Machte Gott seine Aufmerksamkeit etwa davon abhängig, ob man ihm schmeichelte? Das konnte er einfach nicht glauben. Aus diesem Grund betete er auch nie.

„Martin … Martin, mein herzliches Beileid. Möchtest du noch ein paar Worte sagen?"
Er blickte in das feiste Gesicht des Gottesdieners und realisierte kaum dessen Worte. Sie drangen zwar in sein Ohr, wirbelten aber nur für ein paar Zehntelsekunden in seinem Kopf herum und verließen den Gehörgang unverzüglich wieder.
„Martin? Ist alles in Ordnung?"
Jetzt, ganz langsam, schwamm sein Geist an die Oberfläche. Und allmählich lösten sich seine Gedanken im frischen Wind der Realität auf.
„Ähm, ja, ja, alles o.k."
Er dachte angestrengt nach und fand dann in der letzten Windung seines Kurzzeitgedächtnisses den entscheidenden Anknüpfungspunkt.
„Und nein, ich möchte nichts mehr sagen. Vielen Dank für ihre tröstenden Worte, Herr Pastor."
Martin wusste, was ihm nun bevorstand. Da standen sie schon in Reih und Glied, wie eine Armee aus der Zwischenwelt. Sie sahen aus, als wären sie geradewegs ihren

Gräbern entstiegen. Dunkel war ihre Kleidung, dunkel ihr Gesichtsausdruck und dunkel ihre Geheimnisse, die sie alle mit sich herumtrugen. Einer nach dem Anderen kam auf ihn zugeschritten und bekundete sein Beileid durch einen Händedruck. Manche Hände hatten diese pflaumenweiche Kraftlosigkeit, die Martin so hasste. Diese Leute kamen ihm immer schmierig und wenig vertrauenswürdig vor. Eben der typische Vertretertyp, der einem geschickt um den Bart ging, damit man eine völlig überteuerte Heizdecke oder einen überflüssigen Teebeutelauspresser kaufte. Erstaunlich, die meisten Trauergäste kannte er überhaupt nicht. Der Sekretär seines Vaters rettete ein ums andere Mal die Situation, in dem er Martin jede einzelne dieser Personen namentlich vorstellte.
Angestrengt überlegte er, ob wohl jeder der Trauernden sich vorstellen konnte, wie man nach einem Absturz des Privatflugzeuges aussah. Seine Eltern hatten noch erstaunlich gut ausgesehen, als er sie in der Leichenhalle identifizieren musste. Vor allem wenn man bedachte, bei welcher Höhe das Flugzeug seinen Geist aufgegeben hatte. Ordentlich angeschnallt sollen sie nach Aussage der Ermittlungsbeamten noch immer in ihren Sitzen gesessen haben, als die Suchmannschaften zu der Unglücksstelle vorgedrungen waren. Später sagte ihm einer der Notärzte, dass die Gliedmaßen seiner Eltern völlig verdreht gewesen seien. Martin stellte sich seinen Vater als Kinderpuppe vor, bei der man Arme und Beine in die verrücktesten Positionen biegen konnte. Er fragte sich, was seinen Eltern wohl durch den Kopf gegangen war, als sie mit einer Beschleunigung von 9,8 Metern pro Sekunde auf die Erde zurasten. Hatten sie

vielleicht auch an ihn gedacht? Er konnte sich das nur sehr schwer vorstellen.

Sie waren beide absolute Egozentriker. Wahrscheinlich hatte sich seine Mutter Gedanken darüber gemacht, wie sie nach dem Aufprall aussehen würde. Sie machte sich eigentlich ständig Gedanken über ihr Äußeres, demnach war dieses Szenario also sehr wahrscheinlich. Jeder Mensch war in gewisser Weise eitel, aber seine Mutter war ein Spezialfall. Sie beschäftigte tatsächlich drei Leute, die sich um ihren Glanz und ihre Herrlichkeit kümmerten. Nun lag Schönheit bekanntlich immer im Auge des Betrachters, und in seinen Augen wirkte sie wie die Übermutter des Barbie-Clans. Ihr Gesicht erinnerte Martin stets an Kriegsbemalung: Extrem rot geschminkte Lippen, Tonnen von Wimperntusche und annähernd 27 Deckschichten Makeup.
Nein, er liebte die natürliche Schönheit. Ein wenig Falten? Kein Problem. Für Martin war das Gesicht eines Menschen auch ein Abbild seines Lebens, seiner Erfahrungen und Erlebnisse. In einem Gesicht konnte sich alles widerspiegeln: Trauer, Freude, Hoffnung, Verzweiflung, Liebe und Hass. All diese Emotionen hinterließen Spuren auf der Haut. Martin liebte diese Landkarte der Vergangenheit. Für seinen Geschmack sahen geschminkte Frauen auf spezielle Weise immer gleich aus. Man konnte aus ihren Gesichtern nichts herauslesen.
Die Emotionen seiner Mutter blieben ihm, besonders was ihre Gesichtszüge betraf, zumeist verborgen. Sie gab sich stets kontrolliert und gleichbleibend freundlich

... oder unfreundlich, das kam natürlich auf den jeweiligen Standpunkt an.
Sein Vater hatte sich während des Sturzflugs bestimmt Sorgen darüber gemacht, ob ihm womöglich jemand die Schuld für diese Katastrophe geben könnte. Er hatte stets eine panische Angst davor, Fehler zu machen. Aber noch viel mehr Angst hatte er vor Leuten, die erkennen konnten, wenn er tatsächlich einen Fehler gemacht hatte. Ja, sein Vater war ein Perfektionist. Solche Leute konnten einem gewaltig auf den Sack gehen. Da gab es keinen 2. Platz und kein „Hauptsache dabei gewesen". Es zählt nur das Resultat, die Rendite, der Gewinn und der Vorteil, den man aus einer Sache ziehen konnte. Martins Vater kannte nur eine Maßeinheit für den Erfolg im Leben: Der Kontostand bei der freien königlichen Privatbank. Dabei war er keineswegs geizig, im Gegenteil, er gab das Geld sehr wohl gern und mit vollen Händen aus. Aber bei der Beschaffung der entsprechenden Mittel kannte er keine Gnade. Das war sein Leben. Da hatte er keinerlei Skrupel und Freundschaften zählten rein gar nichts. Für eine gute Rendite hätte er seine eigene Mutter verkauft, und das war, da war sich Martin sicher, kein bisschen übertrieben. Sein Vater legte eine fanatische Verbissenheit an den Tag, wenn es darum ging, andere bei einem Geschäft auszustechen und so das Rennen zu machen. Martin gegenüber war er zwar streng, aber immer gerecht gewesen. Er sah seinen Sohn wohl auch als eine Art Geschäft an. Man musste erst einmal kräftig in den Nachwuchs investieren, damit später der Gewinn realisiert werden konnte. Auch aus diesem Grund konnte sich Martin über fehlende materielle Zuwendung nie

beklagen. So bekam er eben für ein erfolgreiches Schuljahr schon mal nebenbei eine Rolex geschenkt.

Nun lagen sie beide in der feuchten Erde der Familiengruft und würden die nächsten Jahre vor sich hin schimmeln. Was blieb also übrig von so einem Menschenleben? Was hatten sie nun von dem angehäuften Geld? Eigentlich waren sie ja noch viel zu jung, um schon das Zeitliche zu segnen, aber der Gevatter Tod fragte nicht nach Alter, Herkunft oder Bildung. Er kam und holte seine Kandidaten einfach ab, wenn er es für angebracht hielt. Dieser Vergänglichkeit wurden sich seiner Meinung nach viele Menschen nie bewusst. Sie verdrängten diesen Umstand einfach. Sie meinten, sich selbst austricksen zu können, wenn sie diese Tatsache einfach ignorierten. Doch jeder stirbt einmal ... irgendwann.
Der Tod berücksichtigt die Verdienste eines Menschen nicht. Und weil diese Tatsache so traurig, so unendlich unfair war, trösteten sich die Menschen mit der Religion oder anderen Träumereien.
Schon klar, da saß am Ende des Tunnels ein Mann und rechnete mit dem Todgeweihten alle guten und schlechten Taten seines Lebens ab. Oder es warteten zweiundsiebzig Jungfrauen auf den Verstorbenen, weil er sich so heldenhaft verhalten hatte. Oder die Seele trat aus dem Körper und suchte sich eine neue unverbrauchte Hülle. Schade, aber so war es nun mal nicht. Martin wusste, dass Menschen nach dem Tode einfach nur vergammelten. Es interessiert Gevatter Tod nicht die Bohne, ob du erfolgreicher Manager oder der letzte Brückenpenner warst. Er hat Langeweile und schwingt mal eben die

Sense. Wenn du dann gerade in der Nähe bist, musst du deinem Leben eben auf Wiedersehen sagen. Das ist die ganze Wahrheit.
Er glaubte nicht daran, dass man abberufen wurde oder dass es Zeit war zu gehen. Für ihn zählte allein die biologische Uhr und die tickt bei jedem Menschen anders.

Er fragte sich oft, aus welchem Grund der Mensch eigentlich auf Erden weilte. Welche Aufgabe hatte er zu erfüllen? Manche, das wusste er genau, erfüllten überhaupt keine Aufgabe und waren eigentlich vollkommen umsonst auf der Welt. So etwas klang natürlich ziemlich überheblich, anmaßend und fies, aber genau diese Ansichten hatte man Martin auf den elitären Schulformen eingetrichtert. Er gehörte zur Elite. Er konnte durch seine Fähigkeiten und sein Wissen die Menschheit voranbringen.
Dabei gab es doch wohl niemanden, der solch eine Scheiße ernsthaft glaubte. In den letzten Jahren beschlichen Martin jedenfalls regelmäßig Zweifel an dieser Theorie vom elitären Menschen. Wer bestimmte denn, welches Leben sinnvoll und wertvoll war? Wer konnte sich dieses Urteil überhaupt erlauben? Hatte nicht jeder Mensch das Recht, seinen eigenen Weg zu finden?

Endlich! Das letzte Pärchen kam auf Martin zu, um ihn zu bemitleiden.
„Armer Junge ... wir hoffen, dass du für die nächste Zeit viel Kraft findest. Du kannst uns immer anrufen. Wir sind für dich da, Martin."
Wenn er jetzt noch gewusst hätte, wer diese Leute überhaupt waren, dann hätte er sich über deren Ange-

bot auch angemessen freuen können. Doch er hatte keine Ahnung, wer da gerade vor ihm stand. Der Sekretär seines Vaters flötete ihm ins Ohr, dass es sich um den Prokuristen der Firma nebst Gattin handeln würde. Martin müsste die beiden doch eigentlich noch von den Feierlichkeiten zum letzten Firmenjubiläum kennen. So langsam zweifelte Martin an der geistigen Zurechnungsfähigkeit des Sekretärs. Nicht die Tatsache, dass dieses Jubiläum vor geschlagenen drei Jahren stattgefunden hatte, bestärkte ihn in dieser Annahme, sondern vor allem der Umstand, dass diese Veranstaltung von etwa 500 Personen besucht worden war. Martin lächelte sein Gegenüber an und nickte verständnisvoll. Ein wenig durch den Wind, dieser Mensch.

Die Friedhofsmitarbeiter hatten begonnen, die Gräber in Windeseile zuzuschaufeln. Sicher, es war Freitagnachmittag und die Männer wollten schließlich auch nach Hause zu ihren Familien.
Martin stand etwas unschlüssig vor den Gräbern. Das war es jetzt also? Aus? Vorbei? Bei vielen Dingen im Leben dauerte die Vorbereitung auf ein bestimmtes Ereignis fast zwanzigmal so lange wie die eigentliche Begebenheit. Er hatte tagelang mit der Organisation dieser Beerdigung verbracht. Der Bestattungsunternehmer, der zweifellos auf ein gutes Geschäft spekuliert hatte, terrorisierte ihn mit immer neuen Vorschlägen und Anregungen. Und nun? Nun war alles in weniger als einer Stunde vorbei. Und genau in diesem Augenblick wurde Martin bewusst, dass er seine Eltern nie wieder sehen würde. Die Trauer kam ganz langsam. Sie kroch im Schneckentempo seinen Hals empor und setz-

te sich dann als bleierne Erkenntnis in seinem Kopf fest. Martin drehte sich weg, damit niemand sah, dass er nun doch zwei Tränen wegdrückte. Er zog seinen Mantel fester um den Körper, holte einmal tief Luft und verließ dann mit festen Schritten den Friedhof. Er sollte niemals mehr zurückkehren.

2

Die Luft war stickig. Er fühlte sich von Anfang an unbehaglich in diesem Raum. Der altehrwürdige Notar residierte natürlich in einem ebensolchem Gebäude. Draußen rankte sich wilder Wein um das gesamte Haus. Martin war mit seinem Fahrrad den sauberen Kiesweg entlanggefahren und hatte in Ermangelung eines Ständers sein Rad einfach an die sandsteinfarbene Fassade gelehnt. Das Haus wirkte in dieser gepflegten Parklandschaft wie gewachsen. Er konnte sich einfach nicht vorstellen, dass dieses große, dunkle Etwas von Arbeitern errichtet worden war. Nein, es musste direkt aus dem Boden gewachsen sein. Es hatte sich ganz einfach den Strukturen der Landschaft angepasst. Die Fenster waren blank geputzt. In ihnen spiegelte sich die Blättervielfalt der umstehenden Bäume. Das verstärkte nur noch den organischen Eindruck, den dieses Haus bei näherer Betrachtung vermittelte. Die Dachfläche machte einen buckligen und durchaus lebendigen Eindruck, was sie nicht zuletzt dem Umstand verdankte, dass ihr Antlitz mehr von Moos als von Dachziegeln dominiert wurde.

Martin liebte Moos. Es war weich, grün und roch einfach wundervoll. Als kleiner Junge hatte er die Hälfte seines Zimmers mit selbst gestochenem Moos aus dem nahen Wald ausgelegt. Diese Maßnahme stieß bei sämtlichen Mitbewohnern, für ihn unverständlich, auf wenig Gegenliebe. Seiner Leidenschaft für dieses Gewächs und seiner satten Farbe tat der folgende dreiwöchige

Stubenarrest jedoch keinen Abbruch. Überhaupt liebte er die Natur: Er konnte stundenlang durch den Wald streichen oder mit dem Rad über die Feldwege rattern. Er war überwältigt von der Wucht der Natur, wenn sie sich im Frühjahr mit den ersten Sonnenstrahlen ihren Weg brach und von dem betörenden Geruch, der von den Pflanzen ausging. Martin war fasziniert von der Farbenvielfalt und dem reichhaltigen Angebot an Früchten, die den Menschen geschenkt wurden. Stundenlang half er den Gärtnern des elterlichen Anwesens bei ihrer Arbeit und lernte dabei die wichtigen Zusammenhänge von Licht, Wasser und Boden.

Dr. Kruske war ein Mann um die fünfzig. Er hatte schütteres, graues Haar und eine kleine Nickelbrille, die ihm ständig von der Nase zu rutschen drohte, da er sie alle zehn Sekunden am Steg mit dem Zeigefinger nach oben schob. Seine blauen Augen waren stechend und irgendwie unheimlich. Martin fühlte, wie diese Augen ihn taxierten. Herr Dr. Kruske machte aus dieser Musterung auch kein Geheimnis, er tat es ganz offen und mit einem kleinen Lächeln. Nach einer gefühlten Ewigkeit räusperte sich der ältere Herr und fing an, in den vor ihm liegenden Papieren zu blättern. Etwas zu nervös für Martins Geschmack. Viel Papier war es nicht; und der Notar hatte die wenigen Seiten bestimmt schon lange vor seinem Eintreffen gelesen. Oder doch nicht? Er förderte aus der tiefsten Ecke seines Schreibtisches einen versiegelten Umschlag zu Tage.
„Wenn Sie einverstanden sind, Martin, dann eröffne ich jetzt das Testament ihres Vaters.“

Er blickte ihm geradewegs ins Gesicht. Plötzlich wusste Martin, dass Dr. Kruske auch keinerlei Ahnung hatte, was sich in diesem Umschlag befand. War es Neugier? Ja, es war Neugier, die er in dem Gesichtsausdruck des Notars sehen konnte, auch wenn dieser sich bemühte, möglichst unbeteiligt zu wirken.

„Nur zu. Lassen Sie uns sehen, was drin steht."
Martin konnte seine Aufregung nur schlecht verbergen. Und warum auch? Es ging hier schließlich um sein weiteres Leben. Da war ein wenig Aufregung wohl angebracht, oder nicht? Er hatte schon seit geraumer Zeit feuchte Hände und merkte, wie sein linkes Augenlid zitterte. Seit seiner Kindheit war dies ein untrügliches Zeichen dafür, dass er nervös war. Es war immer dasselbe, in solchen Situationen hatte man einfach zu viele Körperteile. Er wusste nicht wohin mit seinen Händen, und auch die Beine begannen ein unkontrolliertes Eigenleben. Die Make up-Maske seiner Mutter hätte ihm weitergeholfen, niemand hätte sehen können, wie seine Lippen immer trockener wurden und das nervöse Zucken mittlerweile auch die Mundwinkel erreicht hatte. Er hätte sich herrlich hinter der kunstvollen Fassade verstecken können. Aber damit war es nichts. Eine Unendlichkeit lang brauchte der alte Mann, um den Umschlag zu öffnen. Martin wurde ungeduldig und das obwohl Dr. Kruske keine Anzeichen für ein betont langsames Handeln erkennen ließ. Trotzdem! Nach seinem Geschmack hätte man alles in einem weitaus höheren Tempo erledigen können.

Martin erkannte sofort die Handschrift seines Vaters. Diese geschwungene, elegante, fast schon hochherrschaftliche Schrift, die jeden besonderen Brief seines Vaters auszeichnete. Vater hielt nichts von Computern und Schreibmaschinen. Dieses ganze neumodische Zeug taugte nach seiner Meinung nichts, da blieb er ganz Traditionalist. Ein Schriftstück musste handschriftlich aufgesetzt werden und basta! Dr. Kruske räusperte sich und las laut:

„Ich, Friedrich Johann von Bergen, geboren am 12.03.1948 in Dresden, verfüge in Vollbesitz meiner geistigen Kräfte folgendes Testament:

Im Falle meines Ablebens vermache ich den gesamten Besitz der Familie von Bergen meinem Sohn Martin Friedrich von Bergen. Voraussetzung zum Antritt des Erbes durch meinen Sohn Martin ist allerdings, dass dieser volljährig ist und einen wirtschaftswissenschaftlichen Universitätsabschluss erreicht hat.

Diese Bestimmung dient vor allem dem Fortbestand der Firma, die der Familie von Bergen von je her den Wohlstand garantiert hat. Sollte mein Sohn bei Testamentseröffnung noch nicht volljährig bzw. nicht im Besitz des Universitätsabschlusses sein, verfüge ich, dass mein Rechtsanwalt und Notar Herr Dr. Kruske die Interessen der Familie und der Firma treuhänderisch wahrnehmen möge.
Er solle darüber hinaus dafür Sorge tragen, dass Martin in kürzester Zeit die Geschäfte übernehmen kann. Hierfür bevollmächtige ich den Vorgenannten, eine private Schule oder Universität im Ausland zu bestimmen, an der mein Sohn Martin bis zur

Volljährigkeit und möglichst bis zum Abschluss seines Studiums verbleiben soll.

Bad Rennenberg, den 24. Februar 1988

Unterschrift, Friedrich Johann von Bergen.“

Martins Mund stand weit offen. Auch Dr. Kruske schaute etwas desorientiert. Es war ein unumstößlicher Fakt, dass Martin erst 17 Jahre alt war und von einem Universitätsabschluss genauso weit entfernt wie die Russen vom Mond. Das bedeutete ... ja, was bedeutete es überhaupt? Dieser komische Notar sollte treuhänderisch irgendetwas erledigen. Alle Gedanken sprangen konfus in Martins Kopf herum. Sie machten einen fürchterlichen Krach unter der Schädeldecke und schlugen und traten sich, nur um als Erster die Schaltzentrale zu erreichen. Aber immer wieder wurde die ganze Meute zurückgeworfen und die Hatz begann von vorn. Martin starrte vor sich hin und versuchte zu sortieren, was er da eben gehört hatte. Also gut, Punkt 1, er musste volljährig werden. Das dauerte noch gut ein Jahr, denn er hatte erst vor ein paar Tagen seinen Geburtstag gefeiert. Punkt 2, er sollte ein wirtschaftswissenschaftliches Studium beenden und dann die Firma übernehmen. Na super! Punkt 1 würde sich von selbst einstellen und auf Punkt 2 hatte er überhaupt keine Lust. Aber hatte er eine Wahl? Er schaute dem Notar direkt in die Augen, der noch immer zitternd das Papier in der Hand hielt.

„Martin, sie müssen mir glauben, ich bin genauso überrascht wie sie.“
Er glaubte ihm. Man konnte es förmlich spüren, dass die ganze Situation auch Dr. Kruske mehr als unangenehm war.
„Ja und nun, was schlagen sie vor?“
Martin erhoffte sich eine klare Marschrichtung. Irgendetwas, dass ihm half, wieder Boden unter die Füße zu bekommen, denn in seinem Kopf herrschte noch immer das fröhlichste Chaos.
„Geben sie mir ein paar Tage Zeit zum Nachdenken, Martin. So etwas kann man nicht über das Knie brechen. Ich muss jetzt genau überlegen, was das Beste für die Firma und vor allem für sie ist. Ein paar Telefonate werde ich führen müssen und für die Firma werde ich mich nach einem Geschäftsführer umsehen. Wie lange haben sie denn noch Ferien?“
Martin schaute verlegen Richtung Boden und antwortete:
„Ich bin in diesem Jahr mit dem Abitur fertig geworden und müsste mich jetzt nach einem Studienplatz umsehen.“
Dr. Kruske blickte ihn überrascht an.
„Ach so, na ja, dann werde ich mich nach dem Willen ihres Vaters wohl schleunigst nach einer geeigneten Universität umsehen müssen. Ich würde mich freuen, wenn sie nächste Woche wieder bei mir reinschauen könnten, ich habe dann bestimmt schon ein paar Neuigkeiten.“

Martin nickte kurz und stand auf. War noch etwas zu sagen? Eigentlich nicht. Also verließ er mit einem kurzen Gruß das Büro und stand wenige Sekunden später im sonnendurchfluteten Eingangsbereich. Er kniff die Augen zusammen und machte sich auf die Suche nach seinem Rad. Sein Orientierungssinn hatte in der letzten Viertelstunde etwas gelitten. Dafür waren seine Gedanken jetzt gut sortiert. Eigentlich gab es sowieso nur noch einen Gedanken der sich in seinem Hirn festsetzte: Scheiße! Hatte der Alte denn im Jahre 1988 seinen Verstand verloren? Wie konnte man denn nur so einen Mist in ein Testament schreiben? Natürlich hatte sich Martin in den vergangenen Wochen Gedanken über seine Zukunft gemacht. Diese waren jedoch mit den Vorstellungen seines Vaters nicht annähernd deckungsgleich. Um ganz ehrlich zu sein, liefen sie sogar in eine völlig andere Richtung. Die Firma? Was interessierte ihn diese dämliche Firma? Er wollte mit dem Geld den Landbesitz erweitern und einen großen Obstanbaubetrieb gründen. Das war sein Traum! Leben in und von der Natur. Und jetzt das! Studieren. Und dann noch im Ausland. Martin spürte, wie sich ihm der Magen umdrehte. Allein der Gedanke daran bereitete ihm ein körperliches Unbehagen. Wirtschaftswissenschaften? Was sollte das denn für ein Studium sein? Im Moment konnte er sich nichts Langweiligeres vorstellen. Das war, wenn überhaupt, vergleichbar mit einem Studium der Abfallwirtschaft oder Ornithologie.

Er schwang sich auf sein Fahrrad. Mit Wut im Bauch strampelte er die 15 Kilometer nach Hause. Freunden konnte er sein Leid nicht klagen, denn er hatte hier keine. Martin war die gesamte Schulzeit auf einem Eliteinternat gewesen, seine Klassenkameraden kamen aus ganz Deutschland. Er suchte den Sekretär seines Vaters und erklärte ihm die Situation.

„Martin, du musst die Sichtweise deines Vaters verstehen. Hier geht es nicht nur um dich. In der Firma arbeiten viele Menschen. Die Familien sind auf den Lohn angewiesen. Insofern trägst du auch eine gewisse Verantwortung. Dein Vater hat sich die Entscheidung sicherlich nicht leicht gemacht, aber manchmal müssen wir uns Dingen unterwerfen, die einfach größer sind als wir selbst. Du wirst sehen, der Aufenthalt im Ausland wird dir und deiner Entwicklung sehr gut tun. Das sind nur ein paar Jahre und dann kannst du richtig durchstarten. Denke einmal darüber nach, so schlimm sind die Forderungen deines Vaters gar nicht."

Er hätte sich denken können, dass dieser schleimige Kerl die Position seines Vaters stützen würde. Wahrscheinlich hatte er ihm auch noch den Stift gehalten und bei den Formulierungen geholfen. Nun gut, die Welt war gegen ihn. Er spazierte mehrere Stunden im Wald und dachte nach. Mit der Zeit wurde ihm klar, dass er einerseits keine andere Möglichkeit hatte und andererseits tatsächlich eine gewisse Verantwortung für die Angestellten seiner Familie trug. Von seinem Spaziergang zurückgekehrt legte er sich hin und schlief in dieser Nacht tief und fest.

3

Belfast! Er konnte es noch immer nicht fassen, sie hatten ihn nach Belfast geschickt! Mitten ins europäische Kriegsgebiet! Welcher Idiot studierte denn in so einer Stadt, das wollte er zu gern einmal wissen. Schauten die denn kein Fernsehen, keine Nachrichten? Lasen sie etwa keine Zeitung? Wollten sie ihn umbringen? Hier ging doch alle fünf Minuten eine Bombe hoch. Hier wurden die Menschen doch auf offener Straße erschossen. Er hielt es für einen Witz, als Dr. Kruske ihm mitteilte, dass er an der Queens University in Belfast ein Studienplatz für Betriebswirtschaftslehre organisiert habe. Das sei eine ausgezeichnete Universität, die auch von vielen ausländischen Studenten besucht werde. Martin konnte es nicht glauben. Was hieß denn hier ausgezeichnete Universität? Die lag schlicht und ergreifend mitten in einer umkämpften Zone. Er hatte keine Ahnung, wer da überhaupt gegen wen kämpfte und ehrlich gesagt, interessierte es ihn auch nicht besonders. Das Einzige, was ihn in diesem Moment beschäftigte, war die Frage, ob er lebend sein Appartement erreichen würde.

Ein netter Polizist, der bis an die Zähne bewaffnet war und aussah, als ob er unverzüglich an die Front müsste, erklärte ihm höflich, dass er vom Flughafen keinen Bus nehmen könne. Er könne im Grunde überhaupt keinen Bus nehmen, weil keine mehr existieren würden. In unzähligen Straßenschlachten hätten die Terroristen die gesamte Busflotte nacheinander angezündet und als

Straßensperre benutzt. So habe sich die Regierung entschieden, auf einen öffentlichen Nahverkehr zu verzichten. Sei auf die Dauer ja auch ein wenig zu teuer, meinte der Soldat noch grinsend. Er solle sich einfach ein Taxi in die Stadt nehmen. Martin müsse jedoch darauf achten, ob er ins katholische oder ins protestantische Belfast fahren wolle, das sei enorm wichtig. Und zack weg war er, der britische Rambo.

Wo zum Teufel war dieses Appartement? Im katholischen oder im protestantischen Belfast? Woher sollte er denn solche Sachen wissen? Er entschied, dass das zunächst ziemlich egal sei und er einfach das nächstbeste Taxi vom Flughafen aus nehmen würde. Martin trat aus dem Gebäude. Ein leichter Nieselregen empfing ihn. Die Tropfen fielen jedoch nicht senkrecht vom Himmel, er hatte das Gefühl, dass sie sich frontal auf ihn zu bewegten. Er hatte etwas übrig für Regen. Eine reinigende Wirkung, ja, das war es, Regen hatte so eine reinigende Wirkung. Er spülte den ganzen Dreck von der Welt. Und er bedeutete Stille. Martin erinnerte sich an seine Kindheit auf dem Land. Bei Sonnenschein herrschte draußen ein ständiges Gezeter. Menschen, Hunde, Vögel und Insekten fühlten sich genötigt, lautstark in den Vordergrund zu treten. Der Lärmpegel, der dabei entstand, glich einem anschwellenden Orkan. Kaum hatte man es geschafft, ein bestimmtes Geräusch zu isolieren und klar wahrzunehmen, drängte sich auch schon das nächste dazwischen und sorgte für eine Diffusion in den Gehörknöchelchen. Es gab Tage, da bekam er richtige Kopfschmerzen von dem nicht enden wollenden Wettstreit dieser Kreaturen.

Und dann kam der Regen. Und mit ihm die Stille. Er zog sich an und lief hinaus. Herrlich. Das Prasseln des Regens war das einzige Geräusch, dass er wahrnahm. Da war nichts anderes. Alle hatten sich verzogen. Er rannte über die Felder und hatte das Gefühl, allein auf der Welt zu sein. Er konnte förmlich spüren, wie die Natur aufatmete. Regen. Endlich Regen. Der Boden nahm die Tropfen auf wie ein alter Schwamm. Die Pflanzen reckten sich dem lebensspendenden Nass entgegen. Alle Farben änderten sich. Nein, nicht das Grau, dass viele Menschen sahen, wenn sie an Regen dachten. Martin sah, wie das Grün satter wurde und seine ganze Vielfalt präsentierte. Wie ein Pfau, der eitel seine prächtigen Federn zeigt. Mutter Natur spielte mit ihren Reizen und er erlag diesem Werben und Bitten. Und dann dieser Duft. Es roch frisch. Es roch nach Leben. Nicht diese staubtrockene Luft, die den Gestank des ganzen Tages in sich trägt. Jetzt war die Luft klar. Kein Molekül hielt sich länger an seinem Platz auf als unbedingt nötig. Unverbrauchte, klare Luft und er war der Erste, der sie atmete! Der Gedanke beflügelte ihn und er lief schneller und schneller und wirbelte das Wasser unter seinen Füßen so heftig auf, dass es ihm den Rücken hinauf spritzte.

Martin winkte dem Taxifahrer zu und machte sich berechtigte Hoffnungen, dass dieser ihm dann auch entgegenfuhr. Da hatte er sich jedoch getäuscht. Der Typ machte nicht mal den kleinen Finger krumm. Er saß hinter seinem Lenkrad und starrte einfach nur in den Regen. Es blieb Martin nichts übrig, er musste sich seinen Koffer schnappen und die knapp hundert Meter

bis zum Taxistand durch den Regen gehen. Er öffnete die Beifahrertür und fragte höflich, ob das Taxi frei wäre.
„Das kommt darauf an wo sie hin möchten, junger Mann.“
Das klang nicht annähernd so unfreundlich wie Martin es nach dem Gesichtsausdruck des Fahrers erwartet hatte.
„Hören Sie, ich komme aus Deutschland und will an der Queens University studieren. Ich habe keine Ahnung von ihren Problemen mit irgendwelchen Vierteln und möchte eigentlich nur zu den Queen´s Elms Halls in der Malone Road. Ich weiß nicht, ob das im katholischen oder im protestantischen Viertel dieser Stadt liegt. Der Soldat am Terminal meinte aber, dass nicht alle Taxen überall hinfahren. Vielleicht können Sie mich dorthin fahren oder mir jemanden empfehlen der es kann.“

Der Fahrer drehte sein Gesicht in Martins Richtung und lächelte verschmitzt.
„So, so, aus Deutschland. Hör mal mein Junge, eins solltest du lernen, bevor du dich in Belfast breit machst: Es gibt hier keine Neutralität. Dein Fahrtziel sagt alles über dich aus. In die Innenstadt fahren dich alle, aber von dort aus musst du dich entscheiden, welcher Seite du angehörst. Steig ein, ich fahre dich zur Universität. Und bevor ich es vergesse: Céad míle fáilte romhat!“ (Herzlich Willkommen!)

Martin verstand nichts. Es waren nicht die Worte, die ihm Schwierigkeiten bereiteten, sondern der Sinn. Doch er war zu müde. Zu müde für lange Diskussionen, ausführliche Erklärungen oder tiefsinnige Gespräche. Er ließ es deshalb sein, weiter nachzufragen und schwang sich in das schöne, große Taxi englischer Bauart. Die letzten Worte dröhnten ihm allerdings noch im Kopf. Das klang doch ziemlich kehlig und kein bisschen nach einer britischen Sprachverwandtschaft. Ach was, vielleicht hatte der einfach nur einem im Kahn und war nicht mehr Herr über seine Zunge. Das musste keine Auswirkungen auf seine Fahrweise haben … hoffte er zumindest.

Während Martin noch gedankenversunken auf der Rückbank vor sich hin döste, erreichten sie schon den Westlink und fuhren Richtung Belfast City. Entgegen aller Befürchtungen fuhr seine erste Belfaster Bekanntschaft doch ziemlich sicher und in einem angemessenen Tempo.
„Halte bitte deinen Pass bereit!"
Martin schaute blöd. Er fühlte sich auf den Arm genommen. Doch der Fahrer schien seine Gedanken zu erraten.
„Das ist kein Witz Junge, da vorne gibt es die erste Straßensperre."
Martin schaute weiterhin blöd und zweifelte so langsam an seinen doch recht passablen Kenntnissen der englischen Sprache.

„Oh Mann, wer hat dich denn hierher geschickt? Auf unserem Weg wird es mindestens drei bis vier Fahrzeugkontrollen geben. Das ist hier Alltag. Also mach jetzt keine Dummheiten und zeig einfach deinen Aus-

weis. Ich kann keinen Ärger gebrauchen, ich bin Katholik."
Martin verstand nichts. Mechanisch kramte er seinen Pass aus der Tasche und hielt ihn krampfhaft in seinen Händen. Erst jetzt sah er den Grund für das eigenartige Verhalten seines Chauffeurs. Vor ihnen war die Straße auf ihrer gesamten Breite mit Stacheldraht abgesperrt. Man hatte sogar riesige Betonblöcke auf die Fahrbahn verteilt. Auf beiden Seiten stand jeweils entgegen der Fahrtrichtung ein Panzerfahrzeug, auf dem Soldaten mit Maschinenpistolen im Anschlag saßen. Langsam kroch das Taxi auf den Kontrollposten zu. Martin konnte einfach nicht fassen was er da sah. Die Soldaten hatten riesige mobile Scheinwerfer aufgestellt, um auch bei einsetzender Dunkelheit die Straße taghell ausleuchten zu können. Eine Verkehrskontrolle, durchgeführt von schwer bewaffneten Soldaten? Er hatte Angst. Das war hier kein Spaß, kein Scherz, keine versteckte Kamera. Das da draußen war real, obwohl es ihm völlig irreal vorkam. Er hatte noch nie in seinem Leben mit dem Militär zu tun gehabt. Der einzige Polizist, den er kannte, war Herr Hillke, der örtliche Dorfpolizist. Und nun das. In dieser Stadt sollte er studieren? Hier bekam man wahrscheinlich schon seinen Abschluss, wenn man die Studienzeit überlebt hatte. Er dachte angestrengt darüber nach, ob er vielleicht etwas überreagiere. Das lenkte ihn zumindest ein wenig ab.

„Ihre Papiere bitte!"
Das war keine Aufforderung. Die Stimme war gewohnt, Befehle zu erteilen. Und diese Bitte war ein Befehl.

Martin reichte dem Soldaten seinen Pass. Der schaute fast eine Ewigkeit auf den Ausweis.
„Willkommen in Belfast und einen sicheren und schönen Aufenthalt."
Bevor Martin etwas erwidern konnte, wurde die Tür zugeschlagen und der Wagen ruckte an. In Zeitlupe schob sich das Taxi an der Straßensperre der britischen Armee vorbei. Martin fühlte sich überhaupt nicht wohl. Die Angst schnürte ihm den Brustkorb zu. Er wurde von Schweißausbrüchen geschüttelt und konnte einfach nicht tief durchatmen. Draußen musterten die Soldaten stoisch die ankommenden Fahrzeuge. Ihr Blick war konzentriert und ernst. Ihnen würde nichts entgehen, dessen war sich Martin sicher. Sie ließen den Kontrollpunkt hinter sich und nahmen allmählich wieder Fahrt auf.

„In ein paar Wochen hast du dich daran gewöhnt, Junge. Es ist auch nicht weiter schlimm. Die Tommys sind nur etwas aufgeregt und gereizt, wenn es mal wieder einen Bombenanschlag gegeben hat."
Der Mann erzählte ihm das mit derselben Leichtigkeit, wie man seinem Bruder von der letzten Urlaubsreise berichtet.
„An so etwas sollte man sich aber nicht gewöhnen. Das ist doch kein Zustand. Wie halten Sie das nur aus. Ich meine ... diese ständige Angst."
Sein Fahrer lächelte wieder und zeigte dabei seine makellosen Zähne. Diese Zähne passten irgendwie nicht zum Rest des Gesichts. Seine Haut war gezeichnet von etlichen Narben und wirkte alt und abgespannt. Wenn

er jedoch lächelte, dann konnte man sehen, dass er noch sehr jung war.
„Irgendwann wird die Angst zur Gewohnheit. Und aus der Gewohnheit wird Alltag. Belfast verändert die Menschen, mein Junge. In dieser Stadt kämpft jeder für irgendeine Sache. Neutralität kannst du dir einfach nicht leisten."
Martin war überzeugt, dass er in dieser Stadt definitiv nichts zu suchen hatte. Belfast! Er hätte doch in Mailand, Bordeaux oder Barcelona studieren können. Wieso schickten sie ihn ausgerechnet hierher?
„Da sind wir! 78 Malone Road. Das macht 15 Pfund."
Martin suchte das Geld zusammen und packte noch etwas Trinkgeld obendrauf. Das hatte sich sein Fahrer nach der ganzen Aufregung verdient, und Martin fand ihn irgendwie auch ziemlich nett.

„Go raibh maith agat (Dankeschön), mein Junge. Und hier, bevor ich es vergesse, meine Karte. Falls du mal eine Stadtrundfahrt wünschst, ruf mich einfach an."
Und schon fuhr er davon. Martin schaute sich die kleine, schmutzige Visitenkarte an. Sein Fahrer hieß Sean O´Mally und arbeitete für die West Belfast Taxi Association.
Der Regen hatte sich inzwischen verzogen und Martin fragte sich bei einigen Passanten bis zur Ogilvie Hall durch, in deren Nähe das Reception Desk für die studentischen Wohnungsangelegenheiten zu finden war. Inzwischen war der Abend über Belfast hereingebrochen. Er beeilte sich, um möglichst schnell in seine Behausung zu kommen. Mit einem kräftigen Schwung

öffnete er die schwere Tür und eine junge, sehr hübsche studentische Hilfskraft lächelte ihn an.

4

Von der Ogilvie Hall zur Alanbrooke Hall war es nur ein Katzensprung. Die beiden Gebäude gehörten zum Komplex der Queen´s Elms Halls of Residence, einer Ansammlung scheußlicher Häuser, in denen die Studenten in Einzel- oder Doppelzimmern untergebracht waren. Martin wurde ein Doppelzimmer im Hochhaus der sogenannten Catering Halls zugeteilt, was bedeutete, dass er einen wöchentlichen Anspruch auf zwölf Mahlzeiten hatte. Kein Vorteil, wie sich später noch herausstellen sollte. Trotz der Abenddämmerung konnte er leicht erkennen, dass die Studentenwohnhäuser um die Dining Hall an Hässlichkeit kaum zu übertreffen waren. Die Architektur erinnerte stark an das sozialistische Neubauprogramm in der DDR. Er hatte mit seinem Vater einige Male dessen Geburtsstadt Dresden besucht und fragte sich immer, wie die Menschen in diesen Silos leben konnten. Die Häuser sahen aus wie überdimensionale Schließfächer. Die Alanbrooke Hall machte da keine Ausnahme. Dabei hatte er rund um die Malone Road im Universitätsviertel von Belfast eine Vielzahl schöner Unterkünfte gesehen. Er schaute noch einmal auf die eingestanzte Nummer seines Schlüssels und betrat dann seufzend dieses Monstrum von Unterkunft.

Eines fiel ihm sofort auf. Es war nicht nur laut, nein, es war ohrenbetäubend laut. Überall Stimmen. Dazwischen Musik. Musik in allen erdenklichen Facetten. Geschrei, Getrampel und Gewusel. Dieses Haus war ein Bienenstock. Das blanke Chaos. Es rannten ungefähr hundert Leute hin und her, jeder hatte es eilig von einem Punkt zum nächsten zu kommen. Die meisten dieser zu Ameisen mutierten Studenten hatten einen riesigen Packen Papier unter dem Arm, der sich in jedem Moment aufzulösen schien. In einer Ecke stand eine Gruppe junger Männer und rauchte. Überhaupt, er hatte noch keine einzige Frau entdeckt. Wenn er dieses Bild mit seiner Erinnerung an die Internatszeit verglich, dann herrschte hier Anarchismus. Eine wie auch immer gelagerte Ordnung war nicht erkennbar. Trotzdem bewegten sich die Teilnehmer dieses Schauspiels traumwandlerisch sicher durch die marode Kulisse. Martin bahnte sich einen Weg zum Fahrstuhl und fuhr in den 10. Stock. In seiner Hosentasche fühlte er den Briefumschlag, den ihm die nette Studentin am Reception Desk in die Hand gedrückt hatte.

„Es wurde noch eine Nachricht für dich abgegeben", hatte sie zu ihm gesagt.
Dabei hatte sie ihn mit ihren braunen Augen gemustert, die listig unter dem Kurzhaarschnitt blitzten. Martin fand sie ausgesprochen hübsch, auch wenn sie ihm ein wenig zu selbstbewusst gegenüberstand.
„Willst du den Umschlag nicht öffnen?"
„Später. Vielen Dank für die Unterlagen. Einen schönen Abend noch."
„Wünsche ich dir auch und ich hoffe, wir laufen uns die nächsten Tage mal über den Weg."
Sie hatte ihn entwaffnend angelächelt. Martin musste grinsen, als er wieder im Freien stand. Er hatte den Umschlag mit der Nachricht in die Tasche gesteckt und

sich auf den Weg zur ersten Studentenbude seines Lebens gemacht.

Er liebte dieses Gefühl der Vorfreude und Spannung. Sicher, er hätte den Brief auch gleich aufmachen können, aber dann hätte er sich des Kribbelns der Ungewissheit beraubt. Martin spannte sich gern selbst auf die Folter. So gab man der Phantasie Raum. Er konnte sich die verrücktesten Dinge ausmalen oder einfach raten; trotzdem kam er selten dahinter. Martin liebte dieses Spiel beispielsweise beim Langstreckenlauf. Er lief eine bestimmte Strecke und schätzte dann, welche Zeit er wohl gebraucht hatte. Zugegeben, der Umschlag war keine Herausforderung gewesen. Er konnte sich denken, von wem er kam und was darin stand. Aber so schnell ließ er sich den Spaß nicht nehmen. Er stellte sich vor, dass die Nachricht von Stella, der studentischen Hilfskraft an der Rezeption sei und malte sich aus, wie sie ihn um ein Treffen bat.

Der Fahrstuhl stoppte. Martin trat hinaus in einen Flur, der in Design und Ambiente der scheußlichen Außenhülle der Alanbrook Hall in nichts nach stand. Sein Zimmer lag fast am Ende des Ganges. Als er vor der Tür stand, dröhnte ihm in mittlerer Orkanstärke die Musik von Bob Marley entgegen. Er hasste Reggae. Für ihn klang ein Lied wie das andere und irgendwie vermittelten auch alle das gleiche Lebensgefühl. Er drehte den Schlüssel im Schloss und trat ein. Ein Typ, der aussah, als wäre er der Bruder oder wenigstens ein naher Verwandter von Bob Marley, drehte die Musik auf eine normale Lautstärke zurück und grinste ihn an. Der Rasta-Mann saß im Schneidersitz auf seinem Bett, rauchte eine selbstgedrehte Zigarette und hatte irgendein Lehrbuch mit einem Haufen Tabellen aufgeschlagen.

„Sei mir gegrüßt, mein Gefährte! Ich bin Jean-Luc Lebon und komme aus der wunderschönen Normandie. Kann ich dir etwas zu rauchen anbieten oder vielleicht ein Glas des köstlichsten Rotweins aus meinem Heimatland?"
„Nein danke, ich rauche nicht und trinke auch keinen Alkohol. Ich heiße Martin von Bergen und komme aus Deutschland. Und übrigens, du siehst nicht gerade wie ein typischer Franzose aus."
„Gut erkannt, Kamerad. Meine Mutter stammt aus Jamaica und mein Vater ist Franzose. Du siehst dagegen wie ein original Kraut aus. Groß, blond und blauäugig. Du rauchst und trinkst nicht? Bist du krank oder ein Spitzensportler?"
„Weder noch. Alkohol schmeckt mir einfach nicht und zum Rauchen bin ich nie gekommen, weil wir in unserer Kindheit und Jugend von solchen Dingen ferngehalten wurden."
„Ah ja, Internatskind, was? Na, wie werden dich hier schon richtig hinbiegen. Deine Alten kommen dich doch hoffentlich nicht ständig besuchen und kontrollieren, was du hier so machst, oder?"
„Meine Eltern sind tot."
„Oh, das tut mir leid, mein Freund. Aber dann verrate mir mal eins Martin, wie bist du auf Belfast als Universitätsstadt gekommen? Ich meine, als ich zuletzt in Deutschland war, gab es da noch eine Unmenge von Hochschulen."

„Mein Vater hat testamentarisch verfügt, dass mein Vormund mich auf eine Universität ins Ausland schicken solle. Diesem Trottel fiel nichts Besseres als Belfast ein.“
„Hey, hör mal Krautfresser, so schlimm ist Belfast gar nicht. Du wirst schon sehen, das studentische Leben ist nicht anders als in der übrigen westlichen Welt auch. Also bleib mal schön locker und entspann dich. Jetzt richte dich erst mal in unserer Präsidentensuite häuslich ein und dann sehen wir weiter.“

Martin schnappte sich seinen Koffer und packte die Sachen in den leeren Schrank neben seinem Bett. Später erinnerte er sich an den Umschlag in seiner Hosentasche und las die Nachricht.

Hallo Martin,

herzlich willkommen in Belfast. Ich hoffe, du hattest eine angenehme Reise und bist mit deiner Unterbringung einigermaßen zufrieden. Ich würde mich freuen, wenn du mich morgen früh gegen 08.30 Uhr in meinem Büro aufsuchen würdest.

Viele Grüße
Ryan McCabe

Er wusste, dass Mister McCabe sein Professor sein würde. Martin erhoffte sich von diesem Mann ein paar Antworten. Wie war Dr. Kruske gerade auf diese Universität gekommen? Doch die Antwort auf diese Frage hatte bis morgen Zeit.

Sein Blick schweifte durch das Zimmer und blieb an Jean-Luc hängen. Er hatte nichts gegen einen Zimmergenossen. Im Internat teilten sich immer zwei Jungen ein Zimmer, und er empfand es als angenehm, dass man nie allein war. Nicht dass er ein Problem mit dem Alleinsein hätte, aber bildungstechnisch hatte die Doppelzimmerbesetzung klare Vorteile.
Martin musterte Jean-Luc. Der Franzose hatte eine dunkle Hautfarbe und verfilztes schwarzes Haar, das er in seltsamen Rasta-Zöpfen trug. Seine Kleidung konnte man wohlwollend als bunt beschreiben. Alles in allem wirkte er wie ein Strandverkäufer in der Karibik, der Touristen billige Sonnenbrillen andrehen wollte. Dabei hatte er ein sehr schönes Gesicht und tiefe dunkle Augen. Jean-Luc war ungefähr so groß wie Martin und von schlanker Statur. Beim Reden wippte sein Kopf unablässig und er begleitete seine Worte mit großen theatralischen Gesten. Martin fragte sich, ob Jean-Luc die bunte Strickmütze auf seinem Kopf auch einmal absetzen würde. Er hoffte es vielmehr.
Sein Gegenüber hatte inzwischen die Musik wieder auf Gebäudelautstärke aufgedreht und rauchte in sein Buch vertieft diese seltsam krumme Zigarette, die dermaßen stark qualmte, dass man jeden Moment den Einsatz der Belfaster Feuerwehr befürchten musste. An der Wand seines Zimmergenossen hingen Poster des Reggae-Gottes Marley und eine Zeichnung des Big Ben in London. Darüber hinaus bestach die französische Zimmerhälfte durch eine Sammlung von skurrilen Dingen. Da gab es Lavalampen, Neonreklameschilder, bunte Bänder, drei große Wasserpfeifen, eine stattliche Anzahl Weinflaschen, Räucherstäbchen und eine Auswahl

scheußlicher Muscheln. Offensichtlich war Jean-Luc bemüht, sein Image als Mann aus der Karibik zu pflegen.
Martin streckte sich auf seinem Bett aus und stellte überrascht fest, dass die Matratze seinen hohen Ansprüchen genügte. Er hasste weiche Betten, man versank grundsätzlich mit dem Mittelteil des Körpers. Er bekam von solchen Betten Rückenschmerzen, und das in seinem Alter. Dieses Bett war jedenfalls behaglich. Martin merkte nicht, wie ihn die Müdigkeit des ganzen langen Tages mit Macht überkam. Er dachte an nichts und schlief traumlos ein.

5

Er hatte völlig die Orientierung verloren. Die Sonne blendete ihn. Draußen ertönte das Geschrei und Gezeter der Vögel. Dabei flogen sie nicht etwa am Gebäude vorbei, sondern schimpften von den Bäumen und diskutierten mit ihren Kollegen die vergangene Nacht oder den kommenden Tag oder was auch immer. Auf jeden Fall nervte dieses Gezwitscher gewaltig, wenn man gerade erst wieder Herr seiner Sinne geworden war. Martin setzte sich auf und schaute an sich hinunter. Er hatte die Sachen vom Vortag an. Langsam dämmerte ihm, wo er war und warum er noch angezogen auf seiner Schlafstatt lag. Der Franzose war weg. Sein Bett war nicht gemacht. Typisch, eben kein Internatskind. Auf dem Schreibtisch neben seiner Pritsche lag ein Zettel.

Guten Morgen mein Freund,

die deutsche Disziplin scheint bei dir einen Umweg gemacht zu haben. Gleich am ersten Tag verschlafen ... großer Sport! Die Duschen befinden sich auf dem Gang. Wenn du Glück hast, erwischt du noch warmes Wasser. Frühstück gibt es in der Dining Hall. Ich muss arbeiten und bin heute Nachmittag gegen 16.00 Uhr wieder zurück.

Peace,
Jean-Luc

Ein echter Witzbold, dieser Exil-Franzose. Zugegeben, Martin war ein Morgenmuffel. Zu dieser Tageszeit konnte er mit Vollzeitkomikern wenig anfangen. Da war es für beide schon fast ein Glücksfall, dass Jean-Luc sich aus dem Staub gemacht hatte. Martin schaute zur Uhr. 8:05. Nun ja, das war noch locker zu schaffen. Er schnappte sich die erforderlichen Sachen und trabte zu den Duschräumen. Hier war ein reges Treiben zu beobachten. Es wurde eine Menge gelacht. Man sparte nicht mit allerlei Hinweisen und Andeutungen bezüglich der letzten Nacht, in der es wohl eine heftige Party unter Beteiligung einiger Duschbenutzer gegeben hatte. Martin fiel nicht weiter auf, weil der dichte Wasserdampf eine Identifikation der Personen unmöglich machte. Lediglich an den Stimmen erkannten die Alteingesessenen, wer noch im Raum war. Der Nebel nahm ihm fast den Atem. Martin beeilte sich, der Waschküche zu entfliehen, weil er wusste, dass er sich ein Abtrocknen bei dieser Luftfeuchtigkeit ohnehin sparen konnte. Zurück im Zimmer schälte er sich in seine üblichen Klamotten und machte sich auf den Weg zu Mister McCabe, der in einem Gebäude am University Square lehrte.

Das Büro von Mister McCabe war hell und freundlich. Es hatte riesige Fenster, der ganze Raum war sonnendurchflutet. An der Wand hingen Bilder mit abstrakter Malerei und einige Fotografien von fernen Ländern. Die bestimmenden Farben im Raum waren weiß und grau, dieses typische helle Bürograu. Mister McCabe hatte eine moderne Büroeinrichtung, er besaß bereits einen Computer. Das war selbst in akademischen Kreisen eine Besonderheit. Der Schreibtisch war in bemerkenswerter Art und Weise aufgeräumt: Die Stifte und das Lineal befanden sich parallel zueinander in einer Ablageschale. Die Hefte, Mappen und Bücher waren in zwei Stapeln zusammengefasst, die exakt an der Schreibtischkante ausgerichtet wurden. Überhaupt war alles in diesem Büro irgendwelchen geometrischen Gesetzmäßigkeiten unterworfen. Die Besucherstühle befanden sich in einer Linie und waren jeweils an ihrem Nachbarn ausgerichtet. Die Fotografien an der Wand bildeten ein großes Quadrat, bestehend aus vier Rechtecken. An der Wand hing eine originelle Uhr in Form einer Zapfsäule. Martin schaute genauer hin und ging jede Wette ein, dass die Uhr genau in der Mitte der Wand hing. Er grinste. So etwas hatte er noch nicht gesehen. Selbst der Papierkorb stand in genauer Verlängerung des Schreibtisches. Mister McCabe musste ein kleines Problem mit Unordnung oder unregelmäßigen Formen haben. Sein Büro sah jedenfalls aus, als wenn man es für einen Katalog hergerichtet hatte. Die Funktionalität landete einen Kantersieg über die Atmosphäre. Die Tür ging auf und Mister McCabe kam auf ihn zu.

„Guten Morgen, Sie müssen Martin sein. Entschuldigen Sie die kleine Verspätung, aber der Dekan wollte mich noch kurz sprechen. Ich packe nur kurz aus und dann können wir uns unterhalten.“
Zunächst legte er seinen Aktenkoffer auf den Schreibtisch. Besser gesagt, er richtete seine Aktentasche parallel zum Computerbildschirm aus. Anschließend entledigte er sich seiner Jacke und hing sie an einen Bügel in den Schrank. Er richtete vor dem Spiegel kurz seine Krawatte, wusch sich die Hände und machte es sich

dann in seinem hypermodernen Bürodrehstuhl bequem. Er sah müde aus. Es war dieser spezielle Gesamteindruck, der einen Menschen müde wirken ließ. Seine Bewegungen schienen ihm unendliche Anstrengung zu kosten. Die Müdigkeit war im Besonderen an seinen Augen abzulesen, seine Blicke schweiften in Zeitlupe von einem Gegenstand zum anderen. Martin hatte den Eindruck, dass sein Augenzwinkern eine tausendstel Sekunde länger dauerte als üblich. Dadurch glaubte man, Mister McCabe könnte jeden Moment einschlafen. Der Eindruck täuschte allerdings, denn er blickte Martin freundlich an und erstaunlicherweise sprudelten die Worte nur so aus ihm heraus.

„Ich hoffe, Sie hatten einen angenehmen Flug und die Sicherheitsmaßnahmen am Flughafen und in der Stadt haben Sie nicht zu sehr erschreckt. Es ist in den letzten Jahren wirklich besser geworden. Sind Sie mit ihrem Zimmer zufrieden?"

„Danke, Mister McCabe, ich bin in diesen Dingen nicht sehr anspruchsvoll. Wir hatten auf dem Internat ähnliche Verhältnisse. Man gewöhnt sich schnell daran."

„Das ist schön. Sie fragen sich sicherlich, wieso Dr. Kruske Sie ausgerechnet nach Belfast geschickt hat."

„Das frage ich mich allerdings. Ich halte Belfast nicht gerade für einen der sichersten Orte in Europa."

„Ich kann Ihre Bedenken gut verstehen. In den letzten Jahren hat sich aber wirklich eine Menge getan. Sie werden keine Schwierigkeiten haben, wenn Sie sich hier im Universitätsviertel aufhalten. Die Aktivitäten der Paramilitärs beschränken sich zum überwiegenden Teil auf West Belfast und einige Gebäude in der Innenstadt. Halten Sie sich einfach von den einschlägig bekannten

Vierteln fern und Sie werden hier keine Probleme haben. Nordirland hat wirklich auch andere und sehr schöne Seiten. Ich weiß, dass die Berichterstattung über unser Land diesen Schluss nicht unbedingt nahe legt, aber ich hoffe, Sie geben Belfast und Nordirland einfach eine Chance."

„Ich werde mich bemühen. Aber wie kam es denn nun zur Wahl dieser Universität?"

„Ach ja, ich habe mit Dr. Kruske einige Jahre zusammen in Oxford studiert. Wir teilten uns ein Appartement und einige andere Dinge. Wir haben über die Jahre stets Kontakt gehalten und uns oft gegenseitig besucht. Er erzählte mir von Ihrem Fall und fragte mich, ob ich nicht etwas für Sie tun könnte. Ich schlug ihm vor, dass Sie zunächst erst einmal nach Belfast kommen und ich mir von Ihrem Leistungsvermögen ein Bild machen kann. Sie werden im nächsten Jahr volljährig und können dann selbst entscheiden, ob Sie ihren Abschluss hier an der QUB machen wollen oder ob Sie dem Besuch einer anderen Universität in Europa den Vorzug geben. Ich meine, dass dies ein faires Angebot ist. Die Kontakte, die ich zu Kollegen im Ausland unterhalte, könnten Ihnen im nächsten Jahr bei ihrer Entscheidung helfen."

„Ich bleibe also für ein Jahr und kann dann frei wählen?"

„So habe ich es mit Ihrem Vormund besprochen. Martin, ich finde die Verfügung ihres Vaters auch sehr merkwürdig, aber ich kenne die Beweggründe nicht. Dr. Kruske und ich sind der Meinung, dass dieses Jahr hier in Belfast allen Beteiligten zur Orientierung dienen kann. Sie können sich bewusst darüber werden, was Sie wirklich wollen und in welche Richtung Ihre studentischen Bemühungen gehen sollen. Dr. Kruske hat die Möglichkeit, sich einen Überblick über die Firmenstruktur zu verschaffen, damit er Ihnen in ein paar Jahren ein solides Unternehmen übergeben kann. Sie müssen wissen, dass er sich die Entscheidung, die Vormundschaft zu übernehmen, nicht leicht gemacht hat. Er sah sich aber Ihrem Vater gegenüber im Wort und hat ihm wohl auch viel zu verdanken. Ich hoffe, Sie berücksichtigen das."

„Das klingt nicht schlecht. Ich habe natürlich auch keine andere Wahl, aber trotzdem finde ich, dass ich mit Ihrem Vorschlag gut leben kann. Ich bleibe also für ein Jahr in Belfast und dann sehen wir weiter."

„Freut mich, dass Sie diesem Weg positiv gegenüberstehen. Das macht es für uns alle leichter. Die Vorlesungen fangen übermorgen an. Ich habe Sie zum Studiengang Betriebswirtschaftslehre angemeldet, den ich als Dozent leite. Wir werden uns also regelmäßig sehen. Ich bitte Sie, mich bei Problemen, egal welcher Art, sofort anzusprechen. Damit Sie in den nächsten Tagen alle Formalitäten erledigen und sich ein Bild von der Universität machen können, habe ich Ihnen gleich das Begrüßungspaket für ausländische Studenten vom International Liaison Office mitgebracht."

„Vielen Dank, Mister McCabe. Dann werde ich mich mal mit den Gegebenheiten vertraut machen. Auf Wiedersehen."

„Ach, Martin, bevor Sie gehen, noch eine Frage. In drei Wochen gebe ich eine kleine Party für ein paar Kollegen und einige Studenten von der Universität. Ich würde mich wirklich freuen, wenn Sie kommen könnten.

Das wäre doch eine gute Gelegenheit, einige neue Leute kennen zu lernen."
„Danke für die Einladung, Mister McCabe. Ich komme wirklich gerne. Also, bis dann."
„Auf Wiedersehen, Martin."
Martin trat aus dem Gebäude mitten in den Sonnenschein hinein. Belfast zeigte sich an diesem Tag von seiner schönsten Seite. Ihm war ganz leicht ums Herz. Ein Jahr nur. Ein Jahr konnte man leicht absolvieren. Das war absehbar. Nach einem Jahr könnte er diese schreckliche Stadt wieder verlassen, das machte ihm Mut. In zwei Tagen würden die Vorlesungen beginnen und dann wäre er abgelenkt. Er könnte sich ganz dem Studium widmen und die Zeit würde wie im Fluge vergehen. Martin schaute hoch und blickte geradewegs in den blauen Himmel. Er fühlte, wie die Leichtigkeit in seine Glieder zurückkehrte.

„Hey Krautfresser. Was stehst du hier so dämlich rum? Suchst du dein Zimmer? Hast dich wohl verlaufen, was?"
Der verfilzte Kopf von Jean-Luc schob sich zwischen die wärmende Sonne und Martins Gesicht. Aus einem kaffeebraunen Gesicht blitzten ihm schneeweiße Zähne entgegen. Die Augen des französischen Bob Marley-Verschnitts lachten ihn an. Doch selbst dieser Mensch konnte Martins gehobene Stimmung jetzt nicht erschüttern. Ein Jahr. Nur ein Jahr.
„Hallo Jean-Luc ! Ich war eben bei Professor McCabe und habe mir meine Unterlagen für das kommende Studienjahr abgeholt. Jetzt will ich mich mal mit dem

Gelände hier vertraut machen, damit ich übermorgen auch alles finde."
„In deinen Unterlagen findest du so eine Campus Map, damit dürftest selbst du alles finden. Obwohl, der Aufenthaltsort deines Schlafanzugs ist darin natürlich nicht verzeichnet. Wir sehen uns dann heute Abend."

Kaum waren die Worte ausgesprochen, hatte sich das bunte Baumwollknäuel mit menschlichem Inhalt auch schon auf und davon gemacht. Das Einzige, was Martin noch erkennen konnte, war ein wippender Kopf mit bunter Strickmütze und langen Rastazöpfen, die sich wie kleine Schlangen Richtung Hals bewegten. Irgendwie mochte er diesen schrägen Vogel. Jean-Luc hatte auf jeden Fall Humor, auch wenn dieser ziemlich unmaskiert daher kam. Aber der Hinweis auf die Campus Map war eine gute Sache. Er fand den Faltplan relativ schnell und stellte fest, dass dieser wirklich einen guten Überblick über das gesamte Gelände bot. Gegenüber, so konnte er es hier nachlesen, befand sich demnach die Main Library, die alte Bücherei der Universität. Die für seine Belange jedoch wichtigere Bibliothek war wohl die Seamus Heaney Library, weil dort unter anderem der betriebswirtschaftliche Teil untergebracht war. Verwaltungsgebäude, Lanyon Building mit dem Haupteingang und verschiedene andere Häuser vermittelten Martin schnell den Eindruck, dass die Queens University ein sehr weitläufiges Terrain ihr eigen nannte. Plötzlich entdeckte er in der rechten unteren Ecke des Plans einen Eintrag, der sein Herz höher schlagen ließ. Gleich hinter der Universität erstreckte sich auf einem großen Areal der Botanische Garten.

So etwas wie das Palmenhaus hatte Martin noch nicht gesehen. Eine höchst grazile Konstruktion aus Gusseisen und Glas. Ein wahres Kunstwerk. Sicher, dieses Gebilde hatte lediglich die Funktion eines Gewächshauses, um den darin befindlichen Palmen ein angenehmes Klima zu verschaffen. Aber kein Mensch würde dieses formvollendete Meisterwerk, das ihn entfernt an eine Tiffany-Lampe erinnerte, als Gewächshaus bezeichnen. Er war begeistert von diesem zerbrechlichen Gebilde. Die Sonne spiegelte sich tausendfach in den verschiedenen Glasflächen und erzeugte im Inneren so die gewünschte tropische Wärme. Martin verliebte sich auf der Stelle in den Botanischen Garten. Er war eine Oase der Stille. Hier konnte man zur Ruhe kommen. Sein Spaziergang durch den Park war ein Fest für die Sinne. Er berauschte sich an den Düften der verschiedenen Pflanzen. Verzaubert betrachtete er die Farbenvielfalt, die Mutter Natur hier ausgebreitet hatte. Die alten Bänke luden zum Verweilen ein; die Menschen um ihn herum hatten einen verträumten Gesichtsausdruck. Er konnte nicht verstehen, wie achtlos manche seiner Zeitgenossen durch diesen Park trampelten. Er ärgerte sich darüber, dass sie die Wunder, die ihnen hier geboten wurden, einfach nicht erkannten. Nur eines störte diese Idylle: Die Soldaten. Auch hier patrouillierten sie die Wege entlang, schwer bewaffnet mit Maschinengewehren und Handgranaten. Ständig plärrten irgendwelche Vorgesetzte verschiedene Kommandos in die mitgeführten Funkgeräte. Er konnte sowohl auf den Anblick als auch auf die Geräusche dieser Soldaten verzichten. Sie störten.

6

Er war aufgeregt. Heute Abend war die Party im Haus von Professor McCabe. Was sollte er nur anziehen? In den letzten Wochen hatte er herausgefunden, dass sein Professor ein Fan der Ästhetik war. Ein Umstand, der Jean-Luc im letzten Jahr schon nach zwei Wochen veranlasste, den Studiengang zu wechseln. McCabe hatte Jean-Luc derart wegen seiner Kleidung drangsaliert, dass der entnervt aufgab. Nur sah dieses Nachgeben anders aus, als es sich der Professor erwartet hatte. Jean-Luc blieb bei seinem Outfit und sattelte von der Betriebswirtschaftslehre zur Geographie um. Seit diesem Zeitpunkt herrschte eine gewisse Spannung zwischen diesen beiden Menschen in Martins neuem Leben. Im Gegensatz zu McCabe war Jean-Luc nicht nachtragend und nahm das Ganze mit dem ihm eigenen Humor. Er setzte jedem der es wissen wollte auseinander, dass er die Studien der Betriebswirtschaftslehre im Moment auf Eis gelegt habe, da seine Branche, die Herstellung und der Vertrieb von Cannabisprodukten, zur Zeit etwas unter der globalen Strafverfolgung leide. Dagegen könne er im Studiengang der Geographie erfahren, in welchen Teilen der Welt die klimatischen Bedingungen für seine Pflanzen am besten seien. So hatte Jean-Luc sich und dem Rest der Studentengemeinschaft eindrucksvoll bewiesen, dass der Wechsel des Studienganges nicht nur freiwillig geschehen sondern zweifellos eine unvermeidliche und von Gott gewollte Sache war. Genau so melodramatisch war seine Wortwahl gewesen.

„Ich fasse es nicht, Martin, dass du zu dieser Party willst. Du musst bei McCabe zu Hause bestimmt die Schuhe ausziehen und bekommst spezielle Gartenpartypantoffeln. Pass bloß auf, dass du Messer und Gabel richtig hältst und das Sektglas unten greifst. Ach was, am besten ist, du isst und trinkst nichts, dann kannst du auch nichts falsch machen. Musst du Mrs. McCabe eigentlich einen Handkuss geben?"
„Nun hör schon auf Jean-Luc, so schlimm wird es schon nicht werden. Vielleicht kann ich dort ja ein paar nette Leute kennen lernen. McCabe meinte, es seien auch ein paar ältere Studenten da."
„Ha, ältere Studenten mit Waschzwang vielleicht. Ich kann mir die Reihe von Pinguinen in ihren Fracks schon richtig bildlich vorstellen. Sie werden der alten Mrs. McCabe um den Bart gehen, wie toll sie doch heute wieder aussieht und welch geschmackvolles Kleid sie trägt. Dann werden sie den Professor ob seiner exzellenten Vorlesung vom Vormittag über den grünen Klee loben. Anschließend noch ein paar anerkennende Worte für das Büffet und die schmackhaften Getränke, garniert mit einem zarten Hinweis, dass die Einrichtung des Hauses in jedem Jahr an Stil und Eleganz gewinnt. Oh Mann, was bin ich froh, dass wir heute alle ins BOT (Botanic Inn) gehen und uns köstlichstes Bier durch die Kehlen fließen lassen. Der olle Frank von den Geologen hat heute Geburtstag und will einen ausgeben, oder auch zwei. Der wird sich noch wundern, wie er bluten muss."
„Ob das nun unbedingt ein Alternativprogramm wäre, was ich bevorzugen würde, wage ich noch zu bezweifeln."

„Krautfresser, du musst einfach mal lockerer werden. Du grübelst zu viel nach. Genieß dein Leben und die schönen, warmen Mädchen aus der Biochemie. Hey, wusstest du, dass der fette Jackson von den Informatikern mit der süßen Caroline aus war?"
„Welche Caroline? Sollte ich die kennen?"
„Mensch Martin, die Amerikanerin, du weißt schon, die mit den dicken Brüsten und dem Harvard-Pulli."
„Ach so, ja doch, die kenne ich. Eine seltsame Konstellation, Jackson und Caroline."
„Eine seltsame Konstellation nennst du das? Da hat sich Öl mit Wasser vermischt ... rein chemisch gesehen, meine ich. Mann, das ist der Hammer. Stell dir den fetten Jackson einmal vor, wie er auf Caroline rummacht. Nein, was für ein Bild."

Der Filzkopf schüttelte sich vor Lachen und kriegte sich überhaupt nicht wieder ein. Ihm standen die Tränen in den Augen. Zugegeben, die Vorstellung hatte schon etwas Komisches an sich. Aber im Allgemeinen machte sich Martin nicht über die körperlichen Eigenheiten seiner Mitmenschen lustig. Nur steckte das Lachen des Franzosen einfach an und Martin lachte lauthals mit.
„Hey ihr zwei, habt ihr zuviel Pflanzen von Bob Marleys Farm geraucht oder was gibt es hier zu gackern?"
Das Geburtstagskind Frank steckte seinen Lockenkopf in ihr Zimmer. Er war einer der Geologen und genau wie Martin im ersten Jahr hier. Frank war ein gutmütiger Bursche, der aus der Nähe von Manchester stammte. Seine Familie hatte vor Jahrzehnten im Zuge des Textilbooms an der englischen Westküste einen Haufen

Geld gemacht und durch kluge Transaktionen und den rechtzeitigen Absprung von sterbenden Geschäftszweigen, ein stattliches Unternehmen aufgebaut, das überall und nirgends beteiligt war. Immerhin gab diese Unternehmung Frank als jüngstem Spross der Familie die Möglichkeit, sich einen Studiengang nach seinen Interessen auszusuchen, da die älteren Brüder wohl die Unternehmensleitung erben würden. Wieso er sich für die Geologie entschieden hatte, konnte von keinem der Studenten jemals abschließend geklärt werden.

„Was ist nun, Bob Marley, bereit für die große Party im BOT?"
„Was für eine Frage, Frank. Ich hoffe, du hast die dicken Scheine in der Tasche, denn der Rasta-Mann hat ordentlich Durst. Hey Martin, mach´s gut und schneide dir noch mal schnell die Nasenhaare, damit du ordentlich Eindruck schinden kannst."
„Verschwinde Jean-Luc und viel Spaß."
Die beiden zogen mit einer Horde von anderen Studenten den Flur hinunter. Man hörte sie noch in den Fahrstuhl steigen, dann war es plötzlich still. Er hatte noch etwas Zeit und betrachtete sein Äußeres eingehend im Spiegel. Der Anzug stand ihm nicht schlecht, die Krawatte saß ganz gut. Er hatte geduscht und sich die Haare gekämmt. Die Zähne waren geputzt und die teuren schwarzen Schuhe aus dem Karton geholt. Er konnte sich nicht helfen, irgendwie blickte ihm da ein fremder Mensch entgegen. Der ganze Aufzug passte nicht zu ihm. Das Hemd kratzte am Hals und er schwitzte unter dem Jackett wie ein Bergarbeiter im Stollen. Und dann diese Schuhe. Er trug eigentlich immer nur Turnschuhe.

Nicht der Mode wegen, er fand sie einfach bequem. War das nicht die Hauptsache? Die schwarzen Schuhe, die ihm Mutter zum Anzug dazu gekauft hatte, waren nicht nur unbequem, in seinen Augen sahen sie auch noch fürchterlich aus. Aber Turnschuhe zum Anzug? Das ging wohl auch nicht. Also kletterte er in die schwarzen Totengräberlatschen und machte sich bereit zum Aufbruch.

Das Haus der McCabes lag in der Claremont Street unweit der Universität in einem gehobenen Wohnviertel. Vor dem Eingang hatte sich schon eine stattliche Armada von Nobelkarossen eingefunden. Die alte Stadtvilla seines Professors schimmerte im Abendlicht der Sonne fast wie eine Fata-Morgana aus Marmor. Zwei große Säulen säumten den Eingangsbereich. Die kleine Auffahrt war bereits zugeparkt, was Martin nicht weiter interessierte. Er war den Weg von der Alanbrooke Hall bis hierher zu Fuß gegangen, die frische Luft hatte ihm gut getan. Er stand unsicher vor dem Prachtbau und musterte die ankommenden Leute von der gegenüberliegenden Straßenseite aus. Die Herren sahen alle gleich aus, dunkle Anzüge, helles Hemd, geschmacklose Krawatte. Martin kam mit einem dunkelblauen Anzug, einem weißen Hemd und einer scheußlichen gelben Krawatte daher. Rein äußerlich würde er also schon mal nicht auffallen. Er gab sich einen Ruck, überquerte die Straße und steuerte zielsicher auf die großzügige Eingangstreppe zu. Die Buchsbäume rechts und links waren zu seltsamen Figuren getrimmt. Irgendwie erinnerte ihn der Vorgarten an einen billigen Abklatsch hochherrschaftlicher Gärten

des 19. Jahrhunderts. Er ging jede Wette ein, dass die McCabes auch einen Irrgarten angelegt hätten, wenn nur genügend Platz dafür gewesen wäre. So beschränkte man sich auf Buchsbäume und eine unbestimmte Anzahl von Ziersträuchern. Martin wunderte sich kein bisschen, dass auch sämtliche Pflanzen einer geometrischen Ordnung folgten: Alles war sauber zu Rechtecken, Dreiecken, Kreisen, Würfeln oder Pyramiden gewachsen.
Als er klingelte, öffnete eine Frau mittleren Alters, die denselben Hairstylisten haben musste wie seine verstorbene Mutter. Die Frisur war kunstvoll hochtoupiert und mit schwungvollen Fönwellen dekoriert. Die übliche Kriegsbemalung und das geübte Gastgeberinnenlächeln empfingen ihn mit einem vorhersehbaren Wortgeplänkel.

„Guten Abend, Mrs. McCabe, ich bin Martin von Bergen. Ich bedanke mich für die Einladung und erlaube mir, Ihnen eine kleine Aufmerksamkeit zu überreichen."
Martin hatte unterwegs einen kleinen Strauß Sommerblumen gekauft und hielt das für eine ausgezeichnete Idee. Seine Mutter hatte sich immer gefreut, wenn ihre Gäste sie mit einem Blumenstrauß überrascht hatten.
„Oh, wie entzückend von ihnen, Martin, vielen Dank. Mein Mann hat mir schon einige interessante Dinge von Ihnen berichtet. Warum haben Sie denn kein Mädchen mitgebracht? Ein solch eleganter, aufmerksamer junger Mann dürfte doch keine Schwierigkeiten haben eine nette Frau kennen zu lernen. Wir wollen mal se-

hen, ob wir nicht heute Abend eine Begleitung für sie finden, nicht wahr?“
„Es ist eher der Mangel an Gelegenheit, Mrs. McCabe. Sie wissen, der Professor ist sehr anspruchsvoll und ich konzentriere mich im Moment voll auf das Studium.“
„Aber gewiss doch, Martin. Das ist sehr lobenswert. Manchmal hilft aber auch ein wenig Abstand, um Dinge wieder klarer zu sehen. Ich hoffe, Sie amüsieren sich heute Abend prächtig. Wenn Sie mich jetzt entschuldigen würden, ich muss noch weitere Gäste begrüßen. Es hat mich gefreut, Sie kennen zu lernen.“
„Das Vergnügen war ganz auf meiner Seite, Mrs. McCabe.“

Und schon schob sie in ihrem eleganten, roséfarbenen Abendkleid davon, das ihre reizvollen weiblichen Formen betonte. Trotz ihres Alters war sie eine sehr attraktive Frau, und das wusste sie auch. Wenn sie durch den Raum schritt, verfolgten sie versteckte, gierige Blicke. Mrs. McCabe genoss diese Wirkung und lächelte mal dem Einen und dann dem Anderen ihrer Bewunderer zu, ohne dabei allzu viel Verbindlichkeit auszustrahlen.

Martin ging durch den üppig gestalteten Empfangsbereich und wunderte sich über die Inneneinrichtung des Hauses. Da hingen prachtvolle Kronleuchter von der Decke, die sich in keine Linie bringen lassen wollten. Sie waren von unterschiedlichster Art und Weise: Da gab es goldene, silberne und messingfarbene Leuchter und einer war ganz aus Glas. Sie hingen kreuz und quer von der Decke und schienen keine andere Aufgabe zu haben, als den Betrachter zu verwirren. Die Wände waren mit einer schweren weinroten Samttapete beklebt. Das Muster erinnerte Martin an Figuren aus einem Kaleidoskop. Wenn man länger auf die einzelnen Formen blickte, fingen die Elemente tatsächlich an, ineinander zu verschwimmen und neue Strukturen zu bilden. Durchbrochen wurde dieses Muster von den wuchtigen Bilderrahmen, die noch wuchtigere Werke bedeutender Maler enthielten. Die ganze Anordnung wirkte jedoch völlig skurril. Da gab es Porträtmalereien von gigantischem Ausmaß und Ansichten von Landschaften, die sich fernab von Europa befanden. Alle diese Werke hatten wahrscheinlich nur eins gemeinsam, sie waren alt und wertvoll. Ansonsten konnte er keinen Zusammenhang zwischen den Bildern herstellen. Die Rahmen waren verschieden in Größe, Form, Farbe und Material.

Dazu standen in jeder Ecke Möbel herum, auch alte Stühle. Allerdings immer nur einer von jeder Sorte. Sekretäre, Anrichten und zwei uralte Tische. Es war schon ein merkwürdiges Sammelsurium. Er vermutete, dass hier Mrs. McCabe ihre Finger im Spiel hatte. Der Professor mied diesen Raum mit Sicherheit so gut er konnte. Martin verließ dieses verwirrende Kabinett und trat hinaus in den Garten, wo der Lautstärke nach zu urteilen die Party bereits begonnen hatte. Er befand sich auf einer großen Terrasse, die mittels Terrakottaplatten im italienischen Stil gehalten war. In der Mitte des großzügigen Gartens, dessen Dimensionen man von der Straße aus nicht erwartete, sprudelte ein geschmackloser Springbrunnen vor sich hin. Martin kannte dessen Bauweise. Eine schlechte Nachahmung, die mit einem Haufen Putten, allerlei Schnörkel und

einer schmutzig weißen Farbe, etwas Antikes vorgaukeln sollte.
Der Rasen war saftig grün und auf Teppichhöhe geschnitten. Keine Unkrautpflanze wagte es, ihren grässlichen Kopf aus diesem grünen Meer zu erheben. Die Bäume, Sträucher und Blumenstauden waren geschmackvoll platziert worden und zeigten deutlich, dass ein diplomierter Gartenbaumeister hier seinen Traum von einer modernen, durchgestylten Oase verwirklicht hatte. Natürlich wirkte das Ganze nicht mehr. Aber was wirkte in diesen Kreisen schon noch natürlich? Was wollte man schon von Leuten erwarten, die ihren Hund zum Friseur brachten und das Futter in einem Spezialitätengeschäft kauften?
Wenn Martin vom Internat nach Hause kam, fiel ihm immer wieder auf, in welch künstlicher Welt seine Eltern lebten. Es gab ein Team von Angestellten, die sich um die persönlichen und weniger persönlichen Angelegenheiten seiner Erzeuger kümmerten. Seine Mutter wusste nicht, welche Klamotten man bei welcher Temperatur und mit welchem Mittel zu waschen hatte oder was ein Brot oder ein Liter Milch kosteten. Sein Vater hatte keinen Schimmer, wann das Auto zum TÜV musste oder wie eng die Sitze in der Economy Class bei der Lufthansa waren. Die Leute dieser gesellschaftlichen Schicht lebten in einer völlig anderen Welt. Fernab von ganz alltäglichen Problemen. Keiner sollte jedoch glauben, dass Martin mit einem goldenen Löffel im Mund aufgewachsen war. Das Internatsleben war kein Spaß für die Söhne gutbetuchter Eltern. Dort herrschte ein strenges Regiment. Die Zimmer waren spartanisch eingerichtet und es wurde bei der Rundumbetreuung

der Zöglinge auf jeglichen Luxus verzichtet. Diese harte Schule sollte den angehenden Managern, Firmenbossen, Ärzten, Regierungschefs, Fürsten und Prinzen das nötige Rüstzeug für das spätere Leben mitgeben. Disziplin, Ordnung und Fleiß als Schlüssel zum späteren Erfolg, sozusagen. Das dies aber nicht immer in der gewünschten Art und Weise funktionierte, konnte auch Martin an seiner Schule feststellen. Einer seiner Mitschüler hatte es immerhin geschafft, sich eine Überdosis Heroin zu spritzen, und das während der Mittagsruhe. Andere fuhren in den Ferien die Nobelkarossen ihrer Väter zu Schrott und ihre Gesundheit gleich mit. Es gab immer wieder Zwischenfälle, die eindrucksvoll belegten, dass die völlige Abschottung des elitären Nachwuchses - rein pädagogisch gesehen - nicht unbedingt der beste Weg war.

„Hallo Martin, ich freue mich, dass Sie gekommen sind. Haben Sie schon etwas zu trinken? Ich wollte Sie gerne ein paar befreundeten Professoren vorstellen."
„Guten Abend, Mr. McCabe. Ich bin gerade erst fünf Minuten hier und hatte noch keine Gelegenheit mir ein Getränk zu besorgen."
Mr. McCabe winkte einer der unzähligen Bedienungen mit weißer Schürze und weißem Tablett zu, nahm ein Glas Sekt, drückte es Martin in die Hand und zog ihn auf direktem Weg zu einer fröhlichen Männerrunde hinter sich her.
„Meine Herren, darf ich ihnen Martin von Bergen vorstellen, ein hoffnungsvoller, fleißiger Student der Betriebswirtschaftslehre, der den weiten Weg aus

Deutschland auf sich genommen hat, um an unserer wunderschönen Universität zu studieren."

Ein lautes Hallo und Aha schlossen sich an. Martin schüttelte ein paar Hände, nickte ein paar Mal freundlich mit dem Kopf und fühlte sich ziemlich unwohl inmitten dieser grauhaarigen, herausgeputzten Schar von Professoren. Einer meinte auch sofort eine Konversation von allgemeinem Interesse beginnen zu müssen und richtete eine Frage an den immer heftiger schwitzenden Martin.

„Sagen Sie mal junger Freund, was halten Sie von der deutschen Wiedervereinigung? Meinen Sie, rein wirtschaftlich betrachtet, dass dieses Ereignis Deutschland um einige Jahre zurückwerfen wird? Man hört ja, dass die Angleichung des Lebensniveaus in beiden Teilen Deutschlands den Staat in den Ruin treiben könnte. Ostdeutschland lag doch volkswirtschaftlich gesehen völlig am Boden. Meinen Sie, das war wirklich eine gute Entscheidung?"

„Ich glaube nicht, dass man die Freiheit eines Volkes volkswirtschaftlich betrachten sollte. Hier geht es doch nicht um Gewinn und Verlust. Die Wiedervereinigung, die immerhin auch friedlich geschafft wurde, ist ein Geschenk für die Menschen in beiden Teilen Deutschlands. Ich glaube auch nicht, dass sich jemand Gedanken darüber gemacht hat, ob es wirtschaftlich günstiger wäre, seine Verwandten aus dem Osten nicht in Freiheit leben zu lassen."

Die Herren Professoren schauten ein wenig irritiert. Es war plötzlich ziemlich still. Martin merkte sofort, dass er sich ein wenig zu weit aus dem Fenster gelehnt hatte.

Das wollten die alten Herren nicht hören, die teilweise noch im zweiten Weltkrieg gegen die Krauts gekämpft hatten. Nein, man wollte ein wenig Konversation betreiben. Belangloses Zeug eben. Jetzt kam dieser Bursche mit seiner Moralpredigt daher und versaute gleich den ganzen Abend. Was fiel dem eigentlich ein? Was wusste denn der schon? Der war schließlich noch grün hinter den Ohren.
„Aber um Ihre Frage zu beantworten: Ich glaube, dass die Wiedervereinigung die Binnenwirtschaft in Deutschland anheizen wird. Die Menschen in Ostdeutschland haben doch nichts. Sie werden sich Fernseher, Autos, Waschmaschinen und was weiß ich noch was kaufen. Es wird einen wahren Nachfrageboom geben. Mit den richtigen Produkten kann man sich jetzt eine goldene Nase verdienen."

Martin glaubte nicht, die Situation damit gerettet zu haben, aber es funktionierte. Die Atmosphäre entspannte sich und es begann eine lebhafte Diskussion darüber, mit welchen Waren man bei diesem Boom dabei sein könnte. Er beteiligte sich ab und zu noch mit einigen Zwischenbemerkungen an dem Gespräch, aber die Professoren hatten sich dermaßen in Rage geredet, dass es nicht weiter auffiel, als er sich langsam von dieser Runde wegschlich.
„Möchten Sie noch etwas trinken?"
Martin schaute in ein trauriges Gesicht. Das junge Mädchen lief bestimmt schon seit Stunden mit Häppchen und Sektgläsern herum und bediente die anwesenden Herrschaften. Martin sah ihr in die Augen, Wut stieg in ihm auf. Er wollte sich nicht bedienen lassen. Nicht so.

Das war erniedrigend für das Mädchen. Was hatte er schon geleistet, um sich von ihr bedienen zu lassen? Er fühlte sich schlecht. Am Springbrunnen nahmen drei junge Männer in weißen Anzügen Aufstellung. Jeder hatte eine Geige dabei und sie nickten sich mit ernsten Gesichtern zu. Dann begannen sie zu spielen. Martin hielt es nicht mehr aus. Er hasste solche Partys und Empfänge. Er musste weg, also lief er weg. Kein Ziel. Nur weg. Schnell. Weg von diesen Leuten. Weg von dieser Musik. Weg von den traurigen Augen des Mädchens.

7

Das Taxi hielt genau neben ihm und er stieg ein. Er hatte keine Ahnung, wohin er jetzt wollte. Zur Party konnte er auf keinen Fall zurück, zu groß war seine Abneigung gegen diese Art des menschlichen Schauspiels. Die Leute bedienten jegliches Klischee über die gesellschaftliche Oberschicht. Wichtig war einzig und allein der Eindruck, den man schinden konnte. Man achtete gezielt auf die Äußerlichkeiten. Deshalb war es wichtiger, über Mrs. Currans Brustvergrößerung zu sprechen, als über die Probleme in dieser Stadt. Martin hatte den Eindruck, dass diese Menschen ganz bewusst in einer Scheinwelt lebten, um der Realität, die so grausam und unbarmherzig war, ein wenig entfliehen zu können.

„Wo soll es denn nun hingehen, mein Freund, wieder zurück zum Flughafen?"
Vom Fahrersitz aus griente ihn genau der Taxifahrer an, der ihn am Tage seiner Ankunft vom Flughafen in die Stadt gefahren hatte. An der Art, wie er ihn musterte und seinem geringschätzigen Blick konnte er sehen, dass er ihn für einen kleinen verwöhnten Scheißer hielt, der nur deshalb deprimiert war, weil er zum Geburtstag lediglich den zweiwöchigen Aufenthalt auf den Malediven statt des Mercedes bekommen hatte.

„Hey, ich weiß, was du denkst, aber ich gehöre nicht zu denen da drinnen. Ich bin ein einfacher Student, klar."

„Du musst aber zugeben, dass dein Aufzug mir etwas anderes sagt.“
„Ja, ja, schon gut, ich war auf dieser Party, weil mein Professor mich eingeladen hat. Eigentlich wollte ich nur einen guten Eindruck hinterlassen, aber das ist irgendwie kräftig in die Hose gegangen. Und ich Idiot hab mich auch noch in diese Verkleidung gequält. Lass uns bitte von hier verschwinden.“
„Alles klar, du musst mir aber schon sagen, wohin du willst.“
„Ich möchte zu einem Ort, an dem ich das wahre Belfast erleben kann. Ich will einfach mal raus aus diesem Studentenviertel, indem alles durchorganisiert ist. Das Ganze ist wie eine Stadt in der Stadt. Ich bin jetzt schon vier Wochen hier und habe von Belfast noch gar nichts mitbekommen.“
„Gut, das lässt sich schon machen.“

Sean O´Mally fuhr Richtung City und bog dann rechts in das östliche Belfast ab. Sie überquerten den Lagan und erreichten nach wenigen Minuten das Werftgelände von Harland and Wolff mit seinen beiden riesigen Kränen. Ein paar Kurven und Abzweigungen später hielt er an und stieg aus. Martin folgte ihm und sah eine riesige verlassene Werkshalle und vor ihnen ein gigantisches Dock, das jedoch einen heruntergekommenen Eindruck machte. Er sah Sean fragend an.

„Hier, Martin von Bergen, wurde die Titanic gebaut. Die meisten Menschen auf der Welt kennen die Geschichte vom Untergang der Titanic und wie sie von Englands Westküste Richtung New York abgelegt hat, aber die Wenigsten wissen, dass sie in Belfast gebaut worden ist. Der Schiffsbau hat eine sehr lange Tradition in dieser Stadt. 1861 wurde die berühmte Harland & Wolff Werft gegründet und war danach immer einer der besten Arbeitgeber in Belfast. Mein Großvater und mein Vater haben hier gearbeitet. In den letzten Jahren sind immer mehr Leute entlassen worden, bei Massenentlassungen trifft es meist die Katholiken. Trotzdem sind die Leute stolz auf diese Werft."

„Woher weißt du meinen Namen?"

„Ich habe ihn bei der Ausweiskontrolle gelesen, du erinnerst dich? So etwas bleibt mir im Gedächtnis. Ein Typ, der noch nie eine Straßensperre gesehen hat."

„Hast du auch hier gearbeitet?"

„Nein, ich habe nichts gelernt. Jetzt fahre ich Taxi und bin zufrieden."

„Warum hast du nichts gelernt? Hattest du keine Lust oder gab es keine Ausbildungsplätze?"

„Das auch. Der eigentliche Grund ist jedoch, dass ich eine ganze Zeit im Knast gesessen habe. Solche Leute stellt keiner gerne ein, verstehst du?"

„Warum hast du gesessen? Ich meine ja nur, man will schließlich nicht unbedingt bei einem Mörder im Taxi mitfahren."

Martin versuchte sein Gesicht zu einem Grinsen zu verziehen, was aber nicht sonderlich gut gelang. Sean schaute in die Ferne. Seine Mundwinkel zitterten ein wenig.

„Darüber möchte ich nicht sprechen, Martin. Ich war jung und habe eine Menge Dummheiten gemacht. Wenn man aus West Belfast kommt, hat man es nicht

leicht, sich vom Ärger fern zu halten. Man wird in den Dreck hineingeboren und hat kaum Möglichkeiten rauszukommen. Das kannst du nicht verstehen. Wahrscheinlich bezahlen dir deine Eltern deinen gesamten Aufenthalt und du musst dich nicht weiter um solche Kleinigkeiten wie Essen, Miete und Kleidung kümmern."
„Meine Eltern sind tot."
„Tut mir leid. Wie ist das passiert?"
Martin erzählte Sean die ganze Geschichte der letzten Wochen. Er erzählte ihm vom Testament, von dessen Inhalt, von der Firma, von dem großen Haus seiner Familie und von seinem bisherigen Leben in den Internaten. Sean hörte aufmerksam zu. Manchmal lächelte er, aber die meiste Zeit blickte er Martin ernst in die Augen.
„Und dann schicken sie dich ausgerechnet nach Belfast? Das ist schon seltsam. Aber egal, du ziehst die paar Jahre durch und bist danach ein reicher Mann, der nie wieder Geldsorgen haben wird. Das ist doch eine schöne Aussicht."
„Ehrlich gesagt interessiert mich die Firma nicht sonderlich. Ich weiß nicht mal so ganz genau, was die dort eigentlich herstellen. Ich wollte immer so gern eine Obstplantage bewirtschaften. Leben von und mit der Natur, verstehst du?"
„In deinem Alter darf man noch träumen. Vielleicht ergibt sich später noch einmal die Möglichkeit."
„Was heißt hier in meinem Alter, Sean? Soviel älter als ich dürftest du auch nicht sein."
Der Taxifahrer schaute zunächst etwas irritiert, als er seinen Namen hörte. Doch dann erinnerte er sich an

die Visitenkarte, die er Martin bei ihrer ersten Begegnung in die Hand gedrückt hatte.

„Ich bin 28 Jahre alt und damit dürfte ich schon ein paar Jährchen mehr auf dem Buckel haben als du.“
„Erzähle mir etwas über die Probleme hier in Belfast, ich werde aus diesem ganzen Konflikt einfach nicht schlau.“
„Das ist nicht so einfach in ein paar Sätzen zu erklären, Martin. Im Grunde geht es darum, dass eine Bevölkerungsgruppe, hier in Belfast sind das die Katholiken, von einer anderen Bevölkerungsgruppe, das sind bei uns die Protestanten, aufgrund ihres Glaubens und ihrer Herkunft unterdrückt und verfolgt werden. Sie geben uns schlechtbezahlte oder gar keine Arbeit. Sie halten uns von Bildung und Politik fern. Sie sperren uns in Ghettos und brennen regelmäßig unsere Häuser nieder. Sobald sich die wirtschaftliche Lage in Nordirland verschlechtert, werden wir dafür verantwortlich gemacht. Sie schlagen Katholiken krankenhausreif, ermorden unschuldige Menschen, werfen Flaschen, Steine oder Brandsätze in unsere Häuser und bespucken unsere Kinder auf dem Weg zur Schule. Irgendwann haben sich die Katholiken angefangen zu wehren. Sie haben sich organisiert und sich die Übergriffe nicht länger gefallen lassen. Sie haben sich Waffen und Bomben besorgt und sind in die Offensive gegangen. Sie haben Forderungen gestellt und Gewalt mit Gewalt beantwortet. Da haben es die Protestanten mit der Angst zu tun bekommen und ihren mächtigen Verbündeten, die Briten, um Hilfe gebeten. Da England einen Bürgerkrieg auf nordirischen Boden verhindern wollte, ist man den

Bedrohten zur Hilfe geeilt. Von diesem Zeitpunkt an kämpften die Katholiken nicht nur gegen die protestantischen Paramilitärs, sondern auch gegen die British Army. Die Spirale der Gewalt drehte sich immer schneller und erreichte ihren Höhepunkt in den 70er und 80er Jahren. Irgendwann in den letzten Monaten hat man festgestellt, dass weder die eine noch die andere Seite gewinnen kann und setzte sich, streng geheim, an den Verhandlungstisch. Dies passte einigen Leuten in den jeweiligen Gruppen überhaupt nicht und deshalb gibt es bis heute Anschläge und Übergriffe. Dabei geht es schon lange nicht mehr um die Religion. Heute gibt es eine Auseinandersetzung zwischen Republikanern und Loyalisten. Die einen kämpfen für einen Anschluss Nordirlands an die Republik Irland und die anderen für die weitere Zugehörigkeit zum Königreich Großbritannien. Die gemäßigteren Gruppen bevorzugen einen souveränen Staat, in dem die Menschenrechte geachtet werden und beide Bevölkerungsgruppen friedlich nebeneinander leben können.“

„Das Letztere klingt doch aber sehr vernünftig.“

„Das ist der Punkt Martin, es klingt vernünftig. Nur leider sind wir in den letzten Jahrzehnten schon oft von der Gegenseite hintergangen worden und man traut seinem Gegenüber einfach nicht mehr. Du kannst das nicht verstehen, aber hier stehen sich Parteien gegenüber, die ihren Hass seit Generationen gepflegt haben. So etwas beendet man mal nicht eben locker am Verhandlungstisch.“

„Doch, das verstehe ich schon. Und was hat es mit den verschiedenen Vierteln auf sich?“

„Belfast hat zwei Problemzonen. Das sind der Westen und der Norden. In diesen beiden Teilen der Stadt treffen katholische und protestantische Viertel unmittelbar aufeinander. Das sorgt für erheblichen Zündstoff, zumal es sich bei den Stadtteilen um diejenigen mit der höchsten Arbeitslosigkeit handelt. Das wiederum fördert Vorurteile und jeder schiebt dem jeweils anderen die Schuld für die Misere in die Schuhe. Die Straßen zwischen diesen Vierteln sind praktisch Kriegsgebiet. Du musst dir vorstellen, Martin, die Leute brennen ihre Häuser nieder, wenn sie umziehen, nur damit die Gegenseite dieses Gebäude nicht in die Finger bekommt. Zwischenzeitlich hat die Armee die sogenannte Peace Line gezogen. Das ist eine bis zu sechs Meter hohe und stacheldrahtbewehrte Mauer, welche beide Gruppen vor den Übergriffen des Gegners schützen soll. Ein Betreten des protestantischen Viertels durch einen Katholiken ist lebensgefährlich, und andersherum sieht es nicht anders aus. Im restlichen Stadtgebiet bekommt man davon jedoch wenig mit. Es gibt Studenten, die nach Hause kommen und gar nicht verstehen, warum Belfast so negativ dargestellt wird. Sie haben in ihrem Universitätsviertel südlich des Donegall Square keine Unruhen bemerkt. Und das stimmt sogar. Halte dich einfach von den Problembereichen fern und du wirst keine Schwierigkeiten bekommen.“

„Ja, aber das gehört nun einmal auch zu Belfast. Ich kann ja nicht so tun, als wenn ich auf einer Insel der Glückseligen lebe. Ich will mir diese Stadtteile auch anschauen. Ich will die Menschen dort kennen lernen und mir ein eigenes Bild machen.“

„Deine Entscheidung, mein Freund, aber ich habe dich gewarnt. Hey, hast du Hunger? Auf diesen Partys gibt es bestimmt nichts Anständiges zu essen. Ich kenne da einen sehr guten Pub mit traditioneller Küche in meinem Viertel. Hast du Lust auf typisch irisches Essen und einen Haufen versoffener Nationalisten?“
„Klar, sehr gerne sogar.“

Sie gingen zurück zum Wagen. Sean fuhr durch die Innenstadt in Richtung West-Belfast. Als sie den Westlink überquert hatten, öffnete sich für Martin eine neue Welt. Hier sah es trostlos aus. Die Gegend wirkte heruntergekommen und die Häuser waren grau, alt und zum Teil zu kleinen Festungen ausgebaut. Die Bewohner hatten die Fenster mit Gittern oder Metallplatten gesichert. Martin sah weit und breit keine blühenden Pflanzen oder Grünflächen. Es war eine bedrückende Atmosphäre. Die Falls Road empfing ihn mit ihrem melancholischen und zerfurchten Gesichtsausdruck. Schmutz und Müll waren allgegenwärtig. Einzelne, ausgebrannte Autos standen auf den Brachflächen zwischen den Häusern. Die Straße war jetzt am Abend wie leergefegt. Man sah einfach niemanden.

„Wo sind denn die ganzen Menschen?“
„Die sind in ihren Häusern, das ist sicherer. Wer einen Weg zu erledigen hat, benutzt ein Taxi. Es gab und gibt immer wieder Übergriffe von Protestanten oder durch die RUC oder durch die Armee. Die Leute haben Angst. Am Tage spielt sich hier ein relativ normales Leben ab, aber nachts ist es gesünder zu Hause zu bleiben, zumal das protestantische Viertel in Reichweite

liegt. Ich kann dich aber auch zu deinem Appartement zurückfahren, wenn du dich unwohl fühlst."
„Nein, ist schon o.k. Ich würde nur gerne verstehen, warum die Menschen hier nicht einfach friedlich miteinander leben können."

Sean lachte in sich hinein.
„Na, dabei wünsche ich dir viel Erfolg. Es gibt eine Menge Leute, die sind hier geboren und aufgewachsen und wissen darauf bis heute keine Antwort. Der Konflikt ist schon so alt, dass die Gegner teilweise vergessen haben, worum es ursprünglich eigentlich ging. In der Zwischenzeit sind so viele andere schreckliche Dinge passiert, dass man das Gefühl bekommt, in einem Hamsterrad zu laufen. Jede Reaktion fordert immer wieder eine Gegenreaktion und keiner kann aufhören, weil niemand mehr weiß, wer eigentlich angefangen hat. Du musst wissen, dass für sehr viele Menschen dieser Kampf zum Lebensinhalt geworden ist. Nicht wenige haben alles verloren und einen sehr hohen Preis gezahlt. Da ist es natürlich so gut wie unmöglich einfach zu sagen, wir hören jetzt auf und sind alle wieder lieb zueinander. Jede Kriegspartei hat so viele Opfer zu betrauern, dass man nicht mehr bereit ist, auf den Anderen zuzugehen. Da geht es auch um Tradition, Geschichte und Ehre. Wir haben gegenüber unseren ermordeten Kameraden eine Verantwortung. Ihr Tod darf nicht umsonst gewesen sein, verstehst du das? Ich will jedenfalls nicht umsonst Jahre meines Lebens im Gefängnis gesessen haben. Es muss doch einen Sinn haben, dass sich so viele Menschen geopfert haben."
„Aber so wird es nie enden."

„Ich glaube, es gibt erst dann eine wirkliche Chance auf Frieden, wenn beide Parteien auf bestimmte Forderungen verzichten. Es bleibt dann aber immer noch die Frage, ob die Leute an der Basis das mittragen würden. Nicht zuletzt wegen solcher Bemühungen um einen dauerhaften Frieden, gründeten sich in den letzten Jahren eine Vielzahl von Splitterorganisationen. Das größte Problem ist, alle kämpfenden Einheiten zu einer großen Organisation zu vereinen. Das klappt in Belfast vielleicht gerade noch, aber es gibt noch genügend andere Gruppen in Nordirland.“
„Es wäre trotzdem einen Versuch wert. Vielleicht sollte man sich durch Rückschläge einfach nicht entmutigen lassen.“
„Das liebe ich an euch Ausländern. Ihr bringt immer einen unerschütterlichen Idealismus mit. Ganz so einfach ist das aber nicht, Martin. Oh, da sind wir, Dan Foley´s Pub. Du wirst es lieben - hoffe ich jedenfalls. Auf jeden Fall lernst du hier das authentische West-Belfast kennen, mein Freund.“

Foley´s Pub befand sich im Erdgeschoss eines zweistöckigen Hauses. Später erfuhr Martin, dass Dan, der Besitzer des Pubs, mit seiner Frau und den vier Kindern über der Pinte wohnte. Die Fassade des Gebäudes war mit Holz verkleidet und in dunklem Grün gestrichen. Alle Fenster zur Straße hin wirkten unterdimensioniert. Die Glasscheiben der Kneipe waren abgedunkelt. Auffällig waren die beiden riesigen Fahnen, die Dan Foley über dem Eingangsbereich wehen ließ. Die irische Trikolore mit ihrer grün-weiß-orangen Farbgebung war Martin aus dem Erdkundeunterricht noch bekannt. Daneben hing eine grüne Fahne, die ein goldenes Emblem besaß. Martin erkannte eine Harfe, die in einen Frauenkörper überging. Darunter konnte er die Buchstaben „ERIN GO BRAGH“ (Lang lebe Irland!) lesen, mit der er überhaupt nichts anfangen konnte. Er beschloss, Sean später danach zu fragen, da der schon die Tür für Martin aufhielt.

Aus dem Pub wehte ihm ein eigenartiger Duft entgegen. Es roch malzig und rauchig. Die Lautstärke erinnerte an das Lärmen einer Schulklasse, kurz bevor der Lehrer die Tür aufriss. Es waren fröhliche Stimmen zu hören, lautes Diskutieren und dazwischen immer wieder ein herzhaftes Lachen, das aus voller Brust geschmettert wurde. Die Theke, die Wände und das Mobiliar, soweit man es bei den vielen Leuten erkennen konnte, waren aus dunklem Holz gefertigt. Dadurch wirkte das Innere des Pubs wie eine Höhle mit glitzernden Lichtpunkten. Die Männer und Frauen konnte man wegen der sparsamen Ausleuchtung nur schemenhaft erkennen. Das änderte sich jedoch mit der Zeit, wie Martin später feststellte. An den Wänden hingen eine Unmenge Bilder, Reklameschilder, Fotos und Zeitungsausschnitte. Überhaupt hatte Dan Foley bei der Ausgestaltung seines Pubs mehr auf Quantität denn auf Qualität geachtet. Trotzdem konnte man sich des Eindrucks nicht erwehren, dass es genauso aussehen musste. Der ganze Kitsch und die Überfrachtung des Innenraums hatten einen Charme, dem man sich nicht entziehen konnte. Ständig gab es etwas Neues zu entdecken, denn Dan Foley´s Sammlung barg immer wieder erstaunliche Fundstücke.

Martin betrachtete ehrfürchtig die Erinnerungsstücke von erfolgreichen Straßenschlachten, ein Fußballtrikot von Celtic Glasgow und ein T-Shirt vom St.Patrick´s Day in New York. Es gab wirklich allerlei Kuriositäten. Am beeindruckendsten jedoch waren die Besucher in Dan Foley´s Pub. Eine bunte Truppe Katholiken, die sich lautstark und mit allen zur Verfügung stehenden Körperteilen unterhielten. Sobald ein Arm oder Bein aufgrund des starken Guinnessverbrauchs ausfiel, übernahmen andere Extremitäten die Aufgaben ihres Vorgängers. So konnte man junge Männer sehen, die nur noch wild mit den Händen gestikulierten, weil die Knie zwischenzeitlich den Dienst eingestellt hatten. Die Frauen klimperten einfach heftiger mit den Augen, wenn die Spannkraft des Busens allmählich nachließ.

Die älteren Herrschaften hatten solcherlei Kommunikation bereits hinter sich gelassen. Sie saßen an den Tischen und spielten Karten oder würfelten die nächste Runde aus. Dabei lächelten sie altersweise und trotzdem immer noch ein wenig spitzbübisch vor sich hin. Sie genossen die Bemühungen der jungen Leute, miteinander anzubandeln. Der ganze Raum war mit Rauchschwaden gefüllt, die sich wabernd von einem Tisch zum nächsten bewegten.

Sean zog Martin mit zur Theke und bestellte zwei Pint Guinness. Noch nie in seinem Leben hatte Martin Bier getrunken, aber das wollte er hier drinnen nicht unbedingt zum Besten geben. Sein Maß an peinlichen Auftritten hatte er heute schon erfüllt. Dan schob die beiden Gläser über die Theke und nickte Martin freundlich zu. Ein großes Schild über dem mächtigen Kopf des Wirtes verkündete, dass Alkohol erst mit 21 Jahren getrunken werden durfte. Es machte hier aber alles den Eindruck, als wenn Guinness schon deshalb nicht unter diese Regelung fiel, weil es sich um ein Lebenselixier handelte.

„Slainté!“ (Prost!)
„Was ist los? Ich habe nicht richtig verstanden.“
„Das ist gälisch und heißt Prost. Das solltest du aber mit Rücksicht auf deine Gesundheit nicht in einer protestantischen Kneipe in der Innenstadt sagen.“
„Slainté“, wiederholte Martin etwas unbeholfen. Die Gläser berührten sich. Er nahm einen kräftigen Schluck. Das Zeug war bitter. Es schmeckte, ehrlich gesagt, nicht besonders. Nach dem zweiten Glas änderte Martin seine Meinung dahingehend, dass es ganz hervorragend schmeckte. Das schwarze Gold. Wunderbar! Er wurde immer beschwingter, der Alkohol stieg ihm offensichtlich zu Kopf. Das versprochene Essen hatte er völlig vergessen. Mittlerweile wusste der gesamte Pub, dass Martin aus Deutschland kam und an der QUB studierte. Man bewunderte allgemein seinen Mut, sich nach West-Belfast zu trauen und beglückwünschte ihn reihum zu der Entscheidung, einen katholischen Pub aufgesucht zu haben. Martin lernte in dieser Nacht eine Vielzahl neuer Menschen kennen. Er hörte von ihren Sorgen und Nöten. Es war das Eintauchen in eine andere, in eine neue und aufregende Welt. Hier spielte es keine Rolle, dass er mit seinem Anzug und den blöden schwarzen Schuhen aufgetaucht war. Martin war beeindruckt, welche Fröhlichkeit diese Menschen aus-

strahlten, obwohl sie das Leben jeden Tag mit voller Wucht in den Hintern trat. Er dachte an die Party bei Professor McCabe und er stellte fest, dass ihm diese ganze Gesellschaft mit ihrem vielen Geld und dem großen Einfluss einfach nur leid tat. Hier waren Typen, die sich noch über Kleinigkeiten freuen konnten und die trotz der Schwere ihrer Situation ihren Humor nicht verloren hatten. Martin war in diesem Augenblick einfach glücklich. Hier in West-Belfast, im verrauchten Pub von Dan Foley, fühlte er sich geborgen und zufrieden. Allerdings fühlten sein Magen und seine Leber nichts von dieser Geborgenheit und auch nichts vom Gefühl der Zufriedenheit. Die stattliche Anzahl von Guinness hinterließ ihre Wirkung. Das Letzte, an das er sich erinnern konnte, war die Tatsache, dass Dan die Glocke läutete und so etwas wie „Last Order“ in die Runde brüllte.

8

Ein einziger kontinuierlicher Schmerz weckte ihn. Sein Kopf war in einem Schraubstock eingespannt. Die Augen konnte er nicht vollständig öffnen, weil das Licht ihn brutal blendete. Seine Zunge klebte am Gaumen fest und der Hals war trockener als die Wüste Gobi. Martin hatte Durst. Er war unfähig sich zu bewegen. Ihm war übel und alles drehte sich. Das Schlimmste aber war sein Kopf. Er hatte keine Ahnung, wie er hierhergekommen war. Die Glocke. Dan Foley läutete die Glocke und alles drängte zur Theke und verlangte nach einem Guinness. Guinness? Oh ja, das war es. Er hatte das schwarze Gold Irlands literweise in sich hinein geschüttet und jetzt ging es ihm schlecht. Trotzdem konnte er sich nicht erinnern, wie er wieder nach Hause gekommen war. Er machte ganz langsam unter größten Mühen seine Augen auf und sah einen Kopf mit verfilzten Haaren. Der Typ, dem diese Haare gehörten, stand breitbeinig vor seinem Bett und grinste ihn höhnisch an. Nein, jetzt bloß keine französische Komik am frühen Morgen. Aber Bob Marley kannte keine Gnade.

„Mann, das muss ja eine Höllenparty beim alten McCabe gewesen sein. Oder war es so langweilig, dass du lieber an einer Alkoholvergiftung sterben wolltest? Du siehst so scheiße aus. Eins ist ja wohl mal klar, deinen guten Eindruck dürftest du beim Professor verspielt haben. Ich hoffe nur, du hast nicht auch noch in irgendeine antike Vase gekotzt."

Martin wollte etwas antworten, aber seine Zunge gehorchte ihm nicht. Er brummte etwas Unverständliches und versuchte sich aufzusetzen. Keine gute Idee. Sofort begann ein hämmernder Kopfschmerz seine Schläfen zu malträtieren. Das ganze Zimmer drehte sich und sein Magen rebellierte. Er rettete sich gerade noch zum Waschbecken und übergab sich endlos. Die schwarze Brühe floss aus ihm heraus und stank fürchterlich. Immer wieder krampfte sich sein Magen zusammen, obwohl schon jegliche Flüssigkeit aus seinem Körper befördert worden war. Nach einer halben Stunde ging es ihm besser, Jean-Luc hatte ihm eine kühle Limonade und zwei Aspirin gebracht. Behutsam kehrte er in das Reich der Lebenden zurück.

„Danke, Jean-Luc. Und wie war die Geburtstagsparty von Frank im BOT?"
„Da hast du wirklich etwas verpasst. Stell dir vor, Caroline hat dem fetten Jackson voll in die Eier getreten, weil der ihr vor versammelter Mannschaft an den Busen gegrapscht hat. Du weißt ja, wie prüde die Amerikaner in der Öffentlichkeit sind. Dabei gibt es dort die meisten minderjährigen Mütter in der westlichen Welt. Das sagt wohl alles.
Na, jedenfalls war das erst der Auftakt eines sehr amüsanten Abends. Caroline hat sich dann vom Geburtstagskind Frank trösten lassen. Der musste allerdings zwischendurch zur Bank, weil wir den Inhalt seiner Brieftasche relativ schnell leergesoffen hatten. Caroline tröstete sich in der Zwischenzeit mit unserem guten Kumpel Alkohol und verlor so die Beherrschung, dass sie uns kurz vor zehn Uhr mit einem Strip vom Fein-

sten begeisterte. Das gefiel wiederum dem fetten Jackson nicht, der sie unverzüglich vom Tisch holen wollte. Er hatte allerdings nicht damit gerechnet, dass die meisten der anwesenden Herren die Show sehr genossen und keinen Abbruch dulden wollten. Aus diesem Grund musste der fette Jackson den Rest des Abends eingesperrt auf dem Klo verbringen. Ich kann dir sagen, was für ein Spaß.

Der Abend wurde allerdings noch besser, denn Sheila von der Biochemie tauchte zu später Stunde auch noch auf. Du weißt schon, der blonde Feger, der unsterblich in mich verliebt ist. O.k., sie weiß von ihrer lodernden Begierde noch nichts, aber irgendwann bricht es aus ihr heraus und dann bin ich bereit. Wir haben uns gestern Abend zweimal intensiv in die Augen geschaut. Meinst du das ist ein Zeichen?"

„Ein Zeichen für was?"

„Mann, Krautfresser, bist du noch betrunken? Ein Zeichen dafür, dass sie mich wahrgenommen hat. Ein Zeichen, dass die lodernde Begierde durchbricht. Also was meinst du?"

„Ja, könnte durchaus sein, Jean-Luc. Vielleicht hast du ihr aber auch nur im Weg gestanden oder aus deinem verfilzten Kopf sind die ersten Jungtiere geschlüpft. Was weiß ich, ich war doch nicht dabei."

„Hey, für die Komik bin ich zuständig. Du spielst auch weiterhin die Rolle des ernsthaften, strebsamen Studenten, der von den Professoren geliebt wird und froh sein kann, dass ein wenig Glanz von meiner umschwärmten Person auf ihn abfärbt."

Draußen auf dem Flur hörte man lautes Gelächter. Eine ganze Horde schreiender Studenten bewegte sich vom Fahrstuhl aus in ihre Richtung. Steve öffnete die Tür und schüttete sich aus vor Lachen. Sein muskulöser Körper zitterte, er kriegte sich überhaupt nicht ein. Steve studierte Jura an der QUB und entstammte einer angesehenen Richterfamilie aus Belfast. Sein Vater hatte bereits drei Anschläge der IRA überlebt und galt unter der protestantischen Bevölkerung als eine Art Held. Langsam bekam Steve seinen zuckenden Leib unter Kontrolle. Er holte einmal tief Luft und dann sprudelten die Worte nur so aus seinem Mund.
„Leute, ihr werdet es nicht glauben. Sie haben den fetten Jackson gestern auf der Toilette im BOT vergessen. Nachdem alle gegangen waren, wollte er sich selbst befreien und hat das Klofenster eingeschlagen. Beim Versuch, sich durch die Öffnung zu zwängen, ist er hängen geblieben. Das ist kein Scherz, der fette Jackson steckt im Scheißhausfenster des BOT fest. Wir wollen alle kurz rüber und uns das Schauspiel ansehen, wenn sie ihn befreien. Die Feuerwehr ist schon angerückt, aber die stehen noch etwas ratlos herum, weil sie solch einen Fall auch noch nicht hatten."
Und wieder schüttelte er sich vor Lachen. Er lief zum nächsten Zimmer. So wurde nach und nach die gesamte Studentenschaft von dem zu erwartenden Schauspiel unterrichtet.

„Zieh dich an, Martin, das müssen wir uns ansehen. Komm schon, die frische Luft wird dir ganz gut tun."
Natürlich war auch er neugierig, wie sie Jackson aus dieser Lage befreien würden, aber schnell ging hier gar

nichts. Er versuchte sich in einem angemessenen Tempo anzuziehen und sah aus den Augenwinkeln seinen französischen Mitbewohner aus dem Zimmer sprinten. Das war natürlich etwas für Jean-Luc. Diese Story würde er in der Studentenzeitung ausschlachten, davon war Martin überzeugt. Er putzte sich schnell die Zähne und machte sich auf den Weg, um die spektakuläre Befreiung nicht doch noch zu verpassen.

Von der Alanbrooke Hall zum BOT waren es nur ungefähr 600 Meter. Trotz des wackeligen Laufstils hatte Martin die Strecke in wenigen Minuten geschafft. Was sich dann als Szenerie vor ihm auftat, konnte man eigentlich nur schwer in Worte fassen. Er schätzte, dass die Belfaster Berufsfeuerwehr in gesamter Mannschaftsstärke angetreten war. Die Studenten, die am Wochenende nicht die Stadt verlassen hatten, waren komplett vor Ort, um die Rettungsaktion mit Rufen und Pfiffen zu begleiten. Die RUC hatte das Gebiet um das Klofenster in einem Sieben-Meter Radius abgesperrt und konnte sich ein hämisches Grinsen ebenso wenig verkneifen, wie die vielen Touristen und Schaulustigen, die zufällig des Weges gekommen waren. Keiner, wirklich keiner, wollte sich dieses Ereignis entgehen lassen. Es kamen immer neue Leute dazu, so füllte sich der Platz vor dem Botanic Inn schnell mit einigen hundert Menschen. Martin kämpfte sich nach vorn und sah gerade noch, wie sich drei Feuerwehrleute an die Arme vom fetten Jackson hängten, um ihn so aus seiner misslichen Lage zu befreien.

„Hört auf, das tut weh. Ihr reißt mir die Arme aus, so bewegt sich gar nichts!"
Jeder sah das schmerzverzerrte Gesicht des fetten Jackson und konnte nicht anders, als lauthals loszulachen. Das ganze Spektakel erinnerte an einen Film mit „Dick und Doof" oder „Charlie Chaplin". Man sah eine Menge Feuerwehrleute um Jackson und das Fenster herum springen. Der Eine zog hier, der Andere zog da, nur den fülligen Studenten bewegten sie keinen Millimeter von der Stelle. Ein Schaulustiger erntete ein paar vereinzelte Lacher, als er meinte:
„Sollen sie doch die IRA rufen, die sprengen den Jungen da schon raus."
Die Mehrzahl fand diesen Scherz wegen ihrer eigenen schlechten Erfahrungen nicht besonders witzig und strafte den Witzbold mit geringschätzigen Blicken. Nach einer weiteren halben Stunde hatte man per Funk die Mitarbeiter des städtischen Bauhofs erreicht, die ihrerseits nun mit einem riesengroßen Stemmhammer anrückten. Martin sah deutlich die Angst in Jacksons Augen, als der kräftige Baumensch sein Gerät anschmiss. Das verursachte nämlich einen Höllenlärm und erweckte nicht im Mindesten den Eindruck, besondere Rücksicht auf die zarte Studentenhaut des Verzweifelten zu nehmen. Schon bald hatte man einen größeren Durchbruch geschaffen und der mit viel Misstrauen gestartete Versuch stellte sich schon bald als erfolgversprechend heraus. Der Hausmeister des BOT sägte von unten den Fensterrahmen durch, so konnte man den fetten Jackson relativ unverletzt bergen. Der hatte natürlich einige psychische Blessuren davon getragen und wurde deshalb schnellstens vom Rettungs-

dienst abtransportiert. Die Studenten nahmen diesen Umstand ziemlich gelassen hin, den Spott und Hohn würde man sich eben für später aufheben. Der Hausmeister des BOT lief aufgeregt zwischen den Polizisten, den Feuerwehrleuten und dem Stemmhammermann hin und her und fragte jeden Einzelnen, wer denn für den entstandenen Schaden nun aufkommen würde.

„Wegen Einbruchs können sie den fetten Jackson aber nicht verklagen, der wollte ja nicht rein, sondern raus. Sie sollten froh sein, wenn man sie nicht wegen Freiheitsberaubung dran kriegt."

Steve hatte damit alle Lacher auf seiner Seite. Die ganze Situation entspannte sich. Der Hausmeister musste nun selber grinsen und die Rettungskräfte traten den geordneten Rückzug an. Martin sah, wie Jean-Luc mit seiner Kleinbildkamera eine ganze Fotostrecke geknipst hatte und wusste, dass Jackson um einen Schmähartikel im studentischen Käseblatt nicht herum kommen würde. Leider kamen sie nicht mehr in den Genuss, dem Steckengebliebenen ein höhnisches Grinsen zu schenken, da dieser sich unverzüglich nach seiner Entlassung aus dem Krankenhaus nach London verdrückte. Übrigens folgte ihm Caroline nach wenigen Wochen, da ihre Stripshow ebenfalls fotodokumentarisch festgehalten und unter den Studenten verteilt worden war.

9

Es wurde Herbst in Belfast. Martin war seit gut drei Monaten in Nordirland und lebte noch. Das Studium machte ihm wenig Schwierigkeiten; er galt als begabt und fleißig. Er hatte unter den Studenten einige Freunde gewonnen und teilte sein Zimmer mit einem völlig durchgeknallten Mitbewohner, der ihm sehr ans Herz gewachsen war. Sean O´Mally zeigte ihm in unregelmäßigen Abständen alle möglichen Ecken von Belfast, so dass er sich schon nach kurzer Zeit sowohl geographisch als auch politisch bestens auskannte. Sean und er. Der Taxifahrer und der Student. Der Mann aus dem Armenviertel Belfasts und der Millionenerbe aus Deutschland. Sie beide, die so offensichtlich verschieden waren, wurden trotz der Unterschiede immer mehr zu guten Freunden. Martin hatte mehrmals versucht, mehr über die Vergangenheit Seans zu erfahren, doch der blieb in dieser Hinsicht verschlossen. Er akzeptierte dieses Schweigen irgendwann, so dass es ihre Freundschaft nicht weiter belastete. Sie liebten beide die Besuche in Dan Foleys Pub, ihre Gespräche und Diskussionen. Sean war überrascht, welche Ansichten über das Leben ein Junge aus der Oberschicht vertrat, der immerhin ein mittelständisches Unternehmen erben würde. Er mochte Martin von Anfang an. Irgendwie gefiel ihm die ruhige, besonnene Art des deutschen Studenten, sein unerschütterlicher Optimismus und der Idealismus, mit dem er für seine Ansichten eintrat. In gewisser Weise fühlte er sich auch ein Stück weit für ihn verantwortlich. Er wusste, dass Martins Eltern umge-

kommen waren und dass er nie richtige Freunde hatte, weil das Internatsleben diese Art von Beziehungen fast unmöglich machte. Letztlich wollte er ihm aber auch beweisen, dass Belfast und Nordirland mehr zu bieten hatten als IRA, UDA, UVF, RUC, Bomben und British Army.
Martin spazierte die Great Victoria Street entlang. Er hatte sich heute einen freien Tag genommen, sämtliche Vorlesungen geschwänzt und bummelte durch Belfasts Einkaufsstraßen. Es war ein regnerischer Tag. Der Wind schob die Wolken vor sich her und er wurde das Gefühl nicht los, dass die Elemente dort oben einen Wettstreit veranstalteten. Es regnete für wenige Minuten, dann folgte ein kräftiger Wind und kurz darauf brach die Sonne durch, die nach einiger Zeit wieder von grauen Wolken verdeckt wurde. Kaum ein Thema erregte solche Aufmerksamkeit auf der ganzen Insel wie das Wetter. Man konnte bei den Buchmachern sogar Wetten darüber abschließen, welche Niederschlagsmenge am nächsten Tag aus dem Himmel fiel. Traf man zufällig auf einen guten Bekannten, dann war das wichtigste Gesprächsthema das Wetter, dicht gefolgt von Familienangelegenheiten. Heute war das Wetter typisch für Belfast, irgendetwas zwischen heiter, bedeckt und Nieselregen. Martin störte so etwas nicht, er nahm das Wetter wie es kam.

Er hatte sich gerade vom Anblick der wunderschönen Fassade des Crown Liquor Saloon gelöst, als es einen fürchterlichen Knall gab. Martin hatte keine Zeit sich umzudrehen, um die Ursache des Geräusches zu erfahren. Eine Druckwelle gigantischen Ausmaßes erfasste seinen Körper und entriss ihn für wenige Augenblicke der natürlichen Erdanziehung. Er wurde durch die Luft geschleudert, drehte sich und klatschte mit einem dumpfen Geräusch an die gegenüberliegende Hauswand. Er zog sich eine schwere Kopfverletzung zu, hatte sich die Nase und etliche Rippen gebrochen und blutete heftig. Nach dem Aufprall verlor er das Bewusstsein. Martin sah nicht, wie die Bombe Menschen zerfetzte und ihre abgerissenen Gliedmaßen durch die Luft flogen. Eine undurchdringliche Staubwolke hatte sich gebildet, genährt von den Betonteilen, die durch die Explosion zermalmt wurden. Ein Atmen war kaum möglich. Die mikroskopisch kleinen Partikel legten sich auf die Haut und drangen durch die Luftröhre in die Lungenbläschen ein. Auf den Verletzten und Toten bildete sich in wenigen Minuten eine Patina aus grauem Pulver. Sie sahen aus wie frischgebackener Kuchen auf dem man zu viel Puderzucker verteilt hatte. Der Staub mischte sich mit Unmengen von Blut, das überall aus menschlichen Körpern sickerte. Der graue Schleier löschte alle Farben der Umgebung aus. Eine gespenstische Stille herrschte nach der Explosion. Man hörte keine Vögel zwitschern, keine Menschen schreien, keinen Wind pfeifen. Für einen Moment war alles paralysiert.

So paradox es klingen mag, ein Bombenanschlag löst einen kurzen Augenblick des Friedens aus. Für wenige Sekunden und in einem begrenzten Raum gibt es eine Zeit des gemeinsamen Luftanhaltens aller Elemente. Dieser zeitgerafften Stille folgt der Sturm des Grauens. Die Traumatisierten beginnen ihre verzweifelte Suche nach der Realität. Die Verletzten erkennen ihre Lage und beginnen fürchterlich zu schreien. Ein Schreien, das nichts Menschliches mehr an sich hat. Sie röcheln, würgen, brüllen und kreischen wie Tiere. Manche liegen aber auch nur tonlos da. Sie geben keinen Laut von sich, weinen still in sich hinein. Sie sind gelähmt und können das Geschehene in keinen Bezug zu ihrem Körper bringen. Das gesamte Ausmaß des Schreckens wird erst zögernd deutlich.

Nach zehn Minuten trafen die ersten Rettungskräfte ein, die jedoch nicht an den Ort des Geschehens vordringen konnten, weil durch die Luft gewirbelte und ausgebrannte Autos neben Eisenträgern und unzerstörten Gebäudeteilen keine Passage in die gegenüberliegende Wirklichkeit zuließen. Die Feuerwehrleute und Sanitäter kämpften sich mit dem Wissen vorwärts, dass diese Minuten weiteres Leben auslöschten. Der Tod sprang leichtfüßig zwischen den Trümmern herum und suchte sich sein Gefolge zusammen. Unfähig auch nur einen Schritt zu tun, saßen einzelne Passanten auf dem Gehsteig und hielten ihren Kopf zwischen den Händen. Sie hatten dem Tod bei der Arbeit zugesehen und konnten nicht fassen, mit welcher Ignoranz er vorging.

Hubschrauber kündigten ihr Kommen mit einem höllischen Lärm an. Die Rotorblätter vertrieben Rauch und Staub und bereiteten dem Grauen einen letzten orgiastischen Auftritt. Die Retter liefen konfus von einem Opfer zum anderen und hofften auf einen Sieg im ungleichen Wettkampf mit dem Tod. Leichen wurden abtransportiert, nachdem die Verletzten in die Krankenhäuser verteilt worden waren.

Auf der gegenüberliegenden Straßenseite saßen die Traumatisierten und Paralysierten weiter auf Gehsteigen und Bänken und starrten mit leeren Augen vor sich hin. Keiner kümmerte sich um diese Menschen, teils aus Zeitnot, teils aus Desinteresse. Diese Stadt litt unter dem Dogma der Gewohnheit. Belfast war gefangen in der scheinbar unendlichen Spirale von Gewalt, Grauen und Ignoranz. Nach wenigen Tagen war der Ort des Anschlags geräumt. Politiker, Paramilitärs, Prominente aus Nah und Fern gaben ihre standardisierten Erklärungen ab. Und dann? Das Leben ging weiter in Belfast.

Martin wurde von zwei kräftigen Armen aufgehoben. Wenige Minuten nach dem Anschlag befand er sich in einem Auto, gebettet auf einer alten Decke. Man trug ihn nach einer kurzen Fahrt in ein Haus. Er wurde auf ein frisch bezogenes Bett gelegt. Seine Wunden wurden behandelt, er erhielt einige schneeweiße Verbände. Das Bewusstsein hatte er noch immer nicht wiedererlangt. Man besprach sich leise in seinem Zimmer und schloss dann vorsichtig die Tür. Er hatte den Anschlag überlebt.

10

Martin öffnete die Augen und schloss sie gleich wieder. Es war zu hell. Das Tageslicht, das durch das Fenster auf sein Bett fiel, war zu grell für seine seit zwei Tagen geschlossenen Augen. Er sortierte seine Gedanken und stellte fest, dass sein Erinnerungsvermögen wohl gelitten haben musste. Das Letzte, an das er sich erinnern konnte, war ein großer Knall. Danach breitete sich gähnende Leere in seinem Hirn aus. Keine Ahnung, wie er in dieses Zimmer gekommen war. Der Raum war ihm genauso unbekannt wie das Bett. Er spürte, dass dies nicht seine Matratze war. Viel zu weich für seinen Geschmack. Wo zum Teufel war er? Und was war passiert? Er hörte beschwingte Schritte und ein melodisches Summen. Die Tür wurde leise geöffnet, eine junge Frau kam herein. Sie wirkte überrascht, als sie sah, dass Martin wach war.

„Dia dhuit! Cén chaoi a bhfui tú?“ (Guten Tag! Wie geht es dir?)

„Dia is Muire dhuit. Tá mé go dona.” (Dir auch einen guten Tag. Mir geht es schlecht.)

“Dein Irisch klingt etwas seltsam. Woher kommst du?“

„Ich komme aus Deutschland und studiere an der Queens University. Ach so, und ich heiße Martin.“

„Ich weiß.“ Sie lächelte still vor sich hin. „Das hat uns Sean bereits erzählt. Sehr viel mehr war aber nicht aus ihm herauszubekommen.“

„Sean O´Mally? Der hat mir mein seltsam klingendes Irisch beigebracht. Aber was hat der denn ... wo bin ich hier eigentlich und was ist passiert?“

„Willkommen im Haus der O´Mallys. Mein Bruder Sean hat dich nach der Explosion der Bombe aufgelesen und auf seinen Armen quer durch die Innenstadt zum Taxi getragen. Er hatte Angst, dass du verbluten würdest. Deine Verletzungen waren wirklich schlimm, Martin."

Er hörte jemand die Treppe hoch rennen und kurz darauf stand Sean im Zimmer.
„Erzähl ihm ja keine Schauergeschichten, Schwesterherz. Wie geht es dir, Martin? Hast du noch Schmerzen? Der Doktor sagte, du wirst schon wieder. Ein paar gebrochene Rippen und dein deutscher Brummschädel hat wohl auch etwas abbekommen."
„Na ja, es geht so. Aber was war denn nun mit der Bombenexplosion und wo kamst du so plötzlich her, um mich von der Straße aufzulesen?"
„Ich bin ein paar Sekunden vor dem Anschlag an dir vorbeigefahren. Ich habe gehupt und gewunken, aber du warst wieder einmal in Gedanken. Als es dann geknallt hat, habe ich das Taxi am Straßenrand stehen gelassen und bin zurückgerannt.
Die Medien sagen, dass sich ein hochrangiger britischer Politiker im Hotel Europa aufgehalten haben soll. Dem galt wohl der Anschlag. Angeblich habe es keine Warnung durch die Attentäter gegeben. Die IRA bestreitet das aber und hat angegeben, dass sie zwei Anrufe bei der RUC getätigt hätten. Die hätten jedoch nichts unternommen. Es ist das übliche Spielchen, wenn der Verlust von Menschen zu beklagen ist, jede Seite will die Verantwortung wegschieben."

„Ich glaube nicht, dass Martin jetzt detailliert über die Hintergründe ins Bild gesetzt werden muss. Lass ihn doch erst mal wieder ganz gesund werden."
„Du hast recht, Sarah. Kümmere dich bitte um ihn, ich muss wieder los. Hey Martin, wir sehen uns heute Abend. Lauf nicht weg!"
„Sehr witzig. Sean?"
„Ja?"
„Vielen Dank!"
Sean lächelte und nickte nur kurz mit dem Kopf. Dann drehte er sich zur Tür und verließ zügig das Zimmer.

„Du solltest jetzt ein wenig schlafen, Martin." Sarah lächelte und ließ ihn allein.
Er konnte jedoch nicht schlafen. Vor allem deshalb nicht, weil ihm die schmerzenden Rippen ein Liegen fast unmöglich machten. Sein Kopf wurde wieder von dumpfen Schlägen heimgesucht. Erst jetzt spürte er deutlich, dass es ihn ziemlich erwischt hatte. Martin dachte angestrengt nach, ob er sich an irgendetwas nach der Explosion erinnern konnte. Doch da war nichts. Sean hatte ihm vermutlich das Leben gerettet und er hatte nichts Besseres auf Lager gehabt als „Vielen Dank". Was für eine großartige Geste von ihm. Er würde sich bei Sean in angemessener Art und Weise bedanken müssen, soviel war klar. Martin überlegte intensiv, doch die Kopfschmerzen ließen alle Ideen wie Federn im Wind davon schweben. Die ganze Grübelei machte ihn so müde, dass er trotz der Schmerzen einschlief.

Wie spät war es wohl? Draußen herrschte Dunkelheit. Martin horchte angestrengt, aber er konnte kein Geräusch ausmachen. Er versuchte sich auf die Seite zu drehen und stöhnte laut auf. Scheiße. Die Rippen. Das hatte er ganz vergessen. In der gegenüberliegenden Zimmerecke raschelte etwas.
„Alles in Ordnung, Martin? Möchtest du etwas trinken?“
„Ja, gerne.“
Seine Lippen berührten ein kaltes Glas. Er nahm einen langen Schluck. Das kalte Wasser kroch durch seinen erhitzten Körper. Sein Kopf fiel nach hinten auf das Kissen, erschöpft glitt er wieder in den Schlaf.

Nach weiteren drei Tagen ging es Martin deutlich besser. Er konnte aufstehen und ein paar Schritte bis zum Fenster gehen. Er sah hinaus auf die Straße, wo eine Horde Kinder Fußball spielte und sich mit alten klapprigen Fahrrädern Wettrennen lieferte. Das Haus, in dem er sich befand, grenzte unmittelbar an den Gehsteig und er konnte nirgendwo einen Grashalm entdecken. Überall Beton oder rote Backsteine.

Das Zimmer musste Sarah gehören, das verriet ihm die Einrichtung. Sein Bett war eigentlich eine Schlafcouch, die mit einer hellblauen Tagesdecke dekoriert war. Die Wände waren in einem warmen Orange gehalten. Ein zotteliger brauner Teddy saß auf der Fensterbank und schaute auf den Schreibtisch hinunter, der mit medizinischer Fachliteratur überladen war. Neben dem Fenster hing eine Pinwand, die einer Vielzahl von Fotos als Heimat diente. Er schaute sich die Bilder genauer an und sah Sarah am Strand und Sarah auf einem Pferd, Sarah mit Freunden beim Eis essen und Sean, wie er beim Hurling einen Pokal in die Luft stemmte. Weitere Menschen waren zu sehen, die Martin nicht zuordnen konnte. Die umfangreiche LP-Sammlung neben dem altersschwachen Plattenspieler ließ darauf schließen, dass sie ein großer Musikfan war. The Wolf Tones, The Dubliners, Cu Chulainn Folk Group, The Freemen, Bill Craig. Künstler, von denen er noch nie etwas gehört hatte. Immerhin, ein paar Scheiben von U2 waren auch dabei. In der Ecke stand eine an Scheußlichkeit kaum zu übertreffende Stehlampe, die man getrost als missglückte Hommage an die Belfaster Straßenlaternen bezeichnen durfte. Irgendetwas mit einem langen Hals und einem überdimensionalen Lampenschirm, von dem man erwarten konnte, dass er das ganze Zimmer gegen hochfrequentierte Strahlung schützte.

Die freien Wände wurden von zwei riesigen Regalen dominiert, die mit Büchern und Zeitschriften vollgestopft waren. Er streifte mit einem Blick die Einbände und entdeckte Werke von Hemingway, Tolstoi, Marx, John Steinbeck, William Butler Yeats und Flann O´Brien. Ziemlich anspruchsvoll. Martin musste zugeben, dass er ein klein wenig beeindruckt war. Es war nicht so, dass er Menschen in diesem sozialen Umfeld eine derartige Literaturbegeisterung nicht zugetraut hätte, vielmehr glaubte er, dass diese Leute ganz andere Sorgen hatten, als die großen Klassiker zu lesen. Wenn man täglich ums Überleben kämpfen musste, konnte die Schönheit der Kultur verständlicherweise schon mal auf der Strecke bleiben. Der verbliebene Raum neben der Tür wurde fast vollständig von einem großen Kleiderschrank ausgefüllt. Lediglich der kleine Nachttisch neben der Couch schaffte es trotzdem noch, sich dazwischen zu drängeln. Auf der Ablage entdeckte er einen kleinen Zettel. Mit zierlicher Handschrift waren einige Worte an ihn gerichtet:

Hallo Martin,

wenn Du mit der Inspektion meines Zimmers fertig bist, komm bitte nach unten, der Rest unserer Familie würde Dich gerne kennen lernen.

Sarah

Martin grinste in sich hinein. Sarah war ziemlich frech, das mochte er an Frauen. Er zog sich das Sweatshirt über, das Sean ihm hingelegt hatte und stieg die Treppe hinunter. Die engen Stufen machten ihm zu schaffen. Bei jedem Schritt spürte er die gebrochenen Rippen und musste sich ziemlich zusammenreißen, um nicht laut aufzustöhnen. Er erreichte den Treppenabsatz. Aus dem linken Zimmer drang das Geklapper von Töpfen und Tellern. Als er den Kopf zur Tür hereinsteckte und freundlich grüßte, lächelte ihn eine Frau mittleren Alters an. Sie hatte Sarahs Augen und dieselben kleinen Sommersprossen auf der Nase. Ein stämmiger Mann saß mit dem Rücken zu ihm auf einem der blauen Küchenstühle und starrte in die Zeitung. Sarahs Vater drehte sich nur langsam um und musterte ihn skeptisch. Nach einem kurzen Kopfnicken und irgendeiner genuschelten Begrüßung wendete er sich wieder dem Sportteil des Belfast Telegraph zu.

„Hallo Martin, schön, dass es Ihnen wieder besser geht, möchten Sie vielleicht einen Tee? Ich habe gerade eine Kanne frisch aufgebrüht und etwas Kuchen ist auch noch da."
„Da sage ich nicht Nein." Er schenkte ihr sein bewährtes Schwiegersohnlächeln und blieb etwas verlegen in der Tür stehen.
„Gehen Sie ruhig ins Wohnzimmer. In der Küche ist es doch nicht so gemütlich und Großvater O´Mally freut sich bestimmt über etwas Gesellschaft."
Sarahs Vater brummte wieder etwas in sich hinein und schüttelte den Kopf. Mutter O´Mally winkte nur ab und schob Martin ins gegenüberliegende Zimmer.

„Grandpa, hier ist unser Gast, er heißt Martin. Du weißt schon, das ist der Freund von Sean, der bei dem Anschlag auf das Hotel Europa verletzt worden ist."
„Nuala, ich bin zwar alt und habe dieses Jahr deinen Geburtstag vergessen, aber so senil bin ich nun auch wieder nicht."

Grandpa O´Mally saß in einem uralten Schaukelstuhl und bewachte das Feuer im Ofen. Mit einem kleinen Stock stocherte er ab und zu in den Torfklumpen herum, um zu kontrollieren, ob noch genügend von dem gottgegebenen Brennstoff vorhanden war. Er hatte eine Pfeife in seinem Mundwinkel, die wunderbar nach Vanille roch. Seine tiefblauen Augen versteckten sich teilweise unter den grauen, buschigen Brauen; seinen

Mund umspielte ein wissendes, leicht spöttisches Lächeln. Er hatte sein Lebtag eine verwegene Schiebermütze auf den Kopf, die er nur zum Schlafen abzunehmen pflegte. Grandpa hatte keine Hände, er besaß Pranken. Im Verhältnis zu seiner Körpergröße waren sie geradezu monströs. Man konnte sich gut vorstellen, dass er früher bei der Last Order im Pub keine Probleme hatte, auch wirklich das letzte Bier zu bekommen. Großvater O´Mally hatte 40 Jahre lang auf der Werft unten im Belfaster Hafen geschuftet. Bei seinen Kollegen galt er als harter Kerl, den nichts umwerfen konnte. Er arbeitete für Zwei und war nie krank. Doch dann starb seine Frau an Krebs. Das warf ihn vollkommen aus der Bahn. Ihn, den starken Kerl. Auf einmal war er verletzlich geworden. Er fragte sich wofür und warum er weiterleben sollte, doch er bekam keine Antwort. Sarahs Eltern holten ihn zu sich ins Haus und kümmerten sich so gut es ging um ihn. Grandpa fing sich wieder, aber er hatte sich für immer verändert. Trauer und Unverständnis blieben seine ewigen Begleiter. Nur eins hatte er trotzdem nie verloren: Den Humor. Der Schalk saß ihm nach wie vor im Nacken. Er konnte herrliche Geschichten erzählen und jeder wusste, dass sie von vorne bis hinten gelogen waren. Das spielte aber keine Rolle. Ein Sprichwort in Irland besagte, dass eine gute erfundene Geschichte tausend Mal besser sei als eine wahre Begebenheit.

„Auf welcher Position spielst du denn?“ Grandpa zeigte mit seinem Stöckchen auf Martins Sweatshirt, auf dem das Logo eines Hurling Clubs aus West Belfast prangte.

„Ich weiß ehrlich gesagt nicht einmal, worum es bei diesem Spiel geht, weil ich es nämlich noch nie gesehen habe."
„Noch niemals gesehen? Bist du etwa ein Protestant und kennst nur Fußball?" Grandpa versuchte ernst zu schauen, was ihm jedoch nicht sonderlich gut gelang.
„Nein, ich bin Deutscher und Fußball interessiert mich auch nicht besonders."
„Deutscher? Was soll das denn sein, eine Religion oder was?"
„Natürlich nicht, ich bin römisch-katholisch ... zumindest steht es so in meinem Pass. Ich war schon seit Monaten nicht mehr in der Kirche, und auf der Internatsschule waren wir Schüler alle konfessionell verschieden gebunden. Mir fehlt daher ein wenig der Bezug zur Religion."
„Hauptsache, katholisch getauft, mein Junge. Den Rest lässt du hier aber lieber niemanden hören. Die Leute in diesem Viertel verstehen keinen Spaß, wenn es um die Kirche geht."

Sarahs Mutter brachte das Teegeschirr und ein Tablett mit selbstgebackenem Apfelkuchen herein. Es duftete herrlich. Großvater O´Mally schickte sie noch einmal in die Küche, um den braunen Zucker zu holen. Den kurzen Moment ihrer Zweisamkeit nutzte er und goss Martin einen kräftigen Schluck aus seinem Flachmann in den Tee.
„Echter irischer Whiskey, das ist die beste Medizin." Sein Gesichtsausdruck machte deutlich, dass er keinen Widerspruch duldete und deshalb Martin erst gar nicht gefragt hatte.

Nuala O`Mally brachte den gewünschten Zucker und setzte sich Martin gegenüber auf die Couch.
„Sean hat uns erzählt, dass ihre Eltern verstorben sind. Wie kamen sie denn auf die Idee, in Belfast zu studieren?"
„Das hat mein Vormund entschieden, Mrs. O´Mally. Ein alter Studienfreund von ihm ist Professor an der QUB."
„Der Junge lernt hier wenigstens, wie man überlebt."
„Grandpa! So etwas solltest du nicht sagen." Nuala schaute verlegen in Martins Richtung.
Der alte O´Mally schmunzelte. Er liebte es, seine Mitmenschen mit zynischen Bemerkungen zu provozieren. Es amüsierte ihn, wenn die Betroffenen dann pikiert zu Boden schauten.
„Jetzt probiere ich aber erst einmal, ob ich Ihren Whiskey überlebe."
Martin nahm einen kräftigen Schluck aus seiner Tasse. Nuala schenkte Grandpa einen wütenden Blick. Der klopfte sich auf die Schenkel, zeigte seine letzten verbliebenen Zähne und lachte donnernd.
„Du gefällst mir! Endlich mal jemand, der es versteht, einen guten Scherz zu machen. Hey, Sarah, setz dich zu uns. Der Junge hier ist in Ordnung. Ein Student zwar, aber schließlich ist keiner von uns fehlerlos."

Martin hatte Sarah nicht bemerkt. Sie stand schon eine ganze Weile in der Tür und hatte die Unterhaltung kopfschüttelnd verfolgt. Da flog dieser Deutsche mit dem Schädel gegen eine Hauswand und hatte trotzdem noch so viele Sinne beisammen, um ihrem Großvater

mit seinen spitzen Bemerkungen anständig Paroli zu bieten.
„Es scheint dir schon wieder viel besser zu gehen. Was machen die Schmerzen?"
„Danke, ich fühle mich schon wesentlich besser, nur die Rippen machen noch ein wenig Probleme. Übrigens wollte ich mich gleich mal bei dir für alles bedanken, du bist wirklich eine tolle Krankenschwester."
„Noch bin ich Lernschwester. Meine Ausbildung dauert noch ein Jahr, insofern warst du ein guter Testpatient."

Sarah stellte ihre Tasche ab, begrüßte in der Küche ihren Vater und setzte sich dann neben ihre Mutter auf die Couch. Martin starrte sie an und bemerkte zum ersten Mal, wie unglaublich schön sie war. Sie hatte langes rotblondes Haar, das sie hochgesteckt trug. Ihre Augen schimmerten in einem unbeschreiblichen Grün. Wenn sie lächelte, bildeten sich kleine Grübchen auf ihren Wangen, und ihre Stimme war sanft und klar. Sie schaute Martin derart herausfordernd an, dass er auf der Stelle rot wurde. Er räusperte sich und zupfte verlegen an seinem Ohrläppchen herum. Sarah schaute ihm noch immer direkt in die Augen und nippte dabei ganz leicht an ihrem Tee. Plötzlich schoss ihm ein Gedanke durch den Kopf. Er dankte dem Allmächtigen oder wer auch immer ihm diesen Geistesblitz geschickt hatte. Das war die Rettung und die Chance. Er konnte sich aus der geistigen Umklammerung befreien und atmete hörbar auf.

„Da gibt es noch eine wichtige Sache. Ich müsste die Queens University anrufen und Bescheid sagen, dass

ich verletzt wurde und die nächsten Tage nicht erscheinen werde.“
„Das habe ich schon erledigt. Ich habe vom Krankenhaus aus angerufen. Die Frau aus dem Sekretariat hat gesagt, dass sie deinen Professor umgehend informieren wird.“
„Oh, das war aber nett von dir, danke. Ich bin dir ziemlich viel schuldig und weiß überhaupt nicht, wie ich mich dafür jemals revanchieren könnte.“
„Erst einmal solltest du wieder gesund werden und dann kannst du mich gerne mal ins Kino einladen.“

Nuala schaute völlig verdutzt zu ihrer Tochter und Grandpa war seit langer Zeit das erste Mal vollkommen sprachlos. Sarah aber, die sich der Wirkung und der Bedeutung ihrer Worte voll bewusst war, schnappte sich ein Stück Apfelkuchen und verzog sich in die Küche. Martin bedankte sich schnell für den Tee und bat um Nachsicht, dass er sich noch ein wenig hinlegen müsse.

Er blieb noch eine Woche bei den O´Mallys und bat Sean dann, ihn zur Alanbrooke Hall zu fahren, da er der Familie nun genügend zur Last gefallen sei. Das Haus verlassen konnte er jedoch erst, nachdem er Grandpa O´Mally versprach, regelmäßig zum Kartenspielen vorbei zu kommen. Die beiden hatten einige beinharte Duelle ausgefochten und der alte O´Mally hatte eine Schwäche für den jungen Mann aus Deutschland entwickelt. Sie foppten sich ständig und versuchten sich gegenseitig das Wort im Mund herumzudrehen. An das zweite Versprechen erinnerte ihn Sarah. Er schuldete ihr noch immer einen Kinobesuch. Martin wusste, dass er von Sarahs Vater in dieser Hinsicht mehr als argwöhnisch betrachtet wurde. Da gab es dieses uralte Vater-Tochter-Ritual. Trotzdem würde er mit Sarah ins Kino gehen.

Als Martin aus dem Haus war, fiel dem ganzen O´Mally-Clan auf, dass er ihnen irgendwie fehlte. Er war ein sehr angenehmer Gast gewesen, jeder im Haus hatte eine besondere Beziehung zu ihm aufgebaut. Oft stellt man erst bei einem Verlust den wahren Wert einer Sache fest, und manchmal müssen die Menschen eben erst gehen, damit sie ankommen können.

11

Als er aus dem Fahrstuhl stieg, hörte er sofort Jean-Luc, der, zum Leidwesen aller Bewohner dieser Etage, in unglaublicher Lautstärke einen Bob Marley-Song mitgrölte. Ehrlich, von Gesang konnte da keine Rede sein. Martin öffnete die Tür. Der Franzose saß in einer Wolke aus Zigarettenrauch mit Kopfhörern auf den Ohren und trällerte mit geschlossenen Augen dieses fürchterliche Reggae-Lied. Für Jean-Luc ein Meilenstein der Musikgeschichte war der Song für alle anderen Studenten ein kaum zu ertragender Angriff auf das zentrale Nervensystem. Eine unbeschreibliche Komik bekam diese Szenerie jedoch durch die seltsamen Kopf- und Armbewegungen des Rasta-Mannes. Sein Kopf schnellte ständig nach vorn, wobei er das Kinn gleichzeitig leicht anhob. Der Ablauf dieser Bewegung erinnerte an ein Huhn, dass über den Hof stolziert. Die Hände hatte er zu Fäusten geballt und die Arme leicht gebeugt. Parallel zum Kopfstrecken ließ er die Arme vor und zurückpendeln und brüllte dazu aus Leibeskräften, getragen von der unerschütterlichen Überzeugung, dass er richtig gut singen könne. Mit einem Mal riss er die Augen auf und starrte Martin entgeistert an. Der Mund blieb zwar offen, aber es kam kein Ton mehr heraus. Jean-Luc schmiss die Kopfhörer aufs Bett und mit zwei kurzen Schritten war er bei Martin und umarmte ihn leidenschaftlich.

„Mensch Martin, schön, dich zu sehen. Ich bin ja so froh, dass du diese Scheiße überlebt hast. Wie geht es dir? Nun erzähl schon."
„Mir geht es wirklich schon wieder ziemlich gut. Ich hatte eine gute Pflege."
„Ja, mein Freund, wir wollten dich eigentlich mit ein paar Studenten besuchen kommen. So mit Blumen und Pralinen und dem ganzen Trallala, du weißt schon. Die Tussi im Sekretariat meinte aber, du würdest im Krankenhaus an der Falls Road liegen. Verstehe mich bitte nicht falsch, aber West-Belfast ... na ja, wir wollten die Zahl der Opfer nicht weiter in die Höhe treiben."

Martin merkte deutlich, dass Jean-Luc verlegen und der Scherz deshalb weit unter seinem üblichen Niveau war.
„Ist schon in Ordnung. Die Umstände haben sowieso keinen Besuch zugelassen."
Jean-Luc schaute zwar etwas fragend, aber er hakte die letzte Bemerkung einfach ab.
„Aber jetzt erzähle schon. Was ist denn nun passiert? Wie bist du da nur reingeraten? Diese verdammte IRA. Diese Scheißtypen von Katholiken gehören alle eingesperrt. Als wenn sie mit ihrer ständigen Bomberei irgendetwas erreichen würden."
„Ich habe eigentlich nicht viel mitbekommen. Sekunden nach der Explosion war ich schon bewusstlos, weil meine Flugbahn jäh von einer Hauswand unterbrochen wurde. Und Jean-Luc, bitte sprich nicht so über die Katholiken. Es sind ja nicht alle bei der IRA, und letztlich wollen diese Leute auch nur Freiheit für sich und ihre Angehörigen."

„Ich glaube, der Sturz ist dir nicht besonders gut bekommen! Oder haben dir die katholischen Weißkittel in diesem Hospital irgendwelche Drogen gegeben? Mensch Martin, die haben unschuldige Menschen getötet. Wie kannst du so etwas rechtfertigen? Mir gehen die alle gewaltig auf den Sack. Die Katholiken rennen herum und legen eine Bombe nach der anderen. Außerdem hocken sie ständig in der Kirche und meinen, alle um sie herum wären Ungläubige. Und die Protestanten? Die sind genauso verrückt. Den ganzen Sommer über zwängen sie sich in alberne Uniformen, hängen sich geschmacklose Schärpen um und marschieren durch die Straßen, um den Sieg eines Königs zu feiern, dessen Gebeine schon seit dreihundert Jahren vergammelt sind. Aber das Dämlichste sind diese ganzen Wandbilder. Auf der einen Seite feiern sie ihre Märtyrer und suhlen sich im Gefühl des Freiheitskampfes und die anderen tun so, als wären sie die letzte Bastion der Königsfamilie. Die malen einen martialischen Mist an ihre Häuser, das kann man kaum glauben. Also wirklich, für mich brauchen die alle mal einen anständigen Therapeuten oder sie sollten mein Marihuana rauchen, das würde ihnen jegliche Aggression rauben."

„Ganz so einfach ist das alles nicht, Jean-Luc. Ich rechtfertige überhaupt keine Gewalt, aber ich kann verstehen, dass es Lebenssituationen gibt, wo Verzweiflung und Hoffnungslosigkeit die ethischen und moralischen Grundsätze einfach verdrängen. Das ist nicht die Schuld der Bewohner in den Ghettos auf beiden Seiten der Peace-Line, sondern die Schuld der herrschenden Kräfte. Man muss diesen Menschen eine Perspektive bieten, man muss eine Vision entwickeln und man muss sie aus der Armut befreien. Denn genau da liegt das Problem, Jean-Luc. Diese Leute haben einfach nichts mehr zu verlieren! Ihr Leben kann nicht noch beschissener werden. So etwas ist der ideale Nährboden für Vorurteile und Hass. Es gibt eine viel zu hohe Arbeitslosigkeit und noch dazu eine unerträgliche Armut, aber anstatt sie zu beseitigen, zeigt jeder mit dem Finger auf den anderen und meint, damit den vermeintlich Schuldigen bloß zu stellen. Die Menschen der Belfaster Problemviertel brauchen wieder eine Zukunft. Sie müssen ganz einfach wieder Träume haben."

Eine lange Pause entstand. Jean-Luc sah seinen Freund aufmerksam an. Martin hatte sich ein wenig in Rage geredet. Das passierte ihm immer dann, wenn er von seinen Worten vollkommen überzeugt war.
„Das ist ja alles schön und gut Martin, aber deshalb musstest du noch lange nicht gleich zum Islam übertreten."
„Häh?"
Jean-Luc tippte sich an die Stirn.
„Ich dachte nur, wegen des Turbans auf deinem Kopf."
Martin befühlte seinen Schädel. Den Verband hatte er ganz vergessen. Er sah wahrscheinlich wirklich wie ein Beduine aus. Nach einem kurzen Blick in den Spiegel mussten die beiden Zimmergenossen lachen. Man konnte sich dem Humor des Franzosen kaum entziehen. Zugegebenermaßen hatte er damit die Situation wieder einmal völlig entkrampft.
„Und Rasta-Boy, was gibt es Neues an der Uni? Habe ich irgendetwas verpasst?"

„Der olle McCabe war ein paar Mal hier und hat ganz aufgeregt nach dir gefragt. Er dachte wohl, dass ich mehr wüsste. Das denkt er bestimmt immer noch. Er meinte, du sollst dich gleich bei ihm melden, wenn du wieder hier bist."

„Ich gehe morgen zur Vorlesung. Bis dahin wird er sich noch gedulden müssen."

„Du willst mit diesem Ding auf dem Kopf in die Öffentlichkeit gehen? Das kann ich nicht verantworten. Willst du nicht lieber meine original Jamaika-Kopfbedeckung haben?"

Martin starrte mit Entsetzen auf den gehäkelten Topflappen aus der Karibik. Das Ding musste man wahrscheinlich erst einmal operativ von Jean-Lucs Kopf entfernen. Nein, damit konnte er unmöglich unter die Sonne treten.

„Das ist wirklich nett von dir, aber ich habe noch eine coole Basecap von den Boston Red Sox, ich denke mal, die wird es auch tun."

„Martin, wo wir gerade bei den weltbewegenden Fragen des Styling und der Mode sind, wer in Gottes Namen hat dir diese scheußlichen Klamotten angedreht? Ich meine, ein Sweatshirt vom Hurling Club. Hatten die da im Krankenhaus etwa einen alten Kleiderspendenfundus, aus dem du bedient wurdest?"

Martin schaute an sich hinunter. So übel fand er sein Outfit gar nicht. Den schlechten Geschmack, was Mode betraf, hatte er zweifellos von seinem Vater geerbt. Ohne die eingehende Inspektion und das folgende Einverständnis seiner Mutter durfte dieser nicht das Haus verlassen. Selbst Martin fand, dass diese Regelung

durchaus ihre Berechtigung hatte. Aber Jean-Luc als oberste Instanz in Sachen Bekleidung? Man musste sich diesen Kerl doch nur mal anschauen, der wäre in jedem Pfauengehege der prächtigste Vogel gewesen.
„Ich finde es ganz o.k. Aber du musst den Anblick auch nicht länger ertragen. Ich werde mich schon mal hinlegen, ein bisschen Schlaf wird mir ganz gut tun."
„Na denn schlaf gut, Krautfresser. Ich werde noch ein wenig den lieblichen Klängen der Karibik lauschen und eine köstliche Mischung bester Rauchware probieren."
„Aber bitte nicht mehr singen!"

Jean-Luc wollte etwas erwidern, besann sich dann jedoch und grinste nur vor sich hin. Die Musik aus dem Kopfhörer war bei voller Konzentration noch leise zu hören. Martin brauchte an diesem Abend nicht sehr lange, um tief und fest einzuschlafen.
Am nächsten Morgen fühlte er sich großartig. Er hatte die ganze Nacht ohne Schmerzen durchgeschlafen. Nach dem Duschen gönnte er sich ein ausgiebiges Frühstück in der Dining Hall und bemerkte schlagartig, dass er Sarahs Pfannkuchen vermisste. Allein der Duft hatte jeden Morgen seine Magensäfte sprudeln lassen. Dazu gab es Tee und selbst gemachte Marmelade. Es war ein wunderschönes Gefühl zu wissen, dass Sarah speziell für ihn ein Frühstück bereitet hatte. Hier in der Dining Hall war Massenabfertigung angesagt und alles ging wie am Fließband. Er schaute auf das grässliche Geschirr und die lieblos zubereiteten Speisen und vermisste in diesem Moment die Wärme in der Küche der O´Mallys. Vor allem die menschliche Wärme. Ein gemeinsames Frühstück am Morgen war ein wunderbares

Familienritual. Ob die O`Mallys und alle anderen Familien auf der Welt eigentlich wussten, was für eine wertvolle Gabe das war? Der Mensch war ein Herdentier, da war sich Martin sicher. In einer Gemeinschaft fühlte sich der Mensch stark. Natürlich gab es diese geborenen Eremiten, die von keinem etwas wollten und allein viel besser klar kamen. Aber für die meisten Menschen war Isolation die schlimmste Folter.

Martin fühlte sich in seinem Leben oft allein. Das Internat vermittelte den Schülern Wissen, aber Geborgenheit suchte man dort vergebens. Es gab viele harte Jungs, die sich in den ersten Wochen jeden Abend in den Schlaf heulten. Bei ihm spielte es dagegen keine Rolle, ob er zu Hause war oder im Internat. Die elterliche Liebe und Zuneigung war an beiden Orten nicht zu finden. Deshalb suchte er sich Ersatz. Auf dem Internat war es die Frau des Hausmeisters, die sich um ihn kümmerte, als wäre er ihr Sohn. Bei seinen Eltern war es die Tochter des Gärtners, die ein großes Herz hatte und Martin mit viel Zuwendung verwöhnte. So viel Glück hatten aber nicht alle seiner Kameraden. Einige zerbrachen unter dem fortwährenden Liebesentzug oder wurden zu wütenden, hasserfüllten Gewalttätern, die damit Aufmerksamkeit und Beachtung erlangen wollten. Martin wünschte sich eine Familie, schon mit vierzehn Jahren wusste er, dass die Gründung einer Familie für ihn das Wichtigste auf Erden war. Er wollte seine Kinder lieben. Kein Internat. Kein Kindermädchen. Wie jeder junge Erwachsene wollte er alles anders und natürlich besser machen als seine Eltern.

Ein großes Ah und Oh erschall, als Martin den Hörsaal betrat. Es hatte sich offensichtlich herumgesprochen, dass er eine ernsthafte Auseinandersetzung mit einer Hauswand hinter sich hatte. Nach dem Frühstück las er den Belfast Telegraph, den Jean-Luc ihm aufgehoben hatte. Es war die Ausgabe vom Tage nach dem Bombenanschlag auf das Europa-Hotel. Dem Bericht konnte er entnehmen, dass es zwölf Tote und zweiunddreißig Verletzte gegeben hatte. Die Schilderung des Hergangs und die kleine Fotostrecke nahmen eine ganze Seite in Anspruch. Er hatte geweint. Martin verabscheute Gewalt. Zwar war sie ein Jahrtausende altes Mittel um gewisse Dinge durchzusetzen, das bedeutete aber nicht, dass sie dadurch bereits den Status der Rechtfertigung erlangt hätte. Das Einzige, was damit bewiesen wurde, war die Tatsache, dass die Dummheit der Menschen ebenso alt war. Es war für ihn einfach nicht nachvollziehbar, warum der Homo Sapiens seit Urzeiten seine Konflikte mit Gewalt zu lösen versuchte. Klar, wenn man um seine Existenz kämpfen musste, dann konnte sogar er verstehen, dass Leute keinen anderen Ausweg mehr sahen. Aber er hatte eben auch erlebt, dass sich zwei Jungen um ein dämliches Poster einer noch viel dämlicheren Popgruppe prügelten. Insofern war Gewaltanwendung nicht das so viel zitierte letzte Mittel. Für manche war sie die erste Wahl. Andere wiederum überlegten lange und gründlich, bis sie sich zur Anwendung von Gewalt durchrangen. Nur Wenige gebrauchten sie nie. Demzufolge gab es keine Gesetzmäßigkeit, der man die Gewalt unterordnen konnte. Doch Hand auf´s Herz, sie schlummerte in jedem Menschen.

Es war die fehlende Definition, die dazu führte, dass man sie nicht greifen konnte. Wo begann und was war Gewalt? War ein Bombenanschlag ein Gewaltakt? Nach den herrschenden Wertmaßstäben zweifellos. Nur wer gab solche Maßstäbe vor? Die Gesellschaft? Martin fragte sich, warum man physische Gewalt viel stärker wahr nahm und auch stärker verurteilte als seelische Grausamkeit.

Wenn ein Vater jahrelang mit seinem Sohn kein Wort spricht, dann empfinden viele Menschen dies nicht unbedingt als grausamen Akt. Der betroffene Sohn sieht das aber ganz anders und leidet unter der Situation wie ein geprügelter Hund. Ein Arbeiter wird von seinen Kollegen geschnitten. Man spricht nicht mit ihm, macht Scherze über ihn und schwärzt ihn ständig beim Chef an. Alles nicht so schlimm? Man droht einem Häftling damit, seine Familie bei einem fingierten Unfall sterben zu lassen, wenn er nicht kooperiert. Dann spielt man ihm ein Videotape seiner entführten Familie vor. Die Kinder betteln, dass er doch um Himmels willen reden solle, um ihr Leben zu retten. Physisch wird dem Häftling kein Haar gekrümmt. Ist diese Methode weniger schlimm als eine Folter mit Schlägen auf den Kopf? Martin war bewusst, dass Gewalt grundsätzlich viel zu komplex war, um in eine Schublade gesteckt zu werden.

Professor McCabe betrat den Hörsaal. Wie gewohnt ordnete er seine Lehrmaterialen und verteilte sie geometrisch exakt auf dem Tisch. Als er aufblickte, sah er Martin. Ein gequältes Lächeln entrang sich seinem müden Gesicht.

„Martin, ich würde Sie gerne heute Nachmittag in meinem Büro sprechen. Sagen wir um 14.00 Uhr?“
„Kein Problem. 14.00 Uhr passt mir gut.“

Die Vorlesung behandelte thematisch die Sanierung von Konzernen. Mr. McCabe hatte einen Beispielfall verteilt und bat die Studenten, Ideen und Strategien zur Rettung des finanziell angeschlagenen Unternehmens zu entwickeln. Das Management hatte demnach eine Fehlinvestition verursacht, die das Budget nun mit 36 Millionen Pfund belastete. Weitere Kennzahlen konnte man dem Anhang entnehmen. Nach dreißig Minuten Bearbeitungszeit blickte der Professor in die Runde, runzelte die Stirn, nahm seine Lesebrille ab und klopfte mit einem Stift beständig auf die Tischplatte.
„So, meine Damen und Herren, was, meinen Sie, könnte man zur Konsolidierung des Konzerns unternehmen? Ja, Jake!“
„Wie wäre es mit der Ausgabe weiterer Aktien? Ich denke da an die Bildung eines Tochterunternehmens, das man dann an die Börse bringt. Den Kapitalzufluss sollte man dann gewinnbringend in das Unternehmen einbringen, um mittelfristig wieder schwarze Zahlen schreiben zu können.“

Allgemeines Murren. Nein Junge, so konnte das nichts werden. Das dauerte doch viel zu lange. Außerdem, Aktien? Viel zu unsicher, wer wusste schon, ob man die überhaupt los werden würde. Und dann die eigenen Aktionäre. Die kriegten doch Wind von der Sache. Das war es nicht. Aber netter Versuch.

„Bitte, meine Damen und Herren, vielleicht höre ich lieber noch Vorschläge, als das Sie mir hier über Jake herfallen.“
Zwei Reihen vor ihm meldete sich Stephen zu Wort. Martin konnte ihn nicht ausstehen. Stephen war ein Snob. Einer von diesen Typen, die ihren Reichtum großspurig zur Schau stellten. Immer wie aus dem Ei gepellt. Immer im Designeranzug. Immer dieses abschätzige Grinsen auf seiner Visage. Ein Ekel.

„Damit meine Aktionäre keinen Wind von der Sache bekommen, würde ich auf der Hauptversammlung radikale Sparmaßnahmen ankündigen, so dass das Unternehmen zum Global Player aufsteigen kann. Dazu benötigt man eine schlanke Produktion, die möglichst nur noch die Hälfte kostet, aber doppelt so viel herstellt. Um das zu erreichen, würde ich ein Gespräch mit dem Betriebsrat führen, in dem ich ihm mitteilen würde, dass 5.000 Leute entlassen werden müssen. Die übrigen 10.000 müssen zukünftig auf ein Drittel ihres Lohnes und auf sämtliche Sonderzahlungen verzichten und wöchentlich fünf Stunden mehr arbeiten. Nur diese Maßnahmen könnten das Unternehmen noch retten. Man muss den Leuten einfach mit dem Verlust des Arbeitsplatzes drohen, schon hat man sie in der Hand. Und die restlichen 10.000 werden gegen die Entlassung der 5.000 Kollegen nicht aufbegehren, weil sie Angst hätten, dass sie die Nächsten wären. Damit könnte man in kürzester Zeit enorme Kosten sparen und der Wert der Aktie würde steigen, weil der Kapitalmarkt die Anstrengungen des Managements honorieren würde. Schließlich bedeuten weniger Kosten bei gleicher Produktion mehr Gewinn, und darauf kommt es doch schließlich an."

Martin merkte, wie die Wut in seinem Bauch immer größer wurde. Dem kleinen Ungetüm wuchsen riesige Fäuste. Es gab einen Punkt, da war er diesem kleinen Biest völlig ausgeliefert. Diesen Punkt hatte er gerade erreicht.
„Was bist du nur für ein Schwein?"
Stille im Hörsaal. Alle Blicke waren auf ihn gerichtet. Einer funkelte besonders böse. Der kleine Stephen konnte seine Erregung kaum verbergen. Martin sah sich dann doch gefordert, eine Erklärung abzugeben.

„Ich meine, du willst einfach mal so 5.000 Leute entlassen, nur weil das Management eine Fehlentscheidung getroffen hat? Wo bleibt die Konsequenz für die Unternehmensleitung? Willst du den betreffenden Führungskader mit einer millionenschweren Abfindung in den Ruhestand schicken? Ich denke, dass man als Unternehmenschef auch eine gewisse Verantwortung gegenüber seinen Mitarbeitern hat. Für Fehler sollte man einfach gerade stehen. Du entlässt nicht einfach nur 5.000 Leute, da hängen doch auch Familien mit dran. Was willst du denn einem Dreijährigen erzählen, warum sein Daddy entlassen wurde? Hat er schlecht gearbeitet? Nein. Hat er Mist gebaut? Nein. Hat die Firma keine Aufträge mehr? Nein. Weißt du, mein Kleiner, der Chef hat eine kleine Transaktion getätigt, die nicht ganz so erfolgreich war und nun muss er sparen. Dein Daddy ist zu teuer und fliegt raus. Freu dich doch, jetzt hat er mehr Zeit für dich.

Warum trittst du nicht einfach in den Dialog mit den Leuten? Vielleicht sind sie bereit, noch härter und länger zu arbeiten, damit es dem Unternehmen bald wieder besser geht. Du kannst doch die Leute nicht immer nur als Kostenfaktor sehen. Das sind Menschen, die für dich arbeiten. Sie verlassen sich auf dich. Du führst das Unternehmen, das ist dein Job. Sie produzieren und folgen deinen Anweisungen, das ist ihr Job. Wahrscheinlich sind sie sogar stolz auf ihre Firma. Sie wissen, dass sie ein gutes Produkt herstellen. Sie stehen mit Leib und Seele und mit ganzem Herzen hinter ihrer Arbeit. Im Idealfall ist es für sie sogar mehr als nur Arbeit. Sie kommen gerne in deinen Konzern und sind fast nie krank. Es macht sie Stolz, Teil dieses Unternehmens zu sein. Weißt du, das kann man nicht mit Kostenfaktoren und irgendwelchen Kennzahlen beschreiben. Die Zufriedenheit der Leute wird zu besseren Arbeitsergebnissen führen. Das kannst du vermutlich nicht an irgendwelchen Kennzahlen messen, aber ich bin überzeugt davon, dass motivierte und begeisterte Arbeiter sehr viel produktiver sind, als diejenigen, denen du Daumenschrauben angelegt hast und die tagtäglich um ihren Arbeitsplatz fürchten müssen. Vielleicht solltest du zukünftig einmal darüber nachdenken, dass du nicht nur 5.000 Stellen streichst, sondern im Extremfall 5.000 Familien in eine ungewisse Zukunft schickst.“

Martin holte tief Luft und merkte, dass er wieder ruhiger wurde.
„Dir hat doch die Explosion die Birne vernebelt. Haben sie dich in diesem beschissenen Katholikenviertel zum

Kommunisten ausgebildet oder was redest du hier für einen Schwachsinn? Mann, wir sind hier im Betriebswirtschaftslehrestudium und nicht in einem Kibbuz."
„Das hat nichts mit Kommunismus zu tun, sondern mit Humanismus."
„Meine Herren, darf ich um etwas Zurückhaltung bitten. Wir befinden uns hier in einem Hörsaal und nicht im Pub. Tragen Sie ihre Streitigkeiten doch bitte an einem anderen Ort aus. Zurück zum Thema. David, welche Vorschläge hätten Sie?"

Stephen schaute Martin immer noch mit wutverzerrtem Gesicht an. Das konnte er wohl nicht leiden, der kleine verwöhnte Scheißer. Da hatte ihm jemand die Stirn geboten, das war er nicht gewohnt. Martin grinste in sich hinein und hielt Stephens Blick so lange stand, bis dieser sich umdrehte. Er vermutete, dass die Sache noch ein unangenehmes Nachspiel haben würde, aber zunächst einmal fühlte er sich besser. Viel besser sogar.

12

Mr. McCabe erwartete ihn schon. Er war ein wenig spät dran. Der Professor saß über einen Stapel Akten gebeugt an seinem Schreibtisch und knabberte nervös am Bügel seiner Lesebrille. Als Martin die Tür öffnete, lehnte sich Mr. McCabe zurück und versuchte zu lächeln. Mehr als einen gequälten Gesichtsausdruck brachte er jedoch nicht fertig. Er sah müde und abgespannt aus.

„Hallo Martin, schön, dass Sie sich die Zeit genommen haben. Es tut mir wirklich leid, was Ihnen da passiert ist. Sie können mir glauben, es trifft mich jedes Mal persönlich, wenn ein Student der QUB von diesen Zwischenfällen betroffen ist. Seit meiner Geburt lebe ich in dieser Stadt und dennoch schmerzt es mich, mit ansehen zu müssen, wie wir immer tiefer in sinnloser Gewalt und gegenseitigem Hass versinken. Wussten sie eigentlich, welche Bedeutung die Farben der irischen Trikolore haben? Das Grün steht für die Kelten, also für die Ureinwohner unserer Insel. Das Orange steht für die Einwanderer im Nordosten der Insel, die mit Wilhelm von Oranien hier gelandet sind und das Weiß für den immerwährenden Frieden, der zwischen den beiden Bevölkerungsgruppen herrschen soll. Die Flagge wurde das erste Mal offiziell beim Osteraufstand im Jahre 1916 gehisst. Auf dem General Post Office konnte man sie weithin in Dublin sehen. Die Männer, die für Irlands Freiheit kämpften, hatten genau dieselben Grundsätze wie ihre französischen Vorbilder. Die

Gründung einer Republik mit den drei Pfeilern von Freiheit, Gleichheit und Brüderlichkeit. Sie starben damals alle für diese Idee. Und jetzt sehen Sie sich die Nachfahren dieser Helden an, Martin. Es ist traurig, was aus den Idealen dieser Männer geworden ist."

„Verstehen Sie mich bitte nicht falsch, Herr Professor, aber die IRA kämpft meines Wissens nach wie vor für diese Grundidee. Nordirland ist weder eine Republik, noch ist der Staat wirklich frei. Von Gleichheit kann ebenfalls keine Rede sein. Die englische Krone hat diesen Teil Irlands besetzt. Die Teilung des Landes im Jahre 1921 löste einen heftigen Streit aus, der bis heute fortbesteht. Die Traditionalisten unter den Katholiken werden nicht eher Ruhe geben, bis die Insel eine einzige Republik ist. Deshalb wird die Regierung in Dublin auch von der IRA nicht anerkannt. Die Erklärung von 1916 sieht eine gesamte Republik Irland vor, in der alle Menschen frei, gleich und brüderlich miteinander leben sollen. Ich kann schon verstehen, dass es Menschen gibt, die sich nicht damit zufrieden geben, dass die Grundsätze einer Republik nur für einen Teil Irlands Geltung besitzen. Das Zugeständnis an England, die sechs Grafschaften im Nordosten aus dem Freistaat Irland herauszulösen, war für diese Leute eine Niederlage. Man hätte nach ihrer Meinung damals so lange weiter kämpfen müssen, bis die ganze Insel von der britischen Besatzung befreit worden wäre."

„Sie scheinen sich ja intensiv mit der Geschichte Irlands beschäftigt zu haben."

„Ich habe nur ein paar Bücher gelesen und die Diskussionen im Fernsehen verfolgt."

„Ihre Meinung ist dafür aber ziemlich eindeutig gefärbt. Sie sollten damit in der Öffentlichkeit vorsichtig umgehen. Ich bin selber Katholik und habe genügend Repressalien hinnehmen müssen. Versuchen Sie in diesem Konflikt nicht, Partei zu ergreifen. Sie werden als Ausländer immer Außenstehender bleiben. Ich denke, es ist schlimm genug, dass wir Belfaster uns gegenseitig umbringen, wir müssen nicht auch noch unsere unbeteiligten Gäste gefährden."

„Man kann einen solchen Konflikt aber schlecht unter Ausschluss der Öffentlichkeit austragen. Die Gewaltanwendung dient ja gerade dazu, die Welt auf die Probleme in Nordirland aufmerksam zu machen."

„Sie werden mir sicher nachsehen, dass ich als intelligenter Mensch davon ausgehe, dass es dafür auch andere Wege gibt."

„Das hat wenig mit Intelligenz zu tun. Ich glaube auch nicht, dass diese Menschen hieran einen eklatanten Mangel haben. Das Problem ist vielmehr, dass sie nur noch durch solche schrecklichen Anschläge die nötige Aufmerksamkeit in der Welt erzielen. Es würde sich sonst kein Mensch für die Lage der Katholiken in Nordirland interessieren."

„Das mag richtig sein, Martin, aber dafür bringt dieselbe Öffentlichkeit Belfast und Nordirland sofort mit IRA und Bomben in Verbindung. Verstehen Sie, man erzeugt zwar Aufmerksamkeit durch die Verbreitung von Schrecken, aber im selben Atemzug verliert man an Verständnis und Sympathie. Die Menschen in aller Welt werden für die zweifellos schwierige Lage der Katholiken kein Mitgefühl aufbringen, weil man für Terroristen nun einmal kein Mitgefühl entwickelt. Man sprengt einfach keine Menschen in die Luft."

„Das sehe ich ja genauso. Ich weiß, dass der bewaffnete Kampf keine Lösung bietet. Aber ich kann nachvollziehen, warum die Leute so denken und handeln, wie sie es im Moment tun. Man müsste ihnen schon echte Alternativen zu dieser Gewaltanwendung aufzeigen, um sie von weiteren Anschlägen abzuhalten. Und in dieser Hinsicht tun die Verantwortlichen einfach viel zu wenig. Ein Abbau der tief sitzenden Vorurteile scheint mir der einzig gangbare Weg zu sein. "

„Das schaffen Sie bei den alten Kämpfern nicht mehr. Da hat sich der Hass zu tief ins Gehirn gegraben. Die einzige Chance, die ich sehe, wäre, mit den Kindern und Jugendlichen zu arbeiten. Die könnten ein gegenseitiges Verständnis noch lernen und es an zukünftige Generationen weitergeben.

Aber eigentlich hatte ich sie wegen eines ganz anderen Themas hergebeten. Dr. Kruske und ich haben den „Vorfall" zum Anlass genommen, um ihnen einen Vorschlag zu unterbreiten. Wenn Sie möchten, können Sie Belfast nach diesem Semester verlassen und das Studium in Deutschland fortsetzen. Ich habe mit einem Kollegen in Heidelberg gesprochen, Sie würden dort mit offenen Armen empfangen werden. Sie sind ein ausgezeichneter Student und ich habe keine Bedenken, dass Sie das Studium der Betriebswirtschaftslehre nicht auch dort abschließen könnten. Wir wollen Ihnen einfach kein weiteres halbes Jahr hier in dieser Stadt zumuten, besonders nach dem, was Sie durchmachen mussten. Was halten Sie davon? Sind das keine guten Nachrichten?"

Martin schaute ihn verdutzt an. Gute Nachrichten? Warum sollte er Belfast schon wieder verlassen? Zugegeben, eine unschöne Sache, das Ding mit der Bombe, aber er lebte schließlich noch. Er hatte keine Lust, schon wieder die Koffer zu packen. Der Hauptgrund für seine ablehnende Haltung war jedoch, dass er sich in Belfast eingelebt hatte. Ja, eigentlich gefiel es ihm hier sogar recht gut. Und er hatte Freunde gefunden. Und dann war da noch Sarah. Er hatte keine Ahnung, warum gerade sie ihm in diesem Zusammenhang einfiel, das war aber auch nicht wichtig, sein Entschluss stand bereits fest.

„Ich werde selber noch einmal mit Dr. Kruske telefonieren. Ich habe jedoch nicht die Absicht, Belfast zu verlassen. Das Studium und die Universität gefallen mir sehr gut und ich habe mich eingelebt. Wenn Sie nichts dagegen haben, würde ich gerne bleiben."

„Warum sollte ich etwas dagegen haben? Es ist ganz alleine Ihre Entscheidung. Und natürlich die von Dr. Kruske. Ich freue mich, wenn Sie hier weiter studieren wollen, könnte es aber auch gut verstehen, wenn Sie von Belfast die Nase voll hätten."

„Gut, dann werde ich in den nächsten Tagen mit meinem Vormund telefonieren. Vielen Dank und bis morgen dann, Mr. McCabe."

„Auf Wiedersehen Martin. Was ich ihnen noch sagen wollte: Ein sehr interessanter Ansatz, den Sie heute Morgen vorgetragen haben. Der Faktor Menschlichkeit in der wirtschaftlichen Betätigung ist ein sehr bemerkenswerter Aspekt. Sie sollten daran denken, wenn Sie in ein paar Jahren auf der Suche nach einem Thema für Ihre Diplomarbeit sind."

Diesmal lächelte der Professor ganz offen. Seine Augen blitzten vor Vergnügen, als er an die morgendliche Auseinandersetzung seines Lieblingsstudenten mit diesem aufgeblasenen Schnösel dachte. Da kam ein 17-jähriger Student daher und philosophierte über die Menschlichkeit bei der Bewältigung einer wirtschaftlichen Krisensituation in einem Großkonzern. Das waren die Momente, in denen er seinen Beruf liebte. Studenten, die mit einer völlig anderen Betrachtungsweise an Probleme herangingen. Und lag er denn so verkehrt, dieser junge deutsche Hitzkopf? Konnte ein Unternehmen nicht gerade deshalb erfolgreich am Markt sein, weil seine Mitarbeiter sich für diesen Betrieb aufopferten? Solche Arbeiter dachten mit und machten Verbesserungsvorschläge. Motivierte Mitarbeiter wurden weniger krank, sie arbeiteten mit mehr Elan und waren zufriedener. Sie machten schon deshalb weniger Fehler, weil sie sich für die Qualität des Endproduktes mitverantwortlich fühlten. Ja, es gab eine Unmenge von Faktoren, die für die Theorie von Martin sprachen. Er freute sich aufrichtig, dass er an der QUB bleiben wollte. Nur seine politischen Ansichten machten ihm ein wenig Sorgen. Für seinen Geschmack war er zu gut informiert und etwas zu engagiert beim Vertreten seiner Ansichten. Er würde in Erfahrung bringen müssen, was oder wer da wirklich Einfluss genommen hatte. Der Junge kam doch nicht von allein auf solche Gedanken. Es wäre normaler gewesen, wenn er die ganze IRA und alle Katholiken zum Teufel wünschen würde. Schließlich hatten sie ihn beinahe getötet. Dagegen suchte dieser außergewöhnliche Junge nach den Ursachen für die Gewalt. Er beschäftigte sich mit den Hintergründen, obwohl ihm das alles ziemlich egal sein konnte. Was gingen ihn diese Querelen an? Jeder hätte Verständnis für seine Wut gehabt. Jeder hätte ihm recht gegeben. Es wäre die logischste Reaktion eines Menschen gewesen. Andererseits war es genau diese unerwartete Sichtweise, die Martin zu einem außergewöhnlichen Studenten machten.

Prof. McCabe schüttelte den Kopf. Er dachte daran, dass er zu einer Zeit studiert hatte, in der Katholiken an der QUB nicht erwünscht waren. So lange lag das gar nicht zurück. Jetzt war er hier sogar Professor. Es hatte sich schon etwas getan in dieser Stadt. Aber wie das so mit Veränderungen war: Entweder sie kamen schleichend auf leisen Sohlen daher oder mit einem großen Knall. Er war sich sicher, dass Martin zu intelligent war, um sich leicht beeinflussen zu lassen. Der Junge beobachtete gut und gab sich mit oberflächlichen Erklärungen nicht zufrieden. Komisch, ihm fiel gerade auf, dass er Martin noch nie in Begleitung eines Mädchens gesehen hatte. Dabei gab es hier bildhübsche Studentinnen.

13

„Sag mal, was rennst du denn hier so aufgeregt hin und her? So kenne ich dich überhaupt nicht. Das Ganze stört mein inneres Gleichgewicht. Verrate mir wenigstens, warum du dich ständig umziehst. Nicht das ich dir irgendeinen Ratschlag bezüglich deiner Klamotten geben könnte, die sind nämlich alle fürchterlich, aber eine Antwort würde mich irgendwie beruhigen.“

Jean-Luc beobachtete erstaunt, wie Martin im Zimmer auf und ab lief und sich dabei ständig umzog. Jetzt hatte er es: Der Krautfresser erinnerte ihn an einen Tiger. Der lief ebenso in seinem Gehege hin und her. Gerade Martin war immer so herrlich ausgeglichen. Klar, für seinen Geschmack etwas zu spießig, aber man konnte es ganz gut mit ihm aushalten. Er quatschte nicht blöd und hatte sich nie ernsthaft über seine Liebe zur karibischen Kultur beschwert. Tolerant. Genau, der Krautfresser war ziemlich tolerant und das gefiel Jean-Luc ganz besonders an seinem Mitbewohner. Er hatte mit anderen Studenten sicherlich viel mehr Spaß, aber er wusste, dass er sich auf Martin hundertprozentig verlassen konnte. Und außerdem, schließlich konnte nur einer der coole, charmante und witzige Herzensbrecher sein. Er grinste selbstzufrieden und zündete sich eine Selbstgedrehte an. Das Leben war doch zu schön, wenn man auf der Sonnenseite wohnte. Jean-Luc vertrat die alte These, dass man erst sich selber lieben musste, bevor andere es taten. Er jedenfalls liebte sich aus vollem Herzen. Wenn er in den Spiegel schaute, sah er einen sympathischen, gutaussehenden und intelligenten Kerl, der mit Anfang zwanzig noch alle Trümpfe in der Hand hielt. Er seufzte. Es nützt ja doch nichts, er musste diesem deutschen Grünschnabel mal wieder zeigen, wie man es richtig macht.

„Gut, du hast eine Verabredung. Glotz nicht so doof, ich bin ja nicht blind. Also, zieh die Jeans und das dunkelblaue Hemd an. Genau das. Keine Turnschuhe, Martin! Na bitte, selbst aus dir kann ich noch etwas machen."

Jean-Luc hatte das Problem in Rekordzeit zu seiner Zufriedenheit gelöst. Seine Selbstsicherheit übertrug sich schließlich auch auf Martin.

„Danke, mein Freund. Ich bin wirklich nervös. Meine letzte Verabredung ist nämlich schon eine Weile her."

„Das merkt man deutlich. Nur solltest du deiner Angebeteten diesen Umstand nicht unbedingt spüren lassen. Und quatsch nicht so viel intelligentes Zeug, bringe sie lieber einfach zum Lachen."

Jean-Luc dachte kurz nach und ergänzte seine Äußerung sofort.

„Vergiss das wieder mit dem Humor, das ist nicht gerade deine Stärke. Erzähl nicht so viel über dich, höre ihr lieber zu. Frauen mögen das. Und gib dich geheimnisvoll."

„Geheimnisvoll?"

„Ja, Mann! Darauf stehen die Mädchen. Sie wollen dann hinter dein dunkles Geheimnis kommen und würden alles dafür tun. Es ist die Neugierde. Frauen sind einfach schrecklich neugierig."

„Sei mir nicht böse Jean-Luc, aber das klingt doch ziemlich absurd."
„Absurd? Das klingt also absurd? Und wer hatte in den letzten vier Wochen ganze zwölf Verabredungen? Ich! Und wer hatte in den letzten Wochen überhaupt keine Verabredung? Du! Das klingt verdammt so, als wenn es hier nur einen Experten geben würde."
„Schon gut, ich werde mein Bestes versuchen."
„Oh Gott, lass es mehr sein, als ich vermute. Hey Martin, ich verlange einen detaillierten Bericht. Wer ist es überhaupt? Lisa? Oder Melanie von der Biochemie?"
„Sie heißt Sarah."
„Sarah? Doch nicht etwa die Sarah von den Medizinern? Die haben letzte Woche Frösche seziert. Ich weiß nicht, ob jetzt der richtige Zeitpunkt für ein Date mit einer angehenden Medizinerin ist."
„Sie studiert nicht an der QUB. Sarah lernt Krankenschwester und kommt aus West-Belfast."

Jean-Luc fiel die Selbstgedrehte aus dem Mund. Er starrte seinen Freund fassungslos an. Er musste sich verhört haben. Das konnte Martin nicht ernst gemeint haben. Ein Witz. Er wollte einen Witz machen. Völlig daneben zwar, aber er hatte es probiert. Aber Martin sah nicht im Geringsten so aus, als wenn er einen Scherz gemacht hatte.
„Hör mal, das ist ja wohl nicht dein Ernst. Das kannst du nicht machen! Das geht nicht so einfach. Die Leute aus dieser Gegend nehmen das Ding mit der Religion ziemlich ernst. Du kannst da nicht mal so einfach mit einem Mädchen ausgehen und ein bisschen Spaß haben. Verstehst du mich überhaupt? Das sind Katholiken,

Martin! So richtig katholisch, du weißt schon, erst heiraten, dann vögeln, dann Kinder und dann das böse Erwachen."

„Erstens finde ich sie nett und zweitens gehen wir einfach nur ins Kino. Was ist schon dabei?"

„Er ist verrückt. Er muss verrückt sein. Martin, ihre Eltern werden unter „wir gehen nur ins Kino" etwas Anderes verstehen als du. Im schlimmsten Fall hat sie noch einen großen Bruder, der dir dann den Kopf einschlägt, weil du seiner Schwester an die Wäsche gegangen bist."

„Die Eltern kennen mich und wissen, dass wir heute ins Kino gehen. Und ihr älterer Bruder Sean ist mein Freund. Bist du jetzt zufrieden und beruhigt?"

„Nein, überhaupt nicht. Ich wünsche dir aber trotzdem viel Spaß. Und sage hinterher nicht, ich hätte dich nicht gewarnt."

Martin lächelte und nickte. Irgendwie war die Fürsorge seines zotteligen Freundes herzerweichend. Er schaute zur Uhr. Verdammt, schon so spät. Jetzt musste er aber los. Sie wollten sich Punkt 18.00 Uhr vor dem Queens Film Theatre treffen. Das konnte er gerade noch schaffen.

Sie war natürlich schon da. Sarah war der Typ Mensch, der besonderen Wert auf Pünktlichkeit legte. Es war eine Form von Höflichkeit und Respekt, die man seinen Mitmenschen entgegenbrachte. Sie war sogar lieber immer etwas früher am Treffpunkt.

Sarah hatte sich heute ungewöhnlich viel Zeit für das Ankleiden genommen. Kein Outfit konnte so richtig überzeugen. Es durfte auf keinen Fall zu aufreizend sein, andererseits sollte Martin auch nicht den Eindruck gewinnen, dass sie eine verklemmte Schrulle sei. Natürlich war sie nervös. Sie konnte immer noch nicht fassen, wie direkt und unverschämt sie ihn aufgefordert hatte, mit ihr ins Kino zu gehen. Ihr Vater war wütend, als er davon erfuhr. Aber Sarah war seine einzige Tochter und das jüngste Kind obendrein, da hatte man gewisse Freiheiten bei den Eltern, die von den älteren Geschwistern in jahrelangen, zermürbenden Auseinandersetzungen erkämpft worden waren. Ihre Mutter hatte sich dagegen ziemlich schnell gefasst und machte keinen Hehl daraus, dass sie Martin sehr mochte. Volle Unterstützung erhielt sie darüber hinaus von Grandpa O´Mally. Der alte Mann hatte einen Narren an dem Jungen gefressen und bezeichnete ihn gern als „aufgewecktes, schlaues Kerlchen", mit dem er noch eine Menge Spaß haben werde. Es war lange her, dass ihr Großvater sich so interessiert und fröhlich zeigte. Und Sean? Er war nach wie vor verschlossen; Sarah hatte jedoch den Eindruck, dass er Martin in gewisser Weise vertraute. Vielleicht nur wegen der Tatsache, dass Martin in Nordirland fremd war. Trotzdem wurde sie das Gefühl nicht los, dass dieser Junge eine ganz besondere Wirkung auf fast jeden Menschen in ihrer Umgebung hatte. Einzig ihr Vater blieb völlig ungerührt.

„Hallo Sarah, ich hoffe, du musstest nicht zu lange auf mich warten. Ich hatte ein kleines Problem mit meinem Outfit. Ich bin ein wenig nervös und wusste nicht, was ich anziehen sollte. Eigentlich doch ein typisches Frauenproblem."

Diese Ehrlichkeit und Offenheit waren einfach entwaffnend. Noch nie hatte Sarah einen Jungen getroffen, der so etwas zugegeben hatte. In ihrem Alter spielten die meisten Jungs den harten Kerl und ließen keinen Zweifel daran aufkommen, dass sie eigentlich jedes Mädchen bekommen könnten und Sarah sich glücklich schätzen durfte, dass der Junge sich für sie entschieden hatte. Martin hatte wunderschöne, tiefblaue Augen, die waren ihr sofort aufgefallen. Die Farbe wirkte, als ob man in ihr versinken könne. Gefährlich.
Sie löste sich von seinen Augen. Er war ein attraktiver Mann, wenn auch nicht bildhübsch. Martin besaß ein bezauberndes Lächeln. Sie war darauf aufmerksam geworden, als er ihre Mutter um eine Tasse Tee bat. Man konnte sich dem Charme dieses Lächelns kaum entziehen. Sie erinnerte sich, wie lädiert Martin aussah, als sie ihn zum ersten Mal sah. Aber seine Augen und sein Lächeln ließen das geschwollene Gesicht vergessen. Die Verletzungen waren schwerwiegend, sie war froh, dass ihr Verhältnis zum alten Dr. Kelly ein besonders Vertrauensvolles war. Er hatte sich ohne viel Aufheben die Wunden des Jungen genauer angesehen. Dr. Kelly war es auch, der ihnen Näheres über die für Martin lebensbedrohliche Situation nach der Explosion erzählte. Er war der festen Überzeugung, dass Sean ihm mit seinem schnellen Eingreifen das Leben gerettet hatte. Die Rettungskräfte wären seiner Ansicht nach für diesen Jungen viel zu spät am Unfallort eingetroffen, auch weil die Straße blockiert war. Der Abtransport der Verletzten hatte sich erheblich verzögert, das habe wohl noch einigen Menschen das Leben gekostet. Sie war stolz auf Sean. Und sie war froh, dass Martin überlebt hatte.

„Hallo Martin, ich bin auch gerade erst gekommen." Oh Gott, die erste Lüge. „Ich habe dieses Problem nicht. Ein Griff in den Schrank und schon kann es losgehen." Und schon die zweite Lüge. Der Abend konnte nur großartig werden. „Ich freue mich wirklich, dich zu sehen, lass uns reingehen." Gerade noch einmal die Kurve bekommen. Sie hasste sich, wenn sie so war. So grenzenlos selbstbewusst und überaus selbstsicher.

Als er um die Ecke bog, konnte er sie vor dem Gebäude stehen sehen. Sie trug ein dunkelgrünes Sommerkleid und darüber eine helle Strickjacke. Sarah kleidete sich stets einfach, aber geschmackvoll. Er mochte es, dass sie sich nicht schminkte. Zumindest fiel es ihm nicht auf. Sie besaß eine natürliche Schönheit, die ohne künstliche Akzente auskam. Sarahs Silhouette wurde vom Licht der untergehenden Abendsonne umspielt, das ihrem Haar einen goldenen Glanz verlieh. Er erinnerte sich, dass ihre Haare einen ganz besonderen Duft hatten. Wenn sie sich über ihn beugte, um den Verband zu wechseln, hatte er tief eingeatmet und diese Frische in sich aufgesogen. Immer wieder lösten sich einzelne Strähnen aus ihrer Umklammerung und kitzelten sein Gesicht. Es roch nach Wind, Meer und Blumen. In den ersten Nächten schlief er unruhig und durchlebte immer wieder Phasen, die irgendwo zwischen Traum und Realität lagen. Sarahs Duft war der Fixpunkt in diesen Stunden. Er spürte, wenn sie im Zimmer war. Ihre Anwesenheit tröstete ihn. Sie sprach sehr viel mit ihm, obwohl er in den ersten Tagen kaum antworten konnte. Sarah hatte eine wunderschöne Stimme. Sie schwappte wie eine kleine Welle ans Ohr und lief dann sacht aus.

Da gab es keine Dissonanzen oder Missklänge, der Ton war klar und hell. Er hörte ihr einfach gern zu. Es war die Art von Stimme, die mit Geiselnehmern oder suizidgefährdeten Menschen sprechen sollte. Es gibt Menschen, die können allein mit dem Klang ihrer Stimme die gesamte Bandbreite seelischer Stimmungen bei ihren Zuhörern erzeugen.

Sarah war gerade zwanzig Jahre alt, schlank und mittelgroß. Sie besaß eine tolle Figur, es mangelte nie an Verehrern, die vor ihrem Haus, ihrer Schule oder dem Krankenhaus herumlungerten. Martin wusste das und irgendwie störte es ihn. Nicht, dass er irgendeinen dieser Jungen kannte, aber für ihn war klar, dass sie alle nicht zu Sarah passen würden. Er konnte es nicht erklären, aber sie hatte diese Art von Ausstrahlung, die Menschen für gewöhnlich von ihrem Umfeld abhob. Sie war anders als die Mädchen in ihrem Alter. Er beobachtete sie manchmal, wie sie völlig gedankenversunken in die Ferne blickte. Da gab es einen Gesichtsausdruck, der nichts als Trauer und Hoffnungslosigkeit vermittelte. In diesen Momenten sah er in ihren Augen nur diese Empfindungen. Martin fragte sich, was sie wohl schon alles erlebt haben musste. Sie merkte schnell, dass er sie anstarrte und lächelte dann etwas unbeholfen.

Die Farbe ihrer Augen hatte sich bei der tiefstehenden Sonne wieder verändert. Dieses Grün hatte es ihm angetan. Es war wie ein Chamäleon: Ein beständiger Wechsel. Sarahs Augen waren wie Irland. Das facettenreichste Grün, dass er je gesehen hatte.

„Martin, ich würde mir gerne mit dir Pretty Woman ansehen, wenn du nichts dagegen hast. Ich weiß, dass es eine total romantische Schnulze ist, aber wenn man in Belfast lebt, dann braucht man diese kleinen Fluchten einfach."
„Klar, ich habe nichts dagegen. So viel interessanter klingt der Rest des Kinoprogramms nun auch wieder nicht. Ich besorge uns schnell die Karten, warte da vorne auf mich."
„Ohne Eintrittskarte würde ich dir wohl kaum davonlaufen."
Sarah grinste frech. Martin wurde ziemlich verlegen.
„Versuche bitte, Plätze in einer der letzten Reihen zu bekommen. Ich kaufe uns schnell noch ein paar Leckereien und etwas zu trinken."

Ein paar Minuten später saßen sie zusammen in der letzten Reihe und nippten an ihrer Cola. Sarah hatte Winegums und eine Tafel Schokolade gekauft, die sie noch vor Beginn des Films vernichteten. Sie stellten fest, dass sie beide Süßigkeiten liebten und Kartoffelchips nicht ausstehen konnten. Der einzige Grund war, dass sie es hassten, wenn Leute im Kino während des Films diese Dinger im Mund zermalmten und dadurch Töne produzierten, die einfach nur nervten. Im Übrigen waren das dieselben Besucher, die jede Filmszene kommentierten, zwölf Mal aufs Klo gingen, einem dabei auf den Fuß traten und sich zur Krönung bei jedem Gang eine neue Chipstüte mitbrachten. Sie hatten Glück, denn vor ihnen saßen ein paar junge Mädchen, die weder Chips aßen, noch so groß waren, dass man nichts mehr gesehen hätte.

Martin liebte es, ins Kino zu gehen. Es gab zwar nun schon seit einiger Zeit Videorekorder, aber davon hielt er nichts. Die spezielle Atmosphäre des Kinos konnte ein solcher Rekorder einfach nicht in das heimische Wohnzimmer zaubern. Er mochte die alten gepolsterten Sessel, in denen man immer ein wenig versank. Das Queens war schon ein Kino der moderneren Art. Als kleiner Junge war er oft in einem alten Kino in Dresden gewesen. Sein Vater besuchte Verwandte und er durfte sich im Lichtspielhaus die Nachmittagsvorstellung ansehen. Der Saal war in ein schummriges Licht getaucht und die Wände mit schwerem weinrotem Samtstoff behängt. Es gab lediglich alte Klappstühle ohne Polsterung. Alles in allem war der Komfort unterirdisch. Doch die Leute strömten in dieses Kino. Die Vorstellungen waren fast immer ausverkauft. Es gab keine Werbung, dafür einen Vorfilm. Dabei konnte man allerhand über Mensch, Natur oder Technik erfahren. Martin konnte sich an Vorfilme über den Arbeitsalltag eines Mähdrescherfahrers oder das Sozialverhalten der Feldmaus erinnern. In den Kindervorstellungen am Nachmittag wurden oft auch Trickfilme gezeigt. Er liebte die Geschichten mit Lolek und Bolek. Nach der Grenzöffnung sagte jemand im Fernsehen, dass die Kinder mit diesen Zeichentrickfilmen manipuliert worden seien, das fand er jedoch ziemlich weit hergeholt. Und wenn schon, ihm hatten sie gefallen.

Nach dem Vorfilm wurde noch einmal das Licht angemacht. Jeder Besucher hatte jetzt Gelegenheit, die Toilette aufzusuchen oder sich Süßigkeiten zu besorgen. Dann ertönte ein tiefer Gong. Das fand er großartig, denn der wirkte so feierlich. Das Licht wurde langsam weniger und der Vorhang öffnete sich noch ein Stück weiter. Dann begann endlich der Hauptfilm. Das Einzige, was ihn in diesem Kino wirklich nervte, war die dicke Frau mit Taschenlampe, die sämtliche Besucher ermahnte ruhig zu sein oder ihre Beine von der Rückenlehne des Vordermannes zu nehmen. Sie lief während der gesamten Vorstellung im Saal umher und versuchte eine gewisse Ordnung und Disziplin aufrecht zu erhalten. Das führte natürlich dazu, dass einige Halbstarke sich einen Spaß daraus machten, die dicke Frau mit der Taschenlampe zu ärgern. Wenn der Film gut war, legte sich dieses Spielchen jedoch ziemlich schnell, und man konnte einen vergnüglichen Kinonachmittag erleben. Vorausgesetzt man hatte gutes Sitzfleisch, denn die alten Holzstühle wurden mit fortschreitender Zeit sehr unbequem. Er erinnerte sich beispielsweise mit Grausen an den Spielfilm Amadeus, der gute vier Stunden dauerte. Danach hatte er das Gefühl, selbst aus Holz zu sein, so steif war sein gesamter Körper geworden. Die Profis unter den Besuchern kannten solche Probleme nicht, die brachten sich nämlich ein Kissen von zuhause mit.

Was er an diesen Kinonachmittagen jedoch besonders liebte, war der Schock, den er bekam, wenn er nach draußen trat. Aus dem dunklen Saal hinaus auf die grelle Straße. Vor wenigen Minuten hatte man noch mit den Indianern auf der Lauer gelegen und war mit ihnen in die weite Prärie hinausgeritten und nun ratterte mit voller Lautstärke eine Straßenbahn vorbei. In diesen Momenten erfuhr er die ganze Magie des Kinos. Das

Kino konnte Menschen in eine andere Welt versetzen. Die Geräusche, Gerüche und tristen Farben der Dresdener Vorstadt blieben draußen. Jeder konnte sich völlig dem Geschehen auf der Leinwand hingeben, in einigen Szenen meinte man sogar, die Kraft der Bilder am eigenen Leib zu erfahren. Da peitschte auch im Saal der Sturm, da bekam man den Regen ins Gesicht oder litt mit den Verwundeten und freute sich mit den Siegern. Martin durchlebte alle Emotionen; für zwei Stunden war er der Realität entkommen. Kino war für ihn eine Leidenschaft.

Er hatte Durst und griff nach der Cola, die sie in den Flaschenhalter zwischen ihrer Sitzlehne gestellt hatten. Sarah musste dieselbe Idee gehabt haben, denn ihre Hände berührten sich. Er spürte, dass sie lächelte. Nicht dass er es gesehen hätte, er wusste es einfach. Martin streichelte sanft über ihre Finger und ihren Handrücken. Als er ihren Unterarm hochfuhr bemerkte er, was für eine weiche Haut sie hatte. Sie zog ihren Arm nicht weg. Ihre Finger spielten mit den seinen und sie legte ganz sacht den Kopf auf seine Schulter. Martins Herz schlug bis zum Hals. Er konnte seine Freude kaum unterdrücken. Den Rest des Films verbrachten sie mit diesen ersten zaghaften Zärtlichkeiten. Sie schauten beide nach vorn zur Leinwand, aber die Bilder zogen ungesehen an ihnen vorbei. In ihrem Kopf spielte sich ein anderer Film ab. Zwei Menschen hatten sich gefunden.

Sie traten hinaus in die abendliche Herbstkühle. Sarah zog ihre Strickjacke an und kuschelte sich leicht an Martin.
„Und, war es sehr schlimm? Solche Filme mögen Männer doch überhaupt nicht. Viel Herzschmerz und Romantik. Genau das Richtige für mich."
„Ich fand die Idee des Films ganz witzig. Da wurden Klischees auf die Schippe genommen und dem Kinobesucher eindrucksvoll die Tatsache vor Augen geführt, dass Vorurteile die Welt regieren."
„Martin, bitte keine soziologische Einschätzung. Es war einfach eine schöne, komische, romantische Schnulze und für zwei Stunden konnte man mal die eigenen Probleme vergessen."
„Du hast recht. Trotzdem hat der Film auf lustige Weise gezeigt, dass wir oft Menschen viel zu schnell in eine bestimmte Schublade stecken."
„Davon kann sich wohl keiner frei machen. Es ist nur traurig, dass man sich dadurch selbst die Chance nimmt, interessante Menschen kennen zu lernen. Wir könnten wahrscheinlich viel von solchen Schubladenmenschen lernen und vielleicht würde sich sogar eine Art Verständnis füreinander entwickeln."
„Dazu müsste man sich erst einmal von Vorurteilen frei machen, und das fällt den meisten Menschen doch schon unendlich schwer. Ein reicher Unternehmer wird nie Verständnis für die Lage eines Penners haben. Er wird immer das Vorurteil hegen, dass jeder durch ehrliche Arbeit zu einem gewissen Wohlstand kommen kann. Der Intelligente wird nie Verständnis für den Dummen aufbringen, weil er überzeugt davon ist, dass sich jeder eine bestimmte Bildung und ein Mindestmaß

an Wissen aneignen kann. Der Kulturliebhaber wird nie verstehen können, dass es Menschen gibt, denen andere Lebensbereiche wichtiger sind und die auf Theater, Musik und Literatur pfeifen. Er wird sie als Banausen bezeichnen, denen die Schönheit des Geistes fehle. Der Sportfanatiker wird immer die Nase rümpfen, wenn er mit einem Bewegungsmuffel zusammentrifft. Er kann nicht nachvollziehen, wie jemand so mit seinem Körper umgeht, der doch schließlich ein Geschenk der Natur ist. Es gibt unzählige Beispiele dafür, dass es uns an Offenheit und Toleranz mangelt. Am glücklichsten dürften wohl die Menschen sein, deren Leben so ausgefüllt ist, dass sie sich um die Eigenheiten und Macken ihrer Mitmenschen nicht weiter kümmern. Sie sind mit sich selbst beschäftigt, und das genügt ihnen vollkommen. Die meisten Menschen verbringen ihre Zeit jedoch hauptsächlich damit, das Leben anderer zu analysieren, zu bewerten und zu verurteilen. Ich hoffe nur, dass ich solche Tendenzen bei mir abwehren kann."

„In mein Leben könntest du dich aber ruhig ein wenig mehr einbringen."
Sarah blickte Martin provozierend an.
„Ein guter Anfang wäre zum Beispiel, dass du mich nach Hause bringst. Belfast ist um diese Tageszeit nicht gerade ein sicherer Ort für eine junge Frau."
Martin bemerkte, dass er sich wieder einmal etwas in Rage geredet hatte. Das passierte ihm in letzter Zeit öfter. Er ärgerte sich über diesen Umstand und vor allem darüber, dass er nicht alleine auf die Idee gekommen war, Sarah seine Begleitung auf ihrem Heimweg anzubieten.

„Tut mir leid, hätte ich ja eigentlich schon früher drauf kommen müssen. Natürlich bringe ich dich nach Hause, sehr gerne sogar. Wollen wir ein Taxi nehmen oder lieber noch etwas laufen? Ein bisschen Bewegung würde mir noch ganz gut tun."
„Oh ja, lass uns noch ein Stück laufen. Bis zur Innenstadt sollten wir aber ein Taxi nehmen, sonst wird es doch ein wenig zu weit."

Sie ließen sich bis zum Donegall Square bringen und machten sich dann zu Fuß auf den Weg in die Falls. Ein wenig mulmig war Martin schon zumute, es war so gut wie kein Mensch auf der Straße und in regelmäßigen Abständen kamen schwer gepanzerte Polizeiautos an ihnen vorbei. Sie gingen Hand in Hand die Divis Street entlang und erreichten danach die Falls Road. Schon von weitem sah er die Straßensperre. Wieder waren die mobilen Scheinwerfer im Einsatz und leuchteten einen Bereich von etwa fünfzig Metern taghell aus. Martin sah, dass die Soldaten oder Polizisten oder was auch immer für Uniformierte in ihrem Panzerwagen saßen, sich dort lautstark unterhielten. Die Straße war wie leergefegt. Vor zwei Minuten hatte ein Taxi die Sperre passiert. In der Ferne sah man noch die roten Lichter. Als sie sich der Kontrolle bis auf etwa zwanzig Meter genähert hatten, sprangen die drei Uniformträger aus dem Fahrzeug und musterten Sarah und Martin abfällig. Sie hatten ihre Maschinenpistolen umgehängt und machten einen ziemlich aggressiven Eindruck.

„Wen haben wir denn da? Ist das nicht die Kleine vom stinkenden O´Mally-Clan und dazu noch ein Milchbubi, der sich vor Angst gleich in die Hose scheißt?!"
Die beiden anderen Stahlhelmträger lachten lauthals und feuerten ihren Kameraden zu weiteren verbalen Höchstleistungen an.
„Ich glaube, wir müssen bei der kleinen O´Mally erst einmal eine Leibesvisitation durchführen, schließlich ist die ganze dreckige Brut bei der IRA. Da kann man ja nicht wissen, ob sie nicht Waffen oder Sprengstoff bei sich führt, nicht wahr, Johnson?"
„Ganz recht, Sir."
Wieder lachten die beiden Untergebenen hysterisch. Sie konnten nicht viel älter als Martin sein. Er hielt das Ganze noch immer für einen schlechten Scherz und wollte die Situation etwas entschärfen.
„Hören Sie, kontrollieren Sie doch kurz unsere Pässe und dann lassen Sie uns weitergehen. Es ist schon spät und wir wollen keinen Ärger."
„Halt dein dreckiges Maul, Milchbubi, oder es setzt gleich was. Und du O`Mally-Schlampe komm her, ich muss dich durchsuchen."

Martin merkte deutlich, wie Wut und Hass in ihm empor stiegen. Sie krochen ganz langsam vom Magen in den Hals und brannten sich dann ins Gehirn. Es gab einen Zeitpunkt, wo der Zorn sein zentrales Nervensystem übernahm und jede Art von Vorsicht oder Überlegung ausschaltete. Eine solche Ungerechtigkeit konnte er nicht ertragen. Es war ihm völlig egal, was jetzt gleich passierte, aber der Gedanke musste raus. Für ein paar tausendstel Sekunden versucht der rationale Teil des

Gehirns noch einen Einwand zu formulieren, aber der Druck war zu stark, die Lawine rollte bereits und kein noch so vernünftiges Argument konnte sie jetzt noch aufhalten. Martin wurde so wütend, dass er in seine deutsche Muttersprache verfiel.

„Lass sie gefälligst in Ruhe, du feiges Arschloch!"

Er hielt Sarah ganz fest. Seine Augen funkelten bösartig. Die Vernunft hatte längst ihre Waffen gestreckt und sich der Übermacht der Wut gebeugt.

Der dicke Wortführer schaute ihn entgeistert an. Er fasste sich jedoch ziemlich schnell und blaffte nicht minder aggressiv zurück.

„Was hast du Windelträger da eben gesagt? Ich schlage dir gleich deine dämliche Fresse ein. Wenn du hier einen auf Beschützer von kleinen katholischen Schlampen machen willst, hast du dir leider den Falschen ausgesucht."

Martin kochte. Was bildete sich dieser fette Engländer eigentlich ein? Sie hatten nichts Anderes getan, als an einem Herbstabend hier entlang zu spazieren. Er setzte eine abfällige Miene auf und wiederholte seine Worte im besten British Standard:

„Ich sagte, du sollst sie in Ruhe lassen, du feiges Arschloch."

Mit einem Satz war die uniformierte Presswurst bei Martin, drehte ihm den Arm um und schmiss ihn auf die Motorhaube. Er drückte seinen Ellenbogen in Martins Rücken und zerrte mit der anderen Hand an den Haaren. Die beiden Untergebenen schauten etwas verdutzt und wussten nicht so recht, was sie jetzt tun sollten. Plötzlich knackte es im Funkgerät des Dicken.

„Pearse? Hey Pearse, bitte melden. Wir haben hier einen Notfall auf dem Westlink in Höhe der Shankill Road. Ihr seid doch gleich um die Ecke, wir brauchen eure Hilfe. Sofort!“
Der Angesprochene ließ Martin los und plärrte in das Funkgerät.
„Wir sind schon unterwegs, Sir.“
Er packte Martin am Hals und schmiss ihn auf den Gehsteig. Der Fettsack verfügte über eine Kraft, die man ihm nicht zugetraut hätte.
„Dein Glück, Arschloch. Wir werden uns wiedersehen, das verspreche ich dir. Und dann bekommst du ordentlich die Fresse voll! Und du, O´Mally, sag deinem Bruder, dass wir ihn bald wieder einbuchten. Seine Fresse gefällt mir einfach nicht.“
Er nickte seinen beiden Kameraden zu. Nachdem sie die mobilen Scheinwerfer verstaut hatten, verschwanden sie mit quietschenden Reifen.

Sarah half Martin auf die Füße und sah ihn ernst an.
„Bitte mach das nie wieder, Martin.“
„Entschuldige mal, aber der Typ wollte dich angrapschen und es gab keinen Grund für ihre Rohheiten. Wir sind hier lediglich spazieren gegangen.“
„Kein Mensch geht hier um diese Zeit spazieren.“
„Trotzdem. Wenn er dich angegrapscht hätte, wäre ich auf ihn losgegangen. Da wäre mir alles egal gewesen, den hätte ich schon irgendwie fertig gemacht.“
„Ich will so etwas nie wieder von dir hören, verstehst du? Ich möchte nicht, dass du genauso endest wie mein Vater oder wie Sean. Du weißt nicht, wozu diese Leute fähig sind. Sie haben schon ganz andere Männer gebro-

chen. Ich will, dass du deinen Verstand einsetzt. Das ist eine Waffe, der sie nichts entgegen zu setzen haben. Lass uns jetzt schnell verschwinden, die kommen mit Sicherheit gleich wieder."
Sie bogen von der Falls Road ab und rannten die kleinen Nebenstraßen entlang, die jetzt im Halbdunkel der Straßenlaternen einen ausreichenden Schutz boten. Martin bemerkte, dass Sarah ziemlich gut in Form war. Er konnte ihr kaum folgen und war vollkommen außer Atem, als sie das Haus der O´Mallys erreichten.

„Komm noch kurz mit rein, du kannst dich frisch machen. Sean fährt dich bestimmt zurück."
Die Familie saß im Wohnzimmer und schaute fern. Sarah erzählte kurz und knapp, was an der Straßensperre geschehen war. Nuala schaute Martin besorgt an. Sarahs Vater und Sean warfen sich vielsagende Blicke zu. Er hatte das Gefühl, dass die Beiden sich mit seinem Verhalten durchaus anfreunden konnten. Grandpa O´Mally schüttelte nur den Kopf und lächelte verschmitzt. Martin konnte sich des Eindrucks nicht erwehren, dass es hier im Hause schon schlimmere Geschichten gegeben hatte. Großvater O´Mally legte seine Pfeife beiseite und wandte sich an Martin.

„Mein Junge, das nächste Mal gebrauchst du aber wieder deinen Kopf. Ich meine, sie waren zu dritt. Was hättest du wohl ausrichten können? Hättest mal lieber deinen deutschen Pass zücken und mit der Presse drohen sollen. Aber gut, in meiner Jugend war ich auch immer sehr ungestüm. Eigentlich wollte ich auch etwas ganz anderes sagen. Hör mal, nächste Woche werde ich

achtzig Jahre alt, mein Junge. Ich werde in Dan Foley´s Pub eine kleine Feier geben und würde mich freuen, wenn du kommen könntest. Ich habe gehört, dass du in diesem Etablissement schon einen bleibenden Eindruck hinterlassen hast.“
Grandpa lächelte und rieb seine Pranken. Martin wurde feuerrot. Woher wusste der Alte das nun schon wieder?
„Ich komme gerne, Grandpa. Aber warum hast du denn nicht schon früher etwas gesagt, ich hätte ja auch einen anderen Termin haben können.“
„Was solltest du schon für andere Termine haben? Du bist doch Student! Außerdem muss man in meinem Alter vorsichtig planen. Wer weiß, ob ich in acht Wochen noch lebe, da kann ich doch nicht alle zu meinem Geburtstag einladen und dann wird aus dem Wiegenfest eine Beerdigung.“

Die ganze Familie versicherte dem Alten, dass er noch wunderbar aussehe und noch einige Jährchen leben werde. Grandpa hörte sich alles mit fröhlicher Miene an und stopfte seine Pfeife mit neuem Tabak.
„Dann ist es also abgemacht. Du wirst schon sehen, es wird dir gefallen. Es kommt sogar eine Band, die uns ein wenig auf Trab bringt. Ich habe schon lange nicht mehr getanzt und da mir gerade alle versichert haben, dass ich noch taufrisch bin, werde ich wohl ein wenig die Damen aus der Puste bringen. Also dann, Sean, du solltest Martin jetzt nach Hause fahren, könnte doch gut sein, dass dieses britische Ungeziefer hier noch einmal vorbeischaut.“
„Du hast recht Grandpa. Komm Martin, ich fahre dich jetzt besser nach Hause.“

Er verabschiedete sich von den O´Mallys und gab Sarah einen Kuss auf die Wange, was Nuala mit einem versteckten Lächeln quittierte. Sie erreichten die Alanbrooke Hall ohne Probleme, auch deshalb, weil Sean die Hauptstraßen mied und einige Schleichwege fuhr.

„Danke Sean, das war echt nett von dir."

„Ist schon in Ordnung. Denke an Grandpa´s Geburtstag, er mag dich wirklich und es würde ihm viel bedeuten, wenn du kommen könntest."

„Ich komme auf jeden Fall."

Die beiden Freunde gaben sich die Hand. Martin wusste, dass er für diesen Tag mehr als genug erlebt hatte.

14

„Hallo Dr. Kruske, hier ist Martin."

„Oh, hallo Martin, das freut mich aber, dass Sie anrufen. Ich hoffe, dass es Ihnen gesundheitlich wieder besser geht. In der vergangenen Woche habe ich schon einige Male versucht, Sie zu kontaktieren. Hat Ihnen Mr. McCabe von unserem Vorschlag berichtet?"

„Ja. Genau darüber wollte ich mit Ihnen sprechen. Ich habe mich entschlossen, vorerst in Belfast zu bleiben. Das Studium und die Universität gefallen mir sehr gut, und ich habe schon einige neue Freunde gewonnen. Ich will nicht schon wieder von vorne anfangen. Können Sie das verstehen?"

„Natürlich. Es bleibt Ihre Entscheidung. Ich konnte nach diesem Vorfall aber nicht die Hände in den Schoß legen, das werden Sie sicherlich verstehen. Wir dachten, dass es nur mehr als gerecht sei, Ihnen anzubieten, Belfast wieder zu verlassen. Als Ihr Vormund habe ich schließlich eine gewisse Verantwortung und ich möchte nicht, dass Sie in Gefahr gebracht werden oder es Ihnen schlecht geht."

„Das verstehe ich. Danke. Aber mir geht es gut. Ich möchte gerne in Belfast weiterstudieren. Prof. McCabe ist ein ausgezeichneter Dozent und ich kann eine ganze Menge von ihm lernen. Außerdem tut mir der Abstand zu Deutschland und Bad Rennenberg ganz gut."

„Ich muss Sie trotzdem mit ein paar Details aus der Heimat belästigen. Es geht um die Firma. Ich habe einen Geschäftsführer gefunden. Er heißt Werner Koch und war bis vor kurzem Abteilungsleiter bei Mercedes.

Ich denke, er ist der geeignete Mann für den Job. Koch hat viel Erfahrung und sehr gute Kontakte zu den großen Wirtschaftsunternehmen in unserer Region. Die Firma Ihres Vaters steht blendend da. Ich habe mir alle Zahlen angesehen und war angenehm überrascht. Es gibt so gut wie keinen Investitionsstau und die Produkte finden sehr guten Absatz."

„Hören Sie Dr. Kruske, ich möchte nicht, dass Herr Koch irgendwelche Konsolidierungsmaßnahmen vornimmt. Es werden keine Leute entlassen! Ich möchte, dass die Firma im Sinne meines Vaters fortgeführt wird."

„Das ist für mich selbstverständlich, Martin. Die Firma bleibt ein traditionelles Familienunternehmen. Koch bürgt für diese Art der Unternehmensführung. Er ist ein sehr umgänglicher Mensch, der bei seinen Mitarbeitern immer sehr beliebt war. Ich habe mich genauestens über ihn erkundigt und mir die Entscheidung sicherlich nicht leicht gemacht. Er ist der richtige Mann, vertrauen Sie mir bitte."

„Das war keine Kritik an Ihrer Arbeit, Entschuldigung. Ich bin überzeugt davon, dass Sie diese Sache sehr ernst nehmen und sich persönlich ganz besonders engagieren. Ich möchte nur nicht, dass die Firma ihren familiär geprägten Hintergrund verliert, weil ich mir sicher bin, dass dies der entscheidende Grund für unseren Erfolg ist. Die Mitarbeiter identifizieren sich mit der Firma und sind stolz darauf, bei uns beschäftigt zu sein. Wenn es schlechte Zeiten gibt, werden wir die auch gemeinsam überstehen."

„Machen Sie sich keine Sorgen, Martin. Die Firma steht glänzend da, insofern sind Gedanken über Entlassun-

gen völlig überflüssig. Das hätte auch ihr Vater nicht ohne Weiteres zugelassen. Ich bin mir also durchaus bewusst, dass die Firmenphilosophie etwas anders ist als bei den meisten Konkurrenzunternehmen. Glauben sie mir, Martin, ich werde ein Auge auf die Aktivitäten von Koch haben. Aber wie gesagt, ich traue ihm die Leitung der Firma zu und bin auch davon überzeugt, dass er der Richtige ist."
„Dann bin ich auch davon überzeugt. Übermitteln sie Herrn Koch bitte meine Grüße und die besten Wünsche für seine Aufgabe."
„Das werde ich gerne tun. Rufen Sie mich an, wenn es irgendwelche Probleme gibt. Ich halte Sie wegen der Firma selbstverständlich auf dem Laufenden."
„Vielen Dank, Dr. Kruske. Tschüss dann."
„Auf Wiederhören Martin."

Als er aufgelegt hatte, fühlte er sich erleichtert. Das Gespräch war viel positiver verlaufen, als er erwartet hatte. Er brauchte sich um die Firma erst einmal keine Gedanken zu machen; Dr. Kruske hatte seine Entscheidung einfach so akzeptiert. Martin holte tief Luft und machte sich dann auf den Weg zurück zu seinem Zimmer.

Jean-Luc kam gerade vom Duschen. Sein ganzer Körper dampfte. Er hatte sich annähernd zwölf Handtücher übergeworfen und zitterte wie Espenlaub. Martin musste sich zusammenreißen, um nicht lauthals loszulachen.
„Ja, ja, der Säufer und der Hurenbock, die frier`n im dicksten Unterrock."

Jean-Luc schaute ihn verständnislos an. Sein Blick ähnelte dem eines Menschen, der gerade von jemandem herzlich begrüßt wurde und nicht den blassesten Schimmer hatte, wer da eigentlich vor ihm stand. Martin wurde schlagartig bewusst, dass der Franzose dieses deutsche Sprichwort nicht kannte. Also versuchte er ihm in den nächsten Minuten die Feinheiten des deutschen Humors näher zu bringen. Leider änderte sich der Gesichtsausdruck seines Mitbewohners auch in dieser erklärungsreichen Zeit nicht.

„Ich verstehe den Witz trotzdem nicht. Säufer? Hurenbock? Aber wo wir schon mal beim Thema sind, wie war denn dein gestriger Abend mit der Braut aus den Falls? Du hast so komische rote Stellen am Hals. Hat wohl doch Ärger gegeben? Hat der Bruder dich gewürgt oder war es die Mutter? Pass bloß auf Martin, ich habe gehört, die schießen einem ins Knie, wenn man Mist gebaut hat. Und Mist bauen heißt bei denen schon, dass man sich mal ein Auto für eine Spritztour klaut. Du verstehst? Kinderkacke! Und dafür schießen sie dir ins Knie. Kannst du dir das vorstellen?“

Martin erzählte Jean-Luc die Geschichte, die sich an der Straßensperre abgespielt hatte. Der Franzose hörte aufmerksam und ernst zu. Doch irgendwie konnte er nicht anders, er musste Martin in seiner ihm angeborenen Art darauf aufmerksam machen, dass er so etwas gleich geahnt hatte.
„Was habe ich dir gesagt? Du hättest auf mich hören sollen! Melanie von der Biochemie, die fährt total auf dich ab. Die hättest Du mal lieber ins Kino einladen

sollen. Ihr hättet in den hinteren Sitzreihen rumgeknutscht, ein bisschen gefummelt und dann hättest du sie zu ihrem Appartement begleitet. Und stell dir vor, keine Straßensperre hätte dich aufgehalten. Kein fetter, britischer Soldat hätte dich auf den Gehsteig geworfen. Du hättest nicht einen dubiosen Taxifahrer bitten müssen, dich kreuz und quer durch Belfast zu fahren. Verstehst du? Es wäre alles ganz einfach gewesen. Melanie hätte ihre Zimmernachbarin für die Nacht ausquartiert und ihr beide hättet ... na du weißt schon. Obwohl, sicher bin ich mir da nicht. Egal, Melanie hätte dir schon gezeigt, was du zu tun hast. Du hättest also eine schöne, befriedigende Nacht verbracht und wärst heute Morgen glücklich und ausgeglichen. Aber nein, der feine Herr muss es ja wieder kompliziert machen. Kann es sein, dass du gerne sterben möchtest? Verspürst du so etwas wie Todessehnsucht, hä? Martin, so etwas geht nicht gut, glaube mir. Die Leute von dort drüben, aus West Belfast, haben durch die jahrelange Gewalt alle einen psychischen Schaden. Nicht, dass ich sie dafür verurteile, im Gegenteil, sie tun mir wirklich leid. Aber wenn du die ganze Zeit in der Scheiße stehst, dann stinkst du irgendwann selber nach Scheiße. Ich glaube ganz einfach nicht, dass diese Leute ein normales Leben führen können. Die werden immer Angst haben. Die werden immer hinter jeder Straßenecke ein Kommando vermuten. Die werden immer nachts schweißgebadet aufwachen. Willst du dir das wirklich antun? Kannst du wirklich so viel Verständnis und Kraft aufbringen?"

„Ich weiß es nicht, Jean-Luc. Aber mein Herz interessiert es wenig, dass Sarah in West Belfast wohnt. Ich habe sie wirklich sehr, sehr gern. Wenn diese Menschen so viel Schreckliches erlebt haben, dann ist es die Aufgabe von uns, denen so etwas erspart geblieben ist, sie mit viel Liebe, Hoffnung und Verständnis wieder glücklich zu machen. Wir können diese Menschen doch nicht einfach abschreiben. Du kannst es dir doch nicht so einfach machen und sagen, dass sie sowieso verloren sind. Sicherlich sind viele Dinge geschehen, die diese Menschen prägen. Trotzdem muss man ihnen die Chance geben, die Vergangenheit hinter sich zu lassen. Sarah ist ein ganz besonderer und liebenswerter Mensch und ich bin froh, dass ich sie und ihre Familie kennen gelernt habe. In diesem Viertel wohnen nicht nur Terroristen, sondern auch ganz viele Menschen, die sich einfach danach sehnen, in Frieden zu leben. Die wären froh, wenn sie ihr tägliches Auskommen hätten und dafür die Angst an der Garderobe abgeben könnten. Du darfst sie nicht pauschal verurteilen oder vorschnell kategorisieren. Wenn du einmal die Gelegenheit hast, die Bewohner der Falls näher kennen zu lernen, wirst du feststellen, dass sie freundlich und aufgeschlossen sind und trotz ihrer misslichen Lage einen unerschütterlichen Lebensmut haben. Sie sind humorvoll und stolz."

„Du scheinst sie gut zu kennen, die Menschen aus den Falls, dabei bist du doch erst ein paar Monate hier."

„Die Zeit ist nicht entscheidend, Jean-Luc. Du kannst den Menschen in einem einzigen Augenblick mitten ins Herz schauen oder du verschwendest Jahre und kennst sie trotzdem nicht."

„So geht es mir mit dir, Krautfresser. Aus dir werde ich einfach nicht schlau. Du bist immer so verdammt ernst und nachdenklich. Vielleicht hängt das mit dem Tod

deiner Eltern zusammen, keine Ahnung. Vielleicht siehst du auch einfach nur mehr als unsereiner. Ich weiß es nicht. Ach scheiß drauf, ich mag dich trotzdem, du blöder Sack. Ich hoffe, du stellst mir diese ungewöhnliche Frau bald einmal vor. Sie muss schon etwas Besonderes sein, wenn sie dich beeindrucken konnte. Die Studentinnen hier an der QUB verzweifeln jedenfalls an dir. Es laufen schon Wetten, welche dich als erste zu einem Date verführen kann."
„So wie ich dich kenne, hast du da doch wieder deine Finger mit im Spiel!"
„Hey, ich bin lediglich der Buchmacher und berechne die Chancen der einzelnen Damen. Schließlich kenne ich dich hier am Besten und bin daher äußerst qualifiziert. Also erzählst du bitte auch niemanden von Sarah, sonst entfällt mein schöner Nebenverdienst. Ach so, lächele doch mal die Melanie von der Biochemie an, das treibt gleich die Quote in die Höhe. Die Leute setzen auf Melanie und es gewinnt die Bank, also ich."

Jean-Luc grinste selbstzufrieden und drehte sich schnell eine Zigarette. Dieser Deutsche war ihm einfach suspekt. Da versuchten die Katholiken, wenn auch unabsichtlich, ihn in die Luft zu sprengen und er verliebte sich gleich in diese Brut. Daraus sollte man schlau werden. Und dann diese permanente Ernsthaftigkeit, mit der er das Leben betrachtete. Der machte sich Gedanken wie so ein oller Philosoph aus dem alten Griechenland. Letzte Woche hatte ihm David erzählt, dass Martin eine unheimliche Show bei der Vorlesung abgezogen hatte. So von wegen Massenentlassungen sind Scheiße und kontraproduktiv. Das passte doch wunderbar ins

Bild. Der Junge hatte einfach eine Schraube locker, das ist doch meistens bei diesen super genialen Typen so. Deswegen verstand er sich auch so gut mit diesen Terroristen aus dem Falls-Viertel. Die quatschten schließlich auch die ganze Zeit etwas über die Befreiung des Geistes durch die Befreiung des Körpers und dass es eine internationale Arbeiterklasse gebe und über das Gemeineigentum an den Produktionsmitteln und was wusste er nicht noch alles. Jean-Luc interessierte der ganze Mist überhaupt nicht. Er war überzeugt, dass der Massenkonsum von Marihuana die gesamte Menschheit befrieden könne. Ja, Frieden durch Cannabis, das war ein Slogan. Aber den Martin, den mochte er trotzdem gern. Nicht zuletzt weil nur er wusste, dass Melanie von der Biochemie noch Jahre auf ein Date mit ihm warten konnte. Das war schlecht für sie, aber gut für ihn, denn schließlich kassierte er als Buchmacher ordentlich Provision. Und umso länger sich Martin mit keiner Studentin verabredete, desto besser. Wenn er es sich recht überlegte, dann mochte er ab sofort aus demselben Grund auch Sarah. Schließlich war sie die Ursache für Martins Zurückhaltung bei den Annäherungsversuchen der hiesigen Studentinnen. Er zog kräftig an seiner Selbstgedrehten, die er mit einem wahren Wunderkraut gestopft hatte, setzte sich die Kopfhörer auf und war zufrieden mit sich und der Welt.

15

Sean hatte ihn abgeholt. Sie fuhren diesmal auf der Grosvenor Road in die Falls hinein und hatten noch ein paar Fahrgäste im Taxi dabei. Nachdem Sean alle Mitfahrer auf einer riesigen Runde durch sein Viertel abgesetzt hatte, fuhren sie zu Foley´s Pub.

„Sag mal Sean, warum gibt es hier so viele Sackgassen? Ich meine, wir haben jeden einzelnen Fahrgast in irgendeiner Gasse abgesetzt, mussten wenden und wieder hinausfahren."

„Das ist das Ergebnis des britischen Wohnungsbaus hier in Belfast. Dadurch soll verhindert werden, dass sich Terroristen in den ehemals verwinkelten Gassen und in den mit unzähligen Hinterhöfen verbundenen Häuser verstecken und dadurch der Verfolgung entziehen."

Sean parkte den Wagen in einer Seitenstraße, etwa fünfzig Meter vom Pub entfernt. Martin klemmte sich das Paket unter den Arm und folgte seinem Freund. Es war ein ungemütlicher Abend. Ein leichter Sprühregen bedeckte die Straße mit einem feuchten Glanz, ohne dass sich die kleinste Pfütze bildete. Der Niederschlag glich eher einer Wolke, die der Wind in die verschiedensten Richtungen trieb. Einen kurzen Augenblick lang konnte man den Regen auf den Lippen schmecken. Dann verschwand er, nur um einen Moment später den Nacken zu kitzeln. Die Kleidung bedeckte ein zarter, glänzender Überzug, bestehend aus Millionen winziger Wassertropfen.

Der Pub empfing sie mit einer wohligen Wärme. Im hinteren Teil brannte das Torffeuer in einem großen Kamin. Eine Menge Leute waren bereits da. Martin erkannte ein paar vertraute Gesichter. Er suchte den Raum nach Grandpa O´Mally ab und sah ihn aufgeregt gestikulierend vor zwei älteren Männern stehen, die sich vor Lachen schüttelten. Sarah lächelte ihm zu und machte ihren Großvater auf die beiden neuen Gäste aufmerksam. Der Alte kam freudestrahlend auf Martin zu.
„Guten Abend Martin, dass ist wirklich schön von dir, dass du Zeit für die Geburtstagsfeier eines alten Kauzes hast."
„Ach Grandpa, du weißt doch, ich bin Student und habe sowieso nichts Anderes zu tun."
Die beiden schauten sich vergnügt an. Grandpa deutete mit einem kurzen Blick auf das Paket.
„Ist das etwa für mich? Hoffentlich keine Leckereien. Du weißt, ich muss ein wenig auf meine Linie achten, schließlich stehen die Frauen auf meinen knackigen Körper."
„Herzlichen Glückwunsch zu deinem Geburtstag, Grandpa. Ich hoffe, du bleibst weiterhin gesund und munter. Schließlich brauche ich jemanden, dem ich beim Kartenspielen das Geld aus der Tasche ziehen kann. Im Grunde hast du durch deine Niederlagen das Geschenk schon selbst bezahlt."

Großvater O´Mally lachte laut und haute ihm ordentlich auf die Schulter. Für sein Alter war das immer noch ein ganz gewaltiger Hieb, aber Martin ließ sich nichts anmerken. Der Alte riss das Paket auf und staun-

te nicht schlecht. Ein Modellbausatz der Titanic, maßstabsgerecht und mit allen Extras. In den Augen des Großvaters glänzte ein wenig Feuchtigkeit, er war sichtlich bewegt.
„Du hast mir doch erzählt, dass du sie als kleiner Junge gesehen hast. Ich dachte, es wäre eine schöne Sache, wenn du sie einmal nachbaust. Außerdem freue ich mich schon auf deine Verzweiflung, wenn du mit deinen riesigen Pranken versuchst, die kleinen Teile in den Schiffsrumpf zu fummeln."
„Ich danke dir recht herzlich, mein Junge. Nun lass uns aber erst mal etwas trinken. In der Zwischenzeit kann Sarah das Schiff für mich zusammenbauen."

Grandpa O´Mally zwinkerte seiner Enkelin zu und steuerte mit Martin und Sean auf die Theke zu. Dort stand wie gewöhnlich Dan Foley und verschaffte einem Durstigen gerade Linderung, indem er aus seiner kunterbunten Sammlung von Flaschen eine herausgriff und über den Tresen reichte. Der Tresen war mächtig, ein wahres Ungetüm aus dunklem Holz. Unzählige durstige Kehlen hatten schon vor ihm gestanden oder gesessen. Die winzigen Bierpfützen, die sich an jedem Abend auf dem Tresen bildeten und den Trinkern Gesellschaft leisteten, verliehen der Oberfläche einen unverwechselbaren Glanz. Dan Foley liebte seinen Tresen. Er stand seit jeher in diesem Pub, und Dan würde ihn auch nicht mehr ersetzen. Natürlich war er in die Jahre gekommen, aber wie die Falten im Gesicht seines Besitzers spiegelten auch die vielen Schrammen und Kratzer die guten und schlechten Zeiten wider. Sie beide hatten eine Menge erlebt. Die schweren siebziger Jahre, in denen man ständig in Angst war, dass die Protestanten das Haus abfackeln würden. Oder die Achtziger, in denen Dan´s Pub als Treffpunkt für Sinn Fein und IRA diente. Er war hier nie rausgekommen. Die Grenzen seines Pubs waren auch die Grenzen seiner Welt. Doch er fühlte sich wohl. Er war im Viertel anerkannt, und es gab hier eine Menge Leute, die sein Guinness als das Beste in ganz Nordirland priesen. Und diese Leute waren schließlich schon mal aus Belfast rausgekommen. Ein ordentliches Bier zu zapfen, das war eine Kunst. Jawohl. Das konnte nicht jeder.

Nun war der alte O´Mally schon achtzig Jahre alt. Wie die Zeit doch verging. Was war das früher für ein Raubein! Da wurde bei Streitereien nicht lange gefackelt, vor allem wenn es um Mädchen ging. Dan hatte schon etliche blutige Nasen gesehen, die Hafenarbeiter hatten in dieser Hinsicht ihre eigenen Regeln. Seit einiger Zeit war es allerdings ruhiger geworden. Die Hafenarbeiter waren fast alle arbeitslos, und auch sonst sah es hier ziemlich trostlos aus. Die Troubles hatten die Menschen ermüdet. Aber heute war kein Tag zum Grübeln. Heute wurde der alte O´Mally achtzig. Und das war klar, heute würde es sein wie in den alten Zeiten.

„Hey Foley, alter Knabe, mach noch mal drei Pint fertig. Wir sind durstig, und soweit ich mich erinnern kann, sind wir hier doch in einem Pub.“
Dan Foley stieg sofort auf den angebotenen Disput ein. „Wir sind hier nicht in *einem* Pub, sondern in *dem* Pub. Hier, diese Runde geht auf mich, Grandpa, um der alten Zeiten willen.“

„Auf die guten alten Zeiten, Dan. Außer diesem ollen Tresen haben wir hier im Laufe der Jahre alles schon einmal zerlegt. Na dann, auf deine Gesundheit, Slainte." (Prost!)
„Auf deine Gesundheit Grandpa, Slainte." (Prost!)

Martin vernahm ein leises Brummen. Als er das Geräusch zu orten versuchte, sah er an einem Tisch in der hintersten Ecke des Raumes einen Mann sitzen, der mit seinem Ellenbogen ein Uilleann-Dudelsack aufblies. Um ihn herum hatten sich Musiker mit Fiedel, Querflöte, Gitarre, Banjo und Bodhrán gruppiert. Jeder hatte ein frisches Pint vor sich auf dem Tisch stehen. Der Gitarrenspieler begann einen bestimmten Rhythmus zu spielen und die anderen Instrumente fielen nach und nach in die Melodie ein. Die Gespräche verstummten nach und nach. Männer und Frauen begannen mit den Füßen auf den Boden zu stampfen oder klatschten in die Hände. Die Musik wurde schneller, und einige Besucher fingen an zu pfeifen und zu johlen. Immer wenn Martin glaubte, dass die Musiker das Tempo des Stückes unmöglich nochmals steigern konnten, wurde die Geschwindigkeit erhöht. Die Leute gerieten völlig außer sich. Eine Welle der Begeisterung durchflutete den Raum. Er spürte, wie ihn die Kraft und die Lebendigkeit der Musik erfasste. Die Beine bewegten sich wie von Geisterhand und sein ganzer Körper schien in Schwingungen versetzt worden zu sein. Die Klänge trafen ihn mitten ins Herz. Die Melodien waren von solcher Schönheit, dass er sich sofort verliebte.
Die Geburtstagsgäste ließen sich nicht lange bitten, und es fanden sich schnell zwei Gruppen von je vier Paaren

zusammen, die ein perfektes Battering vollführten. Es erinnerte Martin entfernt an die Steppeinlagen seines Vaters, wobei die irische Art sehr viel schneller und kraftvoller war. Entsprechend zügig war der Erschöpfungsgrad bei den Tänzern erreicht, der nur mit dem hohen Konsum von Stout zu bekämpfen war. Die Stimmung wurde immer ausgelassener und animierte die jungen Paare sich beim Tanz so schnell zu drehen, bis einer der Teilnehmer auf dem Schoß eines trinkenden Gastes landete. Dieser war nun aufgefordert das Tänzchen fortzusetzen. So kam jeder mehrfach in die Verlegenheit, seine Tanzkünste unter Beweis zu stellen. Martin wurde mitgerissen von der puren Lebensfreude, die sich hier einen Platz im grauen Alltag erkämpfte. Die sechs Musiker wechselten sich häufig ab, so dass der Pub ständig von Musik erfüllt war. Der Gesang der Männer war ausdrucksstark und ihre Stimmen durch den jahrelangen Gebrauch rau und tief.

Sarah kam auf ihn zu. Sie hatte den ganzen Abend ausgelassen getanzt und war außer Atem. Einige widerspenstige Haarsträhnen, die sich aus dem Zopf gelöst hatten, klebten an ihren erhitzten Wangen fest. Ihr Gesicht hatte eine rötliche Farbe angenommen und ihr Brustkorb bewegte sich bei jedem Atemzug heftig auf und ab. Sarahs Augen strahlten ihn an. Sie sah einfach atemberaubend schön aus.
„Komm Martin, lass uns tanzen!"
„Aber ich kann nicht ..."

Er konnte den Satz nicht einmal zu Ende sprechen. Sie zog ihn mit sich. Im nächsten Augenblick befand er sich zwischen den anderen Tänzern. Martin stampfte genauso rhythmisch mit den Füßen auf und drehte sich mit Sarah, bis ihm schwindelig wurde. Sie lachten und fielen sich in die Arme und begannen das Spiel von Neuem. Sein Hemd klebte am Körper fest und der Schweiß rann in Strömen seinen Kopf hinunter. Doch die Musiker ließen nicht locker, unentwegt trieben sie die Tanzenden an. Die Lieder und Melodien gingen ineinander über, es gab überhaupt keine Pausen mehr. Alle Müdigkeit war längst überwunden und der Körper überhörte den gutgemeinten Appell des Gehirns nach Ruhe einfach. Ausruhen? Jetzt? Niemals! Martin verlor jegliches Zeitgefühl. Es gab nur noch die Musik, den Tanz, Sarah und ihn. Die Luft wurde immer stickiger und die Temperatur stieg in unerträgliche Höhen. Sarah und Martin tanzten zum Eingang. Sie stieß die Tür auf und klare, kalte Luft empfing sie unbarmherzig. In den ersten Minuten umschmeichelte sie die beiden jungen Leute mit ihrer Frische. Sie atmeten tief durch. Der Pulsschlag beruhigte sich wieder. Und dann kam die Kälte. Sie kroch von unten in die Kleider und arbeitete sich in rasender Geschwindigkeit die Glieder hinauf. Sarah begann leicht zu zittern und Martin schüttelte sich kurz.

„Gefällt dir die Feier?"
„Ja, sie ist großartig. Die Musiker spielen wie die Teufel. Es ist kaum zu fassen, in welchem Tempo sie ihre Instrumente beherrschen. Man wird förmlich mitgerissen."
„Du tanzt gar nicht so schlecht, zumindest für einen Ausländer." Sarah lachte.

„Ich habe eine sehr gute Lehrerin. Sie ist zwar etwas resolut, aber der Erfolg gibt ihr recht.“
„Wollen wir wieder rein? Es wird hier ziemlich ungemütlich.“
„Ja, es ist verdammt kalt geworden.“

Sie gingen wieder hinein, setzten sich an die Theke und bestellten sich etwas zu trinken. Ihre Körper nahmen die Flüssigkeit auf wie vertrocknete Schwämme. Martin spürte jetzt deutlich die Erschöpfung. Die Sehnen und Muskeln schmerzten leicht. Er musste sich eingestehen, dass er in keiner besonders guten Form war. Der Sport fehlte ihm, und er beschloss, das Laufen wieder aufzunehmen. Seine Laufschuhe lagen noch immer unberührt im Koffer. Es war höchste Zeit, sie der Belfaster Luft auszusetzen.

Die Musik setzte aus. Jemand räusperte sich und bat um Ruhe.
„Lieber Grandpa O´Mally, wir wissen, dass du ein begnadeter Sänger bist und möchten dich deshalb bitten, uns an deinem Geburtstag mit einem wunderbaren Sean Nós zu beglücken.“
Es begann das übliche Spiel von Bitten und bescheidener Ablehnung. Nach einer Weile hatte man den alten O´Mally endlich soweit.
„Na gut, ich werde euch ein Liedchen trällern. Aber nur unter der Bedingung, dass meine Enkelin Sarah die Auswahl des Songs übernimmt.“
Sarah strahlte und war sichtlich stolz über diese Ehre. Sie überlegte nicht eine Sekunde.

„Grandpa, bitte singe für uns ‚Grace'! Ich liebe dieses Lied einfach."

Der alte O´Mally nickte zufrieden und nahm einen kräftigen Schluck aus seinem Glas. Sarah beugte sich zu Martin und flüsterte ihm die Geschichte des von ihr ausgewählten Songs ins Ohr.
„Das Lied berichtet von Grace Gifford. Sie wollte am Ostersonntag des Jahres 1916 ihren Geliebten Joseph Plunkett heiraten. Einige Tage vor der geplanten Hochzeit wurde Plunkett im Krankenhaus notoperiert. Er litt sein ganzes Leben unter heftigen Atembeschwerden. Die Hochzeit musste verschoben werden. Am Ostermontag, dem Tag nach der eigentlich geplanten Hochzeit, beteiligte sich der schwer kranke Plunkett am Osteraufstand und bezog seinen Posten im General Post Office. Nach der Kapitulation der Rebellen wurde er zusammen mit den anderen Aufständischen im Kilmainham Jail inhaftiert. Einige Stunden vor seiner Hinrichtung heiratete er Grace Gifford in der Gefängniskapelle. Als Trauzeugen fungierten zwei Gefängniswärter. Am selben Tag wurde Joseph Plunkett standrechtlich erschossen."
„Das ist aber eine traurige Geschichte."
„Es ist ja auch ein Sean Nós, ein gälischer Trauergesang. Eine große Liebe nimmt ein trauriges Ende. Heldentum und Tod. Das sind die essentiellen Bestandteile dieser Lieder."

Im Pub war es jetzt vollkommen still. Selbst Dan Foley hatte aufgehört mit seinen Gläsern und Flaschen zu klappern. Keiner der Gäste sprach mehr ein Wort. Und dann schloss der alte O´Mally seine Augen und begann mit einer tiefen, sonoren Stimme sein Lied zu singen.

„As we gather in the chapel here in old Kilmainham Jail
I think about these past few weeks, oh will they say we´ve failed?
From our school days they have told us we must yearn for liberty
Yet all I want in this dark place is to have you here with me

Oh Grace just hold me in your arms and let this moment linger
They´ll take me out at dawn and I will die
With all my love I place this wedding ring upon your finger
There won´t be time to share our love for we must say goodbye

Now I know it´s hard for you my love to ever understand
The love I bare for these brave men, the love for my dear land
But when Pádraic called me to his side down in the GPO
I had to leave my own sick bed, to him I had to go
Oh Grace just hold me in your arms and let this moment linger
They´ll take me out at dawn and I will die
With all my love I place this wedding ring upon your finger
There won´t be time to share our love for we must say goodbye

Now as the dawn is breaking, my heart is breaking too
On this May morn as I walk out, my thoughts will be of you
And I´ll write some words upon the wall so everyone will know
I loved so much that I could see his blood upon the rose.

Oh Grace just hold me in your arms and let this moment linger
They´ll take me out at dawn and I will die
With all my love I place this wedding ring upon your finger
There won´t be time to share our love for we must say goodbye
For we must say goodbye"

Es war ergreifend. Martin und viele andere Zuhörer hatten Tränen in den Augen. Dieser alte Mann hatte nur durch seine Stimme den ganzen Raum in Schwermut und Melancholie getaucht. Grandpa hatte seine Augen noch immer geschlossen und es schien, als ob das Lied für einige Sekunden ausklingen musste. Während des Gesangs hatte Sarah seine Hand ergriffen und ihn ganz verträumt angesehen. Er wusste, dass er diesen Augenblick nie in seinem Leben vergessen würde, denn genau dort, in diesem Pub, an jenem Abend, als Grandpa O´Mally von großer Liebe und tragischem, heldenhaften Tod sang, war ihm klar, dass er sich in Sarah verliebt hatte. Das Gefühl war schon seit Tagen latent vorhanden gewesen, aber jetzt, in diesem Moment, brach es an die Oberfläche. Er blickte Sarah in die Augen, lächelte und flüsterte ihr seine Liebeserklärung sanft ins Ohr:
„Tá mo chrói istigh ag pléacadh duit“ (Mein Herz sprüht Funken für dich)
Sarah nahm seinen Kopf in beide Hände, zog ihn zu sich heran und gab ihm einen Kuss auf die Wange. Dann flüsterte sie ihm zu:
„Ich weiß, dass mein Vater und einige andere Leute nicht begeistert sein werden, aber das ist mir egal. Ich habe mich auch in dich verliebt. Lass uns heute tanzen, bis wir keine Luft mehr bekommen.“
Und dann tanzten sie. Sie tanzten, bis die Musiker müde wurden. Sie tanzten, bis fast niemand mehr im Pub war. Sie tanzten, bis Dan Foley alle rausschmiss. Sie waren glücklich und lachten. Sie waren verliebt.

Er hatte Sean den ganzen Abend nicht gesehen. Das war eigentlich unmöglich gewesen, denn das Pub war durchaus übersichtlich. Nachdem Dan auch den letzten Gast an die frische Luft gesetzt hatte, saß Martin mit wild schlagendem Herzen im Taxi. Sean hatte versprochen, ihn wieder zurück zur Alanbrooke Hall zu fahren.
„Wo warst du denn den ganzen Abend, ich habe dich nirgends gesehen!"
„Ich saß hinten in der Ecke und musste ein paar Gespräche führen."
Sean wirkte sehr ernst und angespannt. Irgendetwas stimmte mit ihm nicht.
„Was ist los?"
„Nichts."
„Ach nun komm schon, dich bedrückt doch etwas. Du solltest mir einfach mal vertrauen, Sean. Ich bin dein Freund, also rede mit mir."

„Es hat schon wieder Ärger in Ardoyne gegeben. Eine Grundschule namens Holy Cross liegt im benachbarten Glenbryn Viertel, in dem ausschließlich Protestanten wohnen. Die Grundschule besuchen ausnahmslos katholische Kinder aus Ardoyne. Auf ihrem Weg passieren sie die Ardoyne Road und damit einen Teil des protestantischen Viertels. Das passt den Anwohnern dort nicht, sie wollen nämlich weder katholische Gören noch deren Eltern auf ihrer Straße. Also haben sie Ärger gemacht, und zwar so massiv, dass die Kinder nur noch unter Polizeischutz zur Schule kommen. Die Protestanten haben vorgeschlagen, dass die Kinder einen Umweg durch das katholische Viertel nehmen und dann durch den Hintereingang einer anderen Schule ihre Klassenräume erreichen. Die Eltern und Kinder sind mit den Nerven völlig am Ende. Wir wollen sie am Montag zumindest moralisch unterstützen und sie auf dem Weg zur Schule begleiten. Das dürfte jedoch nicht ungefährlich sein, da einige von uns auf der Abschussliste der UDA stehen."

„UDA? Was ist denn das?"

„Das ist eine paramilitärische Organisation der Loyalisten, die mit äußerster Gewalt und blindem Hass gegen Katholiken vorgeht. Sie kämpfen für ein Nordirland unter der englischen Krone, in dem wir weiter als Menschen zweiter Klasse leben dürfen. Solange wir die Hintereingänge benutzten und für sie die Dienstboten gespielt haben, war ihre Welt in bester Ordnung. Sie stecken mit der nordirischen Polizei, der RUC, unter einer Decke und vielfach rekrutieren sich ihre Mitglieder sogar aus den Polizeikräften. Sie verüben gezielte Mordanschläge und terrorisieren die katholischen Einwohner in den konfessionell gemischten Vierteln. Sie sind militärisch hervorragend ausgerüstet und werden durch den britischen Geheimdienst bestens mit Informationen versorgt. Die loyalistischen Organisationen jeglicher Couleur haben sich zu einer Zusammenarbeit, der sogenannten Collusion, verpflichtet. Das soll der Sicherung des Status Quo dienen. Sie können es nicht ertragen, dass die Katholiken sich die Diskriminierung nicht mehr gefallen lassen. Sie können es nicht ertragen, dass wir angefangen haben uns zu wehren. Sie können nicht ertragen, dass wir uns als gleichberechtigte Menschen sehen. Das neue Selbstbewusstsein der irischen Bevölkerung ist ihnen ein Dorn im Auge."

„Ich kann es immer noch nicht fassen, dass so etwas heutzutage im westlichen Europa überhaupt noch möglich ist. Hoffentlich gibt es bald eine friedliche Lösung."
„Ja, hoffentlich."
„Sean, ist vielleicht gerade ein schlechter Zeitpunkt, aber ich muss dir noch etwas gestehen. Ich habe mich in deine Schwester verliebt."
„Das war nicht zu übersehen."
Sean verzog das Gesicht und grinste hämisch.
„Sie hat mir gesagt, dass sie mich auch liebt."
„Auch das war nicht zu übersehen. Hör mal Martin, weder du noch Sarah müsst mich um Erlaubnis fragen. Sie ist erwachsen und selbstbewusst genug, um das alleine zu entscheiden. Lass dir nicht diese Schauermärchen von den strengen Katholiken erzählen. Wir haben nach wie vor unsere moralischen Grundsätze, aber wir leben auch nicht hinter dem Mond."

Martin war ziemlich erleichtert. Er hatte die ganze Fahrt über gegrübelt, ob er die Sache mit Sarah beichten sollte. Als er den wahren Grund für die Niedergeschlagenheit seines Freundes erfuhr, war er schon fast froh. Aber die Tatsache, dass die verfeindeten Parteien nicht einmal vor Gewalt gegen Grundschulkinder zurückschreckten, hinterließ bei ihm mehr als nur einen bitteren Beigeschmack, was den Ausklang dieses doch eigentlich so schönen Abends anging.
„Danke fürs Fahren. Sagst du bitte Grandpa, dass ich mich köstlich amüsiert habe und mich schon auf seinen nächsten Geburtstag freue?"
„Klar, das mache ich gerne. Slán!"(Tschüss!)

Im Wohnheim der Queens Studenten war alles ruhig. Er machte sich in Windeseile bettfertig und konnte trotz der überwältigenden Müdigkeit nicht einschlafen. Er dachte an Sarah und hätte vor Glück zerspringen können. Dieses wohlige Gefühl im Magen und das zur Maske erstarrte Grinsen auf seinem Gesicht machten es ihm unmöglich, die nötige Ruhe für einen erholsamen Schlaf zu finden.

16

„Was machst du denn hier? Hast du völlig den Verstand verloren?“
„Ganz im Gegenteil, Sean. Ich finde, Gewalt gegenüber Kindern ist das Allerletzte und deshalb werde ich die Eltern auch begleiten. Sie sollen spüren, dass sie nicht alleine sind.“
„Martin, das hier ist nicht die Zeit und nicht der Ort für romantische Solidaritätsbekundungen. Das hier ist bittere Realität. Meinst du, dein zartes Seelchen kann das ertragen?“
Martin wurde wütend und fühlte sich ungerecht behandelt.
„Und meinst du, dass ihr den Kampf gegen die Ungerechtigkeit für euch gepachtet habt?“
Sean schaute ihn nachdenklich an. Nach einigen Sekunden nickte er Martin zu.
„Also gut, dann lass uns gehen.“

Die kleinen Schulkinder, ihre Eltern und einige Sympathisanten sammelten sich an einer Straßenecke, um gemeinsam den Weg zur Grundschule zu gehen. Bereits nach hundert Metern konnte er das riesige Polizeiaufgebot sehen, das die Straße soweit abgeriegelt hatte, dass nur noch eine winzige Gasse übrig blieb. Auf beiden Seiten dieses mit Absperrgittern bewehrten Durchlasses sah man viele Menschen, die Plakate, Flaschen und andere Dinge in die Höhe reckten. Als sie sich dem Pöbel näherten, konnte Martin die wutverzerrten und vom blinden Fanatismus entstellten Gesichter sehen.

Sie brüllten den kleinen Schulmädchen und ihren Eltern übelste Schimpfwörter entgegen. Einige davon hatte Martin noch nie gehört. Zorn und Hass lief diesen Protestierern als stinkender Geifer aus den Mundwinkeln. Doch das war erst der Anfang des unmenschlichen Spießrutenlaufs. Die Polizisten schafften es zwar, die Gasse für die katholischen Grundschüler und deren Angehörige frei zu halten, sie hatten jedoch kein Interesse an der Verhinderung schlimmster Übergriffe. Die kleinen Mädchen wurden bespuckt und ihnen wurden pornographische Bilder unter die Nase gehalten. Der ganze Tross, der sich langsam Richtung Schule bewegte, wurde mit Steinen, Flaschen, Golfbällen und anderen Wurfgeschossen traktiert. Besonders widerwärtig waren die mit Urin und Exkrementen gefüllten Plastikbeutel, die immer wieder auf sie nieder regneten.

Martin verlor in diesen Minuten fast sein Grundvertrauen. Wie konnte so etwas geschehen? Welcher Hass trieb diese Menschen an? Das Schlimmste waren für Martin jedoch nicht die Attacken der zu Tieren mutierten Anwohnerschaft. Das Schlimmste waren die Augen der Kinder. Sie klammerten sich an ihre Mütter und Väter. Man hörte kein Schreien, sie weinten und schluchzten lautlos vor sich hin. In ihren Augen war nichts als blanke, nackte Angst. Die Kinder hielten das Gesicht gesenkt und drängten sich ganz nah an die Körper ihrer Eltern. Sie vergruben den Kopf in die Hände ihrer Mütter, damit sie nichts hören und sehen konnten. Doch das half ihnen nicht. Das Entsetzen, die Verzweiflung und die Hoffnungslosigkeit bildeten eine unheilvolle Troika und jagten auf die kleinen Schulkinder zu. Der Mob zeigte keine Gnade. Wenn ein Wurfgeschoss sein Ziel gefunden hatte, wurde der Verletzte verhöhnt und belacht. Sie hingen sogar in den Fenstern der angrenzenden Häuser, nur um der Gruppe verängstigter Kinder noch mehr Gewalt entgegen schleudern zu können.

Martin fragte sich nach wenigen Augenblicken, warum diese Exzesse des Stumpfsinns nicht sofort von den RUC-Kräften unterbunden wurden. Wieso löste man diese Demonstration der Anwohner, die besser als Pogrom tituliert werden musste, nicht einfach auf? Doch dem Treiben des Pöbels wurde kein Einhalt geboten, darauf wartete er vergeblich. Die Zielscheiben des hasserfüllten Wahnsinns erreichten endlich das Eingangstor der Grundschule. Die Kinder rannten panisch in das Gebäude. Die Eltern dagegen erwartete ein Rückweg voller Gewalt und Hass.

„Ist es ein Wunder, dass Kinder, die unter solchen Bedingungen zur Schule gehen müssen, den Glauben an Gerechtigkeit und Gleichheit und Frieden verlieren? Ist ihr Misstrauen gegenüber den Versprechungen von Staat, Polizei und der britischen Regierung, für ein Ende der Gewalt zu sorgen, nicht berechtigt? Wie sollen diese Kinder jemals Verständnis für die loyalistische Seite entwickeln? Hier wird doch die Saat gelegt, die den Konflikt auch in den nächsten Jahrzehnten nähren wird!"
Martin konnte Sean nicht antworten. Seine Kehle war wie zugeschnürt. Das gerade Erlebte war so entsetzlich, dass ihm jegliche Worte fehlten. Natürlich hatte sein

Freund recht. Die Geschehnisse würden sich in die Köpfe dieser jungen Menschen festsetzen. Man konnte nicht erwarten, dass sie jemals verzeihen würden. Es bliebe auch die Frage zu klären, ob man den psychischen und physischen Angriff von Erwachsenen auf vier- und fünfjährige Schulkinder überhaupt verzeihen sollte. Martin konnte sich nichts, einfach gar nichts vorstellen, was eine Entschuldigung möglich machen würde. Schweigend folgte er den anderen.

Der Mob erwartete sie bereits. Die Metamorphose von Mensch zum Tier nahm bei den protestierenden Anwohnern den schon einmal erlebten Verlauf. Es flogen wieder Steine, Flaschen und Metallgegenstände. Die Beschimpfungen erreichten einen Grad Niveaulosigkeit, der Martin daran zweifeln ließ, ob diese Leute jemals eine Grundschule besucht hatten. Auf dem Höhepunkt der tätlichen Übergriffe versuchten einige Jugendliche die Polizeiabsperrung mit Baseballschlägern zu durchbrechen. Sie schlugen wild um sich, trafen jedoch meist die Kunststoffschilde der Beamten. Direkt hinter Martin bildete sich ein Tumult, weil eine junge Mutter von einem Schlag an der Schulter getroffen worden war. Sean rannte die wenigen Schritte zu ihr und versuchte dem Schläger Einhalt zu gebieten. Ein Polizist geriet zwischen die Fronten und wurde mehrfach von dem immer wieder niedersausenden Baseballschläger getroffen. Die in unerwarteter Geschwindigkeit hinzugekommenen Kollegen des am Boden liegenden Ordnungshüters lösten die Situation mit gezielten Hieben ihrer Schlagstöcke auf und nahmen einige Männer in polizeiliches Gewahrsam. Alles ging rasend schnell.

Martin hatte kaum realisiert, was eigentlich vorgefallen war, da sah er auch schon, wie Sean abgeführt wurde. Der rief ihm irgendetwas zu, aber er konnte ihn nicht verstehen. Überall um ihn herum zerrissen wütende Schreie und zornige Schlachtrufe die Luft. Nach weiteren fünfzig Metern des Grauens hatten sie die Grenze zwischen den Wohngebieten erreicht und befanden sich in Sicherheit.

Er nahm ein Taxi und fuhr sofort zu den O´Mallys. Nuala öffnete ihm mit einem überraschten Gesichtsausdruck die Tür.
„Martin? Was machst du denn hier? Hast du heute keine Vorlesungen?"
„Hallo Mrs. O´Mally, ich war mit Sean in Ardoyne und bin schnell vorbeigekommen, weil ich Bescheid sagen wollte, dass man ihn verhaftet hat."
Nuala blickte ihn erschrocken an. Sie fasste Martin am Arm und zog ihn mit ins Haus. Sarahs Vater und Grandpa O´Mally saßen am Küchentisch und hatten sich die Zeitung geteilt. Mr. O´Mally las wie gewöhnlich den Sportteil; Sarahs Großvater studierte die Todesanzeigen. Martin begrüßte die beiden Männer und berichtete ihnen von der Festnahme. Während sich Sarahs Vater die Schilderung ohne jegliche äußere Regung anhörte, schüttelte der alte O´Mally unablässig den Kopf und drohte einigen unsichtbaren Gegnern mehrmals mit seiner riesigen Faust. Nuala stand unterdessen mit dem Rücken zum Herd. Martin sah, wie sich ihre Augen langsam mit Tränen füllten. Nachdem er alle Fakten mitgeteilt hatte, stand Mr. O´Mally schweigend auf, zog sich seine Jacke an, gab seiner Frau einen Kuss und

verließ das Haus. Grandpa schlug so heftig auf die Tischplatte, dass die Tassen einen Satz machten. Dann nahm er seine Pfeife aus der Jackentasche und verzog sich ins Wohnzimmer.

„Möchtest du vielleicht einen Tee? Ich habe noch welchen auf dem Herd stehen."
„Sehr gerne. Es tut mir leid, was da passiert ist. Alles ging so schnell, ich konnte überhaupt nichts tun."
„Martin, mach dir keine Vorwürfe, du hättest auch nichts tun können. Es ist nett von dir, dass du hergekommen bist, um uns zu informieren."
„Das ist ja wohl das Mindeste, was ich tun konnte. Es war so schrecklich. Diese verängstigten Kinder. Dieser Hass. Was sind das nur für Menschen? Es geht doch nur um einen blöden Schulweg."
„Nein, denen geht es nicht nur um einen Schulweg. Die sagen sich, heute ist es der Schulweg und morgen übernehmen die Fenier das ganze Land. Sie fürchten um ihre Stellung als Herrscher über Nordirland und die Katholiken. Ein vereinigtes Irland würde sie zur Minderheit machen. Diesen Gedanken können sie nicht ertragen. Sie gehen nämlich davon aus, dass wir ihnen gegenüber dann genauso intolerant und ungerecht wären."

„Trotzdem, für solche Aktionen gegen kleine Kinder gibt es keine Entschuldigung. Wo ist denn Mr. O´Mally hingegangen?"
„Er wird zur Polizeiwache gehen und nach Einzelheiten fragen. Vielleicht sagen sie ihm sogar, warum sie Sean

verhaftet haben und wo er festgehalten wird. Ich hoffe es zumindest."
„Kann ich hier so lange warten? Das Ganze lässt mir einfach keine Ruhe."
„Natürlich, setz dich zu Grandpa ins Wohnzimmer. Du kannst ja nachher mit uns zu Mittag essen."

Großvater O´Mally saß vor dem Kamin und stocherte wieder einmal mit seinem Stock in den Torfklumpen herum. Martin setzte sich zu ihm.
„Ich bin jetzt achtzig Jahre alt, mein Junge, und es wird wirklich Zeit, dass das alles aufhört. Diese Familie hat eine lange Tradition in der IRA. Ich habe während der Troubles meinen Bruder und einen Sohn verloren. Alle in diesem Haus lebenden Männer haben ihre Erfahrungen mit Gefängnis, Folter und Verfolgung machen müssen, und die Hausdurchsuchungen kann ich schon gar nicht mehr zählen. Sean war der letzte aktive Volunteer der O´Mallys. Vor zwei Jahren hat er den Job als Taxifahrer bekommen, weil er ein paar Jahre im Knast gesessen hat und seine Knie kaputt sind. Wir haben genügend Opfer gebracht, Martin. Aber auf uns Alte hören sie nicht. Jede Generation will ihre eigenen Fehler machen, und das tut sie auch. Irgendjemand muss diesen Teufelskreis durchbrechen.
Und nun bekämpfen sie sogar schon die Kinder. Wo soll das nur noch hinführen? Manchmal glaube ich, dass es nie enden wird. Dann gibt es wieder diese wenigen Augenblicke, in denen ich mir sicher bin, dass eines Tages alle friedlich miteinander leben werden. Es fehlt ganz einfach nur ein Anfang. Die Menschen müssten sich in erster Linie wieder als Belfaster fühlen und nicht

als Nationalisten oder Loyalisten. Vor einer halben Ewigkeit haben sie alle gemeinsam die Titanic gebaut, das größte Passagierschiff der Welt. Beim Stapellauf waren hunderttausend Zuschauer gekommen. In ganz Belfast war man stolz, dass dieser Gigant hier gebaut wurde. Solch ein Ding müsste man wieder auf die Beine stellen."

„Warum war Sean denn im Gefängnis und wie lange hat er gesessen?"
Grandpa schmunzelte leicht und antwortete noch mit der Pfeife im Mund.
„Das soll er dir mal schön selber erzählen. Lass uns hoffen, dass Sarahs Vater ihn gleich wieder mit nach Hause bringt."
Nuala setzte sich zu ihnen. So warteten sie bis zum Mittagessen, zu dem Mr. O´Mally jedoch nicht auftauchte. Das Warten ging weiter. Am frühen Nachmittag kam Sarah nach Hause. Sie freute sich, Martin zu sehen, merkte aber schnell, dass irgendetwas nicht stimmte. Er berichtete ihr von dem vormittäglichen Vorfall in Ardoyne. Die Tränen kullerten ihr über die Wangen. Martin nahm sie in den Arm und tröstete so gut er konnte. In solchen Momenten wusste er einfach nie, was er sagen sollte. Er bewunderte Menschen, die durch ihre Worte den Traurigen und Verzweifelten Trost spenden konnten. Martin fühlte sich einfach nur hilflos. So saßen sie schweigend da.

Mr. O´Mally kam am frühen Abend nach Hause. Er wirkte müde und erschöpft. Sarahs Vater sprach nicht viel. Überhaupt hatte er mit Martin noch nie mehr als drei Worte gewechselt. Meist brummte und grummelte er nur etwas in sich hinein. Dabei wirkte er nicht einmal besonders unfreundlich, eher traurig und betrübt. Sarah hatte bislang immer nur Andeutungen über die Vergangenheit ihres Vaters gemacht. Martin wusste lediglich, dass er Volunteer der IRA gewesen war und lange im Gefängnis gesessen haben musste. Obwohl er erst um die fünfzig Jahre alt war, wirkte er wie ein jüngerer Bruder von Grandpa. Er schlurfte durchs Haus und lief stets in einer seltsam gebeugten Haltung. Die merkwürdigste Eigenschaft von Mr. O´Mally war jedoch seine Unauffälligkeit. Er verstand es, sich in gewisser Weise unsichtbar zu machen. In der Küche wirkte er wie ein Möbelstück. Er saß reglos auf seinem Stuhl. Wenn er nicht hin und wieder die Zeitungsseiten umgeblättert hätte, wäre seine Lebendigkeit durchaus fraglich gewesen. Niemals zuvor hatte Martin einen Menschen getroffen, der seine Emotionen so gut verbergen konnte. Oder gab es überhaupt keine Emotionen? Doch, in diesem Punkt war er sich völlig sicher. Er hatte gesehen, wie zärtlich er Sarah über den Kopf streichelte und wie herzlich er seine Frau küsste. Sarahs Vater war im Grunde ein liebenswerter Mensch, aber irgendetwas hatte ihn gelehrt, seine Gefühle nicht nach außen zu tragen.

Der Rest der Familie und Martin schaute ihn gespannt an. Mr. O´Mally machte jedoch keine Anstalten, den Mund zu öffnen und die Hungernden mit Worten zu füttern. Nuala hielt es schließlich nicht mehr aus.
„Nun rede schon. Wo ist er? Geht es ihm gut?“

„Ich habe ihn nicht gesehen. Er wird im Untersuchungsgefängnis in der Crumlin Road festgehalten. Sie werfen ihm tätlichen Angriff auf einen Polizisten vor."
Martin konnte es nicht glauben. Wieso Angriff? Er hatte doch lediglich der verletzten Frau geholfen.
„So ein Blödsinn. Ich habe ganz genau gesehen, dass er niemanden angegriffen hat. Er kümmerte sich nur um die verletzte Frau. Diese Wilden haben auf den Bullen eingeschlagen. Das wird sich alles aufklären, ich werde im Rahmen des Ermittlungsverfahrens bezeugen, dass Sean unschuldig ist."
Sarahs Vater lachte bitter.
„Welches Verfahren? Für Leute wie uns gibt es keine Verfahren."

17

„Es heißt Winterrock. Winterrock!"
Jean-Luc frohlockte wie ein kleines Kind. Er führte einen seiner gefürchteten Sambatänze auf und lachte ununterbrochen in einer nervtötenden Lautstärke. Martin verstand überhaupt nichts. Vielleicht war der letzte Joint doch etwas zuviel für den Franzosen.
„Häh? Was ist los?"
„Weißt du, Krautfresser, es ist schon peinlich, wenn man seine eigenen Sprichwörter nicht richtig kennt. Es heißt nämlich: „Der Säufer und der Hurenbock, die frieren im dicksten Winterrock." Kapiert? Winterrock! Nicht Unterrock, du Trottel. Kein Wunder, warum ich die Pointe nicht verstanden habe. Also wirklich, Martin, dein Sinn für Humor ist derart unterentwickelt. Du bist bestimmt einer von diesen Menschen, die einen Witz erzählen wollen, dabei die Hälfte vergessen und dann auch noch volle Kanne die Pointe versauen."
„Unterrock! Winterrock! Was spielt das schon für eine Rolle?"
„Für mich besteht schon ein Unterschied darin, ob jemand in seinem Schlüpfer friert oder in einem Wintermantel."

Noch bevor Martin antworten konnte, wurde die Tür aufgerissen und Frank stürzte herein. Er rasierte sich seit seiner Geburtstagsparty im BOT nicht mehr, weil er irgendeine bescheuerte Wette verloren hatte. Deshalb sah er mittlerweile wie der Großvater von Heidi aus. Die ungestümen Locken auf seinem Haupt wucherten wie Unkraut und ließen seine Augen unter einem haarigen Vordach verschwinden. Er war völlig außer Puste und hatte einen knallroten Kopf. Frank atmete unzählige Male tief durch, wobei er beide Hände in die Hüften stemmte.

„Jungs, ich muss euch etwas erzählen. Wir haben eben unsere Prüfungsergebnisse für die ersten Scheine aus dem Sekretariat abgeholt. Stellt euch vor, dieser Mistsack Andrews will mich wegen eines lächerlichen Punkts zur Nachprüfung sehen. Das bedeutet, dass ich eine Woche länger hier bleiben muss. Mein Vater wird ganz genau wissen, weshalb ich erst später nach Hause komme. Oh je, das wird eine Katastrophe. Ihr kennt meinen Alten nicht. Der wird mich die ganzen Semesterferien über fertig machen. Und das alles wegen eines beschissenen Punkts. Ich glaube es nicht. Meine Brüder werden sich über mich lustig machen. Meine Mutter wird verzweifelt die ganze Verwandtschaft anrufen und sich über ihren Jüngsten ausheulen, der leider aber auch gar nichts von seinen großen Brüdern geerbt hat. Wahrscheinlich engagieren sie gleich einen Nachhilfelehrer, der mich die ganzen Ferien drangsaliert. Ich fasse es nicht, ein verdammtes Pünktchen. Sie werden mich tausendmal fragen, warum ich auch ausgerechnet Geologie studieren ..."
„Ja, warum eigentlich?" unterbrach ihn Jean-Luc.
„Ach, das ist doch jetzt egal. Meint ihr, ich sollte noch einmal mit Andrews reden? Nein, was sollte das schon bringen? Er nimmt es mir ja immer noch übel, dass wir sein ganzes Auto in Klopapier eingewickelt haben. Der ist doch wirklich der Letzte, der Verständnis für meine

Lage aufbringen würde. Was soll ich nur tun? Sagt doch, Freunde, ist das nicht furchtbar, schrecklich und entsetzlich?"
„Was redest du denn da für einen Mist? Warum sollte so etwas furchtbar, schrecklich und entsetzlich sein? Mann, Frank, das ist nur eine beschissene Nachprüfung."
„Du hast gut reden, Martin, du brauchst dir um solche Dinge auch keine Gedanken machen. Ihr kennt meine Familie nicht. Zu Hause erwartet mich der reinste Spießrutenlauf."

Jetzt platzte Martin der Kragen und er erzählte den beiden Freunden von den Grundschülern in Ardoyne und der Festnahme Seans.
„Das war ein Spießrutenlauf! Das war furchtbar, schrecklich und entsetzlich! Das war eine Katastrophe!"
„Nun plustere dich mal nicht auf, Martin. Ich habe diese Kinder nicht angegriffen. Mir ist es scheißegal, wo die zur Schule lang gehen. Ich verstehe dieses Volk da oben in Nord Belfast sowieso nicht. Protestanten und Katholiken sind sich ähnlicher, als sie wahrhaben wollen. Schau dir doch nur mal diese ärmlichen Viertel an, da siehst du eigentlich keinen Unterschied zwischen protestantischen und katholischen Straßen. Die pflegen ihre Vorurteile besser als ihre Vorgärten."
„Ich wollte dich auch nicht persönlich angreifen. Ich wollte dir lediglich vor Augen führen, dass deine Probleme eigentlich keine echten Probleme sind. Was ist schon passiert? Du musst zu einer Nachprüfung. Na und? Du bereitest dich gut vor, bestehst und das Studentenleben geht weiter. Ist diese Nachprüfung wirklich

so dramatisch? Vor allem, wenn du dir diese kleine Kinder und ihren täglichen Gang zur Grundschule vorstellst?“

„Das ist ja alles richtig, Martin, aber dafür kannst du mich nicht verurteilen. Jeder sieht zuerst seine Probleme, das ist doch nur menschlich. Wenn du nur lange genug suchst, dann wirst du Kinder finden, denen es noch viel dreckiger geht als den Grundschülern da oben. Denk nur mal an die hungernden Kinder in Afrika. Die haben nicht mal eine Schule. Die brauchen sich über einen Weg zur Schule überhaupt nicht zu streiten. Die haben nicht mal was zu fressen. Du wirst immer Probleme finden, die schwerwiegender sind als die eigenen. Darf ich dann ab sofort keine Sorgen mehr haben, nur weil alles, was mir widerfährt, viel zu popelig ist? Natürlich ist eine Nachprüfung nicht mit den Ereignissen in Ardoyne zu vergleichen, aber andererseits gibt es Hunderte von Frauen, für die eine versaute Frisur ein Weltuntergang ist. Das wirst du nicht ändern können. Auf dieser Welt ist alles ungerecht verteilt: Das Geld, die Rohstoffe, die Menschenrechte und damit einhergehend natürlich auch die individuellen Probleme. Jeder Mensch hat sich aufgrund seiner Herkunft, seines Umfeldes, seines Besitzes, seines Bildungsstandes, seiner sexuellen Neigungen, seiner Religion, seiner politischen Ansichten, seiner moralischen Grundsätze und was weiß ich noch was mit anderen Sorgen herumzuschlagen. Was ich damit sagen will ist, dass Probleme immer individuell sind. Sie werden durch eine Vielzahl von Faktoren beeinflusst. Stell dir vor, du bist schwer krank. Dann hat für dich Gesundheit oberste Priorität. Kaum bist du wieder gesund, hast du andere Sorgen.

Du kannst nicht alle Probleme in deinem Leben mit dem Hinweis erschlagen, dass du gesund bist. Probleme haben damit gewissermaßen ein Verfallsdatum. Manche beschäftigen dich ein paar Minuten, andere wirst du jahrelang nicht los. Meinen Vater werde ich noch etliche Jahre auf dem Hals haben. Meine Brüder genauso. Die Probleme, die ich mit meiner Familie habe, sind für mich schwerwiegend, weil sie mich noch viele Jahre begleiten werden."

Martin hatte genau zugehört und war überrascht von den interessanten Ansichten, die Frank hier vertrat. So etwas hatte er ihm nicht zugetraut. Irgendwie blöd, aber er hatte Frank wohl in eine der berühmten Schubladen gesteckt. Das ärgerte ihn gewaltig. Er hatte sich wieder einmal von seiner Weltsicht dazu verleiten lassen, einen Menschen vorschnell zu beurteilen.

„Du hast recht, Frank. Es ist nur manchmal schwer zu begreifen, dass wir hier ein relativ entspanntes Studentenleben führen, während ein paar Kilometer Luftlinie entfernt die Gewalt regiert."

„Da kommen wir zu einem weiteren Aspekt, mein Freund. Probleme können auch ortsgebunden sein. Sieh mal, es gibt Gegenden in der Welt, da gibt es nichts Wichtigeres als Trinkwasser, und dann gibt es Länder, wo die Fußballergebnisse vom Wochenende die gesamte Volkswirtschaft beeinflussen. Ich meine, solche Unterschiede in der Wahrnehmung und der Beurteilung von Problemen gibt es doch überall. Den Rancher in den USA interessiert es nicht die Bohne, dass ein Kleinbauer im Jemen kein Saatgut zum Pflanzen besitzt und deshalb das Stückchen Land, das er besitzt, brach liegt. Genauso wenig interessiert es den japanischen Unternehmer, dass ein Penner in Oslo gerade sein letztes Geld von einer Jugendbande abgenommen bekommen hat. Wir können uns nicht um alle Probleme in dieser Welt kümmern, Martin. Die meisten Leute haben mit ihren eigenen Problemen genug zu tun. Sei nicht so streng mit deinen Mitmenschen."

„Aber vielleicht sollte man des Öfteren mal überprüfen, ob man seine eigenen Probleme nicht zurückstellen kann. Vielleicht sollten wir öfter einmal darüber nachdenken, dass anderen Menschen zu helfen wichtiger sein könnte, als sich nur um seine eigenen Interessen zu kümmern. Vielleicht sollten wir uns einfach darüber bewusst werden, wie klein und unwichtig wir sind. Und eventuell fällt uns dann auf, dass es Taten gibt, die uns groß und wichtig machen."

„Ja, Martin, vielleicht."

„Also ich unterbreche eure Philosophiestunde nur ungern, aber ich habe einen saumäßigen Hunger. Frank, komm mir jetzt bitte nicht mit deinen afrikanischen Kindern und ihren dicken Bäuchen und deinem Hinweis, dass ich gar nicht wüsste, was Hunger eigentlich ist. Ich will jetzt einfach etwas essen. Kann ich das tun, ohne das ihr mir ein schlechtes Gewissen macht? Bitte Freunde, nur eine Portion Fish and Chips. Wenn ich sie nicht esse, dann wird der Fisch womöglich weggeschmissen und damit wäre doch auch niemandem gedient. Kommt schon, gebt eurem Herzen einen Ruck. Lasst den Unwürdigen seinen Magen füllen. Seht über mein dekadentes Verhalten hinweg. Ich appelliere an euren Edelmut, meine Herren. Ich weiß, dass ich nur ein elender Wurm bin. Geht nicht zu hart mit mir ins Gericht. Ich weiß, ich bin ein schwacher Mensch, aber habt Erbarmen."

Jean-Luc kniete auf dem Boden und klammerte sich an Franks Beine. Der versuchte seine Gliedmaßen aus der Umklammerung zu befreien, was nicht ganz einfach war, weil er sich nirgends festhalten konnte. So wankte er hin und her, verlor das Gleichgewicht und landete weich auf Jean-Lucs Bett. Der Franzose nutzte die Gelegenheit und schmiss sich auf ihn. Er knuffte ihn ein paar Mal ordentlich in die Seite und presste ihm das Versprechen ab, dass Martin und er von Frank zum Abendessen eingeladen wurden. Martin hatte an diesem Abend kein Interesse an Fish and Chips, vor allem war ihm nicht nach Gesellschaft zumute. Die Bilder vom Morgen ließen ihn nicht zur Ruhe kommen. Er lag auf dem Rücken und dachte nach. Er dachte an seinen Freund Sean und hoffte, dass es ihm gut ging. Er dachte an Sarah und hätte sie jetzt gern in den Arm genommen und ihr Mut zugesprochen. Er hoffte, dass in diesem Moment irgendjemand die Kinder der Holy Cross-Grundschule tröstete. Und er hoffte, dass dieser Trost ankam.

18

Seit Seans Verhaftung waren vier Wochen vergangen. Er wurde in einer Verhandlung unter Ausschluss der Öffentlichkeit zu sechs Monaten Gefängnis verurteilt. Man hatte Zeugen aufgetrieben, die ohne Zögern bestätigten, dass Sean den Polizisten mit einem Baseballschläger angegriffen hatte. Martins schriftliche Zeugenaussage wurde beim Prozess nicht erwähnt. Es war eines der typischen Belfaster Urteile. Die Begleitumstände sprachen in der Verhandlung gegen Sean O´Mally. Man stützte sich auf die Tatsache, dass er keine Kinder hatte, die dort zur Schule gebracht werden mussten. Außerdem komme er aus West Belfast und könne daher mit den Leuten aus Ardoyne überhaupt nichts zu tun haben. Erschwerend würde noch hinzu kommen, dass er ein ehemaliger Volunteer der IRA sei. Verurteilter Straftäter, nebenbei bemerkt. So ein Kerl komme doch nicht aus Menschenfreundlichkeit nach Ardoyne, der müsse doch praktisch Ärger gesucht haben. Da liege es doch auf der Hand, dass er die erstbeste Möglichkeit genutzt habe, um gewalttätig zu werden. Noch Fragen? Keine! Das Urteil ergeht. Der Nächste bitte.

Martin hatte in seiner naiven Art versucht, die Behörden und Entscheidungsträger von der Unschuld Seans zu überzeugen. Er schrieb Briefe, wurde in allen möglichen Dienststellen persönlich vorstellig, argumentierte mit Fakten, stritt mit Vorzimmerdamen, trieb weitere Zeugen auf, engagierte einen Anwalt, drohte mit der internationalen Presse und redete mit Leuten von amnesty international, die ebenfalls alles versuchten, um die Behörden unter Druck zu setzen. Aber sie hatten keine Chance. Man lachte. Man verhöhnte ihn. Man sperrte Sean für sechs Monate weg.

In diesen schweren Tagen kümmerte er sich aufopferungsvoll um Sarah. Ein Besuch der Familie bei Sean war nicht möglich, solange er in Untersuchungshaft saß. Das Einkommen des Inhaftierten fehlte den O´Mallys, so brachte Martin einmal die Woche eine riesige Ladung Lebensmittel vorbei. Er erzählte Nuala, dass er die Dinge aus Deutschland geschickt bekomme, weil seine Verwandten befürchteten, dass er in Belfast verhungere. Er könne das alles aber unmöglich essen, da er in der Dining Hall voll versorgt werde. Diese Notlüge war notwendig, Sarahs Mutter hätte die Sachen sonst niemals angenommen. Er hatte mit Sarah gesprochen und vorgeschlagen, den O´Mallys etwas Geld zu leihen. Sarah hatte entrüstet abgelehnt und war fast den ganzen Tag beleidigt gewesen. Mit dem Stolz war das so eine Sache: Manche konnten ihn sich einfach nicht leisten und dann gab es Menschen, die hatten nichts anderes mehr. Er konnte Sarahs Einstellung in dieser Sache nur teilweise verstehen. Martin hatte Sean sein Leben zu verdanken und die O´Mallys hatten ihn bei sich aufgenommen, bis er wieder auf den Beinen war. Deshalb hatte er das Gefühl, dass er ihnen etwas schuldig war. Das Geld wollte er auch nicht als Bezahlung verstanden wissen. Die Familie war einfach in einer prekären Situation und er wollte lediglich seine Hilfe anbieten. Andererseits waren Sarahs Vorbehalte nachzuvollziehen. Es würde einen bitteren Beigeschmack haben, wenn er Geld auf den Tisch legen würde. Das wusste er, und deshalb akzeptierte Martin ihre ablehnende Haltung.

Er verbrachte fast jede freie Minute mit Sarah. Sie hörten Musik, lasen sich gegenseitig vor oder gingen ins Kino. Die Semesterferien standen vor der Tür und er wollte Sarah fragen, ob sie nicht gemeinsam eine Woche wegfahren könnten. Martin wollte gern mehr von Nordirland sehen. Einfach mal raus aus Belfast, er hatte in den ersten vier Monaten nichts anderes als diese Stadt gesehen. Sie saßen im Wohnzimmer der O´Mallys und spielten mit Grandpa Karten. Martin war heute nicht so ganz bei der Sache und verlor fast jedes Spiel. Er wartete auf den richtigen Augenblick, um sein Anliegen vorzutragen. Aber wie das so war, wenn man auf ihn wartete, stellte man schnell fest, dass jeder Augenblick gleich gut oder auch gleich schlecht war.

„Mein Junge, ich könnte glatt denken, dass ich heute besonders gut spiele. Das würde aber bedeuten, dass ich mich selbst überschätze. Demzufolge ist es wohl eher so, dass du heute besonders schlecht spielst. Also Martin, was ist los?"
„Ach Grandpa, ich würde gerne einmal erleben, dass du mich nicht so schnell durchschaust."
Er schaute zu Sarah, die ihn fragend anblickte.
„Sarah, es stehen doch die Semesterferien vor der Tür und ich habe mich gefragt, ob wir beide nicht eine Woche verreisen könnten. Ich würde mir gerne etwas ansehen. Vielleicht kennst du ja einen schönen Ort in Nordirland, wo wir ein paar Tage verbringen können.

Ich weiß ja nicht, wie das bei dir mit Urlaub und so weiter aussieht."
„Klar hätte ich Lust, aber das Problem ist nicht der Urlaub sondern das „und so weiter". Ich weiß nicht, ob meine Eltern davon so begeistert wären. Und dann ist da ja noch die Sache mit Sean. Ich kann doch nicht einfach so verreisen, wenn er im Gefängnis sitzt."

Grandpa O´Mally hatte aufmerksam zugehört und mischte sich jetzt vehement in das Gespräch ein.
„Hör mal, Sarah, ich halte das Ganze für eine ausgezeichnete Idee. Ich werde mal mit deinen Eltern sprechen. Und Sean ist auch nicht geholfen, wenn du hier zu Hause sitzt und vor Sorge nicht in den Schlaf findest. Ein wenig Abstand wird dir gut tun, und letztlich geht es hier doch nur um ein paar Tage. Du wirst sehen, wenn du zurückkehrst, gibt es bestimmt die ersten positiven Nachrichten."
Martin sah den Großvater dankbar an. Man hätte fast glauben können, dass sich die beiden vorher abgesprochen hatten.
„Also gut, wir werden ja sehen, was Mutter und Vater dazu sagen. Irgendwie ist es schon eine schöne Vorstellung, Belfast mal für ein paar Tage den Rücken kehren zu können. Aber nun lass uns weiterspielen, bevor Martin wieder alle seine Sinne beisammen hat."

Zu spät. Beflügelt durch die Aussicht, mit seiner großen Liebe ein paar Tage fernab der ständigen Sorgen und Bedrohungen zu verbringen, gewann er ein Spiel nach dem anderen. Martin war in dieser Sache sehr zuversichtlich. Grandpa würde alles regeln, davon war er überzeugt. Sie hörten die Eingangstür klappern und sahen, wie sich Sarahs Eltern mit Einkaufstüten beladen Richtung Küche schleppten.

Mr. O´Mally war einer von den Männern, die sich lieber einen Leistenbruch holten, bevor sie eine Strecke zweimal gingen. Er ächzte und schnaufte unter der Last, die mit zunehmender Weglänge die Armmuskulatur immer müder werden ließ. Mr. O´Mally setzte sich an den Küchentisch und wischte sich mit dem Handrücken den Schweiß von der Stirn. Er horchte in sich hinein und spürte deutlich, wie das Blut durch die Adern raste. Sein Herz schlug heftig, an den Schläfen bemerkte er das Pochen besonders deutlich. Keine Frage, er wurde alt. Nicht, dass er früher viel mehr hätte tragen können, es machte ihm nur einfach weniger aus. Das Einräumen der Sachen überließ er Nuala. Er redete sich immer damit heraus, dass er ihre Ordnung nicht durcheinander bringen wolle. Dabei kannte er sich in der Küche mindestens genauso gut aus wie seine Frau. Er liebte diesen Teil des Hauses, deshalb verbrachte er auch die meiste Zeit des Tages in diesem Raum. Die Küche war warm, es gab zu essen und zu trinken, man hatte in aller Regel seine Ruhe und nicht zuletzt konnte er von hier auf die Straße blicken.

Großvater O´Mally kam in die Küche und setzte sich. Ohne größere Einleitung erzählte er den beiden von Martins Vorschlag. Erwartungsgemäß entstand eine lange Pause. Man konnte förmlich sehen, wie die Gedankenmaschinen in den Köpfen auf Hochtouren arbeiteten. Grandpa wertete die Pause als ein gutes Zeichen, zumindest wurde die Angelegenheit nicht sofort abgelehnt. So unrecht hatte er mit dieser Einschätzung zwar nicht, aber Nuala war sich völlig unsicher. Sie mochte Martin wirklich sehr gern, aber was konnte bei einer solchen Reise nicht alles geschehen! Sarah war zwar alt genug, aber trotzdem, ein unverheiratetes Paar auf Reisen. Da schrillten bei ihr dann doch sämtliche moralischen Alarmglocken.

Für Mr. O´Mally existierte dagegen ein ganz anderes Problem: Er war überzeugt davon, dass die beiden nicht sonderlich gut zueinander passten. Zu viele Unterschiede und überhaupt, seine Tochter und ein ausländischer Student. Er wurde jetzt schon genug von den Nachbarn auf diese Konstellation angesprochen. Die Kommentare gingen alle in die gleiche Richtung. Zumeist wurde ihm vorgehalten, dass die Jungs aus dem Viertel für seine Tochter wohl nicht gut genug seien. Er war zwar ausreichend selbstbewusst, um solch verbalen Scharmützeln aus dem Weg zu gehen, aber er stellte sich auch oft die Frage, ob sich Sarah nicht einfach einen Jungen aus den Falls oder zumindest aus Belfast oder wenigstens aus Nordirland hätte aussuchen können. Wie so oft bei den O´Mallys hielt es Nuala nicht mehr aus und brachte die Diskussion in Schwung.

„Also ich weiß nicht, Grandpa, sie sind unverheiratet und wollen gemeinsam verreisen. Sie werden sicherlich in einem Zimmer und im selben Bett schlafen. Das finde ich irgendwie nicht o.k. Sarah ist zwar alt genug, aber sie sind doch nicht einmal verlobt. Ich meine ja nur, wenn sie miteinander schlafen, was ist dann?“

„Wäre es dir lieber, Nuala, dass der blöde Pat von gegenüber sie entjungfert?"
„Grandpa! Du sollst nicht immer so obszön reden."
„Ach was, ist doch nur die Wahrheit. Der Junge ist in Ordnung und das wisst ihr auch ganz genau. Sarah ist alt genug. Wenn sie etwas nicht will, dann wird sie das auch durchsetzen können. Und wenn sie es will, dann könnte sie sich genauso gut jemand anderen holen. Die Jungs stehen hier schließlich Schlange. Selbst wenn es passieren sollte, ihr wisst dann wenigstens, mit wem sie unterwegs ist."

Mr. O´Mally verzog das Gesicht zu einem Grinsen. Mit Pat hatte Grandpa einen guten Schachzug vollzogen. Dieser Junge verfolgte Sarah schon seit der Grundschule. Er konnte ihn nicht leiden. Pat war nicht nur hässlich, er war auch hinterhältig, feige und ziemlich dumm. Nein, den würde Sarah niemals an sich heranlassen, das war mal sicher. Aber es gab schließlich auch ganz patente Kerle hier in den Falls. Das musste auch Grandpa zugeben.
„Weißt du, Grandpa, ich denke, dass die beiden mehr trennt als verbindet. Sie sind unterschiedlich, was Herkunft, sozialen Hintergrund, Schulbildung, Lebenserfahrung und ja, nicht zuletzt, was die finanziellen Möglichkeiten betrifft. Dieser Junge aus Deutschland ist ein netter Kerl, das ist keine Frage, aber wird das reichen? Du weißt, dass Sarah schon eine Menge erleben und durchmachen musste. Ich frage mich ganz einfach, ob ein Mann aus unserem Umfeld nicht mehr Verständnis für sie haben würde als Martin. Er ist nicht hier aufgewachsen und das wird, meiner Meinung nach, immer

wieder dazu führen, dass er bestimmte Dinge nicht nachvollziehen kann. So oder so, er wird ein Fremder bleiben. Vielleicht findet Sarah gerade diesen Umstand im Moment interessant. Da kommt ein Kerl, der völlig anders ist, als die Jungs hier in den Falls. Er spricht anders, er gibt sich anders und er handelt anders. Natürlich reizt das im ersten Augenblick. Etwas Neues ist immer interessant. Aber was passiert, wenn der Reiz des Unbekannten verflogen ist? Was passiert, wenn sie feststellt, dass es viele Unterschiede zwischen ihnen gibt und dass diese auch trennen können?"

„Ein Fluss, an dem du wohnst, trennt dich einerseits von dem Bewohner auf der anderen Seite und doch verbindet sein Wasser euer beider Ufer miteinander. Du hast recht, sie sind unterschiedlich aufgewachsen und verfügen über völlig konträre Lebenserfahrungen, aber das kann auch eine Chance sein. Du kannst mir glauben, ich habe in meinen achtzig Jahren gelernt, dass es vor allem in der Liebe keine Garantie gibt. Die Sache mit Martin kann schief gehen, das stimmt. Es könnte aber genauso gut mit jedem anderen Kerl aus Belfast oder Nordirland schief gehen. Und woher willst du wissen, dass sie so unterschiedlich sind? Ich habe da einen völlig anderen Eindruck. Sie haben mittlerweile eine Menge Gemeinsamkeiten entdeckt und darum geht es schließlich. Wenn man die beiden einmal beobachtet, dann stellt man schnell fest, dass sich hier zwei Menschen gesucht und gefunden haben. Sie leiden und lachen miteinander. Außerdem wäre es für Sarah wirklich wichtig, hier mal für ein paar Tage rauszukommen."

Mr. O´Mally überlegte angestrengt. Er wusste, dass Sarah ohne ihr Einverständnis nicht mitfahren würde, obwohl sie diese Erlaubnis nicht mehr brauchte. Aber das war eben ein ungeschriebenes Gesetz der Familie O´Mally. Man ging nicht im Streit aus dem Haus, weil keiner wusste, ob man zurückkehren würde. Sarah wollte ganz einfach, dass ihre Eltern mit dieser Reise einverstanden waren. Es würde ihr ein besseres Gefühl geben. Das war alles.

Nuala schaute zu ihrem Mann. Sie suchte in seinem Gesicht nach irgendwelchen Zeichen, die verrieten, ob er für sich schon eine Entscheidung getroffen hatte. Das war jedoch ein unmögliches Unterfangen. Er beherrschte dieses Spiel perfekt. Wenn er wollte, dann konnte er seine Mimik völlig unterdrücken und den Gesichtsausdruck einfach einfrieren. Früher hatte sie das fast wahnsinnig gemacht. Bei Streitereien wusste sie nie, ob ihre Worte ihn verletzt hatten oder er sich über ihr Auftreten insgeheim lustig machte. Er schaute sie dann einfach nur an. Sie musste regelrecht betteln, damit er ihr antwortete und auf ihre Vorwürfe einging. Er war ein Mann, der sparsam mit Worten umging, schon immer. Mit Redseligkeit hatte er sie auf keinen Fall erobert. Es war diese Ernsthaftigkeit, die er schon in frühester Jugend ausstrahlte. Das hatte sie fasziniert. Und wenn er dann doch mal etwas sagte, dann hatten seine Worte immer Hand und Fuß.

Vor Jahren kam Sean mit einem Verweis aus der Schule nach Hause. Ihr Sohn hatte angeblich einen Lehrer beleidigt. Sean ging zu seinem Vater und schilderte ihm den Vorfall. Ihr Mann blickte Sean eine Weile an und sagte dann zu ihm, dass er aus dieser Sache eine wichtige Regel für sein Leben lernen könne. Man müsse immer erst denken, bevor man etwas sagen würde. Worte seien wie eine Lawine. Einmal ausgesprochen, könne man sie nicht mehr aufhalten. Man könne das Gesagte nicht mehr zurücknehmen. Das sei das Fatale und das wahrhaft Schöne an der Sprache. Dieser Lehrer werde sich beispielsweise immer daran erinnern, dass Sean ihn einen Wichser genannt habe. Immer wenn er Sean sehe, werde er ihn mit diesem Ereignis in Verbindung bringen. Eine Frau hingegen werde immer daran denken, wie ihr ihre erste große Liebe seine Gefühle ins Ohr gehaucht habe. Sie werde sich an diese Worte ein Leben lang erinnern. Wenn er das gesagte Wort jedoch nur gedacht hätte, dann könnte er diesen Lehrer ein Leben lang so bezeichnen und keiner würde sich daran stören. Die Gedanken seien frei, die Worte sollten es jedoch nicht sein. Er bestrafte seinen Sohn nicht. Das tat der Lehrer am Ende des Schuljahres, indem er Sean sitzen blieben ließ.

Diese Begebenheit hatte Nuala bis zum heutigen Tage nicht vergessen. Sie hatte ihm oft im Eifer des Gefechts eine stattliche Anzahl von Beleidigungen an den Kopf geworfen. Am Ende entschuldigte sie sich bei ihm und fand es immer beschämend, dass er niemals für verbale Entgleisungen um Verzeihung bitten musste. Er blieb in jeder Krise sachlich und verlor ihr gegenüber nie den Respekt. Sie liebte ihn, nicht nur deshalb. Aber diese Eigenschaft mochte sie an ihrem Mann am meisten. Nuala sah ihm in die Augen und er lächelte zurück. In diesem Moment wussten beide, dass sie sich gemeinsam entschieden hatten.

19

Martin und Sarah brachen an einem warmen, goldgelben Herbstmontag auf. Der Bus brachte sie von Belfast nach Cushendall und von dort weiter in das Dorf Glenariff. Sarah war überzeugt davon, dass die Landschaft von North Antrim Martin beeindrucken würde. Sie bezogen ein Zimmer in einem gemütlichen Bed and Breakfast. Der äußerst kommunikativen Vermieterin erzählte Martin, dass sie Touristen aus Deutschland seien und das Sarah nicht sehr gut Englisch spreche. Die Frau bemühte sich in der Folge redlich, langsam und deutlich zu sprechen, um irgendwie mit Sarah ins Gespräch zu kommen. Er fand das äußerst amüsant und setzte dem ganzen Treiben noch einen drauf, indem er Sarah immer wieder auf Deutsch ansprach und die tollsten Sachen erzählte. Sie zwickte ihm zur Strafe abends so lange in den Oberschenkel, bis er dunkelblaue Flecken davon trug.

Das Zimmer war hell und freundlich eingerichtet. Einen herrlichen Ausblick auf das Meer gab es gratis dazu. Der Nachmittag brach an; sie beschlossen, die letzten Stunden vor dem Sonnenuntergang für einen ersten Spaziergang zu nutzen. Man merkte deutlich, dass die Saison für Touristen bereits vorüber war. Der kleine Ort hatte sich mitsamt der Umgebung schlafen gelegt. Es war wunderbar ruhig. Das Rauschen des Meeres unterdrückte auch noch die letzten zarten Töne, die sich dem allgemeinen Diktat der Stille widersetzen wollten. Die Luft war klar und von einzigartiger Frische.

Der Wind wehte beständig, trieb die wenigen Wolken spielerisch vor sich her. Sie liefen bis an den goldfarbenen Strand von Waterfoot. Die Wellen klatschten träge an das Ufer.

Martin und Sarah zogen sich Schuhe und Strümpfe aus. Barfuß liefen sie am Wasser entlang. Der Sand war weich, er umschmeichelte die Füße, liebkoste sie. Doch seine Schönheit kostete auch Kraft, jeder Schritt musste ihm entrungen werden. Das Verweilen als Verführung. Sie gaben seinem Drängen nach. Eng umschlungen blickten sie in die Ferne. Der Horizont war in zwei Arten Blau geteilt. Kein Fixpunkt, der das Auge fesselte.
„Deine Augen haben das Blau der irischen See. Sie sind schön und doch gefährlich, man kann leicht in ihnen versinken."
Sarah schaute ihn nachdenklich an. Diese Ernsthaftigkeit hatte sie von ihrem Vater. Die Bemerkung über seine Augen war nicht nur ein Kompliment, sondern auch Feststellung. Was sie noch in diesen Augen sah, blieb jedoch ihr Geheimnis.
„Sarah? Mir ist aufgefallen, dass ich kein einziges Bild von dir besitze."
„Das Bild des Menschen, den man liebt, trägt man im Herzen. Hast du Angst zu vergessen wie ich aussehe, wenn du kein Foto von mir hast?"
„Nein, natürlich nicht, aber so wärst du immer bei mir. Ich könnte mir dein Bild ansehen und mit dir sprechen, auch wenn wir getrennt wären."
„Ich bin immer bei dir, Martin. Du findest mich überall, wenn du mich wirklich liebst. Ein Duft, ein Geräusch, ein Lächeln, ein Farbton, ein Geschmack, kleinste Klei-

nigkeiten erinnern mich an dich. Manchmal ertappe ich mich dabei, wie wir uns unterhalten, obwohl du gar nicht da bist. Ich führe ein Zwiegespräch mit dem Martin in meinem Kopf."

Martin zog sie an sich. Er biss sie zart in die Lippen und verteilte kleine Küsse um ihren leicht geöffneten Mund. Seine Zunge glitt langsam an ihrem Hals entlang. Sarah zitterte leicht. Er lächelte und drückte seine Lippen sanft auf ihren Mund. Ihre Zungenspitzen berührten sich und zogen sich wieder zurück. Eine leichte, fast gehauchte Berührung wurde von einem wilden, fordernden Spiel ihrer Zungen abgelöst. Die Küsse waren mehr als körperliche Begierde, sie waren Verheißung und Versprechen. Noch nie hatte ein Kuss solche Empfindungen in Martin ausgelöst.

Er liebte Sarah so sehr, dass sich die Intensität jeder Beschreibung durch Worte entzog. Welche Sprache der Welt konnte dieses Gefühl wiedergeben? Ganze Heerscharen von Dichtern hatten sich an der Schilderung dieses Empfindens versucht. Wie sollte er dann ausdrücken, was er für Sarah fühlte? Die Gedanken schossen ziellos im Kopf hin und her. Er hätte ihr so gern gesagt, was ihn bewegte, aber das Sprachzentrum war völlig blockiert. Er wühlte krampfhaft im Fundus nach schon einmal Gehörtem und Gesagtem, aber nichts war würdig genug, um ausgesprochen zu werden. Doch er wollte etwas sagen und tat es auch.

„Mir fehlen einfach die Worte, um auszudrücken, wie sehr ich dich liebe. Wenn wir uns küssen, fühle ich mich wie nach einem Tanz, bei dem man sich immer schneller dreht, bis man sich schwindelig, atemlos und erschöpft in die Arme fällt. Wenn du nicht bei mir bist, dann scheint der Sekundenzeiger einen Wadenkrampf zu haben. Die Zeit dreht mir eine Nase und schleppt sich lustlos und widerwillig dahin. Ich möchte mit dir reden, dich berühren, dein Lachen hören, deine Küsse schmecken, aber du bist nicht da. Du sitzt in einem heruntergekommenen Klassenzimmer und hörst Vorträge über Verhaltensregeln bei Reanimationsversuchen. Und ich vermisse dich gerade in diesen Augenblicken ganz schrecklich. Ich denke an dich und hoffe, dass es so etwas wie eine Art Gedankenübertragung gibt. Ich möchte, dass du spürst, wie sehr du mir fehlst. Ich wünsche mir dann, ein Lächeln auf dein Gesicht zaubern zu können, während du in diesem ungemütlichen Raum sitzt. Ich würde so gerne sicher sein, dass meine Liebe ein Gegengewicht zu all den schrecklichen Ereignissen in deinem Leben bildet. Dass sie dich tröstet, dich auffängt, dir Wärme und Geborgenheit schenkt. Ich liebe dich."

„Von wegen, du kannst dich nicht ausdrücken. Das hast du wunderschön gesagt, Martin. Außerdem finde ich wichtiger, dass du mir deine Liebe zeigst und nicht in schöne Worte fasst. Deine Liebe ist das Wichtigste in meinem Leben, weil du mir neben all den schönen Dingen vor allem Hoffnung geschenkt hast. Die Hoffnung, dass Menschen sich doch ändern können. Die Hoffnung, dass wahre Liebe alles überwinden kann. Die Hoffnung, dass die Liebe uns Mut macht, Veränderungen anzupacken und uns auf Neues einzulassen. Ich bin wirklich glücklich, dass es dich gibt und wir uns kennen und lieben gelernt haben. Ich weiß, dass du genau der richtige Mann für mich bist. Das klingt wahrscheinlich ziemlich kindisch, weil wir noch so jung sind, aber manche Dinge weiß man eben. Das Ganze ist kein Gefühl, sondern eine Gewissheit. Glaubst du an Bestimmung oder an Zufall?“

„Ich denke, dass alles was wir tun, die Erfüllung einer Bestimmung ist. Der Zufall ist nur der kleine Bruder, der dem Schicksal ab und an ein Bein stellt. Wir beide wären uns beispielsweise niemals zufällig begegnet. Eine ganze Reihe von Ereignissen war nötig, damit wir uns kennen lernen konnten. Ich bin nicht durch Zufall nach Belfast gekommen und Sean ist nicht zufällig Taxifahrer. Ich bin überzeugt davon, dass jeder Mensch mindestens einmal im Leben seine große Liebe trifft. Das Einzige, was wir nicht beeinflussen können, ist das Wann und Wo. Manche treffen sich schon im Sandkasten und bleiben ein Leben lang zusammen. Andere müssen erst Erfahrungen mit vielen anderen Partnern sammeln, bis ihnen bewusst wird, was für einen Menschen sie wirklich brauchen. Dann gibt es sicherlich Menschen, die ihrer großen Liebe begegnen, aber nicht den Mut finden, ihr zu folgen. Sie sind gefangen in ihrer eigenen Unsicherheit und Bequemlichkeit. Viele Jahre später werden sie dieser Liebe nachtrauern. Ja, ich glaube fest daran, dass uns die große Liebe vorherbestimmt ist. Dass irgendwo der Mensch wartet, der das perfekte Gegenstück zu uns selber darstellt. Paartherapeuten, Psychologen und andere selbst ernannte Experten wollen den Leuten immer weismachen, dass es so etwas wie die große, einzigartige, wahre Liebe nicht gibt. Sie meinen, man müsse sich mit den Gegebenheiten zufrieden geben und den Partner eben passend machen. Aber wäre es nicht furchtbar, wenn es die große Liebe, den Partner fürs Leben tatsächlich nicht geben sollte? Weißt du, jede Medaille hat zwei Seiten und jedes Extrem hat seinen Gegenpol. So könnten die vielen Trennungen ein Beweis dafür sein, dass es die wahre Liebe nicht gibt. Aber man könnte auch die vielen Paare als Gegenbeweis heranziehen, die seit fünfzig Jahren verheiratet sind und immer noch händchenhaltend durch den Park spazieren. Ich wünsche mir, dass wir als Großeltern immer noch Kosenamen füreinander haben, dass wir uns immer noch täglich küssen und in den Arm nehmen, dass wir den anderen immer noch vermissen, wenn er wegfahren muss, dass wir einander immer noch interessiert zuhören, dass wir immer noch den gleichen Respekt voreinander empfinden und dass wir immer noch gemeinsame Träume und Wünsche haben."

„Oh ja, das wünsche ich mir auch. Aber eine Sache hast du vergessen. Ich würde mir wünschen, dass du als Großvater immer noch so viele Haare auf dem Kopf hast, dass sich der Sand wunderbar darin verfangen kann."
Sarah lachte. Sie hatte ihm eine ganze Hand voll Sand auf den Kopf rieseln lassen. Martin schüttelte sich und versuchte seine Haare vom Sand zu befreien. Er rannte hinter Sarah her, die sich inzwischen aus dem Staub gemacht hatte. Ihre Geschwindigkeit litt jedoch offensichtlich unter dem heftigen Lachen, das sie nur für Sekunden unterdrücken konnte. Nach gut hundert Metern packte er im Hechtflug ihren Knöchel und drückte

sie sanft zu Boden. Sie küssten und neckten sich, bis die Sonne ihr Tagwerk vollendete und sich vom Horizont verschlucken ließ.

Offensichtlich konnte Sarah nicht schlafen. Sie wühlte und schmiss sich im Bett hin und her. Martin flüsterte in die Dunkelheit hinein.
„Was ist los, *mo chroí*? (Mein Herz) Kannst du nicht einschlafen?“
„Nein. Es ist so ruhig hier, Martin. Irgendwie fehlt mir das monotone Brummen der Helikopter über den Falls. Eigentlich pervers, dass man solch ein Geräusch überhaupt vermissen kann.“

Martin küsste sanft ihr Ohrläppchen. Seine Finger streichelten über ihren Nacken. Er zog ihr das T-Shirt aus und zeichnete mit seiner Zunge imaginäre Linien auf ihrem Rücken. Immer wenn er diese Linien auf ihrem Hals auslaufen ließ, konnte er spüren, wie Sarah ein wohliger Schauer durchdrang. Seine Hände wanderten über ihren flachen Bauch zu ihren festen Brüsten. Er liebkoste ihren Busen und biss ihr dabei zärtlich in den Hals. Sarah drehte sich auf den Rücken, umfasste seinen Kopf mit beiden Händen und gab ihm einen langen Kuss, der ihn völlig entflammte. Er küsste ihre Brustwarzen und ließ seine Zunge immer wieder über die steifen Erhebungen fahren. Ein unterdrücktes Seufzen und Stöhnen entrang sich ihrem sinnlichen Mund. Martin küsste sie leidenschaftlich. Er begab sich auf Wanderschaft, wollte jeden Winkel ihres Körpers riechen, schmecken, fühlen. Küsse überall. Martin verteilte sie großzügig. Ihre Haut, so weich und zart, der Duft der

Erregung verführerisch und schwindelerregend. Ihr Seufzen wie liebliche Musik in seinen Ohren. Geflüsterte Versprechen in der Dunkelheit. Seine Hände glitten an den Innenseiten ihrer Oberschenkel entlang. Ihre Haut fiebrig glänzend im unterdrückten Mondlicht. Atem, der erwartungsvoll, ruhelos ausgestoßen wurde. Die Zungenspitze tanzte in gezügelter Lust über den Venushügel. Die Muskeln angespannt. Die Augen geschlossen. Ein unterdrückter Schrei, als die Zunge über ihre Klitoris glitt, sie mit wechselndem Druck und Rhythmus verwöhnte. Ein Körper, der sich aufbäumte. Finger, die sich in das Laken krallten. Tausende kleine Explosionen im Gehirn. Wellen von Wohlgefühl durchströmten ihre Körper, rissen sie mit sich, spielten mit ihrer Willenlosigkeit. Der sanfte Wind der Erregung schwoll zum Sturm an. Dann die Explosion, das gleißende Licht. Momente des höchsten Glücks, Augenblicke der völligen Ekstase. Die Erfüllung des Verlangens, der Lust. Doch das Begehren blieb.

„Komm zu mir, Martin. Ich will dich in mir spüren."

Er ging behutsam vor. Martin wollte ihr nicht weh tun. Die unheimlichsten Schauergeschichten hatte er schon über das erste Mal gehört. Er drang in sie ein. Glücksgefühle überschwemmten ihn. Jede Bewegung eine neue Stimulation. Schweißnasser Rücken. Ihre Hände überall auf seiner Haut. Brandstifter des Verlangens. Synchrones Luftholen. Die Zurückhaltung nur eine Frage der Zeit. Oder der Erfahrung? Martin spürte den unumkehrbaren Prozess des finalen Anschwellens. Kein Weg mehr zurück. Der Druck stieg unaufhörlich. Ein letztes Kribbeln. Es schoss heraus. Zucken. Winden. Lautes Aufstöhnen. Und dann Ruhe. Erschöpfung. Die

Erregung mit einer gewaltigen Explosion aus dem angespannten Körper entlassen. Küsse auf seinem Gesicht, seinem Hals. Finger, die ihn liebkosten. Geflüsterte Verheißungen im Ohr. Ein Funke über den Liebenden, wartend, das Feuer neu zu entfachen. Eine Nacht der Leidenschaft. Verbindung zweier Menschen. Erstickte Seufzer, träumerisches Lächeln, glänzende Augen, heiße Herzen, romantische Hoffnung. Sie liebten sich bis zum Morgengrauen und schliefen ein, als die Sonne sich aus den Tiefen der Nacht befreite. Zeit spielt in der Gedankenwelt frisch Verliebter keine Rolle. Den Ablauf der Dinge maßen sie nicht in Sekunden, Minuten oder Stunden. Die Zeit blieb für sie nicht stehen, aber wenn sie sich küssten, sich umarmten, sich liebten, dann hatte sie keine Bedeutung.

Sarah beugte sich über ihn. Ihre Haare kitzelten seine Nase. Er öffnete die Augen und sah in ein völlig verschlafenes Gesicht, aus dem ihm ein Lächeln einen guten Morgen wünschte. Sie bedeckte sein Gesicht mit unzähligen Küssen, sprang dann unvermittelt auf, um im Bad zu verschwinden.
„Los aufstehen, ich will heute mit dir wandern gehen."
Ihr Enthusiasmus war einfach ansteckend. Sie war schon so gut wie fertig, als Martin sich aus dem Bett quälte. Er bewunderte ihre Energie.

Die Vermieterin verwöhnte ihre Gäste beim Frühstück. Es gab ein reichliches Ulster Fry mit Spiegelei, zwei Bratwürstchen, gebratenem Speck, gegrillter Tomate, Cornflakes, Toast, Kartoffelbrot, weiße Bohnen in Tomatensoße, Pfannkuchen, Marmelade, verschiedenen

Konfitüren, Butter, Tee, Orangensaft, Milch und eine Scheibe black pudding. Martin konnte mit den meisten angebotenen Sachen als Kontinentaleuropäer zumindest am frühen Morgen nicht viel anfangen, aber die Ereignisse der vergangenen Nacht hatten ihn hungrig gemacht und so schlang er sogar die weißen Bohnen hinunter. Sarahs gut gemeinter Hinweis auf die bevorstehende Wanderung verhallte ungehört. Ein schwerer Fehler, wie sich später herausstellen sollte. Die ersten Kilometer hatte Martin das Gefühl, einen kleinen Felsbrocken mit sich herum zu schleppen. Die Bohnen lagen als unverdauliche Steine in seinem Magen und verhinderten jeden noch so kleinen Anflug von Leichtfüßigkeit. So schleppte er sich denn mühevoll hinter Sarah her, die fröhlich pfeifend die Richtung bestimmte.

Die Umgebung von Glenariff wurde als Königin der Täler bezeichnet. Das Dorf befand sich im Herzen der Neun Täler von Antrim, einer Landschaft von geradezu atemberaubender Schönheit. Die steil abfallenden Hänge erreichten auf ihrem Weg ins Tal eine erstaunliche Farbenvielfalt. Ganz oben dominierte der dunkle, braune Fels die Szenerie. Auf Höhe der Vegetationsgrenze wurde es bunter. Verschiedene Gräser, Flechten und kleinere Blumen hatten sich hier breit gemacht. Darauf folgte der Wald, der sich bis weit in das Tal hineinzog und die zarte Farbenpracht durch ein dunkles, kräftiges Grün ablöste. Im Tal selber wurde seit Generationen Landwirtschaft betrieben. Vom Point of View aus konnte man erkennen, wie das Land schachbrettmusterartig zwischen den Bauern aufgeteilt worden war.

Die Höfe zogen sich die Hänge hinauf. Zur Grenzziehung diente eine Perlenkette aus kleinen Sträuchern oder Bäumen. Das Tal schimmerte in einer Vielzahl verschiedener Grüntöne, erinnerte ihn an einen Flickenteppich. Auf ihrem Weg durch das Tal und die Berge passierten sie einige kleinere, hübsch anzusehende Wasserfälle.

„Sarah, findest du es nicht auch erstaunlich, wie gleichgültig die Natur gegenüber uns Menschen ist? Ich meine, schau dir mal diesen Wasserfall an. Wahrscheinlich sprudelt das Wasser schon Tausende von Jahren hier hinunter. Kriege, Morde, Krankheiten, große Erfindungen, noch größere Pleiten, Armstrong auf dem Mond, nichts ändert etwas an dieser Tatsache. Das alles ist dem fließenden Wasser, dem wachsenden Baum, der blühenden Blume oder dem singenden Vogel völlig egal. Ich glaube, wir haben deshalb so viele Probleme in der Welt, weil wir uns so weit von der Natur und ihren Gesetzmäßigkeiten entfernt haben. Wir nehmen uns einfach zu wichtig."

„Damit würdest du unterstellen, dass die Tiere glücklicher sind. Schließlich leben sie mit und von der Natur. Aber unter denen gibt es doch dieselben Probleme. Rangkämpfe um Nahrung, Wasser und Fortpflanzung. Nicht zu vergessen die Konflikte mit anderen Tierarten. Der tägliche Kampf ums Überleben ist bestimmt auch hart und wenig romantisch. Der Punkt ist, dass wir Menschen über die intellektuellen Fähigkeiten verfügen, Konflikte auf anderen, friedlicheren Wegen zu lösen. Aber das tun wir nicht. Wir entwickeln uns zu Tieren zurück und schlagen uns gegenseitig die Köpfe ein. Es

ist deprimierend, wie primitiv wir Menschen sein können."
„Das stimmt leider."

Martin nahm sie in den Arm und gab ihr einen leidenschaftlichen Kuss. Er war fasziniert von ihren Gedankengängen. Diese Frau war nicht nur attraktiv und witzig, sondern auch klug. Man merkte ihr deutlich an, dass sie sehr belesen war. Er redete unheimlich gern mit Sarah. Sie hatte so viele interessante Dinge zu berichten und überraschte ihn stets aufs Neue mit tiefgründigen Ansichten. Er hatte zwar erfahren, dass alle Iren das Gespräch und eine gepflegte Diskussion lieben, aber zumeist war ihnen lediglich daran gelegen, den Wortwechsel möglichst lange aufrechtzuerhalten, deshalb kam es auf den eigentlichen Sinn nicht unbedingt immer an. Bei Sarah war das anders. Manchmal philosophierten sie stundenlang über Gott und die Welt.

Am höchsten Punkt des Wanderweges hatte man eine fantastische Aussicht über das ganze Tal. Unten konnte er die grasenden Schafherden als weiße Farbtupfer auf den smaragdgrünen Rechtecken erkennen. Die saftigen Wiesen und Weiden schienen sich unterhalb des Horizonts direkt ins Meer zu ergießen. Die Höfe der Bauern schmiegten sich an die Hänge oder schwammen als einsame Boote in dem Ozean aus Grün. Martin konnte sich nicht satt sehen. Er versuchte das Bild zu verinnerlichen, schloss die Augen und prüfte, ob er das Tal noch sehen konnte. Die Wolken zogen in losen Formationen vorüber und veranstalteten gemeinsam mit der warmen Herbstsonne ein spektakuläres Licht- und

Schattenspiel. Das Meer glänzte und funkelte, als wenn es sich mit Lametta geschmückt hätte. Doch kaum hatte sich eine Zuckerwattewolke vor die Sonne geschoben, wechselte die Wasseroberfläche in ein tiefdunkles Blau. Kurz darauf drängte sich der gegenüberliegende Bergkamm in das Blickfeld. Auf seine schmutzig graubraune Felsformation zauberte das Licht eine goldene Haube. Majestätisch thronte er jetzt über seinem Tal. Die Schafe wirkten desinteressiert. Sonne und Wolken nutzten das Tal als grüne Leinwand. Sie erschufen gemeinsam Fantasiefiguren und überließen dem Betrachter die Interpretation. Der Wind sorgte für den Fortgang der Handlung, indem er einzelne Darsteller von der Bühne vertrieb.

Sie saßen schweigend da und beobachteten, wie einzelne Schatten sich krampfhaft an den Hängen festzuhalten versuchten. Doch der Wind kannte keine Gnade, er musste Platz schaffen für die nachfolgenden Teilnehmer. Alle drängten sie in das Tal, jeder Wolkenfetzen wollte im Rampenlicht der Sonne seinen Schatten werfen. Martin schaute zu Sarah und wusste, dass in Augenblicken wie diesen Worte den Zauber zerstören konnten. Wenn sich die Natur ihrer Kleider entledigte und den Menschen ihre makellose Schönheit zeigte, dann war Schweigen der Begleiter des Genusses.

Auf dem Rückweg durch das herbstlich duftende Tal fasste sich Martin ein Herz und fragte Sarah nach der Geschichte der männlichen O´Mallys.

„Ich kann dir dazu auch nicht sehr viel erzählen, weil das nie ausführlich thematisiert wurde. Mein Vater muss in den Siebzigern eine führende Rolle in der IRA gespielt haben. Sie haben ihn 1978 verhaftet und zu zehn Jahren Gefängnis verurteilt. Die hat er dann auch abgesessen. Ich habe ihn nicht mehr gekannt, als er wieder zu Hause war. Wir mussten ein völlig neues Verhältnis zueinander aufbauen. Ich glaube, er hat schreckliche Dinge in Long Kesh durchgemacht, aber er spricht nie darüber. Mit niemandem. Auf jeden Fall haben sie ihn körperlich so misshandelt, dass er keine Arbeit mehr aufnehmen kann. Eine staatliche Unterstützung gibt es für die IRA-Leute von britischer Seite natürlich nicht. Er hilft ab und zu mal im Sinn Fein-Büro aus. Ich glaube, es macht ihm sehr zu schaffen, dass er nicht mehr gebraucht wird."

„Und was war mit Sean?"

„Sean war schon immer ein Hitzkopf. Er war ja schon viel älter, als Vater verhaftet wurde. Er schloss sich bereits als Jugendlicher der IRA an und verrichtete Hilfsdienste. Sie bewarfen die Briten mit Steinen und verwickelten sie in kleinere Straßenschlachten, damit die IRA in Ruhe und unbeobachtet größere Dinger durchziehen konnte. Bei einem dieser Scharmützel ist es dann passiert. Das muss 1980 gewesen sein. Sie haben ein Auto in Brand gesteckt und es als Barrikade benutzt. Die Soldaten bekamen den Befehl zum Stürmen, und als der Erste das Auto erreicht hatte, ist es in die Luft geflogen. Die Briten setzten den Jugendlichen nach und verhafteten sie. In einem schnellen Prozess wurden sie für den Tod des Soldaten verantwortlich gemacht und zu langjährigen Haftstrafen verurteilt. Da sie alle noch minderjährig waren, kamen sie nach einigen Jahren wieder frei. Das machte viele Kameraden des verstorbenen

Soldaten wütend. Seitdem war Sean noch ein paar Mal in Untersuchungshaft, aber sie mussten ihn immer wieder laufen lassen, weil sie nichts gegen ihn in der Hand hatten. Aber es war klar, dass sie ihm früher oder später wieder etwas anhängen, um ihn wegzusperren. Für diese Leute ist er ein Mörder und gehört für immer in die Zelle. Das Auto wurde nicht in die Luft gesprengt. Sie hatten es einem Protestanten geklaut. Ich will damit nichts entschuldigen, aber sie haben niemanden vorsätzlich getötet."

„Oh Mann, das ist ziemlich heftig. Ich weiß gar nicht, was ich jetzt sagen soll."

„Bist du schockiert?"

„Nein, nicht schockiert, eher betroffen. Ich überlege nur gerade, wie viele solcher Familien es noch in Belfast gibt."

„Zu viele, Martin. Zu viele."

Den Rest des Weges gingen sie schweigend Hand in Hand. Jeder hing seinen Gedanken nach. Belfast hatte sie eingeholt. Sie hatten sich gut versteckt und einen kurzen Moment des vollkommenen Glücks genossen, aber die Fratze der Vergangenheit hatte sie gefunden. Doch die beiden kämpften um ihr Recht auf das Hochgefühl von frisch Verliebten. Sie kämpften für die kleine Zeitspanne, in der es nur das Wir gab. Sie kämpften und gewannen, Belfast verschwand mit seinen Geistern aus ihrem Tal und sie genossen die schönsten Tage ihrer Liebe.

Sarah entdeckte mit ihm weitere wunderschöne Dinge. Sie entdeckte sie in der Natur und in der körperlichen

Liebe. Sie war glücklich, glücklicher als jemals zuvor. Bei ihm war sie keine Katholikin, keine Nationalistin, keine Irin. Bei ihm war sie einfach nur eine Frau. Eine Frau, der er das Gefühl gab, ein ganz besonderer Mensch zu sein. Martin liebte sie über alles. Das brauchte er ihr nicht ständig zu sagen, das spürte sie. Es war dieser Blick, mit dem er sie betrachtete. Seine zärtlichen Streicheleinheiten, wenn sie mal wieder nicht einschlafen konnte. Sein Interesse, wenn sie etwas sagte. Sein Lächeln, wenn sie ihn küsste. Seine samtweiche Stimme, wenn er mit ihr sprach. Aber am deutlichsten sah man es an seinen Augen. Dieses strahlende Blau, dass sich nur für sie so ins Zeug zu legen schien. Er trug seine Gefühle auf dem Silbertablett vor sich her und genau das mochte sie besonders an ihm.

Es war ihr letzter Tag in Glenariff und sie hatten es sich auf einer dieser schimmernden, grünen Wiesen gemütlich gemacht. Martin hatte eine Decke ausgebreitet und bereitete so etwas wie ein kleines Picknick vor. Sarah war noch einmal zurückgelaufen, weil sie ihre Jacke vergessen hatte. Es wurde herbstlich kühl, aber Martin empfand die Temperaturen immer noch als mild. Er streckte sich aus, machte die Augen zu und träumte vor sich hin.
„Martin! Martin, schau doch mal, was ich hier unterwegs gefunden habe!“

Er setzte sich auf und da stand sie. Sarah hatte ein kleines Lamm im Arm. Die tiefstehende Herbstsonne tauchte die beiden in ein goldgelbes Licht. Sie kam näher. Ihre Augen leuchteten in einem unbeschreiblichen

Grün. Klar und hell. Sie lachte so breit, dass sich Grübchen auf ihren Wangen abzeichneten. Beim Einfangen des Lämmchens musste es etwas wilder zugegangen sein, denn ihre Haare hatten sich vom Hinterkopf gelöst und einige unbezähmbare Strähnen standen kreuz und quer vom Kopf ab. Martin schaute sie bewundernd an. Sie war in diesem Augenblick so unbeschreiblich schön, dass es ihm die Sprache verschlug.

20

Es gab gute Nachrichten in Belfast. Nach ihrer Rückkehr wurde der Familie O´Mally die Erlaubnis erteilt, Sean zu besuchen. Sie hatten ihn aus dem Untersuchungsgefängnis in die berüchtigten H-Blocks von Long Kesh verlegt. Martin hatte auf seinen Antrag hin noch keine Nachricht erhalten. Er freute sich mit Sarah, denn ihm war klar, dass ihr dieser Besuch eine Menge bedeutete.

Martin lief unruhig in seinem Zimmer auf und ab. Er hatte Jean-Luc eine Menge zu berichten, doch sein Mitbewohner war noch nicht von der Semesterferienfahrt aus Frankreich zurückgekehrt. Es war so verdammt ruhig ohne ihn. Irgendwie fehlte ihm der permanente Marihuanageruch im Raum. Er hatte sogar schon eine von Jean-Lucs Platten aufgelegt, nur um ein wenig den Alltag nachzustellen. Doch nichts half. Die skurrile Erscheinung des Rastamannes war einfach nicht zu ersetzen, das Original blieb unerreicht. Das durfte man diesem selbstverliebten Paradiesvogel natürlich nicht auf die Nase binden. Er wollte sich gar nicht ausmalen, wie viele Wochen ihn der französische Karibikverschnitt mit diesem Eingeständnis aufziehen würde.

Am Abend schob sich eine vermummte Gestalt in sein Zimmer. Vermutlich hätte er sich vor Angst in die Hosen gemacht, wenn er nicht sofort den gehäkelten Topflappen auf dem Kopf des Eindringlings erkannt hätte. Von Jean-Luc war außer den Augen nichts zu sehen. Er hatte Martin noch nicht bemerkt, der es sich im Dunkeln auf seinem Bett gemütlich gemacht hatte und durch das Fenster den sternenklaren Himmel beobachtete. Martin wunderte sich ein wenig, dass dieser Narziss bei seiner Ankunft nicht sofort das Licht angemacht hatte, um seine Wohlgestalt im Spiegel zu betrachten. Ohne sich weiter bemerkbar zu machen, knipste er seine Nachttischlampe an. Jean-Luc hatte inzwischen seine nach dem Zwiebelprinzip angeordneten Kleidungsstücke abgelegt und wollte gerade seinen Koffer öffnen.

„Mach das Licht aus, du Baubudenrülps! Los, mach schon! Mund zu und Licht aus, Krautfresser!"
Martin traute seinen Augen nicht. So etwas hatte er noch nie gesehen.
„Wie siehst du denn aus? Das ist ja voll eklig. Komm bloß nicht näher. Was hast du nur mit deinem Gesicht gemacht?"
„Erst das Licht aus! … So ist es besser. Also pass auf! Meine Mutter hatte die großartige Idee, am Tag meiner Abreise noch eine kleine Feier zu veranstalten. Sie ließ ein üppiges Meeresfrüchtebüfett auffahren, es war echt eine klasse Party. Wir alle aßen und tranken bis zum späten Nachmittag. Dann musste ich zum Flughafen. Schon auf dem Weg zum Airport juckte meine Haut wie verrückt. Ich dachte noch, das muss der Abschiedsschmerz sein. Na jedenfalls saß ich kaum in der Maschine, als das Jucken immer extremer wurde. Die Stewardessen tuschelten und setzten mich dann von der Holzklasse nach vorne in die großen Sessel. Der alte Jean-Luc machte es sich gemütlich und schlief ein wenig. Nach gefühlten fünf Minuten schreckte ich hoch

und als ich meine Arme anschaute, hätte ich schreien können. Alles voll mit roten Pusteln. Ich dachte, ich träume. Also rannte ich auf die Bordtoilette und dann sah ich, dass diese abartigen Quaddeln sogar mein klassisch schönes Gesicht entstellt hatten. Ich hätte die Hauptrolle in so einem ganz schlechten Horrorfilm aus den Sechzigern übernehmen können. Du weißt schon, so ein Untoter, der aus dem Grab steigt und mit steifen Gliedern seine Opfer verfolgt. Die rennen dann alle vor mir weg und fallen vor Aufregung und Angst ständig auf die Klappe. Dann Großaufnahme von meiner deformierten Fresse. Schwenk der Kamera in das angstverzerrte Gesicht des Opfers und schließlich sieht man, wie ich in abgehackten Bewegungen mit dem Messer auf sie einsteche. So, jetzt weißt du, für was ich noch zu gebrauchen bin. Eine Hauptrolle in einem zweitklassigen, japanischen Film, der mit Minibudget das Morden der Zombies beschreibt. Ich fühle mich entsetzlich."

„Wie bist du denn aus der Maschine gekommen und überhaupt, wie hast du es durch die Kontrolle am Flughafen geschafft? Die müssen doch gedacht haben, dass du irgendeine Seuche einschleppst."
„Ich habe mich dermaßen vermummt, dass nur noch meine Augen zu sehen waren. Mit diesem Aufzug habe ich es ganz gut aus der Maschine geschafft. Den Bullen am Airport habe ich dann erzählt, dass ich hier in Belfast Chemie studiere und beim letzten Experiment etwas schief gegangen sei. Ich käme jetzt von einer Spezialbehandlung aus Frankreich und es sei schon viel besser geworden. Zum Glück hatte ich meinen Studentenausweis dabei. Die haben mich ganz mitleidig ange-

schaut und passieren lassen. Ich glaube allerdings kaum, dass einer von denen seine Kinder später einmal Chemie studieren lässt."

Jean-Luc lachte ein wenig, aber Martin merkte deutlich, dass es der reine Galgenhumor war.

„Ich glaube, du hast eine allergische Reaktion auf irgendwelche Lebensmittel von diesem Büffet, Jean-Luc. Hast du etwas probiert, das du noch nie gegessen hast?"

„Ähm warte mal, doch ja, da gab es Muscheln und ich wollte unbedingt mal probieren, wie Muscheln schmecken. Die schmecken sogar ziemlich gut und ich habe bestimmt dreißig Stück vertilgt. Könnte es das nicht gewesen sein?"

„Vielleicht. Ich gehe schnell mal zur Apotheke und hole dir ein Antiallergikum. Mit dem Gesicht kannst du dich draußen auf keinen Fall sehen lassen."

„Wieso? Du läufst mit deinem Gesicht doch auch draußen rum."

Jean-Luc gackerte wie ein Huhn und lobte in blumigen Beschreibungen seine einzigartige Schlagfertigkeit. Martin war froh, dass die Aussicht auf einen baldigen Tod der Beulen seinen Freund wieder aufgerichtet hatte. Es ging ihm offensichtlich gut. Zu gut, für Martins Geschmack.

Zwei Tage später sah Jean-Luc nur noch wie ein entfernter Verwandter der von ihm beschriebenen Untoten aus. Sie hatten noch immer Semesterferien und Sarah musste arbeiten. Martin langweilte sich und ließ sich von Jean-Luc zu einem Besuch im BOT überreden. Er fühlte sich im Botanic Inn nie besonders wohl. Es war eine dieser typischen Studentenkneipen, nur mit dem

Unterschied, dass das BOT größer dimensioniert war. In der oberen Etage fanden Tanzveranstaltungen statt und im Erdgeschoss konnte man etwas essen und trinken. In Belfast galt diese Stätte der studentischen Zerstreuung als Institution. Das empfand er jedoch als reichlich übertrieben, denn dafür war das Interieur des BOT nach seinem Geschmack einfach zu modern. Martin mochte die alten, verrauchten Pubs. Dort konnte man Geschichte atmen. Auf den schweren, dunklen Holzstühlen hatten schon eine Menge bedeutender und unbedeutender Leute gesessen. Die Tische hatten im Laufe der Jahrzehnte Hektoliter berauschender Getränke getragen. Mit den Komödien, Tragödien und Liebesschwüren, die ein solcher Pub erlebt haben musste, konnte man sicherlich ganze Bibliotheken füllen.

Er war nicht der Typ für die sonnendurchfluteten, grellen Bars und Clubs mit ihren Designermöbeln aus Edelstahl und Kunststoff. Das Publikum in diesen selbsternannten In-Treffs zeichnete sich stets durch plakative Selbstverherrlichung aus. Sie kreierten Trends und gaben sich betont kosmopolitisch, um ihrer eigenen Langeweile und dem Rest von Belfast zu entfliehen. Es waren junge Leute, die viel lieber in London, Paris oder New York leben wollten. Man unterhielt sich in diesen Kreisen über Andy Warhol, den neuen Film von Woody Allen oder die Neuinszenierung der Aida an der Royal Opera. Man setzte sich bewusst vom Dreck, der Gewalt und der Provinzialität Belfasts ab. Sie kannten keinen Unterschied zwischen katholisch und protestantisch, das Einzige was zählte, war ein guter Geschmack und dass man sich diesen leisten konnte. Diese reichen, verwöhnten Gören waren von den Troubles genauso weit entfernt wie ihre nicht minder affektierten Vorbilder in den kontinentalen Großstädten. Es kam ihnen nicht in den Sinn, dass der Kampf in West und Nord Belfast auch ein Kampf gegen die Armut und die damit einhergehende Hoffnungslosigkeit war. Sie saßen in ihren schicken Lokalen, schlürften sündhaft teure Cocktails und betrachteten selbstverliebt ihre neue, goldene Armbanduhr, die ihnen Papa zum Namenstag geschenkt hatte. Von diesen Exemplaren konnte man auch im BOT einige beobachten. Das waren aber noch unerfahrene Jungtiere. Sie mischten sich mit dem bunten Studentenvolk und hatten noch keine Ahnung, was es bedeutete, zum erlauchten Kreis der Plutokraten zu gehören. Wie gesagt, er mochte das BOT nicht besonders.

Im hinteren Bereich des Botanic Inn entdeckten sie Frank. Der ruderte wie wild mit den Armen und bedeutete ihnen so, dass sie sich zu ihm setzen sollten. Frank sah irgendwie ziemlich lädiert aus. Als sie näher kamen, ragte unter dem Tisch ein Gipsbein hervor. Martin grinste in sich hinein.

„Ihr scheint alle sehr aufregende und abenteuerliche Semesterferien gehabt zu haben. Einer kommt mit einer unschönen Variante der Beulenpest zurück und der Nächste scheint seine körperliche Widerstandskraft etwas überschätzt zu haben."

„Sehr witzig, Martin. Ihr glaubt nicht, was mir passiert ist. So etwas gibt es eigentlich nur in einem ganz schlechten Film. Ich habe euch doch erzählt, dass ich erst eine Woche später nach Hause fahren konnte, weil

ich noch zur Nachprüfung musste. Und was glaubt ihr, was passiert ist?"
„Du hast bestanden und als Anerkennung hat dein Vater dir nur das Bein gebrochen?"
„Quatsch."
„Du bist durchgefallen und dein Vater hat dir vor Wut das Bein zertrümmert?"
„Nein Rastamann, ich bin erst gar nicht nach Hause geflogen, weil ich mir das Bein nämlich vorher gebrochen habe."
„Hä? Du hast dir selber das Bein gebrochen, damit du nicht deinen Vater unter die Augen treten musstest? Das ist aber schon ziemlich krank."
„Vielleicht würdest du mich freundlicherweise mal zu Ende erzählen lassen, Jean-Luc."
„Na, dann spanne uns eben nicht ewig auf die Folter und lass gefälligst dieses Ratespiel."

„Also, ihr wisst ja, dass Professor Andrews die Nachprüfung wegen des Fehlens von einem mickrigen Punkt angesetzt hatte. Ich habe mir also ein Herz gefasst und diese Mistkröte zu Hause aufgesucht. Ihr wisst schon, ein Gespräch von Mann zu Mann und so weiter. Ich bin natürlich abgeblitzt. Es war genauso aussichtslos wie der Versuch, einen Pudding an die Wand zu nageln. Aber in seinem bescheidenen Domizil lernte ich seine Tochter Betty kennen. Ein kleines, fettes, unförmiges Etwas im Alter von zarten sechzehn. Und weil ich so wütend auf ihren Alten war, habe ich mir gedacht, ich verführe einfach seine Tochter."
„Aber du sagtest doch, sie sei hässlich. Was hatte das denn für einen Sinn?"

„Jetzt unterbrich mich doch nicht dauernd, du Reggaewurst. Ich war so wütend wegen der Nachprüfung und dass er mich so eiskalt abserviert hatte, dass ich ihm einfach eins auswischen wollte. Seine Tochter sieht so unattraktiv aus, dass ich davon ausgegangen bin, dass sie noch Jungfrau ist. Stellt euch mal den Skandal vor. Die Tochter von Andrews wird von einem seiner Studenten entjungfert und das in seinem eigenen Haus! Ich fand die Idee ganz super. Ich bin ihr dann ein bisschen um den Bart gegangen und habe ihr halt ganz klassisch den Hof gemacht. Also gut, eigentlich habe ich sie volle Kanne angebaggert. Und die Kleine stieg auch voll drauf ein. Einen Tag vor der Nachprüfung hatte ich sie dann soweit. Die Eltern gingen aus und sie hatte sturmfreie Bude. Wir also ganz prächtig am rummachen, als im Haus plötzlich Schritte zu hören waren. Ich fragte, wer das sei? Und sie antwortete, dass sie keine Ahnung habe, aber ich lieber draußen auf die Balustrade klettern solle. Ich also halbnackt raus auf dieses steinerne Geländer und weg vom Fenster. Eine Sekunde später kommt ihr Freund ins Zimmer gestürmt. Glaubt es mir oder nicht, dieser kleine Rollmops hatte einen Freund. Und kein Spaß, das war ein richtiger Hüne! Er dann mit wutverzerrtem Gesicht durch das Zimmer und immer wieder gebrüllt, wo das Schwein sei, den würde er fertig machen, dem schlage er die Fresse zu Brei. Das ganze Programm, meine Freunde. Ich habe dann zwei bis drei Zehntelsekunden intensiv nachgedacht und mich entschlossen, lieber den Rückzug anzutreten. Kleines Problem war jedoch, dass der Wüterich im Zimmer war und ich nicht durch das Haus entfliehen konnte. Ich schaute also nach unten

und meinte, dass ein Sprung vom Geländer des Obergeschosses durchaus möglich sei. Die Dunkelheit, meine Freunde, die Dunkelheit. Ich drehte mich einmal um 180 Grad und sprang volle Kanone in den lieblichen Steingarten der Familie Andrews. Leider krachte ich mit dem rechten Schienbein gegen so eine blöde Basaltsäule und schrie vor Schmerz auf."
Martin schaute ungläubig auf Franks Gipsbein.
„Aber warum ist dann dein linkes Bein eingegipst?"
„Gut beobachtet, Sherlock Krautfresser. Ganz einfach deshalb, weil ich mir bei dem Sprung lediglich eine fiese Prellung des Schienbeins zugezogen habe. Mein Indianergeheul machte jedoch den durchgeknallten Beglücker der kleinen Andrews auf mich aufmerksam. Ich hörte ihn durch das Haus rennen und setzte sofort meine Flucht fort, welche jedoch jäh durch das plötzliche und unerwartete Auftauchen eines überdimensionierten Swimmingpools gestoppt wurde. Frage mich jetzt noch, wie sich dieser Mistkerl das eigentlich leisten kann."
„Ha, das war bestimmt ein schönes Bild, wie du in der Outdoor-Badewanne des ollen Andrews ein Bad genommen hast."
Jean-Luc fing an, die Geschichte spaßig zu finden.
„Ja, das wäre ein schönes Bild gewesen."
„Hä, wieso wäre?"
„Wäre, weil kein Wasser für ein Bad im Pool war. Ich bin mit einem gepflegten Satz in ein 130 Zentimeter tiefes Nichts gesprungen. Der Betonboden nahm mich dankbar und voller Freude auf. Leider war sein Empfang etwas zu herzlich und ich brach mir das linke Bein. Aber ich hatte Glück, meine Freunde! Der verrückte

Neandertaler haute mir nur ein Auge blau und war dann offensichtlich der Meinung, dass ich mit meinem Bein gestraft genug bin. Zu dieser Feststellung gelangte der Idiot, als er versehentlich auf meine gebrochene Extremität trat."

Martin und Jean-Luc verzogen gleichzeitig das Gesicht, als würden sie in eine Zitrone beißen. Sie pressten die Atemluft zwischen den Zähnen hervor und schauten noch einmal mitleidig auf Franks Gipsbein.

„Und wie bist du aus dieser Sache wieder herausgekommen?"

„Wie? Ihr denkt doch nicht etwa, dass die Geschichte damit zu Ende wäre? Liebe Freunde, das Finale Grande kommt doch erst noch."

Jean-Luc schaute Martin belustigt an, so etwas gefiel ihm. Das war doch wohl um Klassen besser als sein Furunkelabenteuer.

„Also, ich liege da schwerverletzt auf dem Grund des vermutlich einzigen Pools in ganz Belfast und höre, wie das kleine Pummelchen ganz aufgeregt den Typen anschreit. Er solle mich jetzt gefälligst in Ruhe lassen, sie hätten mir schließlich nur ein wenig Angst machen und einen Denkzettel verpassen wollen. Und ich denke so bei mir, Frank, an dieser Sache ist etwas faul. Und was stellt sich heraus? Das war nicht ihr Macker oder Liebessklave, nein, das war ihr Bruder. Jetzt glotzt ihr blöd. Es stimmt aber. Sie haben eine Schmierenkomödie aufgeführt, um mir eine Lektion zu erteilen. Der kleine Kugelblitz hat mir nämlich von Anfang an nicht über den Weg getraut. Na ja, es war wohl zu offensichtlich, dass ich etwas im Schilde führte. Was sollte auch so ein gutaussehender Kerl wie ich mit diesem hässlichen Fettgebäck anfangen. Auf jeden Fall hatten die beiden Andrews-Sprösslinge nun ein riesiges Problem. Wie sollten sie das Ganze ihren Eltern beibringen? Clever wie ich bin, nutzte ich die Gunst der Stunde und sicherte ihnen mein Schweigen zu, wenn sie im Gegenzug dafür sorgen würden, dass ich nicht zur Nachprüfung müsse. Wohl oder übel mussten sie auf meinen Vorschlag eingehen. Wir riefen dann einen Krankenwagen und am nächsten Tag erfuhr ich, dass meine Prüfung ersatzlos gestrichen wurde."

„Dann warst du ja sogar gleich noch das Problem mit deinem Vater los. Na, das nenne ich aber Glück gehabt."

Jean-Luc schlug sich beim Lachen auf die Oberschenkel und konnte sich kaum beruhigen. Im Geiste schrieb er schon den Artikel über dieses Ereignis für die noch immer drittklassige Studentenzeitung. Er war so gut gelaunt, dass er beschloss, seinen beiden Freunden ein Bier zu spendieren.

„Also auf dieses Abenteuer gebe ich einen aus. Aber Frank, schau gut nach, ob in deinem Glas auch wirklich etwas Flüssiges zu finden ist."

21

Die folgenden Tage zogen sich unendlich in die Länge. Er konnte Sarah erst in den frühen Abendstunden sehen und wusste in der Zwischenzeit einfach nichts mit sich anzufangen. Ohne die täglichen Vorlesungen und die in häuslichem Fleiß zu erledigenden Pflichten fehlte ihm auch noch die letzte Zerstreuung. Die anderen Studenten vergnügten sich in dieser Zeit auf unzähligen Partys, Tagesausflügen oder Shoppingtouren. Martin merkte immer deutlicher, dass der ganze Universitätsbetrieb eine Welt für sich war. Sie funktionierte nach eigenen Regeln, hatte ihre eigenen Gesetze, ihren eigenen Tagesablauf. Die akademische Welt unterwarf sich anderen Vorstellungen von Zeit. Sie definierte neue, autarke Ausdrücke. Dieses Universum war egozentrisch, rechthaberisch und betrachtete sich als letzten Hort der zivilisierten Welt. Er spürte, dass er nicht in diese Welt gehörte, vielmehr nicht gehören wollte. Seit seiner Kindheit zerrte dieses elitäre System an seinen Beinen, wollte sich mit ihm schmücken. Die Pseudointelligenz der gehobenen Bildungsinstitute brauchte dann und wann einen Erfolg.

Auf der Suche nach dem großen, dicken Fisch konnte die altehrwürdige Loge von angestaubten Gelehrten aber nicht im großen Ozean angeln. Ein kleiner stinkender Tümpel musste reichen. Nicht in dem riesigen Meer der gesamten Menschheit suchte man nach Moby Dick, sondern in dem winzigen Pfuhl der Plutokraten. Ein Dilemma? Sicher, denn auch dem Dümmsten war bewusst, dass ein dickes Bankkonto keine Zinsen in Form von Intelligenz, Talent oder Erkenntnis abwarf. Aber was sollte man tun? Sie waren auf die sprudelnden Gelder aus der High Society angewiesen. Forschung und Lehre mussten schließlich finanziert werden. Und außerdem, und das war nach Ansicht mancher Akademiker das Wichtigste, wollte man doch gerne unter sich bleiben. Das erinnerte ihn schon entfernt an das Züchten einer bestimmten Art von Mensch. Das gemeine Volk sollte nicht mit Wissen und Macht in Berührung kommen. Das wäre Anarchie. Es war, wie es immer gewesen war und auch immer sein würde, die Oberschicht kontrollierte den Zugang zu den gehobenen Bildungseinrichtungen. Die eigene Macht wurde schon immer am Einfachsten durch das Drehen an der Stellschraube des Wissens gesichert. Eine Tatsache, die sich am leichtesten in der sogenannten Dritten Welt nachweisen ließ. Der geringe Bildungsstand der Bevölkerung in Afrika machte die Menschen dort automatisch zu billigen Arbeitskräften. Sie konnten weder lesen, schreiben noch rechnen. Leichte Beute für die gierigen Grundbesitzer und Großindustriellen aus Europa und Übersee. Eine Befreiung aus ihrer unmenschlichen Lage war ihnen nicht möglich, weil ihnen der Schlüssel zur Erkenntnis fehlte. Die Bildung! Nur wenn man den Zusammenhang zwischen Reichtum und Armut versteht, kann man diese von Menschen geschaffene Gesetzmäßigkeit hinterfragen und zerstören. Genauso wie es kein Schatten ohne Licht geben kann. Der Reichtum weniger basierte immer auf einer Armut der Masse. Martin dachte oft über die Verhältnisse in der Welt nach. Er verfügte über ein ausgeprägtes Gerechtigkeitsempfinden, welches ihn manchmal weit über das Ziel hinausschießen ließ. Der innere Konflikt, den er auszutragen hatte, war ganz einfach auf einen Punkt zu bringen: Er konnte sich solche Gedanken überhaupt nur deshalb machen, weil der Reichtum seiner Familie ihm eine exzellente Schulbildung ermöglicht hatte. Das Geld seines Vaters hatte das analytische Denken und das Stillen des Wissensdurstes bezahlt. Und gegen dieses System opponierte er nun. Er stellte den elitären Anspruch seiner eigenen Herkunft in Frage. Er suchte nach einem Sinn für das Menschsein. In der studentischen Welt der Queens University würde er ihn genauso wenig finden wie an jeder anderen Hochschule, wo noch immer das Geld den Status bestimmte.

Nach einer Vielzahl von Anträgen hatte er es endlich geschafft und hielt die Besuchserlaubnis in den Händen. Man hatte ihm kurz und knapp mitgeteilt, dass er am kommenden Mittwoch Sean in Long Kesh besuchen dürfe. Für eine halbe Stunde. Garniert wurde die Erlaubnis mit einer achtseitigen Anlage, in der aufgeführt war, welche Dinge man mitbringen durfte, über welche Dinge sie sprechen durften und über welche nicht. Es wurden Verhaltensregeln aufgestellt und auf gesetzliche Bestimmungen verwiesen. Martin brummte davon der Schädel. Das alles für einen halbstündigen Besuch bei einem Mann, der wegen einer angeblichen Rangelei mit einem Polizisten verurteilt worden war. Die Hauptsache war jedoch, dass er Sean endlich wiedersehen konnte. Er vermisste ihn.

Das Hochsicherheitsgefängnis Long Kesh befand sich etwa neun Meilen südwestlich von Belfast. Die riesige Anlage war eingebettet in eine flache, grüne Wiesenlandschaft. Von außen sah man nichts weiter als die Gefängnismauer, auf deren Krone sich der Stacheldraht kräuselte. In regelmäßigen Abständen ragten etwa zehn Meter hohe Überwachungstürme hinter dieser Betonpalisade hervor, die wie überdimensionale Zahnbürsten aussahen. Der Turm im Eingangsbereich erinnerte dagegen an einen großen, steinernern Bauklotz, an den man rundherum eine Fensterfront angeklebt hatte. Er konnte sich des Eindrucks nicht erwehren, dass sich genau dort auch die Kommandozentrale für das florierende Internierungsgeschäft befand. Das steinerne Monstrum mit seinen Stacheldrahthaaren verfügte über eine Vielzahl von Augen. Jeder Winkel, jede Ecke, jeder noch so kleine Fleck wurde mit den schwenkbaren Kameras überwacht. Nachts erinnerte Long Kesh an ein gelandetes UFO. Die Laternen bildeten einen strahlenden Kranz um den gesamten Komplex. Scheinwerfer ließen ihre Lichtkegel über den Innenbereich huschen. Die Gebäude waren hell erleuchtet, sie wirkten wie Leuchtdioden in der Dunkelheit. Die Besucher wurden durch ein gewaltiges Eisentor in das trostlose Innere eingelassen. Quietschend und mit großem Getöse öffnete das Ungetüm sein Maul und verschlang die Wartenden. Ob das Ungeheuer wohl wusste, dass es seine Beute nach einer guten Stunde wieder unverdaut ausspucken musste?

Martin und die Mütter, Väter, Kinder und sonstigen Verwandten und Freunde der Gefangenen wurden von vier schwerbewaffneten Wachleuten zum Besuchergebäude begleitet. Alles in allem bestand die Gruppe aus etwa zwanzig Personen. Die Begleitmannschaft war uniformiert und mit schusssicheren Westen ausgerüstet. Jeder hatte ein Gewehr über der Schulter hängen und eine Pistole im Halfter. Spätestens beim Anblick dieses Gefängnispersonals war Martin klar, dass es sich hier nicht um einen normalen Knast für irgendwelche Kleinkriminellen handelte. Diese Männer waren ausgerüstet, als wenn sie stündlich mit dem Angriff einer übermächtigen Armee rechneten. Er war schon immer der Meinung gewesen, dass Länder mit einer derart hochgerüsteten Armee nicht Stärke demonstrierten, sondern in erster Linie Angst. Den Verantwortlichen dieser Einrichtung musste es ähnlich ergehen, denn anders konnte man diese Demonstration von militärischer Potenz nicht deuten. „Seht her, ihr braucht gar nicht erst an irgendwelche Aktionen denken, wir sind für alle Eventualitäten gerüstet.“ Es hätte ihn nicht gewundert, wenn hinter der nächsten Ecke zwei bis drei Raketenwerfer aufgetaucht wären. Die Stimmung war beklemmend. Hier drinnen gab es auch auf den zweiten und dritten Blick nichts Grünes. Während das Auge wohl an die tausend Abstufungen der Farbe Grau betrachten durfte, hatte sich nicht ein einziges kleines Pflänzchen einen Platz in dieser steinernen Einöde erkämpft.

Als sie die Baracke für die Besucher erreicht hatten, wurden die Männer von den Frauen getrennt. Martin wurde herein gewunken und musste zunächst sein Paket abgeben. Er hatte sich Mühe gegeben, nur Dinge einzupacken, die gemäß der Anlage auch erlaubt waren.

Man forderte ihn auf, seinen Pass abzugeben und registrierte etwas mürrisch seine deutsche Staatsbürgerschaft. Er musste sich entkleiden und wurde einer Leibesvisitation unterzogen. Die Kleidung und er selber wurden durch einen Metalldetektor geschickt. Auf der anderen Seite durfte er sich wieder anziehen. Man drückte ihm das total zerfledderte und durchwühlte Paket in die Hand und schob ihn einen Raum weiter. Er ärgerte sich darüber, dass sie nicht einmal versucht hatten, die Sachen im Paket nicht zu beschädigen. Schockiert war er dagegen über die Behandlung, die ihm als Besucher zuteilwurde. Es war erniedrigend und respektlos. Als er bemerkte, dass selbst die Kinder derselben Prozedur unterzogen wurden, änderte er seine Meinung nochmals. Die Behandlung war schlichtweg unmenschlich. Die Beamten schienen sich an dieser Tatsache zu erfreuen und schikanierten einige Besucher mit besonders gründlichen Untersuchungen ihrer bloßgestellten Körper. Sie riefen sich gegenseitig höhnische Bemerkungen zu und lachten lauthals über ungemein dumme Witze. Mit dem ramponierten Päckchen in den Händen stellte er sich in die Schlange, die sich vor einer weiteren Kontrolle gebildet hatte. Dort musste man seine Wertsachen in kleine Boxen ablegen und die Mitbringsel für die Häftlinge wurden durch eine Art Röntgengerät geschickt. Anschließend schoben sie Martin in den eigentlichen Besucherraum, der eine ansehnliche Größe besaß. Er wurde aufgefordert, sich zur Zelle 11 zu begeben. Die einzelnen Zellen wurden durch hölzerne Trennwände abgeteilt und waren mit einem Tisch und ein paar Stühlen ausgestattet. Im ganzen Raum stand Wachpersonal herum. Er setzte sich. Wenig später wurde Sean hereingeführt. Martin war schockiert, wie schlecht sein Freund aussah. Sein Gesicht war grau und eingefallen. Die Augen blickten ihn trübe an. Dieses Gespenst schenkte ihm ein kleines Lächeln, und Martin beschloss, sich sein Entsetzen vorerst nicht anmerken zu lassen.

„Dia dhuit Sean. Cen chaoi a bhfuil tu?“ (Hallo Sean. Wie geht es Dir?)
„Hey, sprich gefälligst Englisch oder der Besuch ist gleich beendet!“
„Schon gut, er hat mich nur gefragt, wie es mir geht.“
„Halt die Schnauze, O´Mally, wenn ich etwas von dir hören will, dann sage ich dir das rechtzeitig.“
Dieser Widerling hing Martin halb über der Schulter, um jedes Wort zu hören, was zwischen ihnen gewechselt wurde. Sean vermied es ganz offensichtlich, über den Alltag im Gefängnis zu sprechen und löcherte Martin mit Fragen über die aktuelle Situation in Nordirland und der Welt. Er fragte, wie es Sarah, Grandpa und seinen Eltern ging. Er fragte, was das Studium mache und wie er es geschafft habe, eine Besuchserlaubnis zu bekommen. Er fragte so viel, dass Martin ein ums andere Mal die Antwort schuldig bleiben musste. Er versprach Sean, dass er ihm regelmäßig die Neuigkeiten schreiben werde.

Die Zeit demonstrierte eindrucksvoll ihre Macht, indem die Minuten nur so flogen. Martin konnte kaum glauben, dass die halbe Stunde schon vorbei sein sollte, aber ein Blick auf die Uhr bestätigte seine Befürchtung. Er schob Sean das Paket über den Tisch, was dieser mit

einem warmherzigen Händedruck beantwortete. Als Martin aufstand, schaute Sean ihm ernst ins Gesicht.
„Martin, ich habe noch eine Bitte an dich. In wenigen Tagen wird Sinn Fein zu einer Demonstration gegen die Polizei- und Militärwillkür in West Belfast aufrufen. Ich wäre dir dankbar, wenn du hingehen und auf Sarah acht geben könntest. Hab ein Auge auf sie, versprich es mir."
„Ich verspreche es."
„Gut. Vielen Dank für deinen Besuch, mein Freund, das hat mir sehr viel bedeutet."
„Lass dich nicht unterkriegen Sean, wir sehen uns bald. Slán." (Tschüß).

Martin wusste nichts von einer geplanten Demonstration oder Kundgebung. Er war ein wenig enttäuscht, dass Sarah ihm nichts davon erzählt hatte. Andererseits war Seans Hinweis sehr vage. Er sprach davon, dass in wenigen Tagen zu dieser Protestaktion aufgerufen werden würde. Offensichtlich gab es überhaupt noch keinen genauen Termin und Sarah konnte ihm deshalb auch nichts erzählen. Darüber hinaus war er viel besorgter, dass Sean ihn so eindringlich gebeten hatte, auf Sarah zu achten. Der Ausdruck in seinen Augen hatte Martin ziemlich beunruhigt.

22

Martin schätzte, dass rund tausend Menschen dem Aufruf der Jugendorganisation der Sinn Fein gefolgt waren. Mit einem Sternmarsch in die Innenstadt sollte gegen die Polizei- und Militärgewalt und die brutalen Übergriffe auf die katholische Bevölkerung in Belfast demonstriert werden. Es war ein bunt zusammengewürfelter Haufen: Alte und Junge, Dicke und Dünne, Anzugträger und Jeansfetischisten, attraktive Mädchen und hässliche Schachteln, Muskelprotze und schlaffe, blasse Jünglinge, radikale Kämpfer und romantische Revolutionäre, Schreihälse und zurückhaltende, ruhige Figuren, hochrangige Persönlichkeiten und Durchschnittsbürger, Raufbolde und Schlafmützen, Arbeitslose und Malocher. So unterschiedlich sie auch waren, ihre Geschichte hatte fast immer den gleichen Verlauf genommen. Schon als Kinder wurden sie aus Autos gezerrt und durchsucht. Sie wurden beschimpft, gedemütigt und geschlagen. Die staatliche Gewalt durch RUC oder britisches Militär oder eine der loyalistischen Freizeitarmeen gehörte zu ihrem Alltag. Und wenn sie zu den Wenigen gehörten, die keine physische Gewalt erlebt hatten, dann konnten sie ausführliche Berichte zu Diskriminierungen, Beleidigungen und Benachteiligungen zu Protokoll geben. Eine ganze Schar von traumatisierten Menschen hatte sich an diesem Tag zusammengeschlossen. Doch wo die Verzweiflung wächst, da blüht auch die Hoffnung. Wo Hass, Gewalt und Willkür sich zum gemeinsamen Tanz einfanden, da spielte der Widerstand die Begleitmusik. Wo die Unterdrückung Diktatoren hervorbrachte, da gebar die Gerechtigkeit Helden.

Die Demonstranten kamen mit Fahnen und Transparenten. Man konnte allerhand kunstvoll gestaltete Plakate und Spruchbänder sehen. Im Allgemeinen forderten sie den Abzug der britischen Truppen, das Ende der polizeilichen Willkür und Gleichheit aller Bevölkerungsgruppen. Manche machten auf das Schicksal ihrer inhaftierten Verwandten aufmerksam und wieder Andere erinnerten an die verstorbenen Kameraden. Was wie ein chaotisches Durcheinander anmutete, ordnete sich beim Abmarsch zu einem disziplinierten Zug. Ganz offensichtlich hatten diese Menschen eine Menge Demonstrationserfahrung. Man schritt energisch, aber nicht hastig die Falls Road Richtung Innenstadt hinunter. Martin spürte ein seltsames Gefühl von Stärke und Entschlossenheit in sich aufsteigen. Ja, sogar eine gewisse hysterische Fröhlichkeit konnte er nicht verbergen. Er war stolz, Teil einer mächtigen Bewegung zu sein. Den ganzen Demonstrationszug umgab eine Aura der Kraft. Martin glaubte zu diesem Zeitpunkt wirklich, dass nichts und niemand sie aufhalten konnte. Er war jung und naiv. Noch niemals hatte er erlebt, wie sich tausend Menschen gleichzeitig in Bewegung setzten. Wie sie ein Ziel vor Augen hatten und entschlossen darauf losmarschierten. Dieses Gemeinschaftsgefühl löste in ihm, der während seines bisherigen Lebens ein Einzelgänger war, heftige Empfindungen aus. Er hielt Sarah ganz fest bei der Hand und nickte jedem verschwörerisch zu, der seinen Blick erwiderte. Martin fühlte sich großartig. Er gehörte in diesem Augenblick zu den harten Kerlen aus West Belfast. Er merkte förmlich, wie seine Brust anschwoll und übte dabei einen ernsten, finsteren Gesichtsausdruck. Ihm war natürlich bewusst, dass er damit ein Klischee bediente, aber das störte ihn nicht weiter. Er genoss seine Rolle.

Der Zug stoppte plötzlich und abrupt kurz vor dem Divis Tower. Eine Lautsprecherstimme quakte nervend in ihre Richtung.
„Wir fordern sie auf, diese Demonstration aufzulösen. Diese Demonstration ist illegal. Sofern sie unserer Forderung nicht Folge leisten, werden wir die Auflösung gewaltsam durchsetzen müssen."
Das war dem Mann am Megaphon dann wohl doch etwas zu ruppig und deshalb schlug er sogleich einen versöhnlicheren Ton an.
„Nun kommt schon Leute, geht nach Hause, wir wollen doch alle keinen Ärger haben."

Die Führung des Zugs machte dem Mann dann unmissverständlich klar, dass die Demonstration sehr wohl legal war, man aufgrund fehlender Waffen gar nicht der Lage und Position wäre, irgendwelchen Ärger zu machen und er sie außerdem mal kräftig am Arsch lecken könne. Der Disput ging anschließend noch eine Weile hin und her. Martin wunderte sich über die Naivität des Mannes. Meinte der denn wirklich, dass sich tausend Leute einfach für ihr Kommen entschuldigen, alles zu einem Missverständnis erklären und einfach nach Hause gehen? Irgendwann reichte es den Demonstranten dann auch und die Menge setzte sich langsam wieder in Bewegung. Die Polizisten sperrten die

Straße mit schwerem Gerät ab und brachten sich mit ihren Schussapparaten in Stellung. Martin wurde nervös. Der Zug stoppte erneut. Es lag eine greifbare Spannung in der Luft, die auch von den Rotorblättern der über ihnen schwebenden Helikopter nicht zerstört wurde. Sie dröhnten bewegungslos am Himmel. Instinktiv spürte er den Blick des künstlichen Auges auf sich und den anderen Demonstranten ruhen. Die Zivilsten sahen sich schwer bewaffneten Polizeikräften gegenüber.

Die Unruhe unter den Teilnehmern des Marsches nahm sekündlich zu. Einzelne Rufe der Empörung folgten. Auf Seiten der RUC hörte man dagegen überhaupt nichts. Die standen, knieten oder lagen mit ihren Waffen in Stellung und visierten finster einzelne Ziele an. Sie versteckten sich hinter riesigen Plexiglasschilden oder gaben sich dem Schutz des Panzerwagens hin. Die Helme tief ins Gesicht gezogen, konnte man ihre Grimassen nur erahnen. Die Schreie, Flüche und Verwünschungen der Demonstranten wurden immer lauter. Die Lunte brannte bereits. Martin war klar, dass die RUC ihre Stellung nicht aufgeben würde. Das hatte jedoch nicht den geringsten Einfluss auf die Entschlossenheit der Kundgebungsteilnehmer. Sie wichen keinen einzigen Zentimeter zurück. Die entstandene Pattsituation bedeutete jedoch keinesfalls eine Ruhepause. Der Vulkan grummelte. Der Megaphon-Mann mühte sich weiter, aber die Antworten blieben, zumindest dem Sinn nach, gleich. Allerdings veränderte sich der Ton auf beiden Seiten. Gespannte Erregung machte sich allenthalben breit. Noch ein paar Zentimeter erwartungsvolle Unruhe. Dann platzte irgendeinem der Kragen. Die Befehlskette setzte sich in Gang.

Der Wasserwerfer wurde in Position gebracht und die ersten Reihen der Demonstranten bekamen die ganze Härte des nassen Elements zu spüren. Mit Hochdruck spülte man die Menschen von der Straße. Sie rollten über den Asphalt und blieben an irgendeinem Hindernis liegen. Die kampferprobten Männer und Frauen aus West Belfast beantworteten diese Attacke mit einem wütenden Steinhagel. Der Wasserwerfer zog sich ein paar Meter zurück und ließ den Mannschaftswagen den Vortritt. Die Polizisten luden durch. Ohne weitere Vorwarnung zischten Plastikgeschosse durch die Luft. Sie pfiffen wie Silvesterknaller. Die Getroffenen heulten vor Schmerz auf und waren teilweise unfähig, sich zu bewegen. Wieder flogen Steine, diesmal begleitet von einer Armada aus Flaschen, Dachziegeln und Eisenteilen. Martin hatte keine Ahnung, wie diese Gegenstände so schnell verfügbar gemacht werden konnten. Zudem ließ ihn seine fehlende Angst stutzen. Eigentlich sollte sich die Gebrüder Furcht und Panik bei solcherlei Gelegenheiten zu einem gemütlichen Fackelzug durch seinen Kopf treffen, doch stattdessen schoss ihm das Adrenalin durch die Blutbahn direkt ins Gehirn. Er war konzentriert und hellwach.

Sarah war ... nein, Sarah war nicht an seiner Seite. Die wogende Menge musste sie verschluckt haben. Er drehte sich nach allen Seiten, aber er konnte sie nicht sehen. Irgendwo musste sie doch aber sein! Sein Puls beschleunigte auf Höchstgeschwindigkeit und nackte

Angst stieg in ihm auf. Er musste sie finden. Erneut Plastikgeschosse. Egal. Wo war sie? Ein Gedanke blitzte in seinem Kopf auf und ließ ihn erstarren. Hoffentlich wurde sie nicht getroffen und liegt irgendwo verletzt auf dem Boden. Er hatte sie verloren. Verzweiflung. Wut. Und dann? Dann sah er es. Ein Kind hielt einen Stein ganz fest in seiner kleinen Faust. Es rannte auf die Stellung der RUC zu. Der Junge war vielleicht fünf Jahre alt. Irgendwo schrie seine Mutter. Doch er rannte und hielt die Faust hoch über seinen Kopf. Die winzigen Füße flogen durch die Luft, als wollten sie ohne Berührung mit der Erde an ihr Ziel kommen. Der kleine Kerl hatte die vorderste Linie der Demonstranten bereits hinter sich gelassen. Doch er war nicht allein. Jemand versuchte ihn einzuholen, fuchtelte mit den Armen in Richtung der Polizisten und schrie sich fast die Seele aus dem Leib. Dieser Jemand war ... Sarah!

Die nächsten Plastikgeschosse verfehlten die beiden nur um Haaresbreite. Die Demonstranten hatten in der Zwischenzeit ein paar Autos auf die Straße geschoben. Flammen loderten aus den Karossen. Die brennende Barrikade versprach Schutz und Deckung. Die RUC-Leute luden erneut durch und Martin sprintete los. Er war auf der anderen Straßenseite und fast auf der Höhe von Sarah, die nur noch zwei bis drei Meter von dem Winzling entfernt war. Er sah, wie die Polizisten anlegten. Martin brüllte, doch das Zornesgeschrei und Wutgeheul der Demonstranten übertönte ihn. Nein, oh nein. Niemals wollte er das zulassen. Er rannte quer über die Straße auf Sarah und den Jungen zu. Er rannte wie noch nie in seinem Leben. Seine Brust schmerzte. Martin keuchte und bekam nur noch stoßweise Luft in die Lungen. Der Wind trieb dicke schwarze Rauchschwaden in seine Richtung. Egal. Alles egal. Er rannte. Die nächste Antwort der Leute aus dem Falls Viertel. Ein paar Steine verfehlten seinen Kopf nur knapp. Stein auf Plexiglas. Stein auf Stahl. Wilde Geräusche, aber keine Wirkung. Egal. Alles egal. Er rannte. Nur noch wenige Meter bis zu Sarah. Sie hatte den Knirps eingeholt und sich schützend vor ihn und seine kleine Faust gestellt. Den Stein hielt er noch immer krampfhaft fest. Martin konnte sie fast berühren. Er sah sie ganz deutlich, sogar die kleine rote Stelle an ihrem Hals. Nur noch ein paar Meter. Er würde es schaffen, ganz sicher. Er musste es schaffen.

Plötzlich riss es Martin die Beine weg. Schmerz. Da war nur noch ein übler Schmerz. Er überschlug sich ein paar Mal auf dem harten Asphalt. Ein Plastikgeschoss hatte ihn aus kurzer Entfernung an der rechten Hüfte getroffen. Wie von Geisterhand hatte sich die Richtung der Fortbewegung seines Körpers verändert. Die Wucht des Treffers hatte ihn brutal und ohne Vorwarnung umgerissen. Martin lag am Boden und hob den Kopf. Er schrie laut auf und rief dann ihren Namen. Nichts. Er versuchte sich aufzurichten, doch sein Hüftgelenk war taub und versagte völlig den Dienst. Martin drehte den Kopf und dann sah er sie. Seine Augen brannten und tränten. Der Qualm hing über ihnen wie eine dicke, schwarze Regenwolke. Sie trug tanzende Funken mit sich. Sarah lag etwa zehn Meter vor ihm am Boden. Er wunderte sich, dass er so weit von ihr entfernt war. Er rief ihr etwas zu. Keine Antwort. War es zu laut? Es waren doch aber nur zehn Meter! Sie musste ihn doch hören. Reglos und seltsam verdreht lag sie da. Bitte Sarah, bitte. Er flehte sie an. Dann brüllte er. Keine Reaktion. Die Polizisten rückten vor. Martin wollte zu Sarah. Was war mit ihr? Harte Stiefelsohlen knallten im schnellen Stakkato auf den Asphalt. Sie kamen. Die Hüfte schmerzte und brannte. Sein rechtes Bein war ohne Funktion. Egal. Vollkommen egal. Er würde das linke Bein benutzen. Er würde zu Sarah hüpfen und mit ihr verschwinden. Unwichtig wohin. Nur weg. Er stemmte sich hoch und kreischte vor Schmerzen. Der Überschlag auf dem asphaltierten Straßenkörper hatte auch andere Körperteile in Mitleidenschaft gezogen, die jetzt ihr Recht auf angemessene Beachtung durchdrückten. Egal. Alles egal. Er musste zu ihr. Martin war fast auf dem linken Knie, da bekam er einen kräftigen Schlag auf den Hinterkopf. Stille. Dunkelheit. Bewusstlosigkeit.

23

Sein Kopf dröhnte. Der Rest seines Körpers fühlte sich noch schlimmer an. Er horchte in sich hinein, doch alles schrie durcheinander. Martin schmeckte Blut. Selbst durch die geschlossenen Augen schmerzte das grelle Licht über ihm. Es war entsetzlich kalt. Seine Hände suchten etwas zum Zudecken, doch er konnte nichts finden. Er versuchte sich ein wenig zusammen zu rollen, aber jede winzige Bewegung rief heftige Schwindelgefühle hervor. Das Sortieren der Gedanken in seinem Gehirn dauerte unendlich lange und bereitete ihm ungewohnte Mühe. Ohne ihn zu berühren, spürte er deutlich, dass sich sein Hinterkopf in unangenehmer Weise verformt hatte. Eine riesige Schwellung. Größere Probleme bereitete ihm aber seine Hüfte. Der Aufprall des Geschosses musste eine Blutung im Gelenk hervorgerufen haben. Zumindest fühlte sich dieser Bereich an wie ein mit Wasser gefüllter Ballon. Die Überschläge auf der Straße hatten zudem ein paar Rippenbrüche, Prellungen, Abschürfungen sowie eine stattliche Platzwunde über dem rechten Auge verursacht. Martin versuchte krampfhaft, sich an irgendetwas nach seinem Sturz zu erinnern. Er rief sich die kleinsten Details in Erinnerung, doch der Schleier über seinem Gedächtnis lüftete sich noch nicht. Seine Mutter hatte ihm als Kind immer geraten, nochmals zum Ausgangspunkt zurückzukehren, dann würde man sich garantiert erinnern. Was also war die Ursache für seinen Sturz? Ein Plastikgeschoss! Warum wurde er getroffen? Weil er über die Straße sprintete. Warum ist er überhaupt gerannt? Sarah! Sarah? Ja natürlich, er wollte zu Sarah! Sie stand dort mit diesem Rotzbengel. Und dann? Dann lag sie auf der Straße. Genau wie er. War sie den Plastikgeschossen ausgewichen? War sie getroffen worden? Er wusste es nicht. Die hämmernden Schmerzen in seinem Kopf behinderten nicht nur sein Denken, sie machten es fast unmöglich. Martin musste sich zusammenreißen. Erneut versuchte er etwas Licht in das Dunkel seiner Erinnerung zu senden. Aber da war nichts mehr. Das Bild von Sarah, wie sie auf der Straße lag, war das Letzte auf der Festplatte. Danach war alles gelöscht geworden.

Wo war er hier eigentlich? Er war so mit der Unordnung in seinem Gedächtnis beschäftigt, dass ihn diese Frage bislang nicht berührt hatte. Dieses schreckliche, flackernde Neonlicht über seinem Kopf konnte Teil eines Krankenhauszimmers sein. Die Schwere seiner Verletzungen würden die Unterbringung in einem Hospital durchaus rechtfertigen. Gegen diese Logik sprach jedoch die Tatsache, dass er offensichtlich keine Decke hatte. Ein Kopfkissen? Ebenso Fehlanzeige. Die Pritsche, auf der er lag, war hart und unbequem. Er streckte die linke Hand zur Seite und befühlte die Wand. Nackter Beton erwiderte seine Annäherungsversuche mit abweisender Kälte. Für mehr Informationen würde er die Augen öffnen müssen. Das Lid unter seiner Platzwunde war festgeklebt. Die Mischung aus Blut, Staub, Schweiß und Tränenflüssigkeit hatte ein hervorragendes Bindemittel ergeben. Die andere Hälfte seines Gesichtes schien in Ordnung zu sein. Er riss sein linkes Auge auf und sah für ein paar Augenblicke überhaupt nichts.

Die Neonbeleuchtung hatte den Effekt eines Blitzlichtes, und er gewöhnte sich nur langsam an die Helligkeit. Viel gab es dann jedoch nicht zu sehen. Ein Tisch und ein Stuhl. Ein Waschbecken und eine Art Toilette. Ein Fenster konnte er aus seiner Lage nicht entdecken. Dafür sprach das Aussehen der Tür und die Größe des Raumes eine eindeutige Sprache. Er befand sich zweifellos in einer Zelle.

Warum hatte man ihn ins Gefängnis gesteckt? Was hatte er angestellt? Es konnte im Grunde nur nach seinem Sturz etwas passiert sein, denn bis dahin hatte er nichts getan, was eine solche Maßnahme rechtfertigen würde. Ein eigenartiges Summen unterbrach seinen Gedankengang. Er schaute nach oben und entdeckte in der gegenüberliegenden Ecke eine Überwachungskamera. Sie glotzte ihn herausfordernd an. Martin erwiderte den Blick einäugig und fragte sich, wer wohl vor dem angeschlossenen Bildschirm saß. Was wollten diese Leute von ihm? Er drehte den Kopf weg. Eine kleine Geste, die bedeuten sollte, dass er das Zwiegespräch mit dieser technischen Einrichtung beendet hatte. Die Situation erinnerte ihn entfernt an seine Abneigung gegenüber dem Telefon. Er hasste das Telefonieren und vermied es, so gut es in dieser modernen Welt eben ging. Seine Mutter war früher regelmäßig am Rande eines Nervenzusammenbruchs, weil sich ihr Sprössling entweder gar nicht oder nur so kurz angebunden meldete, dass sie das Schlimmste befürchtete. Martin hingegen hegte das Vorurteil, dass die Menschen beim Telefonieren grundsätzlich noch etwas anderes taten, als dem Gespräch zu folgen. Er sah ständig seine Mutter vor sich, der gerade

die Haare toupiert wurden, während sie telefonierte. Manchmal flötete sie bei einem Gespräch mit größter Liebenswürdigkeit freundliche Worte in den Hörer und machte gleichzeitig abfällige Handbewegungen in die Richtung seines Vaters. Martin fielen Dutzende von Beschäftigungen ein, denen Leuten nachgehen konnten, wenn er mit ihnen telefonierte. Es war verrückt, aber diese Vorstellung störte ihn so sehr, dass er nur im absoluten Notfall zum Hörer griff. Nach seiner Überzeugung reduzierte das Telefon den Menschen lediglich auf seine Stimme.
Er fragte sich immer wieder, wieso sich Freundinnen anriefen, die gerade einmal hundert Meter voneinander entfernt wohnten. Bequemlichkeit? Ja schon, aber vielleicht wollten sie die Reaktion auf ihre Worte auch gar nicht sehen. Vielleicht brauchten sie einfach nur jemanden, der ihnen zuhört, ohne sie mit einem Achselzucken aus dem Konzept zu bringen. Vielleicht wollten sie einfach nur berichten und nicht wirklich mit jemandem sprechen.

Martin hörte Schritte. Sie kamen immer näher und blieben vor seiner Tür stehen. Der Schlüssel drehte sich im Schloss und zwei Uniformierte kamen energisch auf ihn zu. Sie stellten ihn auf die Beine und schoben ihn durch die Tür. Das plötzliche Aufstehen tat seinem ohnehin angegriffenen Kreislauf nicht gerade gut. Ihm wurde schwindelig und er taumelte einige Augenblicke orientierungslos hin und her. Seinen beiden Begleitern schien das nicht weiter aufzufallen. Er wurde immer wieder vorwärts gedrängt. Mal packten sie seinen Arm und zerrten ihn in die gewünschte Richtung, ein anderes Mal genügte ein kräftiger Knuff in den Rücken. Im Halbdunkel konnte er erkennen, dass sie an einer Reihe von Zellentüren vorbei liefen. Am Ende des Ganges passierten sie zwei Sicherheitsschleusen und bogen rechts in einen weiteren Flur ab. Sie öffneten die dritte Tür und setzten ihn auf einen Stuhl. Seine Hände wurden im Rücken mit Handschellen fixiert. Die zwei unangenehmen Männer verschwanden und an ihre Stelle trat ein älterer Herr in den Raum, dessen Gesichtsausdruck auf Martin äußerst unsympathisch wirkte. Er rauchte nervös. Sein Atem rasselte wie ein alter Diesel. Er hustete so heftig, dass man sich ernsthaft Sorgen um ihn machen würde, wenn man ihn gemocht hätte. Er setzte sich Martin gegenüber auf einen bequemen Stuhl und begann in einer dünnen Akte zu blättern. Sean hatte ihm einmal erzählt, dass es bei Verhaftungen immer das Beste sei, nichts zu sagen. Man durfte nichts unterschreiben und schon gar nicht zu erkennen geben, dass man zur Kooperation bereit sei. In den meisten Fällen hätten die Bullen nichts gegen die Inhaftierten in der Hand und müssten sie relativ schnell wieder laufen lassen. Martin beschloss, dass diese Taktik auch für ihn die Richtige sei und schwieg.

„Name?"
Schweigen.
„Wie lautet Ihr Name?"
Keine Antwort.
„Hören Sie, ich habe keine Lust auf diese Spielchen. Entweder Sie sagen mir jetzt Ihren Namen und wir reden vernünftig miteinander oder ich lasse Sie zurück in die Zelle bringen und wir sehen uns später wieder.

Ich habe verdammt noch mal genügend Zeit, aber mir fehlt es gerade an der nötigen Geduld. Können Sie diesen Widerspruch verstehen? Also dann von vorne. Wie heißen Sie?“
Stille.
„Sie denken wohl, Sie wären der Erste, der diese Show abzieht. Ich habe schon eine Menge junger Burschen vor mir sitzen gehabt und glauben Sie mir, früher oder später haben sie alle mit mir gesprochen. Letzte Chance. Name?“
Absolute Ruhe.
„Na schön. Wache! Bringt ihn weg und dann das übliche Procedere, verstanden?“
„Jawohl, Sir.“

Martin wollte sich lieber nicht ausmalen, was das übliche Procedere war. Aber immerhin ging diese Runde klar an ihn.
Seine Begleiter schubsten und stießen ihn wieder Richtung Zelle. Die Tür ging auf, er flog hinein und dann wurde es ruhig. Er legte sich auf die Pritsche und schloss die Augen. Er döste vor sich hin und sackte gerade in den Schlaf, als ihn die beiden Wachleute unsanft von der Pritsche zogen. Sie zerrten ihn in die Senkrechte und brachten ihn in der üblichen Weise zum kettenrauchenden Vernehmungsbeamten. Das Spiel begann von vorne. Martin stellte sich vor, dass er in einem Profiboxkampf stehe und zwölf lange Runden zu absolvieren habe. Sein Gegner drosch auf ihn ein und er hatte nur das Ziel, den Gong zum Ende der Runde zu hören.

„Wie lautet Ihr Name?“
Martin schwieg.
„Hören Sie, wir werden das so lange wiederholen, bis Sie mit mir sprechen.“
Keine Reaktion.

Diese Runde dauerte tatsächlich eine Stunde. Der Typ redete auf Martin ein. Ununterbrochen. Erst mit Engelszungen und väterlicher Fürsorge, dann aggressiv und mit übelsten Beschimpfungen. Doch das alles half nichts. Martin erwiderte einfach nichts. Sie brachten ihn zurück in seine Zelle. Das Neonlicht flackerte weiter. Das Licht wurde nicht gelöscht, obwohl es schon längst Abend sein musste. Genau wusste er das nicht, denn es gab keine Fenster. Er legte sich wieder auf die Pritsche. Nach einer Stunde holte ihn das Wachpersonal zur nächsten Befragung. Eine Stunde in der Zelle, eine Stunde im Verhörraum, immer im Wechsel. Die zwölf Runden seines Boxkampfes waren irgendwann zu Ende, aber das schien diese Leute nicht zu stören, sie machten einfach weiter. Er litt an dem streng organisierten Schlafentzug. Er litt unter der Tatsache, dass diese Neonfackel an der Decke absichtlich durchgehend brannte und einen eingebauten Wackelkontakt zu haben schien. Er litt unter dem Mangel an Tageslicht. Er hatte keinen Kontakt zu anderen Menschen, außer zu denen, die ihn holten und denen, die ihn befragten. Sie wechselten sich ab. Sie schickten ständig neue, frische, motivierte Leute ins Rennen. Es ging ihm zusehends schlechter. In den meisten Momenten konnte er nicht mehr zwischen Traum und Realität unterscheiden. Er hatte Wahnvorstellungen. Die Wände seiner Zelle bewegten sich auf ihn zu. Dann bildeten sie eine Kugel und ließen das Bett rotieren. Er sah ganze Horden von Tieren durch den Raum laufen. Käfer und Insekten liefen geradewegs durch den Mund in seinen Körper und fraßen ihn von innen heraus auf. Verschiedene Menschen kamen zu ihm. Seine Eltern setzten sich auf sein Bett und ließen die Beine in der Luft baumeln. Sie waren viel kleiner als er und sangen die ganze Zeit Kinderlieder. Dann lag Sarah neben ihm und streichelte seinen Nacken. Sie flüsterte ihm tröstende Worte ins Ohr. Das war ein schöner Traum.

Wieder zerrten sie ihn raus und brachten ihn in den Verhörraum. Martin konnte kaum die Augen offen halten. Sie halfen ihm dabei, indem sie seine Lider mit Tesafilm an den Brauen befestigten. Da war er ja wieder, der kettenrauchende, hustende ältere Herr. Er sah Martin lange und nachdenklich an. Irgendetwas ging dem doch im Kopf rum. Wahrscheinlich überlegt er gerade, ob seine Frau etwas mit dem Nachbarn hatte. Martin kicherte hysterisch vor sich hin. Der Vernehmungsbeamte bekam seinen Hustenanfall und Martin sah ein paar Kröten aus seinem Hals hüpfen. Offensichtlich wurde er verrückt oder so etwas in der Art.

„O.K., es ist mir im Grunde scheißegal, wie Sie heißen. Sagen Sie mir einfach, in welcher Beziehung Sie zur Familie O´Mally stehen und ich lasse Sie gehen. Wir haben Sie bei der Demonstration beobachtet. Ich glaube, dass Sie uns nur helfen wollten. So war es doch, nicht wahr? Sie wollten verhindern, dass die kleine O´Mally einen Polizeibeamten verletzt. Wenn Sie mir das jetzt bestätigen, dann sind wir alle fein raus. Sie unterschreiben ihre Aussage und ich sorge dafür, dass man Sie sofort nach Hause fährt. Nun kommen Sie schon, die O´Mallys sind doch bekannt für ihre Gewaltbereitschaft. Eine kleine bestätigende Unterschrift und für Sie ist alles vorbei. Glauben Sie wirklich, dass diese Leute das auch für Sie machen würden? Niemals. In meiner ganzen Berufspraxis waren das immer die besten Vögelchen, die haben gleich gesungen. Ich bewundere ihre Standhaftigkeit, und Sie haben doch auch gewonnen. Sie brauchten Ihren Namen nicht preis geben. Nur dieses kleine Schriftstück als Ihre Aussage anerkennen und wir alle können nach Hause gehen. Also was ist nun?“

Martin glotzte ihn an. Er war plötzlich hellwach. Es war seltsam und nicht zu erklären, aber in diesem winzigen Augenblick arbeitete sein Verstand wieder normal. Das Stichwort O´Mally zeigte Wirkung. Martin wusste nun, warum er hier war und was sie von ihm wollten. Aber das würden sie nicht kriegen. Für wie blöd hielt ihn dieses hustende Räuchermännchen eigentlich? Nur eine Unterschrift. Sie brauchen ihren Namen nicht preis zu geben. Ha! Und wie sollte er dann unterschreiben? Mit einem Kürzel? Mit einer Buchstabenkombination? Mit seinen Initialen? Diese Strategie beleidigte seine Intelligenz. Aber er war müde und begann schon wieder zu phantasieren. Ein letzter klarer Gedanke verließ seine Schaltzentrale. Er durfte nichts sagen. Sean hatte ihm das Leben gerettet und er liebte Sarah über alles. Er war es ihnen schuldig durchzuhalten. Er riss sich zusammen und formte Worte in seinem Mund, aber es wollte ihm

nicht gelingen. Der ältere Herr brachte ihm ein Schluck Wasser und redete ihm gut zu.
„So ist es richtig, Sie wollen mir doch etwas sagen. Ganz ruhig, lassen Sie sich Zeit.“
Martin spannte seinen ganzen Körper und sammelte alle Restkräfte zusammen. Die permanente Übermüdung hatte fast alle Funktionen beeinträchtigt. Er lallte wie ein Betrunkener und trotzdem konnte man verstehen, was er dem Beamten ins Ohr flüsterte.
„Leck mich am Arsch, du Bastard.“

Martin spürte einen heftigen Schmerz an seinem Kiefer und einen Augenblick später an seinem Hinterkopf. Der kettenrauchende ältere Herr hatte ihm einen mächtigen Kinnhaken versetzt. Die Wucht dieses Schlages ließ ihn mit samt dem Stuhl nach hinten fallen. Er schmeckte sein eigenes Blut und hätte kotzen können. Sie hoben ihn auf und schliffen ihn unsanft zurück in seine Zelle. Er lag auf seiner Pritsche. Das erste Mal seit zwei Tagen schlief er mehr als eine halbe Stunde. Nur das Neonlicht zeigte kein Erbarmen. Er war sich inzwischen sicher, dass dies vor allem der permanenten Überwachung mittels der Videokamera an der Decke diente. Martin schlief traumlos. Seine Verletzungen hatten sich nicht gebessert. Der Körper wurde systematisch entkräftet und besaß keine Reserven, um dringend notwendige Reparaturen am System vorzunehmen.

Martin schlief tief und fest, als er unsanft geweckt wurde. Sie gossen ihm einen Eimer Eiswasser über den Kopf. Er schnappte nach Luft und merkte, wie sich sein Herz zusammenkrampfte. Er brauchte einige Zeit,

bis er realisierte, was geschehen war. Vor seinem Bett standen drei Typen, die sich über ihn lustig machten. Sie zerrten ihn aus dem Bett und führten ihn über eine Treppe in ein anderes Zimmer. Wieder wurde er gefesselt und auf einen Stuhl gesetzt. Die Typen zündeten sich genüsslich eine Zigarette an und der Älteste beugte sich zu Martin hinunter.
„So, du kleines Arschloch, jetzt bekommst du die Spezialbehandlung. Unser Boss meinte, du wärst unartig gewesen und wir sollten dir mal ein paar Manieren beibringen. Er meinte, du redest nicht viel. Aber ich sage dir, du solltest mit uns reden. Es wird sonst ziemlich unangenehm für dich. Hier unten ist nämlich Schluss mit lustig. Jetzt fahren wir die harte Tour, du kleiner, verstockter Drecksack. Also, was fällt dir zu dem Thema O´Mally ein?"
Schweigen.

Martin bekam einen heftigen Tritt gegen die Kniescheibe. Der Schmerz war rasend, unerträglich. Es existieren zwei Sorten von Menschen: Die Mehrzahl bricht bei Folter in sich zusammen wie ein Kartenhaus, die wenigen anderen aber werden nur wütend und unendlich zornig. Diese übermächtigen Empfindungen lassen sie fast Unmenschliches ertragen. Das kann so weit gehen, dass sie lieber unter Qualen sterben, als ihrem Feind und Peiniger die Genugtuung des Verrats zu verschaffen. Man kann einem Menschen diese Eigenschaft nicht ansehen, es gibt dafür keine äußerlichen Anzeichen. Diese Menschen erkennen einfach, dass es Dinge gibt, die größer sind als sie selbst. Sie geben ihr Leben für eine Überzeugung, für eine Wahrheit, manchmal ein-

fach nur für ein Signal und in einigen seltenen Fällen für die große Liebe.
Martin wusste nicht, dass er ein solcher Mensch war. Er hatte einfach das Gefühl, dass er schon zuviel ertragen hatte, um jetzt aufzugeben. Ein langer Weg lag bereits hinter ihm und er war sich nicht sicher, ob nicht nach der nächsten Anhöhe das Ziel auf ihn wartete. Natürlich tobte auch in ihm der innere Zwiespalt. Eine kleine Aussage und alles war vorbei. Keine Schmerzen mehr. Keine Angst mehr. Keine Psychopathen mehr. Aber er dachte an Sarah. Er konnte doch unmöglich die große Liebe seines Lebens ans Messer liefern. Und er dachte an Sean. Der saß jetzt schon viele Wochen in diesem grausamen Gefängnis außerhalb Belfasts und hielt durch. Nein, es stand zu viel auf dem Spiel. Die Menschen, die er über alles liebte, die ihm vertrauten und die wahrscheinlich sein Leben gerettet hatten, die konnte er jetzt unmöglich verraten. Es war nichts Heroisches an seinem Verhalten. Hier waren die Grundprinzipien seiner Auffassung vom Leben gefährdet. Ein Verrat gegenüber Sarah wäre ein Verrat seiner selbst. Martin wusste, dass er sein ganzes Leben mit diesem Makel würde leben müssen. Es würde ihm wahrscheinlich niemand einen Vorwurf machen, aber er selber hätte große Schwierigkeiten, sich zu ertragen. Er dachte an Sarah und stellte sich vor, wie sie ihn trösten und ihm Mut machen würde. Es klang ziemlich abgedroschen, aber die Liebe gab ihm die nötige Kraft. Sein Entschluss stand fest.

„Oh, du bist ja ein ganz harter Brocken, was? Wir haben aber noch ein paar Dinge auf Lager, du blödes

Schwein. Jetzt ziehen wir dem Kleinen erst mal sein T-Shirt aus."
Sie fuchtelten mit ihren brennenden Zigaretten vor seinem Gesicht herum.
„Na, hören wir jetzt etwas zum Thema O`Mally, du dreckiger Ire?"
Martin sagte kein Wort und starrte ins Leere.
„Schau ihn dir an, Joe, der kleine Wichser meint, wir machen nur Spaß. Mir reicht es jetzt."
Er nahm seine Zigarette und drückte sie Martin auf die Brust. Ein unbeschreibliches Brennen durchzuckte seinen Körper. Er brüllte wie ein Tier. Der Wortführer lachte in sich hinein. Die Zigarette wurde neu angezündet und ein weiteres Mal diente Martins Brust als Aschenbecher. Ein weiterer Schmerzensschrei, der ungehört von den dicken Gewölbemauern verschluckt wurde. Die verbrannte Haut stank entsetzlich. Eine neue Fragerunde endete erfolglos und zog weitere Brandmale auf Martins Haut nach sich. Die drei Sadisten wurden immer wütender. Sie packten ihn und zogen ihm einen Sack über den Kopf. Das Atmen war fast unmöglich. Noch schlimmer war jedoch die Ungewissheit. Er wurde auf die Füße gestellt und durch unzählige Gänge gestoßen. Nach ein paar Treppen, die er mehr hochgeschliffen wurde, als dass er sie ging, erreichten sie ihr Ziel. Die frische Luft tat seinen Lungen gut und der Wind kühlte ein wenig seine Wunden. Er wünschte sich sehnlichst, dass man ihm den Sack vom Kopf nehmen würde, damit er tief durchatmen könnte. Aber das taten sie nicht. Martin hörte das Geräusch eines Helikopters. Die Blätter des Rotor stemmten sich gegen

die Luft. Sie wurden immer schneller und lauter. Einer seiner Begleiter brüllte ihm ins Ohr.

„Entweder du erzählst uns jetzt etwas über die O`Mallys und zwar das, was wir hören wollen oder wir verfrachten dich in den Hubschrauber und schmeißen dich einfach raus."
Martin blieb stur.
Sie stießen ihn in den Innenraum des Helikopters. Er hörte die Tür klappen. Das Fluggerät hob vom Boden ab. Martin spürte es ganz deutlich in seinem Magen. Sie waren etwa fünf Minuten unterwegs, als sie ihn erneut befragten.
„Das ist deine letzte Möglichkeit. Was ist nun? Rede schon, oder willst du lieber sterben?"
Martin fürchtete sich. Wenn sie ihm diesen stinkenden Sack abgenommen hätten, dann wäre die nackte Angst in seinen Augen kaum zu übersehen gewesen. Er atmete schwer. Der Schweiß lief ihm in Strömen aus dem Kopf. Die Dunkelheit um ihn herum machte ihn fast wahnsinnig. Es trat eine völlig bizarre Situation ein: Martin war vor ängstlicher Erwartung so gelähmt, dass er kein einziges Wort sprechen konnte, selbst wenn er es gewollt hätte. Die Unbegreiflichkeit ihres Vorhabens ließ ihn kataplektisch werden. Also schwieg er.

„Du hast es nicht anders gewollt."
Er bekam einen Tritt in seine ohnehin lädierte Hüfte und stürzte aus der rechtzeitig geöffneten Tür ins Freie. Er fiel und zwar genau einen Meter tief. Martin landete unsanft, aber ohne weitere Verletzungen auf dem harten Boden. Seine Begleiter rissen ihm spöttisch lachend

den Sack vom Kopf und er sah, dass der Hubschrauber gerade einmal zwei Meter über dem Boden schwebte. Sie hatten ihm etwas vorgegaukelt. Martin war davon ausgegangen, dass sie sich in großer Höhe befanden. Er war nicht erleichtert, der Schock saß ihm zu tief in den Gliedern. Sein Gehirn kämpfte noch immer unverdrossen mit der Täuschung. Das Bewusstsein hatte die Realität noch nicht wieder eingeholt. Teile seiner Psyche befanden sich noch in einer Art Totenstarre.

Sie merkten bald, dass sie den jungen Häftling noch Stunden quälen konnten, ohne ein Ergebnis zu erzielen. Sie stülpten ihm erneut den Sack über den Kopf und prügelten noch ein wenig lustlos auf ihn ein. Martin hatte in den meisten Körperteilen kein Gefühl mehr und ließ alles über sich ergehen. Irgendwann wurde er zurück in seine Zelle geschmissen. Ab und zu hörte er Schreie und das Zuschlagen von Zellentüren, doch es waren nicht seine Schreie und auch nicht seine Tür.
Als er kurz aus seinem Dämmerzustand erwachte, sah er sich einem Arzt gegenüber, der seine Wunden behandelte. Er hatte Verbände angelegt und gab Martin ein paar Tropfen. Durch ein Fenster fiel Tageslicht.
„Wo bin ich?"
„Auf der Krankenstation. Bitte sprechen Sie nicht, das kostet zu viel Kraft. Ruhen Sie sich aus."
Nach einer Woche befand man Martins Zustand als stabil und entließ ihn aus der fürsorglichen Gefängnisaufsicht. Er wurde einfach vor das Tor gesetzt und das war es.

Spätere Versuche, die Leitung des Gefängnisses und die zuständigen Beamten zur Verantwortung zu ziehen, scheiterten an der Ironie des Schicksals. Martin hatte niemals seinen Namen angegeben und so gab es über ihn als Häftling auch keine Akte. Die Bürokratie schlug der Gerechtigkeit mal wieder ein Schnippchen. Natürlich konnte sich später niemand an Martin erinnern. Diesen jungen Mann hatte man noch nie gesehen. Erst recht nicht, als man erfuhr, dass es sich um einen deutschen Studenten handelte. Man behauptete einfach, dass er sich die Verletzungen ebenso gut bei einer Rauferei mit anderen Studenten geholt haben konnte. Die Anzeigen verliefen im Sande. Die Zeit war noch nicht reif für eine Aufarbeitung des staatlichen Unrechts.

Er wollte zu Sarah, sofort. Martin hatte seit Tagen nichts mehr von ihr gehört. Es musste ihr doch aufgefallen sein, dass er verschwunden war. Vielleicht wurde sie aber auch festgehalten und womöglich sogar ... nein, diesen Gedanken schob er schnell beiseite. Bei der Vorstellung, sie könnten ihr Gewalt antun, drehte sich ihm der Magen um. In ihm schlummerte ein neuer geistiger Riese. Der ruhte sich noch aus und sammelte seine Kräfte, aber allein seine Größe war furchteinflößend. Sein Name? Hass! Martin war nicht wütend, ärgerlich oder zornig auf seine Peiniger. Diese Emotionen waren allesamt viel zu sanft und selbst in der Kombination erreichten sie nicht das Ausmaß seines Hasses. Er hatte keine Ahnung, wie stark dieses Gefühl sein konnte. Martin erinnerte sich, dass Journalisten oft vom blinden Hass sprachen. War er das wirklich? War der Hass blind? Wahrscheinlich würde die Mehrzahl der Menschen Martins Hass nachvollziehen können, die meisten würden ihn sogar als gerechtfertigt bezeichnen. Da war es wieder, dass Problem von Beurteilung und Bewertung. Konnte man zwischen gutem, gerechtfertigtem und schlechtem, blindem Hass unterscheiden? Wer stellte die Maßstäbe dafür auf? Der Begriff der Humanität, so schien es Martin, war dehnbarer und schwammiger, als er geglaubt hatte. Bislang meinte er, dass es so etwas wie ein universelles Recht gebe, Grundsätze, die für alle Menschen galten. Maßstäbe, an denen sich jegliches menschliches Handeln orientieren konnte. Schmerzlich stellte er fest, dass es nichts dergleichen gab. Die Frage nach der Humanität wurde immer bestimmt von der Frage, ob man sich diese leisten konnte. Jedes Volk, jede Gesellschaft, jede Gruppe, ja sogar jede Familie vermittelte ihren Mitgliedern eine eigene Anschauung von Menschlichkeit. Irgendwann mischte sich dann auch die individuelle Lebenserfahrung in diesen Prozess ein und konnte dafür sorgen, dass sich die Wertvorstellungen eines Menschen noch einmal grundlegend änderten. Diese Erkenntnis war schrecklich. Sie bedeutete, dass es im Grunde keine allgemeingültigen Regeln der Ethik gab. Jeder konnte sich seine eigene Moral zurechtzimmern.

24

„Oh mein Gott, Martin, wie siehst du denn aus? Komm schnell herein."
Nuala zog ihn ins Haus. Er sah ihre stark geröteten Augen und schloss daraus, dass sie stundenlang geweint haben musste. Die Räume empfingen ihn mit einer auffälligen Dunkelheit. Sämtliche Vorhänge waren zugezogen. Es war so still, dass man das Ticken der Wanduhr hören konnte. Irgendetwas stimmte hier nicht. Er dachte sofort an Sean. Oder war Grandpa etwas zugestoßen? Martin hatte ihn nicht in seinem Sessel sitzen sehen. Nuala schob ihn in die Küche und brachte ihm einen Tee. Ihr Gesicht war aschfahl und die Augen schienen sich noch tiefer in die Höhlen gegraben zu haben. Schwer ließ sie sich auf ihren Stuhl fallen. Es kostete sie offenbar größte Mühe, hier zu sitzen und auf den Tisch zu starren. Sie spielte mit ihrem Ehering. Immer wieder schob sie ihn an ihrem schlanken Finger vor und zurück. Ihre Frisur war in Auflösung begriffen. Martin sah sie aufmerksam an und konnte ihren Gram förmlich mit den Händen fassen. Er traute sich einfach nicht, nach dem Grund ihres Kummers zu fragen. Er hatte Angst. Angst vor der Antwort, doch die Ungewissheit machte ihn rasend.

„Wo sind denn Grandpa und Mr. O´Mally?"
Nuala hob den Kopf und blickte ihm starr ins Gesicht. Es schien, als hätte sie seine Frage nicht verstanden. Doch dann öffnete sie den Mund und in einem schleppenden, mühsamen Tempo folgten die Worte.

„Die beiden sind ... Formalitäten erledigen ... wegen der Beerdigung ... ich hatte dazu einfach nicht die Kraft.“ Martin wurde kreidebleich, sein Mund war schlagartig staubtrocken. Vergeblich suchte er den Sinn in Nuala´s Worten. Von welcher Beerdigung sprach sie?

Nuala sah ihm erschrocken ins Gesicht. Sie war schockiert. Dieser Junge vor ihr hatte keine Ahnung ... sie spürte den riesigen Kloß in ihrem Hals. Das Schlucken war unangenehm und tat weh. Wie sollte sie Martin beibringen, dass ... nein, unmöglich, sie hatte es ja selbst noch nicht realisiert. Es war alles ein schrecklicher Alptraum. Noch immer hoffte sie, dass jemand sie an der Schulter packte, schüttelte und ihr sagte, dass sie nur schlecht geträumt hatte. Die Familie wusste, dass man Martin verhaftet hatte. Ihr Mann wollte sich darum kümmern, mit ein paar Leuten sprechen, wie er es ausdrückte. Sie brachte dafür einfach keine Kraft auf. Diese Schweine haben es ihm einfach verschwiegen, taten so, als wüssten sie von nichts. Nuala musste es Martin sagen, dass war sie ihm einfach schuldig. Aber ihr war auch bewusst, dass sie sich dann selbst das erste Mal eingestehen musste, dass der Tod ihrer Tochter eine Tatsache war.

„Martin, ich muss dir etwas sagen. Sarah wurde bei der Demonstration schwer verletzt. Sie wurde aus nächster Nähe von einem Plastikgeschoss an der Brust getroffen. Die Rettungskräfte kamen zu spät, sie ist auf dem Weg ins Krankenhaus gestorben ... Martin? Wo willst du denn hin? Bleib hier! Martin.“

Ihm wurde schwindelig. Das Unfassbare versetzte ihm einen gnadenlosen Schlag in die Magenkuhle. Er rannte aus dem Haus. Der Versuch zu denken, scheiterte kläglich. Die Worte Nuala´s bildeten eine Endlosschleife in seinem Gehirn. Immer wieder leuchteten einzelne Worte vor seinen Augen auf. Sarah! Getroffen! Zu spät! Gestorben! Wie Schlaglichter in der Dunkelheit. Martin wollte sich vor der Wahrheit verstecken. Er war sich sicher, dass er nur fest an das Gegenteil glauben musste und schon würde sich die Realität verändern. Die letzten Tage und Nächte hatten ihm arg zugesetzt und jetzt diese Ungeheuerlichkeit. Es war einfach zu viel. Martin war außerstande, weiteres Leid zu verarbeiten. Sein Bewusstsein versuchte verzweifelt, sich an die kleinsten Gefühlsregungen zu klammern, doch der freie Fall war nicht aufzuhalten. Apathisch tappte er durch den Belfaster Regen. Die Gewissheit, dass Sarah tot war, klopfte und pochte vehement gegen die Tür seines Unterbewusstseins. Doch er hatte alles verriegelt und die Gardinen zugezogen.

Martin lief seit Stunden ziellos in Belfast umher. Er war müde und fror, doch er war unfähig sich auszuruhen. Eine unerklärliche Panik hinderte ihn daran, stehen zu bleiben. Die Gewissheit war ihm auf den Fersen, er spürte ihren heißen Atem in seinem Nacken. Eine Pause konnte er sich nicht leisten, zu groß war die Gefahr, dass die Erkenntnis ihn packte und zwang, den Tod seiner großen Liebe zu akzeptieren. Früher oder später würden sie ihn zwingen, der Wahrheit ins Auge zu sehen, das Schicksal anzunehmen. Was passiert war, musste nun einmal auch zur Kenntnis genommen werden. Wo käme man denn hin, wenn jeder die unangenehmen Dinge einfach ignorieren würde? Man stelle sich das Chaos vor, wenn alle Menschen bestimmte Erlebnisse als ungeschehen betrachten würden, wenn ihnen die Tatsächlichkeit abgesprochen werden würde. Martin ergab sich diesen beiden Halunken nach einem vierstündigen Fußmarsch.

Er erreichte am späten Abend die Alanbrooke Hall. Die Studenten, die ihm begegneten, sahen ihm entsetzt hinterher. Martin wusste, dass er nicht besonders vertrauenerweckend aussah. Die Spezialbehandlung im Untersuchungsgefängnis hatte deutliche Spuren hinterlassen. Er beeilte sich, um in sein Zimmer zu kommen. Jean-Luc war nicht da. Das war ihm ganz recht, denn er wollte mit niemanden sprechen. Er fand es erstaunlich, dass das Chaos in seinem Kopf übergangslos von einer gähnenden Leere abgelöst wurde. Alles kam ihm sinnlos vor. Wozu sollte er sich ausziehen? Zähneputzen? Sich waschen? Und wozu zum Teufel sollte er schlafen? Die Depression war ein ganz mieser Gast. Er war so niedergeschlagen, so mutlos, so betrübt, so bedrückt und so verzweifelt, dass er in völlige Lethargie verfiel. Nicht nur die Wahrnehmung der Gegenwart wurde von der Depression beeinflusst, nein, sie drang tief und tiefer in das Bewusstsein ein und bemächtigte sich sogar der Vergangenheit. Sie schaffte es tatsächlich, dass er sich in dieser Nacht fragte, ob Jean-Luc wirklich so ein liebenswerter Kerl war. Sie flüsterte ihm ein, dass er ihm doch eigentlich auf die Nerven ging. Oh, sie war ja so geschickt in ihrer Verführung. Er hatte keine zwei Stunden geschlafen und wurde von grässlichen Albträumen geplagt. Die Entscheidung einfach im Bett liegen zu bleiben, fiel ihm leicht. Wo sollte er auch hingehen? Wozu sollte er überhaupt irgendwo hingehen?

„Guten Morgen, Martin. Du siehst ziemlich schlecht aus, kann ich irgendetwas für dich tun?“
Jean-Luc stand in der Mitte des Zimmers. Der mitleidige Ton in seiner Stimme war echt. Er war erschrocken über Martins Aussehen und hatte keine Ahnung, was seinem Freund zugestoßen war. Sein Mitbewohner lag völlig apathisch auf seinem Bett und starrte zur Decke. In der Nacht hatte er mehrmals gebrüllt und sich ständig hin und her gewälzt. Jean-Luc hatte es regelrecht mit der Angst zu tun bekommen. Der Anblick heute Morgen gab ihm dann den Rest. Sein ureigenster Humor versagte angesichts des Grauens, das er dort auf dem Bett liegen sah. Martin war übersät mit Blutergüssen und blutig verkrusteten Abschürfungen. Sein Antlitz ähnelte eher einem Klumpen Hackfleisch als einem Gesicht. Ein Auge war völlig zugeschwollen, das andere befand sich über einer Gesichtshälfte, die in einem undefinierbaren Blaugrüngelb schimmerte. Martin war ein paar Tage verschwunden gewesen und Jean-Luc hatte geglaubt, er und Sarah hätten sich für eine Woche aus dem Staub gemacht. Er war zwar sauer, dass Martin ihm nicht Bescheid gesagt hatte, aber er präsentierte Professor McCabe trotzdem eine faustdicke Lüge über die Abwesenheit seines Mitbewohners. Der ramponierte Körper seines deutschen Freundes machte ihn jedoch mehr als deutlich darauf aufmerksam, dass es keine romantischen Stunden waren, die Martin in der Fremde verbracht hatte. Trotz seiner natürlichen Neu-

gier wollte er ihm die Möglichkeit geben, von sich aus über das Erlebte zu sprechen. Ein aussichtsloses Unterfangen, wie sich noch herausstellen sollte.

Martin antwortete nicht. Er wusste selber, dass er völlig kaputt aussah. Was sollte dieser Filzkopf schon für ihn tun können? Ja, dieser Gedanke war unfair, aber was interessierte das Martin. Er schloss die Augen, hielt es aber nicht lange aus, weil er Angst hatte, die Psychopathen könnten in sein Zimmer stürmen und ihn holen. Erstaunlicherweise war er in der Lage, seine Ängste zu reflektieren. Dabei stellte er fest, dass er sich auf einem schmalen Grat zwischen Depression und Wahnsinn befand. Er hatte jedoch gar kein Interesse, seine nächsten Schritte vorsichtiger zu planen, um so einen Absturz zu verhindern. Es war ihm ziemlich egal, ob er depressiv blieb oder in eine Paranoia abglitt. Das meiste konnte man doch sowieso nicht ändern. Weshalb also Energie verschwenden? Was hatte ihm sein ganzer Aktionismus eingebracht? Nur Schaden. Das Schlimmste war jedoch, dass er sich auch für das Unglück der O´Mallys verantwortlich fühlte. Überall wo er aufgetaucht war, hatte er negative Entwicklungen in Gang gesetzt. Wäre er nur gleichgültiger gewesen, dann wäre ihm und anderen eine Menge erspart geblieben.

Es klopfte. Als Jean-Luc die Tür öffnete, traute Martin seinen Augen nicht. Grandpa O´Mally betrat das Zimmer und steuerte direkt auf ihn zu. Jean-Luc nickte ihm zu und packte seine Sachen zusammen.
„Ich werde euch dann mal alleine lassen. Wir sehen uns nachher, Martin. Bis dann."

Grandpa O´Mally zog sich einen Stuhl heran und ließ sich geräuschvoll nieder. Er holte seine Pfeife aus der Westentasche und begann in aller Ruhe, sie zu stopfen. Währenddessen schüttelte er ein paar Mal den Kopf und brummte etwas Unverständliches in sich hinein. Das Streichholz flammte auf und wenig später stieg Martin der vertraute, tröstliche Geruch von Vanille in die Nase.

„Sie haben dich übel zugerichtet, mein Junge. Sind die Schmerzen zu ertragen?"

„Es geht so. Grandpa, was ist eigentlich genau passiert?"

„Darüber gibt es unterschiedliche Auffassungen."

„Und was ist die Wahrheit?"

„Die Wahrheit ist, dass ein Plastikgeschoss, abgefeuert aus viel zu geringer Entfernung, Sarahs linke Brustseite getroffen hat. Der Aufprall war so heftig, dass Teile des Herzens zusammengequetscht wurden. Ihr Herz versagte den Dienst und die herbeigeholte Hilfe kam zu spät. Sie ist noch im Rettungswagen gestorben."

„Wie kann man denn darüber unterschiedlicher Auffassung sein?"

„Über das Wie herrscht Einigkeit, mein Junge. Man streitet vielmehr über das Warum. Unsere Leute sagen, dass Sarah einen kleinen Bengel aus der Schusslinie holen wollte. Die Polizisten dagegen behaupten, dass sie sich hinter einem Kind versteckt habe, um sie mit einer Waffe anzugreifen."

„So ein Blödsinn. Sie wollte den kleinen Jungen von der Straße holen, das habe ich ganz genau gesehen. Ich wollte noch zu ihr rüber laufen und helfen, aber dann hat es mich erwischt ... Auf jeden Fall ist die Geschichte der Polizei erstunken und erlogen."

„Deine Aussage wird nur leider nicht sehr viel wert sein, wenn bei einer Untersuchung der Vorfälle zur Sprache kommt, dass ihr ein Paar wart."

„Da haben mir die Sadisten im Knast aber einen anderen Eindruck vermittelt, die waren ganz scharf auf meine Aussage."

„Ja, weil sie nicht den blassesten Schimmer hatten, wer da vor ihnen sitzt. Mensch Martin, du hättest denen sagen müssen, wer du bist. Die hätten sich den Skandal doch gar nicht erlauben können. Habe ich dir nicht gesagt, du sollst beim nächsten Mal deinen Kopf benutzen? Sarahs Vater hat über gewisse Verbindungsleute dafür gesorgt, dass sie erfuhren, wen sie da gequält haben."

„Entschuldige Grandpa, aber das ist ganz schöner Schwachsinn. Was macht das für einen Unterschied, dass ich ein deutscher Student bin? Niemand sollte mit diesen Foltermethoden und perversen Quälereien misshandelt werden."

„Für diese Leute macht es schon einen Unterschied. Es bringt außerdem niemandem etwas, wenn du dir aus Solidarität den Schädel einschlagen lässt. Ich sage es dir noch einmal, du bist ein schlaues Kerlchen, wenn du ihnen wirklich schaden willst, dann benutze deinen Kopf."

„Grandpa, ich will auch in die IRA. Ich will diesen Mistschweinen eine Bombe in den Hintern stecken und sie damit zum Teufel schicken. Sie sollen leiden. Ich will es ihnen heimzahlen. Das ist die einzige Sprache, die

diese Drecksäcke verstehen. Du musst mir helfen. Bring mich zu den richtigen Leuten. Ich bitte dich."
„Nun höre sich einer diesen Dummkopf an. Du willst Rache? Dann benutze deinen Verstand. Du willst sie zerstören? Dann setze deine Intelligenz ein. Jeder sollte mit den Waffen kämpfen, mit denen er am besten umgehen kann."
„Ich will keine klugen Weisheiten hören, Grandpa, sondern denen mit Anlauf in die Eier treten. Ich will in die IRA und kämpfen. Sie sollen für Sarahs Tod bezahlen und dafür was sie mir angetan haben."

Grandpa überlegte einen Moment. Er wiegte seinen Kopf hin und her. Es war vollkommen klar, dass er etwas ausheckte.
„Also gut mein Freund, ich mache dir einen Vorschlag. Du überschläfst die ganze Sache noch mal … sagen wir für eine Woche. Wenn du danach immer noch der Meinung bist, dass dies der richtige Weg für dich ist, dann helfe ich dir. Einverstanden?"
„Einverstanden."
Martin blickte dem alten Mann in die Augen und sah in ihnen tiefe Traurigkeit. In seiner ganzen Raserei war ihm nicht in den Sinn gekommen, dass Grandpa noch aus einem völlig anderen Grund gekommen war.
„Grandpa? Ich vermisse sie so sehr. Sie fehlt mir in jedem Augenblick. Ich würde so gerne mit ihr reden und sie um Rat fragen."
„Ich kenne das Gefühl, Martin, glaube mir, ich kenne es nur zu gut. Als meine geliebte Cecile starb, da brach meine Welt in tausend Einzelteile. Ich weiß auch, dass die gutgemeinten Worte der anderen nicht wirklich in

der Lage sind, zu trösten. Weißt du was, schreibe Sarah einen Brief. Erzähle ihr von deinen Gefühlen, von deiner Trauer, deiner Wut, deinem Zorn. Stell dir vor, dass du ihr den Brief schickst und sie ihn lesen wird. Am Sonntag ist die Beerdigung, Martin. Ich möchte, dass du einer der Sargträger bist. Das ist mit der Familie schon abgesprochen, alle waren einverstanden. Du wirst Sean ersetzen. Den Brief geben wir Sarah mit auf ihre letzte Reise. Was hältst du davon? Mach einem alten Mann die Freude und versuche es wenigstens. Wir sehen uns dann doch am Sonntag?"
„Ja natürlich, ich werde kommen. Und Grandpa, vielen Dank, dass du mich besucht hast."

Der alte O`Mally lächelte ein wenig. Dann klopfte er seine Pfeife aus und erhob sich schnaufend vom Stuhl.
„Ach weißt du, ich wollte als junger Bursche auch gerne studieren. Ich war ganz versessen darauf. Aber ehrlich gesagt, wenn ich mir dein Zimmer und deinen seltsamen Mitbewohner anschaue, dann bin ich doch froh, dass ich auf der Werft gelandet bin. Schone dich, mein Junge, und wenn du mit jemanden reden willst, meine Tür steht dir immer offen. Und wenn du nicht reden willst, dann komm auf eine Runde Karten vorbei. Ach so, vergiss nicht, den Brief zu schreiben. Sie würde sich darüber freuen und dir wird es helfen, glaube mir. Also Slán (Tschüss) mein Junge."

Grandpa steckte seine Pfeife ein und machte sich auf den Weg. Die Tür schloss sich und es war wieder still. Martin fühlte sich plötzlich allein. Er setzte sich auf, holte Stift und Block aus seinem Nachtschrank und begann zu schreiben. Die Idee, Sarah einen Brief zu schreiben, fand er eigentlich ziemlich unsinnig, aber er wollte dem alten O´Mally die Freude machen. Schon nach einigen Zeilen merkte er aber, dass es ihm verdammt gut tat. Es war sonderbar, aber er hatte das Gefühl, mit Sarah zu sprechen. In diesem Moment war sie bei ihm, das spürte er deutlich.

Mo chroí (Mein Herz),

die Idee, dir einen Brief zu schreiben, stammt von Grandpa. Ich weiß nicht, es ist schon ein seltsames Gefühl, wo ich doch weiß, dass du ihn nie lesen wirst. Aber vielleicht ja doch. Wer weiß schon, was nach dem Tod passiert. Vielleicht schaust du mir gerade über die Schulter, während ich hier sitze und meine Gedanken zu Papier bringe. Es wäre schön, wenn es so wäre. Irgendwie würde es mich trösten, zu wissen, dass du in einer anderen Art und Weise bei mir bist. Du hast mir einmal gesagt, dass ich dich in vielen kleinen Dingen finden könnte. Da hast du völlig recht gehabt. Ich werde immer an dich denken, wenn ich über eine grüne Wiese laufe, wenn ich ein Lämmchen sehe, wenn ich das Meer rieche oder wenn ich ein verliebtes Paar sehe. Da sind so viele Dinge, die mich immer an dich erinnern werden und das ist schön.

Aber es gibt auch so vieles, was für immer verloren ist. Ich werde nie wieder deine Stimme hören, nie wieder dein Lächeln sehen, nie wieder voller Faszination deine Augen betrachten. Du wirst mich nie wieder in den Arm nehmen und auch nie wieder küssen. Deine Haare werden nie wieder meine Nase kitzeln und ich werde nie wieder die Gänsehaut spüren, wenn du meinen Nacken gestreichelt hast. Ich werde nie wieder mit dir tanzen können, bis uns die Luft wegbleibt. Es gibt so viele Dinge, die mir fehlen.

Wahrscheinlich ziehst du jetzt deine Nase kraus, wenn du das liest. Das hast du immer gemacht, wenn du mit mir nicht ganz einer Meinung warst.

Grandpa hat mir erzählt, dass er meine Gefühle nachvollziehen kann, weil er doch damals Cecile verloren hat. Ich habe ihm das nicht gesagt, aber ich finde schon, dass der Vergleich ziemlich hinkt. Sie waren immerhin verheiratet und hatten viele wunderschöne Jahre miteinander. Du hast mir oft davon erzählt. Aber was ist mit uns? Wir hatten nicht mal ein Jahr. Wir konnten nicht einen unserer vielen Pläne in Angriff nehmen und nicht ein einziger unserer Träume hatte Zeit, sich zu erfüllen. Das ist alles nicht fair. Ja, ich weiß, was du sagen willst. Es ist genauso schlimm, wenn man seine große Liebe nach vielen Jahren verliert. Aber du musst zugeben, dass es dann einfach mehr Erinnerungen gibt, an die man sich klammern kann. Wir beide hatten nur eine kurze Zeit, viel zu kurz, um viele schöne Erinnerungen anzuhäufen. Ich habe mir immer gewünscht, dass wir noch als Großeltern total verliebt ineinander sind. Du erinnerst dich bestimmt. Und nun? Was soll ich deiner Meinung nach jetzt tun?

Ich frage mich gerade, ob du als Engel sehen kannst, wie sich die Welt für mich verändert hat. Ich frage mich ernsthaft, ob du sie durch meine Augen sehen kannst. Es würde dich erschrecken, da bin ich mir sicher. Wenn ich aus dem Fenster schaue, dann hat da draußen jemand die Farben geklaut. Überall sehe ich nur Abstufungen von Grau. Wenn ich Menschen lachen sehe, dann dreht sich mir der Magen um. Ihr Lachen klingt wie eine quietschende Kreissäge in meinen Ohren. Seit du nicht mehr bei mir bist, sind meine Sinne in den Streik getreten. Alles schmeckt gleich furchtbar, alles riecht gleich unangenehm, alles sieht gleich hässlich aus und alles fühlt sich gleich widerlich an. Ich habe hier keine Freude mehr, ich will zu dir.

Jetzt schaust du erschrocken. Keine Sorge, ich denke nicht an Selbstmord, ich weiß, dass du das niemals akzeptieren würdest. Ich meinte das auch eher im übertragenen Sinne. Es ist ja auch ziemlich paradox, dass ich über deinen Tod am liebsten mit dir reden würde. Ich würde mich gerne von dir trösten lassen. Du solltest mit mir an deinem Grab stehen und mich in den Arm nehmen. Wir würden beide heulen wie die Schlosshunde und uns gegenseitig versichern, was für ein toller, außergewöhnlicher Mensch du doch warst. Verstehst du diese Ironie. Du bist der einzige Mensch, der mich wirklich über deinen Verlust hinwegtrösten könnte. Das ist doch verrückt. Aber das ist nun mal die Wahrheit.

Du schüttelst hinter mir jetzt wahrscheinlich den Kopf und kannst es wieder nicht fassen, was ich hier für einen Blödsinn verfasse, weil mir die rechten Worte für mein Kopfchaos nicht einfallen wollen. Du hast ja auch recht. Ich würde gerne mit blumigen Vergleichen aufwarten und in schönster lyrischer Manier meinem Schmerz Ausdruck verleihen, aber ich bin einfach unfähig. Ich kann es nicht, obwohl ich mich ernsthaft bemühe. Du siehst ja, wie verzweifelt ich hier sitze und nach schönen Worten ringe. Aber alle Versuche enden irgendwie immer im Abseits. Es wäre tröstlicher, wenn ich hier in poetischen Versen meine Verzweiflung schildern könnte. Aber in meinem Kopf formt sich immer nur ein Gedanke. Du fehlst mir. Drei einfache Worte und doch treffen sie genau das, was ich hier und jetzt fühle. Weißt du, was das Schlimmste ist, ich habe noch gar nicht angefangen darüber nachzudenken, dass du für immer weg sein wirst. Mich plagt deine Abwesenheit in der Gegenwart schon genug. Jetzt vermisse ich dich, gerade hier, in diesem Augenblick. Wenn ich nur daran denke, dass du mir für immer fehlen wirst, dann drohe ich in reinstem Fatalismus zu versinken. Nein, darüber denke ich nicht nach.

Ich stelle mir einfach vor, du wärst nur verreist. Ich muss ein paar Tage ohne dich auskommen. Das wird ganz schwer, aber ich freue mich schon auf unser Wiedersehen. Die Vorstellung ist irgendwie realer als die Wahrheit. Jetzt verstehe ich, warum man kleinen Kindern oft erzählt, dass die Mama nur verreist sei und bald wiederkomme, wenn sie eigentlich durch einen Unfall ums Leben gekommen ist. Die Endgültigkeit ist einfach nicht zu begreifen. Man kann sich nicht vorstellen, dass ein geliebter Mensch für immer gegangen ist. Es ist eine zu große Unfassbarkeit für unser kleines Verständnis. Das ist wie mit der Unendlichkeit des Universums. Es sind einfach zu große Dimensionen für die menschliche Vorstellungskraft. Ich bin einfach nicht bereit, zu glauben, dass ich dich nie wieder sehen werde. Jetzt lächelst du leise vor dich hin, ich sehe es genau vor mir. Ich denke, dass unser Gehirn einen Schutzmechanismus eingebaut hat, damit wir nicht völlig im Kummer ertrinken. Das ist natürlich völlig blöd, aber weil wir uns nicht vorstellen können, dass jemand für immer weg ist, bleibt auch ein Fünkchen Hoffnung, dass er wiederkommt. Nun hör schon auf zu lachen, Sarah. Ich meine das völlig ernst. Die fehlende Vorstellungskraft schenkt uns Hoffnung. Ich weiß natürlich, dass du tot bist, aber ich kann es mir eben nicht vorstellen. Vielleicht liegt es daran, dass ich nicht dabei war, als du gestorben bist. Oder weil ich deine Leiche noch nicht gesehen habe. Oder ... und das macht mir jetzt wirklich ein wenig Angst, könnte es sein, dass deine Beerdigung meine letzten Zweifel beseitigt? Ich könnte ja darauf verzichten und für immer so tun, als wenn du nur verreist wärst. Warum wärst du enttäuscht, wenn ich nicht hingehen würde? Wie meinst du das mit der Verabschiedung? Ich will mich überhaupt nicht von dir verabschieden. Warum sollte ich auch? Du hast doch selber gesagt, dass deine Liebe immer bei mir sein wird und dass ich dich in den kleinsten De-

tails entdecken könnte. Na gut, meinetwegen, ich werde hingehen. Ja, ich verspreche es dir.
Entschuldige, aber das ist ein total blöder Gedanke von dir. Ich kann nichts Gutes an deinem frühen Tod erkennen. Ach so, in meiner Erinnerung würdest du immer ein schönes, junges Mädchen bleiben und ich würde immer das süße Gefühl der frisch Verliebten verspüren, wenn ich an dich denke. Ja, das mag wohl richtig sein, aber du wirst es mir nachsehen, wenn ich darauf verzichten könnte, wenn du dafür bei mir wärst. Du weißt doch gar nicht, ob du später alt und hässlich aussehen würdest. Außerdem unterstellst du mir damit eine Menge Oberflächlichkeit. Ich liebe dich doch nicht nur wegen deiner umwerfenden Schönheit. Hey, das sind keine romantisch verklärten Anmachsprüche, ich meine das völlig ernst. Ja genau, ich empfand schon so etwas wie Seelenverwandtschaft. Ich fand es einfach phantastisch, dass wir schweigend nebeneinander sitzen konnten und uns an irgendwelchen schönen Dingen erfreut haben. Dass wir über alles reden und diskutieren konnten.
Ich vermisse dich so sehr. Was du mir wohl sagen würdest, wenn du hier wärst? Wie würdest du versuchen, mich zu trösten? Ich denke, ich weiß es. Wenn ich weinen würde, weil du für immer gegangen bist, dann würdest du mich um ein Lächeln bitten, weil du bei mir gewesen bist. Wenn ich meine Augen schließen und hoffen würde, dass du wieder kommst, dann würdest du mich bitten, sie zu öffnen, damit ich sehe, was du alles zurückgelassen hast. Wenn ich behaupten würde, dass mein Herz ohne dich so leer ist, dann würdest du sagen, dass es voll von deiner Liebe ist. Wenn ich verzweifelt wäre, mich leer und nutzlos fühlen würde, wenn alles um mich herum so sinnlos wäre und ich nur noch lethargisch meiner Trauer nachhänge, dann würdest du mich auffordern aufzustehen, zu lächeln, meine Augen zu öffnen, Liebe zu geben und endlich weiterzugehen. Du würdest sagen, dass

unsere Liebe bedeutender als der Tod sei. Deshalb könne er uns nicht trennen. Du würdest behaupten, dass ich dich gar nicht verlieren könnte, weil ich deine Liebe für immer besitzen würde. Ja, das alles würdest du zu mir sagen. Aber weißt du was mò chroì (mein Herz), dich verloren zu haben ist unsagbar schwer, aber dich zu vermissen, das ist noch viel schwerer. Der Verlust ist oft ein plötzliches Ereignis. Er überrascht uns und verschwindet schnell wieder. Wir bleiben zurück und müssen selbst entscheiden, wie bedeutend und wie schwerwiegend sein Auftreten für uns ist. Manchmal finden wir uns schnell mit seinem Erscheinen ab. Aber manchmal zeigt er sein hässliches Gesicht, seine furchterregende Fratze. Dann kommt er unvorhergesehen, ohne jegliche Vorwarnung. Er holt sich mit einemmal das Liebste, was wir besitzen und weidet sich kurz an unserem Schmerz. Nicht mal einen kurzen Abschied gesteht er uns zu. Vielleicht hätten wir gerne noch etwas gefragt oder gesagt, aber das ist uns nicht vergönnt. Das stimmt, Sarah, wir sind dem Verlust nicht völlig ausgeliefert. Er hat nicht die freie Auswahl. Unsere Erinnerungen, unsere Gefühle, der ganze metaphysische Bereich bleibt für ihn unerreichbar. Deshalb bist du jetzt, nach deinem Tod, auch nicht abwesend. Du bist nur unsichtbar. Du schaust mit deinen Augen voll wunderschönen grünen Lichts in meine Augen voller Tränen.

Ohne dich fühle ich mich so allein. Es ist so still und leise. Wenn ich die Augen ganz fest schließe und mir die Ohren zuhalte, dann kann ich dein Lachen hören. Ich muss lächeln und Tränen steigen in mir auf. Ich höre, wie du die Treppe hoch rennst, immer zwei Stufen auf einmal. Nuala hat dir gesagt, dass ich da bin und du kannst es kaum erwarten, in meine Arme zu fliegen. Du reißt die Tür auf und schmeißt deine Tasche in die Ecke. Ich stehe aus dem Sessel auf und du stürzt auf mich zu. Du springst mir entgegen und wir landen beide im Sessel. Ich spüre an meiner Brust,

wie schnell dein Herz schlägt. Du atmest heftig in mein Ohr, weil du ein wenig aus der Puste bist. Deine Arme sind fest um meinen Hals geschlungen. Du schaust mir ins Gesicht und das warme Sonnenlicht, das durch das Fenster fließt, lässt deine Augen smaragdgrün schimmern. Du bist vor Anstrengung leicht errötet. Dein Lächeln macht mich willenlos. Du möchtest einen Kuss, doch so leicht bekommst du ihn nicht. Ich lasse dich noch ein wenig zappeln. Ein kleiner, zarter Biss in deinen Hals und ein gehauchter Schwur in dein Ohr. Du setzt deinen Schmollmund auf und kneifst mir in den Arm. Ich ergebe mich, du hast gewonnen. Meine Lippen berühren die deinen. Sie verschmelzen zu einem intensiven Kuss.
Unser Leben ist begrenzt, aber die Erinnerung ist unendlich.

Ich liebe Dich!
Dein Martin

Er legte den Stift beiseite und faltete das Blatt Papier. Martin las sich den Brief nicht mehr durch, er steckte ihn in den weißen Umschlag, den er in seinem Nachtschrank gefunden hatte. Sein Körper schmerzte gewaltig. Zwei Tabletten verschafften ihm kurzzeitig Linderung. Er konnte in dieser Nacht nicht richtig schlafen und in den Folgenden auch nicht. Albträume plagten ihn. Wenn er schweißgebadet aufwachte, dann suchte seine Hand im Dunkel der Nacht den warmen Körper Sarahs. Doch er fand nur die Kühle an der Stelle, wo sie immer gelegen hatte. Er vermisste sie und sie fehlte ihm so unsagbar, dass alle Worte dieser Welt das Gefühl in seinem Herzen nicht zu beschreiben vermochten.

25

Er hatte noch nie erlebt, dass von einer so großen Anzahl Menschen in einem geschlossenen Raum eine derartige Stille ausgehen konnte. Die Trauernden hatten das ganze Haus der O´Mallys in Beschlag genommen, und trotzdem konnte man deutlich das Knistern des Torfklumpens im Kamin hören. Die Leute verständigten sich durch ein leichtes Nicken, einen warmen Händedruck oder ungläubiges Kopfschütteln. Die Vorhänge waren wieder zugezogen. So wirkte die ganze Szenerie noch düsterer und trauriger. Im gesamten Haus waren Kerzen aufgestellt, deren warmes Licht Schatten auf die Gesichter der Trauergäste warf. Nuala hatte in der Küche alle Hände voll zu tun. Sie schmierte Brote und kochte Tee. Mr. O´Mally lief herum und bot den Neuankömmlingen etwas zu trinken an. Grandpa saß wieder in seinem Sessel und rauchte Pfeife. Er starrte ins Feuer und murmelte vor sich hin.

Martin umarmte Nuala und flüsterte ihr sein Beileid ins Ohr. Sie drückte ihn fest an sich und streichelte ihm über den Kopf. Das war keine bloße Pflichtübung, sie hatte Martin wirklich gern. Natürlich war sie anfangs etwas skeptisch, als es zwischen Sarah und ihm ernster wurde. Schließlich ging es um ihre Tochter, ihre einzige Tochter. Doch Martin war ein kluger und höflicher Junge. Er brachte ihr sogar einige Male Blumen mit. Sie lächelte, als sie daran dachte, wie ihr Mann völlig verdutzt geschaut hatte. Auf so eine Idee war er während ihrer ganzen Ehe nie gekommen. Natürlich hatte er bei besonderen Anlässen mal einen Strauß mitgebracht, aber nie zwischendurch, nie einfach mal so. Sie wurde damals sogar ein wenig rot, als dieser junge Bursche mit den herrlich duftenden Frühlingsblumen in der Küche stand. „Einen Strauß für die schöne Mutter und einen für mein schönes Mädchen", hatte er damals gesagt und dabei gelächelt wie ein Engel. Das musste Nuala zugeben, Martin hatte einfach einen umwerfenden Charme. Er war natürlich anders als diese rohen Burschen hier aus den Falls. Das war aber auch nicht verwunderlich, schließlich hatte er eine unbeschwerte Kindheit und Jugend hinter sich, während die jungen Männer hier von klein auf kämpfen mussten. Da blieben die romantischen Anwandlungen schon mal auf der Strecke. Aber natürlich war auch sie eine Frau und als solche fand sie es einfach entzückend, wie Martin ihrer Tochter den Hof machte. Na ja, eine altmodische Ausdrucksform war das, aber sie traf ganz einfach den Punkt. Er bemühte sich wirklich um Sarah. Dabei war er immer galant und rücksichtsvoll. Martin hatte wohl bemerkt, dass ihr Ehemann ein kritisches Auge auf den Freund seiner Tochter geworfen hatte. Doch er umschiffte diese Klippe ziemlich geschickt, indem er in seiner Gegenwart immer angemessen und taktvoll mit Sarah umging. Was sie jedoch am meisten an Martin beeindruckte, war seine tolerante und ruhige Art, mit den verschiedensten Charakteren umzugehen. Er ließ niemals den reichen deutschen Studenten raushängen, der in ein paar Jahren ein ganzes Unternehmen sein eigen nennen durfte. Sie hatte immer den Eindruck, es sei ihm eher peinlich, aus einer gehobenen Gesellschaftsschicht zu stammen. Es war ganz offensichtlich so, dass er sich bei ihnen, bei den einfachen Leuten aus den Falls, am wohlsten fühlte. Nuala wusste, wie gern er zu ihr in die Küche kam. Sie glaubte fest, dass er in seiner Kindheit einen Mangel an Zuwendung hinnehmen musste. Letztlich hatten ihn alle O´Mallys ins Herz geschlossen, er gehörte praktisch zur Familie.

Martin hatte sich zu Grandpa ans Feuer gesetzt, nachdem er Mr. O`Mally die Hand geschüttelt und auf seine Beileidsbekundung das übliche Bartgebrabbel geerntet hatte. Er sah, dass der Alte mit dem Unterdrücken seiner Tränen beschäftigt war. Grandpa merkte, dass Martin ihn genau beobachtete.
„Das Feuer, mein Junge, irgendwie qualmt es heute sehr stark und das brennt in den Augen."
„Sie fehlt dir schrecklich, Grandpa, was?"
„Ja, Martin. Es ist so verdammt ruhig und still in diesem Hause geworden. Und leer, es ist so leer hier. Weißt du, das alles ist wider die Natur. Kinder sollten nicht vor den Eltern sterben und Enkel schon gar nicht vor den Großeltern. Ich habe es so satt. So viele Tote, so viele Opfer. Jede Familie in diesem Viertel hat Angehörige verloren. Und den verdammten Loyalisten geht es auch nicht anders. Die meisten von uns sind einfach müde."
„Bertold Brecht hat einmal gesagt: *Stell dir vor, es ist Krieg und keiner geht hin.*"
Grandpa verzog spöttisch die Mundwinkel.

„Ein schlauer Satz, nur den Pazifismus, den muss man sich erst mal leisten können. Ich will damit nur sagen, wenn du die Wahl zwischen verhungern und kämpfen hast, dann wirst du schwerlich Pazifisten finden. Umso mehr die Leute zu verlieren haben, desto mehr Angst haben sie vor dem kämpfen und sterben. Beseitige die Armut und du beseitigst die meisten Kriege. Bringe den Menschen Hoffnung, Respekt, Arbeit und Brot, dann werden nur noch wenige zu den Waffen greifen."

Nuala kam auf die beiden Männer zu und flüsterte Martin ins Ohr, dass er nun hoch gehen müsse, wenn er Sarah noch einmal sehen wolle.

„Nein, das möchte ich nicht. Verstehe mich bitte nicht falsch, aber ich möchte sie einfach anders in Erinnerung behalten. So, wie sie auch im Leben war."

„Das kann ich gut verstehen. In fünf Minuten werden sie den Sarg zum Auto tragen. Du solltest aber erst beim Friedhof mit anfassen. Deine Verletzungen sehen noch ziemlich übel aus und es gibt genügend kräftige Männer hier im Haus."

„Nein, ich will gleich mit anfassen. Das ist das letzte Mal, dass ich etwas für sie tun kann. Das werde ich schon schaffen."

Nuala lächelte nachsichtig. Es war ihr vollkommen klar, dass er so reagieren würde. Sie hatte nichts anderes erwartet.

„Also gut, dann sag ich jetzt oben Bescheid. Komm am besten gleich mit."

Martin folgte ihr die enge Treppe hinauf. Oben angekommen vernahmen sie beide aufgeregtes Flüstern. Man war sich offenbar über irgendeine wichtige Sache nicht einig. Nuala steckte den Kopf hinein, sagte etwas und schob dann Martin in das Zimmer, in dem der Sarg

aufgestellt war. Mr. O´Mally diskutierte gerade mit einem Mann, den Martin noch nie gesehen hatte.
„Hör mal, O`Mally, das gibt doch nur unnötig Ärger. Dort draußen stehen eine Menge Spitzel und Geheimdienstleute, die warten doch nur auf einen Grund, um die RUC auf uns zu hetzen. Können wir die Fahne nicht vor dem Friedhof auf den Sarg legen?"
„Nichts da, die Trikolore kommt jetzt auf den Sarg und sie bleibt dort jeden Zentimeter des Weges bis zum Grab liegen. So ist es Tradition, Seamus, und das weißt du ganz genau. Meine Familie war immer republikanisch und wir haben genügend Opfer gebracht. Ich will die Fahne Irlands auf ihrem Sarg liegen haben und jeder, der sie dort runterholen will, kriegt was auf die Fresse. Wenn du nicht mittragen willst, dann akzeptiere ich das. Jeder sollte sich jetzt entscheiden, ob er tragen oder uns nur begleiten will. Ich lasse in der Frage der Flagge nicht mit mir verhandeln."
„Also gut, alter Dickschädel, dann lass uns hoffen, dass unsere Leute uns den Rücken frei halten können. Ich bin dabei."

Die anderen Träger waren ebenso einverstanden und auch Martin wollte dabei sein. Sarahs Vater wies ihn zwar darauf hin, dass es etwas robuster zugehen könnte, aber Martin ließ sich seinen Platz nicht streitig machen. Und nach kurzer Absprache war Sarahs Sarg auf dem Weg nach unten. Die enge Treppenpassage meisterten sie unter der Mithilfe vieler besorgter Trauergäste erstaunlich gut. Nach weiteren fünf Metern standen sie vor der Haustür. Dort hatte sich in der Zwischenzeit eine riesige Menschenmenge versammelt. Martin war überrascht und gerührt über diese überwältigende Anteilnahme. Es schien fast so, als wenn das ganze Viertel sich hier versammelt hatte. Die Geheimdienstleute konnte sogar Martin relativ leicht in der Masse entdecken. Sie hatten sich nicht nur durch ihre auffälligen Mantel verraten, sondern insbesondere durch ihr eigenartiges Verhalten. Der Weg bis zum Leichenwagen betrug etwa fünfzig Meter. Das erste Drittel passierten sie ohne nennenswerte Schwierigkeiten. Die irische Trikolore ruhte sanft und friedlich auf dem Sarg. Doch plötzlich kam Bewegung in die Menge. Es war deutlich zu erkennen, dass sich die ungebetenen Mitarbeiter der Staatsmacht einen Weg durch die Menschen bahnten. Die Träger verständigten kurz die umstehenden Begleiter des Trauerzuges und man bildete einen dreifachen Ring um den Sarg. Auf Martins Seite musste dieser Schutzwall jedoch eine Schwachstelle gehabt haben, denn er sah in wenigen Metern Entfernung ein wutverzerrtes Gesicht auf sich zukommen. Dessen Absicht war klar, denn er hatte den Arm bereits ausgestreckt, um die Fahne vom Sarg herunter zu reißen. Martin schaute fragend zu Mr. O´Mally. Sarahs Vater blickte ihm fest in die Augen und nickte Martin ermutigend zu. Es bedurfte keiner Worte, jedem war klar, was zu tun war. Der Angreifer war nur noch einen Schritt vom Sarg und der Flagge entfernt. Martin holte aus und streckte den Mann mit einem durchaus gelungenen Kinnhaken zu Boden. Die Leute gingen schweigend weiter, als wäre nichts passiert. Der Ring um die Träger wurde wieder geschlossen und immer mehr kräftige Burschen übernahmen die Abwehr der wütenden Geheimdienstler. Mr. O`Mally schaute zu Martin und das erste und einzige Mal sah er so etwas wie freundliche Zuneigung in seinen Augen. Den Rest des Weges bis zum Auto legten sie ohne weitere Zwischenfälle zurück.

Am Ende der Falls Road lag der berühmte Milltown Cemetery, auf dem die halbe Familie O´Mally begraben worden war. Martin hatte Sarah einmal bei einem Besuch der letzten Ruhestätte ihrer Großmutter begleitet und war fasziniert von der erhabenen Ausstrahlung des Friedhofs. Die Grabsteine waren zum Teil richtige Kunstwerke, es gab riesige keltische Kreuze, Marienstatuen und in Stein gemeißelte Engel zu bestaunen. Eine große, asphaltierte Straße zog sich vom Haupteingang bis zum östlichen Ende des Gräberfeldes hin. Von dieser Hauptader führten unzählige kleine Pfade und Wege in jeden Winkel des Milltown Cemetery. Einige waren mit Schotter und kleinen Steinen befestigt, andere glichen eher einem Wald- und Wiesenpfad. Sobald man das große Eingangstor passiert und das kleine Verwaltungsgebäude rechts liegen gelassen hatte, bemerkte man das starke Gefälle dieses Friedhofs. Bei guter Sicht konnte man von hier aus bequem in östlicher Richtung das Stadtzentrum von Belfast sehen. Der Regen der letzten Tage hatte viele Wege aufgeweicht und sie mit kleineren Pfützen verziert. Sarahs Sarg wurde aus dem Leichenwagen gezogen und die Träger nahmen ihn auf ihre Schultern. Bis zu ihrem Grab hatten sie noch dreihundert Meter zurückzulegen. Der Trauerzug formierte sich erneut und wurde von einem Dudelsackpfeifer angeführt. Ihm folgten der Priester und die Ministranten. Martin schätzte, dass sich etwa fünfhundert Menschen hinter dem Sarg eingereiht hatten. Schon nach wenigen Metern schmerzte seine Hüfte in unerträglichem Maße. Er versuchte, sich nichts anmerken zu lassen, aber sein Gesicht wurde vor Anstrengung immer roter.

Nuala schaute besorgt zu Martin. Der Junge hatte fürchterliche Schmerzen, das konnte sie deutlich sehen. Ihm stand der Schweiß auf der Stirn, obwohl sie der Tag mit frostiger Winterkühle umgab. Sie sah, dass Martin stark humpelte, ganz offensichtlich bereitete ihm das rechte Bein einige Probleme. Das Gesicht hatte er zu einer starren Maske verzogen und das Atmen fiel ihm schwer. Nuala machte Grandpa auf die Situation aufmerksam. Der Alte wiegte den Kopf ein wenig und machte eine beruhigende Handbewegung.
„Lass ihn mal, Nuala, die Qualen und Strapazen, die er jetzt aushält, töten den anderen, den inneren Schmerz. Er wird es schaffen, weil er es schaffen will."

Grandpa O´Mally sollte recht behalten. Obwohl ihm mehrmals schwarz vor Augen wurde und er einige Schwindelanfälle durchlebte, trug er Sarahs Sarg bis zu ihrer letzten Ruhestätte. Jeder Muskel schmerzte. Die Arme fingen bei den kleinsten Bewegungen an zu krampfen. Sein Puls raste und er musste sich mehrmals den Schweiß aus den Augen wischen. Er stand in seinem etwas zu großen schwarzen Anzug direkt neben der Familie O´Mally. Das Hemd klebte unangenehm an seiner Brust. Martin spürte, dass sein Körper durch die letzte Anstrengung völlig überhitzt war. Die Verdunstungskälte seines salzigen Körperwassers ließ ihn frösteln. Doch er stand reglos da und blickte über die Köpfe der Anwesenden hinweg in Richtung des Black Mountain.

Der Berg thronte über West Belfast und hüllte sich in Schweigen. Der Winter hatte ihm einen schmutzig gelbbraunen Anstrich verpasst. Lediglich die schwarzen Flecken auf seinem Haupt trotzten dem jahreszeitlichen Wechselspiel. Das Gras auf dem Friedhofsgelände war viel zu lang und hatte sein Grün dem dahinscheidenden Herbst geschenkt. Es ergoss sich mit seinen ockerfarbenen Fäden wie eine Wellenformation über das ganze Gräberfeld. Einige Grabsteine und Kreuze bogen sich dem aufkommenden Wind entgegen. Sie schienen gleichsam den Toten in die Tiefe folgen zu wollen. Alles war in Bewegung. Der Wind formte die graugefärbte Zuckerwatte am Himmel zu einem beeindruckenden Klumpen. Die Sonne hatte sich unter einem Riesenberg von regenschwerem Tüll versteckt, und doch regnete es keinen Tropfen. Das nahe Meer aromatisierte die Luft über Belfast. Martin zog den Duft tief ein. Ein Hauch des Erkennens durchzuckte seinen Kopf. Er erinnerte sich an den Geruch von Sarahs Haar.

Die Trauergemeinde hatte sich um das Grab versammelt. Der Priester erhob seine Stimme und alle Gespräche verstummten. Er thematisierte die Frage, wieso ein junges Mädchen so früh sterben musste. Martin hörte aufmerksam zu. Der alte Geistliche verstand es, die Anwesenden mit seinen Worten zu fesseln. Man vernahm einzelne Schluchzer und Klagelaute. Zum ersten Mal fiel Martin auf, dass es auch bei den Dienern Gottes Unterschiede gab, was die Emotionalität ihres Auftretens anging. Dieser Priester war bemüht, Sarahs Angehörigen nicht nur den erforderlichen Trost zu spenden, sondern sie auch davon zu überzeugen, dass der Tod nicht das Ende sei. Er war sich völlig sicher, dass Gott die Seele Sarahs bereits so früh abberufen hatte, weil sie ein ganz besonderer Mensch gewesen sei. Er bat die Trauernden, nicht nach dem Warum und Wozu zu fragen, denn das Schicksal würde keine Antworten geben. Allein Gott wisse, warum und wozu er Sarah zu sich geholt hatte. Dieses Wissen sollte dem Herzen die nötige Ruhe geben.

Martin fand die Ansprache des Geistlichen zwar wesentlich würdevoller als die Rede bei der Beerdigung seiner Eltern, trotzdem war er sich nicht sicher, ob es ihn jemals trösten konnte, dass Gott allein wusste, wieso und warum er Sarah sterben ließ. Wie konnte ein Gott so etwas zulassen? Sarah hatte einem Kind helfen wollen, einem unschuldigen, wehrlosen Geschöpf und wurde dafür mit dem qualvollen Tod durch ein Gummigeschoss bedacht? Er war zugegebenermaßen nie besonders gläubig gewesen, aber selbst wenn er es wäre, hätte ihn diese Sache nachdenklich gemacht. Hatte Gott kein Interesse an den Menschen? Martin sah in die Gesichter der Leute aus dem Falls-Viertel. Sie hätten allen Grund dazu, an ihrem Glauben zu zweifeln, aber sie taten es nicht. Die Armen und Benachteiligten dieser Welt waren schon immer das Rückgrat der Kirche gewesen. Sie trugen alle ihre Hoffnungen und Träume in die Gotteshäuser dieser Erde. Gab es einen Zusammenhang zwischen Religiosität und Elend? War der Mensch eher bereit zu glauben, wenn er hilflos und ohne Hoffnung war? Martin war sich sicher, dass die Menschen einen Gott brauchten. Eigentlich war es sogar unwichtig, ob er wirklich existierte. Die Verzweifelten, die Kranken, die Mutlosen, sie alle brauchten einen Ansprechpartner und Hoffnungsträger. In der heutigen Zeit würde man Jesus als Sozialarbeiter bezeichnen, denn nichts anderes hatte er vor gut zweitausend Jahren getan.

Am Ende seiner Trauerrede bat der Priester alle Anwesenden, gemeinsam mit ihm für die Seele Sarahs zu beten. Ein vielstimmiges, unverständliches Gemurmel begann, bis alle fast gleichzeitig mit einem etwas lauteren „Amen“ das Gebet beendeten. Der Geistliche dankte seiner Gemeinde und trat einen Schritt hinter den Dudelsackpfeifer zurück, der dann zum Abschluss der Zeremonie etwas spielen sollte. Schon nach wenigen Tönen erkannten alle Umstehenden die Melodie von „four green fields“ und sangen lautstark mit. Martin bekam eine Gänsehaut. Ein kalter Schauer lief ihm den Rücken hinunter. Natürlich schwang bei solchen Inszenierungen immer ein gewisser pathetischer Patriotismus mit, trotzdem konnte man sich dem besonderen Gemeinschaftsgefühl nicht entziehen. Er fühlte sich in diesem Augenblick mit den anwesenden Menschen auf eine besondere Art und Weise verbunden. Es gab auch eine gute Seite von Unterdrückung und Anfeindung: Die Menschen rückten in der Not enger zusammen und entdeckten, dass sie gemeinsam stärker waren. Sie gaben einen großen Teil der Individualität auf und stellten sich in den Dienst der Gemeinschaft. In solchen Situationen wurden Werte wiederbelebt, die in den degenerierten, wohlhabenden Gesellschaften der westlichen Welt völlig abhanden gekommen waren. In allen Lebensbereichen gab es eine bestimmte Form von Solidarität. Paradoxerweise war sich in der Not nicht jeder selbst der Nächste, sondern suchte die Gemeinschaft mit anderen Betroffenen.

Die Melodie verstummte. Alle Strophen waren gesungen. Es blieb nun nichts mehr zu tun, als den Sarg dem heiligen Boden des Friedhofs zu übergeben. Langsam senkte er sich in die Grube. Grandpa O´Mally hatte den Sarg ausgesucht. Martin fand ihn wunderschön. Er war schneeweiß und von schlichter Eleganz. Vergeblich suchte man Schnörkel und Verzierungen. Er passte zu Sarah. Als der Sarg aufsetzte, zogen sie die Riemen wieder hoch. Der Reihe nach hatte nun jeder die Gelegenheit, von Sarahs sterblichen Überresten Abschied zu nehmen. Die ganze Sache kam Martin ziemlich abstrakt vor. Er war sich nicht sicher, ob er hier nicht lediglich Abschied von einer Holzkiste nahm. Der Brief befand sich noch immer in seiner Tasche. Sollte er ihn wirklich in dieses Loch werfen? Martin ärgerte sich ein wenig. Er hätte den Brief gerne mit in den Sarg gelegt, doch dafür war es zu spät. Ihm würde also nichts anderes übrig bleiben, als ihn dieser Grube anzuvertrauen.

Nuala und Mr. O`Mally gingen zuerst zum offenen Grab ihrer Tochter. Sie hielten sich gegenseitig fest an den Händen und blickten etwas unbeholfen hinab. Von unten strahlte das Weiß des Sargs wie ein sagenumwobener Schatz. Der Kontrast zu der schwarzen Erde hätte größer nicht sein können. Die Erbauer von Särgen waren um ihre Handwerkskunst nicht zu beneiden. Ihre Werke wurden der Öffentlichkeit nur für wenige Stunden gezeigt und dann dem unvermeidlichen Verfall in zwei Metern Tiefe preisgegeben. Beileibe keine Arbeit für Menschen, die Unvergängliches schaffen wollen.

Sarahs Eltern warfen eine Handvoll Sand auf die weiße, hölzerne Truhe. Der Aufprall verursachte einen lauten, kratzenden Ton. Nuala weinte hemmungslos. Die Muskeln ihres Körpers versagten und so stand sie völlig in sich zusammengefallen neben ihrem Mann. Mr. O`Mally starrte in die Grube. Seine Hände waren zu Fäusten geballt. Er presste seine Finger so fest zusammen, dass die Haut ganz weiß wurde. Aus seinem Gesicht konnte man wie üblich nichts herauslesen. Er zuckte weder mit den Mundwinkeln, noch legte er die Stirn in Falten. Er sah einfach nur maskenhaft in das Loch. Er fasste Nuala bei der Hand und führte sie weg. Einige wenige Schritte später brach Nuala zusammen und Sarahs Vater musste sie stützen. Sie vergrub das Gesicht in die Brust ihres Mannes und man sah ihre Schultern auf und ab hüpfen.

Grandpa hatte von irgendwoher einen Strauß Dahlien, Sarahs Lieblingsblumen, besorgt. Er übergab die Blütenpracht dem tiefen Schlund und murmelte etwas vor sich hin. Dann zog er doch tatsächlich seine Schiebermütze vom Kopf und beugte sich ein wenig hinunter. Martin hatte den Eindruck, dass er zu seiner verstorbenen Enkelin sprach, denn seine Lippen bewegten sich unaufhörlich und formten offensichtlich einige Worte. Er zuckte mit den Schultern und seine Hände malten irgendetwas in die Luft. Dann schloss der Alte für einen Augenblick die Augen und schluckte heftig. Sein ganzer Körper spannte sich kurz und wehrte den bevorstehenden, übermächtigen Gefühlsausbruch ab. Einen Moment später rutschte die Mütze auf ihren gewohnten Platz und der alte O´Mally schlurfte zu Sarahs Eltern.

Martin ging als Nächster zum Rand der Grube, in dem der Körper seiner großen Liebe nun für immer ruhen sollte. Er zog den Brief aus seiner Jackentasche, drückte einen Kuss darauf und ließ ihn auf ihren Sarg flattern. Ihm wollten einfach keine Worte für ein Zwiegespräch mit ihr einfallen. Was hätte er auch sagen können? Außerdem spürte er die vielen Blicke, die gerade in diesem Moment auf ihm ruhten. Er wusste, dass sie ihn genau beobachteten. Sie erwarteten vielleicht sogar etwas ganz Bestimmtes von ihm. Aber was? Er hatte keine Ahnung. Martin beschloss, so wenig wie möglich zu tun, so konnte er zumindest nicht viel falsch machen. Also gab er ihr im Geiste einen Kuss und bat sie, seinen Brief zu lesen. Nachdem er sich zu Sarahs Eltern und Grandpa O´Mally gesellt hatte, fiel ihm auf, dass eine richtige Trauerstimmung bei ihm nicht aufkommen wollte. Doch diesmal aus einem anderen Grund als bei der Beerdigung seiner Eltern. Noch immer war sein Gehirn damit beschäftigt, die Nachricht von Sarahs Tod in sein Bewusstsein zu befördern. Martin schwankte von einem Extrem ins andere. In manchen Augenblicken war er am Boden zerstört, weil ihm klar wurde, dass sie nie mehr in seinen Armen liegen würde und dann gab es wieder Stunden, in denen er überlegte, was sie am nächsten Wochenende unternehmen könnten.

Im Grunde hatte er sich noch immer nicht restlos damit abgefunden, dass sie tot war. Es fiel ihm nach wie vor schwer, diese Tatsache zu akzeptieren. Deshalb war es für ihn auch unmöglich, mit dem Prozess des Trauerns, des Loslassens, zu beginnen. Ein kleiner, paranoider Teil in ihm weigerte sich gar, daran zu glauben, dass Sarah da unten in diesem weißen Sarg lag. In ihm tobte ein heftiger Kampf. Es war noch nicht klar, ob es ihm gelingen würde, ihren Tod als ein Faktum hinzunehmen. Aber ohne dieses Eingeständnis konnte er nicht beginnen, über ihren Tod hinwegzukommen. Vielleicht hätte er sich Sarahs Leichnam im Haus der O´Mallys anschauen sollen. Vielleicht wäre es ihm dann leichter gefallen, den Verlust zu akzeptieren. Doch irgendetwas sagte ihm, dass seine Entscheidung, es nicht zu tun, die richtige war.

Die Tage nach der Beerdigung verbrachte Martin im Bett. Er hatte sich krankschreiben lassen und verließ seine Schlafstätte nur, um die Toilette zu besuchen oder etwas zu essen. Er dachte nach. Er zermarterte sich das Gehirn. Wieso und Warum? Immer wieder. Stunde um Stunde, Tag um Tag. Martin schlief nur in kurzen Etappen. Dazwischen kreisten seine Gedanken wieder um die eine, die entscheidende Frage. Weshalb musste sie sterben? Aus welchem Grund? Die auftretenden Kopfschmerzen dämpfte er mit großen Mengen Schmerzmitteln. Er spielte die Abläufe dieses verhängnisvollen Tages tausendmal durch. Martin veränderte im Geiste kleinste Details und Handlungen. Es gab unzählige Varianten und Möglichkeiten. In allen diesen Wirklichkeiten überlebte Sarah. Martin verlor teilweise den Überblick und drohte völlig in eine eigene, künstliche Welt zu versinken. Er sprach manchmal stundenlang mit Sarah. Sie lachten miteinander und alberten herum. Die Phantasie ging mit ihm durch, aber er fühlte sich wohl dabei. In seinen Tagträumen sah er immer wieder die Inschrift auf ihrem Grabstein:

„Gebt mir den Namen, den ihr mir immer gegeben habt,
sprecht mit mir, wie ihr es immer getan habt.
Gebraucht nie eine andere Redeweise,
seid nicht feierlich oder traurig,
lacht weiterhin über das, worüber wir gemeinsam gelacht haben.
Betet, lacht und denkt an mich.
Ich bin nicht weit weg,
ich bin nur auf der anderen Seite des Weges."

Er wäre so gern auf ihrer Seite des Weges gewesen. Doch in seinen Träumen bat ihn Sarah, sich endlich der Realität zu stellen und wieder am wirklichen Leben teilzunehmen. Alle Einwände seinerseits wischte sie energisch fort. Wenn er aufwachte, dann wusste er, dass Sarah es ernst meinte. Sie hätte es niemals zugelassen, dass er sich so gehen ließ. Ihm war durchaus klar, dass die Träume von seinem Unterbewusstsein gesteuert wurden. Aber machte das einen Unterschied? Und trotzdem fehlte ihm der innere Antrieb, diesen apathischen Zustand zu beenden. Er brauchte einen Anstoß, jemand musste ihm einen ersten, den entscheidenden, Tritt verpassen.

26

Jean-Luc hatte natürlich in Erfahrung gebracht, was genau in den Tagen von Martins Abwesenheit passiert war. Nach Rücksprache mit seiner neuen Verehrerin, einer Psychologiestudentin namens Nancy, hatte er es vorgezogen, Martin erst einmal in Ruhe zu lassen. Er war praktisch die Rücksicht in Person. Doch nach einer Woche war er nicht länger bereit, auf das Rauchen und die Musik in seinem Zimmer zu verzichten. Ja genau, sein Zimmer! Schließlich war er hier ebenso einquartiert wie der bedauernswerte Krautfresser. Natürlich war es schlimm, was Martin widerfahren war, aber er konnte ja schlecht den Rest seines Lebens in diesem Bett verbringen und in seiner Traumwelt leben. Jean-Luc beschloss, den Zustand der Lähmung bei seinem Freund zu beenden. Er hatte keine Ahnung, wie man so etwas anstellte, aber so konnte es auf keinen Fall weitergehen. Seit einer geschlagenen Woche lag dieser teutonische Sandsack auf seiner Pritsche und redete kein Wort. Das musste man sich einmal vorstellen, da hatte er einen Zimmergenossen und der sprach seit sieben Tagen keine einzige Silbe mit ihm! Jean-Luc machte dieser Zustand einfach krank. Er war bekanntermaßen ein äußerst kommunikativer Typ und nun trauerte dieses deutsche Bleichgesicht stumm vor sich hin. Es wäre ihm wirklich lieber gewesen, wenn Martin ihn mal richtig angebrüllt oder wenigstens seinen Kleiderschrank zerlegt hätte. Aber da gab es keine einzige Emotion. Nicht mal einen Seufzer oder ein Stöhnen. So konnte und durfte es nicht weitergehen, das war klar. Aber wie konnte er Martin dazu bringen, wieder am Leben teilzunehmen? Es war ihm ja nicht daran gelegen, dass er lauthals lachend durch die Bude sprang. Die Trauer um Sarah war wichtig, nur über die Art und Weise musste man doch mal diskutieren dürfen. Ein vorsichtiges Herantasten oder ein erstes zartes Wortgeplänkel widersprachen seinem Naturell. So kam nur ein großer Knall in Frage. Jean-Luc machte sich Gedanken und hatte schon bald die zündende Idee parat.

Als Martin später von einem Toilettenbesuch zurück in sein Zimmer kam, traute er kaum seinen Augen. Irgendjemand hatte sein gesamtes Bettzeug samt Matratze verschwinden lassen. Das nackte Gestell grinste ihn höhnisch aus der Ecke an. Er stand mehr überrascht als wütend im Zimmer und dachte angestrengt darüber nach, wer ihm die Sachen weggenommen haben könnte. Noch mehr beschäftigte ihn jedoch die Frage nach dem Warum. Handelte es sich um einen blöden Studentenstreich oder hatte mal wieder jemand eine Wette verloren? Martin fühlte sich müde und abgespannt. Das ständige Nachdenken lähmte ihn. Seine ganze Energie verwendete er für die Grübelei. Er musste sich sofort hinlegen und ausruhen. Zielsicher steuerte er auf das Bett von Jean-Luc zu.

„Denk nicht mal im Traum daran, Krautfresser."
Jean-Luc stand in der Tür. Sein Gesichtsausdruck ließ keinen Zweifel daran aufkommen, dass er es völlig ernst meinte. Da wollte sich dieser Flegel doch tatsächlich in sein Bett legen. Es war wirklich höchste Zeit, dass er Martin den fälligen Tritt in den Hintern verpasste.

„Hör zu Martin, ich habe die Schnauze gestrichen voll. Seit einer Woche hast du nicht ein einziges Wort gesagt. Du liegst in deinem Bett und glotzt die Wand an. Ich kann wirklich verstehen, dass dich der Tod Sarahs völlig fertig macht, aber so kann es wirklich nicht weiter gehen. Schau dich nur mal im Spiegel an! Seit sieben oder mehr Tagen hast du dich nicht mehr rasiert und außer einer Katzenwäsche scheinst du auch nicht viel Wasser und Seife an deinen Körper gelassen zu haben. Junge, du riechst echt nicht mehr gut und außerdem erinnert mich dein Bart an den Teppich in meiner letzten WG. Da müssen sich doch schon Unmengen von Insekten drin verfangen haben, angelockt von dem betörenden Duft deiner Schweißdrüsen. Also los jetzt, ab unter die Dusche. Wir machen jetzt erst mal wieder einen Menschen aus dir und sehen dann weiter."

Martin ließ sich von Jean-Luc Richtung Duschraum schieben. Er war viel zu matt, um groß angelegte Abwehrversuche zu starten. Martin zog seine Sachen fast im Zeitlupentempo aus, was Jean-Luc beinahe zur Weißglut trieb. Der rupfte und zerrte irgendwann selber an den Klamotten seines Freundes, damit es ein wenig schneller ging. Er stellte Martin unter die Dusche und gab ihm sein Shampoo und die Rasierutensilien. Das warme Wasser umschmeichelte Martins Haut. Er spürte deutlich, wie der Strahl den ganzen Dreck und Schweiß der letzten Woche löste und Richtung Abfluss schickte. Martin seifte sich kräftig ein. Der Duft von Kräutern belebte seinen Geist. Die Poren seiner Haut holten tief Luft, als sie von der muffigen Patina befreit wurden. Er dehnte und streckte sich unter der fließenden Hitze.

Die vernachlässigte Muskulatur wurde durchblutet und langsam zum Leben erweckt. Nach dem Duschen rasierte er sich und schlenderte dann etwas gelöster zurück zu seinem Zimmer.

„Oh, man glaubt es ja kaum. Unser junger deutscher Freund hat die Metamorphose vom Stinktier zum Mensch erfolgreich abgeschlossen. Ich hoffe, es hat nicht zu sehr weh getan, sich von dem so lieb gewonnenen Dreck zu trennen. Waren die Milben und Bakterien sehr sauer, dass du sie durch das Rasieren ihres Zuhauses beraubt hast? Ich habe schon mal den Hausmeister vorgewarnt. Er wird die Verstopfung des gesamten Belfaster Rohrnetzes durch deine Reinigungsaktion mit einem sofortigen Noteinsatz verhindern. Hoffentlich wird das nicht alles ins Meer geleitet. Dann wärst du nämlich auch noch für das größte Fischsterben aller Zeiten vor der irischen Ostküste verantwortlich."
„Ja, nun beruhige dich mal wieder. So schlimm war es nun auch wieder nicht."
„Ich fasse es nicht, er hat sogar die Fähigkeit zum Sprechen zurückerlangt. Preiset den Herrn! Halleluja! Aber sag nie wieder, dass es gar nicht so schlimm war. Du hast hier einen Duft verbreitet, dass die Mediziner schon eine neue Atemwegserkrankung nach dir benennen wollten. Also wirklich Martin, noch einen Tag länger und ich hätte wieder Furunkel im Gesicht bekommen."
„Dass du immer so übertreiben musst. Warum liegt denn der ganze Haufen Klamotten hier auf dem Boden?"

„Ach so, na ja, ich habe mal etwas für dich herausgesucht. Wir beide gehen heute Abend einen trinken. Keine Widerrede. Ich habe mit den Jungs gewettet, dass ich dich gleich mit ins BOT bringe. Du willst doch nicht, dass ich das nächste halbe Jahr Franks Zimmer sauber machen muss? Es wäre dir doch bestimmt lieber, dass er unsere Bude in Schuss hält, oder? Und Martin, keine Sorge, niemand wird dich wegen der Sache mit Sarah blöd anquatschen. Die Jungs haben es mir versprochen."
„Also ich weiß nicht, ich habe eigentlich überhaupt keine Lust."
„Komm schon, mein Freund, es wird dich auf andere Gedanken bringen. Und wenn es dir nicht gefällt, dann verschwindest du nach einer halben Stunde einfach wieder. Das ist doch wirklich ein faires Angebot. Und denk an Frank, der könnte gleich morgen unsere Betten machen ... ich meine, wenn dein Bettzeug bis dahin wieder aufgetaucht ist."
„Na schön, aber wenn es mir nicht gefällt, dann gehe ich gleich wieder."
„Ja, ja, das geht in Ordnung. Aber ich denke, dass es dir ganz gut tut, mal wieder unter Menschen zu kommen."

Zwei Stunden später machten sich die beiden Freunde auf den Weg in das nahe gelegene Botanic Inn. An diesem Abend war wirklich eine Menge los, unzählige Studenten und solche, die für Studenten gehalten werden wollten, tummelten sich auf den beiden Ebenen. Frank hatte mit ein paar anderen Jungs eine Tisch im hinteren Teil des Untergeschosses in Beschlag genommen. Als er Martin und Jean-Luc sah, fuchtelte er wie gewohnt mit den Armen und dirigierte die beiden zielsicher zu seinem Standort. Die Stimmung war bereits ziemlich ausgelassen, was sich leicht auf die leeren Gläser auf dem Tisch zurückführen ließ. Jean-Luc kehrte vom Tresen mit einem Pint für Martin und Bacardi-Cola für den Rest der Truppe zurück. Plötzlich haute Frank mit der Faust auf den Tisch, dass die Gläser einen Satz machten.

„Verdammt noch mal, ich habe die Wette gegen Jean-Luc verloren! Jetzt muss ich ein Semester lang die Saubude dieser Komiker sauber machen. Das hätte ich mir doch denken können, dass dieser Krautfresser mit dem Franzosen unter einer Decke steckt. Das stinkt doch gewaltig nach Betrug."
„Es stinkt? Das kann gar nicht sein, ich habe Martin vorhin zum Duschen geschickt. Aber die nächsten sechs Monate werden wir beide stinkend faul sein, was das Saubermachen betrifft."
Schallendes Gelächter am Tisch. Jean-Luc präsentierte sich mal wieder in Hochform. Frank wagte einen letzten Versuch, doch noch um die Sache herumzukommen.
„Trotzdem, ist schon seltsam, dass sich Martin ausgerechnet heute aus dem Bett gequält hat. Das war doch abgesprochen."
Jean-Luc wurde etwas ungehalten, schließlich hatte er ein reines Gewissen.
„Du hättest die Wette ja nicht abschließen müssen. Nun gilt der Grundsatz: Wettschulden sind Ehrenschulden. Ach und bevor ich es vergesse, kannst du

meine Decke jeden Morgen ein wenig auslüften lassen? Ich mag diese Frische."
Frank hatte aufgegeben. Die beiden hatten ihn hinters Licht geführt, da war er sich völlig sicher. Trotzdem hatte er die Wette unter Zeugen angenommen und musste nun in den sauren Apfel beißen.

Martin bemerkte am Nebentisch einen rothaarigen jungen Mann, der aufgeregt auf die Leute um ihn herum einredete. Er ruderte wie wild mit den Armen und schrieb ständig irgendwelche Zahlen auf einen Bierdeckel. Seine Zuhörer blickten sich von Zeit zu Zeit verständnislos an und schüttelten immer wieder die Köpfe. Der Rotschopf ließ sich von diesen Unmutsbekundungen aber keineswegs bremsen, sondern gestikulierte weiter mit Händen und Füßen. Mittlerweile war er völlig rot im Gesicht; sein Schnaufen konnte selbst Martin durch den ganzen Kneipenlärm hindurch hören. Martin stieß Jean-Luc in die Seite und zeigte mit dem Kopf in Richtung des Nebentisches.

„Hey, Jean-Luc, wer ist denn der rothaarige Typ dort drüben? Der unterhält den ganzen Tisch, aber keiner hört wirklich zu."
„Ach der, das ist Ian McNolan. Der studiert Schiffsbau hier an der Queens. Hast du noch nie von seinem großen Traum gehört? Das erzählt er doch nun wirklich jedem."
„Nein, habe ich nicht. Worum geht es denn da?"
„Das lass dir mal von ihm selber erzählen. Ich fand es so verrückt, dass ich es gleich wieder vergessen habe.

Wenn du mich fragst, hat der Typ eine Schraube locker."

Martin sah wieder zum Nebentisch. Die Leute um Ian herum hatten sich nach und nach verzogen und nun saß er ganz allein da. Er sah erschöpft und traurig aus. Das Unverständnis seiner Mitmenschen machte ihm offensichtlich schwer zu schaffen. Er tat Martin leid, wie er so dasaß und die Zahlen auf dem Bierdeckel immer wieder durchging. Das Gespräch an seinem eigenen Tisch hatte er nicht weiter verfolgt, aber Martin wusste auch so, dass es ihn nicht sonderlich interessieren würde. Einem Impuls folgend stand er auf und ging hinüber zu Ian. Er nickte ihm freundlich zu und setzte sich. Seine Freunde schauten etwas irritiert, nahmen aber bald ihr jäh unterbrochenes Gespräch wieder auf.

„Hallo, ich bin Martin. Hast du etwas dagegen, wenn ich mich zu dir setze?"
„Das kommt darauf an. Haben dich deine Kumpels rüber geschickt, damit ihr euch über mich lustig machen könnt?"
„Nein, wirklich nicht. Ich bin von mir aus gekommen, weil ich vorhin gesehen habe, wie du ganze Zahlenkolonnen auf den Bierdeckel geschrieben hast. Jean-Luc meinte, dass du schon seit langem ein großes Projekt planst und mich interessiert einfach, worum es sich dabei handelt."
„Warum interessiert es dich?"
„Sagen wir, ich bin einfach neugierig. Ich habe vorhin beobachtet, wie du die Leute überzeugen wolltest. Kei-

ne Ahnung warum, aber irgendwie hatte ich das Gefühl, dass dir die Anwesenden nicht richtig folgen konnten.“

„Oder sie wollten nicht. Und du? Interessierst du dich wirklich für meine Idee oder ist das wieder nur so ein bescheuerter Studentenspaß? Hat Jean-Luc etwa wieder eine Wette laufen?“

„Nein, Ehrenwort, es interessiert mich wirklich. Ich hatte den Eindruck, dass du mit ganzem Herzen hinter deiner Idee stehst und wollte es mir einfach mal anhören.“

„Also gut. Pass auf! Unten im Hafen liegt ein alter Frachter, der bis vor zwei Jahren noch eifrig Früchte aus Südamerika nach Europa gebracht hat. Die letzte Ladung hat man in einem Hafen drüben in England gelöscht. Danach sollte das Schiff zur Generalüberholung hier in Belfast ins Trockendock gebracht werden. Als es dann in Nordirland eintraf, hieß es auf einmal, dass der griechische Reeder in Konkurs gegangen sei. Die anstehenden Reparaturarbeiten wurden sofort eingestellt und das Schiff aus dem Trockendock zu einem Liegeplatz geschleppt. Seit diesem Tag versucht der Konkursverwalter den Frachter zu verkaufen. Das wird natürlich immer schwieriger, weil insbesondere die Technik unter der langen Liegezeit heftig gelitten haben muss. Ich war ein paar Mal auf dem Schiff und habe mich ein wenig umgesehen. Der Allgemeinzustand ist gar nicht so schlecht, nur haben sich einige Kriminelle schon wichtiger elektronischer Teile bemächtigt. Ich vermute, dass auch die Maschinen schon unter erheblichem Materialschwund leiden. Soweit die aktuelle Lage des Schiffs. Meine Idee ist nun Folgende: Ich suche noch jemanden, der mit mir den Frachter vom Konkursverwalter kauft. Das sollte finanziell eigentlich in einem überschaubaren Rahmen zu machen sein. Danach schleppen wir das Schiff in ein altes ausrangiertes Trockendock von Harland and Wolff. Vorher müssen wir mit den Verantwortlichen natürlich über eine kostenlose beziehungsweise preiswerte Nutzung des Docks verhandeln. Und wenn das erledigt ist, machen wir uns an die Arbeit. Wir bauen das ganze Schiff zu einem Freizeitcenter für Jugendliche um. Du weißt schon, mit Disco, Sporteinrichtungen, Hausaufgabenhilfe und so weiter. Der Vorteil bei dieser Nutzung wäre, dass wir die teure Schiffsmaschine nicht benötigen. Wir lassen den umgebauten Frachter zu einer exponierten Stelle auf dem Lagan schleppen und dort ankert er für den Rest seiner Tage. Eine Attraktion für ganz Belfast. Na, was sagst du dazu?“

„Das klingt nicht schlecht, nur wie willst du den Umbau bezahlen? Dafür brauchst du doch eine Menge Leute, und die arbeiten sicher nicht kostenlos. Ich meine, selbst wenn man alle Hürden bis dahin genommen hat, wäre das noch ein ziemliches Problem.“

„Da hast du völlig recht. Aber auch darüber habe ich mir natürlich schon Gedanken gemacht. Belfast ist der ideale Ort für ein solches Projekt und zwar aus mehreren Gründen: Es gibt hier genügend qualifiziertes Personal, das momentan ohne Arbeit auf der Straße sitzt. Die berühmte Belfaster Werft Harland and Wolff hat in den letzten Jahren eine Unmenge von Jobs abgebaut.

Der Umbau kostet natürlich Geld, das ist überhaupt keine Frage. Ich habe mir aber gedacht, dass man bestimmt eine Menge Fördergelder aus London, Dublin

und vielleicht sogar von anderen Regierungen bekommen könnte, wenn man das Projekt unter das Motto „Aussöhnung und Verständigung der Bürgerkriegsparteien“ stellen würde. Verstehst du, Katholiken und Protestanten arbeiten gemeinsam an einem Schiff, das Freizeitanlagen für alle Belfaster Kinder und Jugendlichen bereit hält. Es spielt keine Rolle, wo die Kids herkommen, die Türen stehen jedem offen. Durch die Arbeit, die dann alle in das Projekt gesteckt haben, werden sie das Schiff als einen neutralen Wertgegenstand betrachten. Ich meine, wenn viele Menschen eine Menge in diesen Umbau investiert haben, wird der Frachter einen großen ideellen Wert für die Leute besitzen. Das Schwierigste wird sein, die verfeindeten Parteien von dieser Idee zu überzeugen.
Ein dritter Eckpfeiler meines Vorhabens sieht das Anzapfen von öffentlichen Geldern zur Bekämpfung der Arbeitslosigkeit vor. Ich denke, wir werden ein paar hundert Leute beschäftigen müssen. Wer weiß, vielleicht kann man einzelne Jugendliche sogar ein Handwerk erlernen lassen. Zumindest holen wir mit unserem Umbau viele junge Leute von der Straße und geben ihnen wieder Arbeit und eine Zukunft.
Wenn das alles noch immer nicht die Kosten decken sollte, habe ich mir überlegt, dass man die Arbeiter mit Anteilsscheinen bezahlen könnte. Zum Beispiel wäre dann ein fleißiger Schweißer Eigentümer von 0,2 % des neuen Schiffes. Das hätte außerdem den Vorteil, dass die Leute sorgsam mit dem Frachter umgehen würden.“

Martin schaute Ian aufmerksam an. Dieser Optimismus, dieser Tatendrang, dieser unbedingte Glaube an den

Erfolg faszinierten ihn auf magische Weise. Er erinnerte sich an die Geschichte von Grandpa O´Mally, wie stolz alle Belfaster damals auf die Titanic gewesen waren. So ganz unrecht hatte Ian nicht, es war durchaus möglich, dass sein Projekt Wirklichkeit werden könnte. Aber Martin war angehender Betriebswirt, und Träume bedeuteten ein unkalkulierbares Finanzrisiko. Natürlich konnte alles so kommen, wie Ian es sich ausmalte, aber genauso gut konnte es auch mächtig in die Hose gehen. Trotzdem, die Idee war einfach gut und vielleicht durfte man dabei gar keine Gewinn- und Verlustrechnung aufmachen. Wenn es klappen sollte, dann nutzte es doch in erster Linie den Kindern und Jugendlichen aus Belfast. Eigentlich war es doch genau die Art von Vision, die nach seiner Meinung einen Weg aus der Gewaltspirale bereiten konnte. Er bemerkte, dass Ian ihn musterte und auf eine Antwort lauerte. Martin wollte nichts überstürzen, und doch war er mehr als interessiert.

„Also ich finde die Idee klasse und ich glaube auch, dass sie realisierbar sein könnte. Man müsste sich natürlich noch einmal genauer mit den Zahlen beschäftigen und sich professionellen Rat einholen, aber grundsätzlich klingt das Ganze sehr interessant.“
„Ich kann verstehen, dass du noch etwas skeptisch bist. Ich mache dir einen Vorschlag. Lass uns morgen einfach mal runter zum Hafen fahren und den Kahn ansehen. Du bekommst einen Eindruck von dem Schiff und ich kann dir noch ein paar weitere Details erklären. Was hältst du davon? Das bliebe dann für dich eine ganz unverbindliche Sache.“

„Einverstanden. Warum eigentlich nicht? Ich würde es mir wirklich gerne mal ansehen."
„Dann hole ich dich morgen gegen zehn hier vor dem BOT ab. Darauf müssen wir aber wirklich einen trinken, was darf ich dir bringen?"
„Für mich nichts, danke. Ich bin wirklich müde. Ein anderes Mal gerne. Wir sehen uns dann morgen."
„Ja, alles klar, dann bis morgen."

Martin verabschiedete sich von Jean-Luc, Frank und den anderen und machte sich auf den Weg zurück zur Alanbrooke Hall. Überraschenderweise hatten seine Matratze und das Bettzeug den Weg zurück in sein Zimmer gefunden. Jean-Luc schien wirklich einen sehr guten Draht zum Hausmeister zu haben, denn nur der hatte einen Zweitschlüssel. Er konnte nicht einschlafen, immer wieder drehten sich seine Gedanken um das Schiff, um Sarah und seine Kopfschmerzen. Es folgte der gewohnte Griff zu den Schmerzmitteln und der etappenweise Schlaf mit Albträumen und Wahnvorstellungen. Die Hüfte schmerzte so stark, dass er keine bequeme Liegeposition finden konnte. Er warf sich hin und her und hatte Angst davor, die Augen zu schließen.

27

„Was soll das denn für ein rostiges Ungetüm sein? Ein Wunder, dass sich dieser Kahn noch über Wasser halten kann. Ich weiß nicht, macht nicht gerade einen sehr vertrauenerweckenden Eindruck auf mich."
„Na, was hast du denn erwartet, Martin? Der Frachter liegt hier seit gut zwei Jahren vor Anker und war schon vorher für eine Generalüberholung mehr als fällig. Was meinst du wohl, warum der Reeder pleite gemacht hat? Der hat sein Geld überall investiert, aber bestimmt nicht in seine Schiffe. Aber glaube mir, so schlimm, wie es aussieht, ist es gar nicht. Man muss einiges machen, aber das habe ich ja schon erwähnt. Es wäre eben wichtig, dass der Frachter möglichst bald in ein Trockendock kommt, damit man alle notwendigen Arbeiten ausführen kann, bevor es zu spät ist. Der momentane Zustand hat aber auch den Vorteil, dass die Anschaffungskosten sehr moderat sein dürften."

Ian grinste ihn an. Dieser Mensch besaß anscheinend einen unerschütterlichen Optimismus. Als sich Martin auf dem Schiff umschaute war ihm klar, dass er den auch brauchen würde. Ian hatte sich von irgendwoher den Schlüssel für den Frachter besorgt und so konnten sie auch das Innenleben des rostigen Bananendampfers in Augenschein nehmen. Martin war erstaunt, als er die gut erhaltenen Räume unter Deck durchschritt. Der äußere Eindruck täuschte gewaltig. Der Zustand der Kabinen und Frachträume war angesichts der zweijährigen Liegezeit tatsächlich nicht so schlecht, wie er erwartet hatte. Und noch etwas stellte er fest: Man unterschätzte die Dimensionen eines solchen Frachters gewaltig, wenn man ihn nur von außen betrachtete. Das Schiff war wirklich riesig. Natürlich hatte Martin in dieser Beziehung keine Vergleichsmöglichkeiten, aber nach seiner Einschätzung hatte der Frachtraum durchaus die Größe eines Handballfeldes. Dazu kamen im hinteren Bereich noch die Kajüten und sanitären Anlagen für die Besatzung. In diesen Räumlichkeiten schien die Zeit stehen geblieben zu sein. Es war irgendwie unheimlich an den Kojen vorbeizugehen, auf die sogar noch die Bettwäsche aufgezogen war. In der Schiffsmesse stand das Geschirr auf dem Tisch und die Töpfe und Pfannen hatte man säuberlich an die Wand gehängt. Martin erinnerte die ganze Szenerie an Science-Fiction-Filme, in denen ein paar Überlebende des letzten großen Atomkrieges durch die Städte ziehen und nirgends eine Menschenseele antreffen. Wenn er es nicht besser gewusst hätte, wäre er jede Wette eingegangen, dass die Crew dieses Schiffes heute Morgen hier noch gefrühstückt hatte. Er musste über sich selbst lächeln, als er an der Wand einen Kalender aus dem Jahre 1988 entdeckte. Im besagten Film hätte der Hauptdarsteller in diesem Moment einen wahnsinnigen Schreck bekommen. Er hätte nicht geglaubt, dass sich die Katastrophe schon vor zwei Jahren ereignet haben sollte.

Martin faszinierte es, wie sich tote Materie mühelos konservieren ließ. Wenn er sich überlegte, dass es die Natur nicht fertig brachte, eine Rose für ein paar Monate haltbar zu machen, aber der Mensch Pyramiden baute, die nun schon seit einigen tausend Jahren in der

Wüste herumstanden, dann musste die Frage erlaubt sein, ob es nicht auch bei den von Menschenhand erschaffenen Dingen besser wäre, wenn sie einer gewissen Vergänglichkeit unterliegen würden.

Sie stiegen hinauf zur Brücke. Von hier oben hatte man einen fantastischen Überblick über das ganze Schiff. Martin schätzte, dass die Gesamtlänge des Frachters etwa hundert und die Breite rund zwanzig Meter betrug. Außerdem verfügte dieser schwimmende Rosthaufen über zwei komplette Krananlagen, mit denen man die Ladung aus den Tiefen des Frachtraumes befördern konnte. Die Geräte und Anlagen in der Kommandozentrale stammten aus russischer Produktion. Insgesamt wirkte die Brücke rustikal und spartanisch. Wie in den siebziger Jahren üblich, wurde mehr Wert auf Funktionalität als auf ausgewogenes Design gelegt. Die verschiedenen Knöpfe und Hebel waren riesig und die Anzeigen so groß, dass selbst der weitsichtigste Seemann die Zahlen noch erkennen konnte. Martin stellte außerdem fest, dass zum Zeitpunkt der Konstruktion dieses Schiffes noch die Mechanik den Ton angab. Sämtliche elektronische Apparaturen waren erst nachträglich eingebaut worden. Er interessierte sich jedoch nicht besonders für Technik. Wahrscheinlich hätten andere Männer erst einmal alle möglichen Fragen gestellt und überall angefasst, Martin stand jedoch einfach nur auf der Brücke und genoss die schöne Aussicht. Ihm fielen zwar auch einzelne Sachen auf, aber er hatte von der Seefahrt und von Schiffen nicht die geringste Ahnung. Außerdem wollte er Ian nicht ständig fragen müssen. Der zeigte ihm ganz stolz noch den Maschi-

nenraum und faselte irgendetwas von einem guten, alten Dieselmotor. Er erklärte Martin, wie das stählerne Ungetüm angetrieben wurde und welche speziellen Teile schon ausgebaut worden seien. Ian gab sich alle Mühe und überhäufte seinen Begleiter mit technischen Informationen und Leistungskennzahlen. Martin nickte eifrig und ... verstand überhaupt nichts. Während sie aus dem Bauch des Schiffes wieder nach oben stiegen, fiel ihm dann doch noch eine wichtige Frage ein.
„Sag mal, Ian, wie heißt das Schiff eigentlich?"
„Helena. Das ist wohl der Name einer Tochter des griechischen Reeders."
„Ach so, gefällt mir aber nicht."
„Wenn wir das Schiff kaufen sollten, dann können wir es nennen, wie wir wollen."

Sie verließen den Frachter und setzten sich gemeinsam auf die Kaimauer. Die undurchsichtige Brühe unter ihnen wirkte wie ein glänzender, öliger Linoleumbelag in der Mittagssonne. Ab und zu geriet alles ein wenig in Aufruhr, wenn sich in großer Entfernung ein einsamer Kahn am grauen Horizont vorbeischob. Die zarten Ausläufer der von der Schiffsschraube erzeugten Wellen erreichten die mit Eisen und Beton bewehrte Hafenumrandung erst, als das Schiff Belfast schon längst den Rücken gekehrt hatte. Auf dem abgestandenen, stinkenden Wasser hatte es sich allerlei Unrat und Müll gemütlich gemacht. Leere Flaschen, Büchsen und Dosen umzingelten die vergessenen und aufgegebenen Boote, die ihren Liegeplatz an der Peripherie des Hafens hatten. Sie zeichneten das Bild noch trauriger. Große und kleine Schrottgebilde rosteten vor sich hin, verbunden durch ihre einheitliche braune Farbgebung. Hier und da gab es ein paar kleine Farbtupfer, die sich standhaft dem natürlichen Zersetzungsprozess entgegen stemmten. Aber die Zeit würde auch diesen letzten Widerstand brechen. Es war ein groteskes Bild, als ein hypermodernes Containerfrachtschiff mit auffällig greller Bemalung gemächlich die dahin faulenden alten Kameraden passierte. Sehnsüchtig blickten die dem Zerfall preisgegebenen Wasserfahrzeuge der neuen Generation hinterher.

„Sag mal, Ian, über welche Summe sprechen wir hier? Was würde so ein Schiff eigentlich in etwa kosten?"
„Das letzte Mal, als ich den Konkursverwalter am Telefon hatte, wollte er 500.000 Dollar haben. Allerdings ist das auch schon wieder vier Monate her, und mir scheint es fast so, als wenn seitdem noch mehr Teile gestohlen worden sind. Ich denke, man könnte ihn noch ein wenig runterhandeln."
„Du hast mir doch erzählt, dass du einen Partner suchst. Wie genau hast du dir denn den Kauf des Schiffes vorgestellt?"
„Ich suche jemanden, der bereit ist, 250.000 Dollar in dieses Projekt zu stecken. Die gleiche Summe werde ich auch zur Verfügung stellen. Sollte beim Kauf noch etwas Geld übrig bleiben, dann bildet das gleich den Grundstock für den Umbau."
„Warum willst du das Ganze eigentlich überhaupt machen?"
„Hör zu, Martin, ich bin in ein paar Wochen mit dem Studium fertig und darf mich dann Schiffsbauingenieur nennen. Dieser Titel ist aber auch schon alles, was ich

in den nächsten Jahren haben werde. Es gibt kaum Jobs und wenn, dann darfst du mal den Umbau einer kleinen Jolle leiten. Die hoch dotierten Posten sind alle besetzt und ich werde nicht mal die Chance bekommen, zu zeigen, dass ich einer der Besten bin. Und du kannst mir glauben, ich gehöre zu den Spitzenleuten in meinem Fach.

Der Umbau der „Helena" ist Thema meiner Abschlussarbeit an der QUB. Irgendwann habe ich mir gedacht, dass es ja reine Verschwendung sei, wenn die komplette Ausarbeitung eines solchen Umbaus in einem der vielen Regale der Unibibliothek verstaubt. Wenn ich schon so viel Arbeit in die theoretische Ausarbeitung stecke, warum das Ganze nicht auch gleich in die Praxis umsetzen?"

„Soll das etwa heißen, dass du schon sämtliche Pläne für den Umbau ausgearbeitet in der Schublade hast?"

„Ja sicher, theoretisch ist alles schon durchgeplant. Ich habe die Materialkalkulation, eine Kostenschätzung, die Berechnung der Statik, die Konstruktionspläne und einen Haufen technischer Zeichnungen bereits fertig gestellt."

„Kann ich mir das alles mal ansehen?"

„Natürlich, kein Problem!"

„Darf ich dich mal etwas Persönliches fragen, Ian? Woher hast du nur so viel Geld? Ich meine, 250.000 Dollar sind für einen Studenten doch eher ungewöhnlich."

„Das gehört im Grunde auch nicht mir. Mein Vater ist Eigentümer einer weltberühmten Whiskyfirma in Schottland und stinkreich. Ich habe ihm von meiner Idee erzählt und er war zu meiner großen Verwunderung vollkommen begeistert. Er hat einfach sein

Scheckbuch gezückt und gemeint, dass er mir das Geld leiht, ich solle es ihm irgendwann einmal zurückzahlen, wenn ich dazu in der Lage bin. Ja ich weiß, völlig verrückt, aber so ist mein Alter manchmal."

„Lass uns zurückfahren, ich will mir gleich mal die Pläne ansehen."

„O.K., dann mal los."

28

„Hallo Dr. Kruske, hier ist Martin, wie geht es Ihnen?"
„Oh, hallo Martin, danke, es geht mir gut. Was macht das Studium?"
„Es läuft. Ich habe keine besonderen Probleme mit der Betriebswirtschaftslehre. Allerdings rufe ich aus einem ganz anderen Grund an. Ich brauche Geld, viel Geld."
„Wie viel ist denn viel Geld?"
„250.000 Dollar. Ich will hier mit Ian, einem anderen Studenten, ein großes Projekt starten. Wir wollen einen alten Frachter in ein modernes Freizeitschiff für Kinder und Jugendliche umbauen. Das soll später fest auf dem Lagan verankert werden und möglichst viele junge Leute unterschiedlichster Herkunft und Gesinnung zusammenbringen. Wir sehen das Ganze als eine Art friedensstiftende Maßnahme an. Ich habe mir die Pläne und Kalkulationen genau angesehen und bin von der Realisierbarkeit überzeugt. Es könnte ein wichtiger Schritt aus der Gewaltspirale sein, Dr. Kruske. Das Schiff ist eine Chance für die Belfaster Jugend. Wir würden ihnen damit eine Perspektive, eine Zukunft, bieten. Sie hätten endlich eine Alternative zum täglichen Stumpfsinn. Verstehen Sie, die Jugendlichen hätten wahrscheinlich zum ersten Mal das Gefühl, dass man sie braucht. Ich will unbedingt dabei sein. Gibt es irgendeine Möglichkeit, so viel Geld locker zu machen?"

„Eine solch hohe Investition will gut überlegt sein, Martin. Wir reden hier immerhin von einer Viertelmillion Dollar, die ich einem Siebzehnjährigen aushändigen

soll. Es tut mir leid, aber ich denke, da muss ich dich enttäuschen. Dein Vater hätte das niemals zugelassen und ich bin beauftragt worden, deine Erziehung in seinem Sinne fortzuführen. Ich kann dir das Geld nicht geben, auf keinen Fall."
„Was ist mit dem Treuhandfonds?"
„Was soll damit sein?"
„Nach Vollendung meines 18. Lebensjahres steht er mir zu und da sind meines Wissens mehrere hunderttausend Mark drin."
„Das stimmt soweit Martin, aber du bist erst siebzehn."
„Sie wissen genau, dass ich in wenigen Monaten achtzehn Jahre alt werde und mir dann das Geld sowieso zusteht. Ich will mich nicht mit Ihnen streiten, aber ist es nicht wirklich Haarspalterei, ob ich jetzt noch ein wenig warte und mir dann das Geld nehme oder ob Sie mir einen Teil zum jetzigen Zeitpunkt auszahlen?"
„Das hat nichts mit Haarspalterei zu tun, Martin, ich bin dabei an gesetzliche Vorgaben gebunden. Ich kann mich nicht so einfach über die testamentarischen Festsetzungen ihres Vaters hinwegsetzen."
„Aber Sie sind auch mein Vormund. Da muss es doch Möglichkeiten geben! Kann ich denn den Treuhandfonds nicht einfach beleihen?"

„Oh Martin, du meinst es wirklich ernst was? Bevor du irgendwelche Dummheiten machst, lass mich noch mal ein paar Nächte darüber schlafen und schicke mir die Unterlagen des Projektes nach Deutschland. Ich möchte sie gerne einem befreundeten Ingenieur vorlegen. Vielleicht können wir ja doch eine gemeinsame Lösung finden."

„Das ist wirklich nett von Ihnen, Dr. Kruske, ich schicke die Projektpapiere gleich heute noch los. Auf Wiederhören."
„Ja, auf Wiederhören und warte bitte, bis ich mich wieder melde. Keine Dummheiten wegen des Geldes, verstanden?!"
„Geht in Ordnung."

Martin hatte die ganze Nacht Ian´s Zeichnungen und Berechnungen durchgesehen. Er war zwar kein Experte, was die technische Seite eines solchen Projektes anging, aber die Kalkulationen waren aus betriebswirtschaftlicher Sicht nicht zu beanstanden. Da passte jedes Detail. Ian hatte wirklich eine Menge Arbeit in die theoretische Aufbereitung des Projekts gesteckt. Martin hätte die Unterlagen unheimlich gerne Sarah gezeigt und ihre Meinung dazu gehört. Heute Nachmittag wollte er mit Grandpa zum Friedhof. Er freute sich darauf, den alten O´Mally zu besuchen und ihm von der Sache mit dem Schiff zu berichten.
Als Martin klopfte und klingelte, tat sich eine ganze Weile lang überhaupt nichts, doch dann hörte er den schleppenden Schritt von Grandpa, der nach einer halben Ewigkeit die Tür öffnete und ihn in den Flur zog.
„Hör mal mein Junge, ich bin jetzt achtzig Jahre alt und selbst als ich noch siebzig war, konnte ich nicht fliegen. Das nächste Mal bist du etwas geduldiger mit mir, verstanden?"
„Vielleicht solltet ihr euch eine Klingel mit einer flotten Melodie anschaffen, denn im Pub bei einsetzender Musik warst du, wenn ich mich recht erinnere, wesentlich agiler, Grandpa."

„Mein Junge, soll ich dir mal etwas verraten? Nach diesem Abend war ich eine Woche lang völlig fertig. Ich konnte mich kaum rühren. Aber vor den hübschen Damen habe ich meine Gebrechlichkeit perfekt versteckt. Ob du es glaubst oder nicht, sie haben mir reihenweise ihre Adressen in die Hosentasche gesteckt."
„Das glaube ich gerne, schließlich hast du mit deinem Hüftschwung fast alle Männer im Pub ausgestochen."

Grandpa O´Mally schüttelte sich vor Lachen. Ja, das war ein toller Abend, fast wie in den guten alten Zeiten. Nur dass er früher nicht sieben Tage regenerieren musste. Jeden Abend waren sie unterwegs, immer auf der Suche nach schönen Mädchen, mit denen sie tanzen konnten. Auf einem der Ceílí (irische Tanzabende) hatte er Cecile kennen gelernt. Mein Gott, was war sie damals schön, es hatte ihm glatt die Sprache verschlagen. Er stand vor ihr und stotterte irgendwelches dummes Zeug und wurde rot wie eine Tomate. Ein Kerl wie ein Baum und stand da mit hängenden Schultern und zittrigen Händen. Cecile hatte gelacht und ihn mit sich auf die Tanzfläche gezogen. Das war sein Terrain, hier kannte er sich aus. Grandpa war ein begnadeter Tänzer. Er wirbelte mit Cecile durch den Saal, dass alle Leute nur so staunten. Sie lächelte ihn die ganze Zeit an und folgte seinen temperamentvollen Bewegungen mühelos. Er tanzte den ganzen Abend mit ihr und brachte sie dann nach Hause. Vor dem Haus bekam er einen Abschiedskuss und war auf der Stelle in Cecile verliebt. Von diesem Abend an waren sie ein Paar, und bei allen Schwierigkeiten in ihrem Leben hatten sie sich doch die Liebe zum Tanz immer bewahrt.

Er erinnerte sich daran, wie ihr Tod ihm den Boden unter den Füßen weggezogen hatte. Er fiel und fiel immer weiter. Damals hatte er Monate gebraucht, bis er wieder in der Lage war, sein Gehirn mit etwas anderem als ihrem Tod zu beschäftigen. Sein Lebensmut war dahin und er fragte sich mehr als einmal, warum er auf dieser Welt noch weiter leben sollte. Nuala hatte sich dann rührend um ihn gekümmert. Mit der Zeit kehrte er wieder in das normale Leben zurück. Und dann gab es Sarah, die ihn mit ihrer Lebendigkeit und ihrem fröhlichen Wesen an die junge Cecile erinnerte. Seine Enkelin war eine typische O´Mally. Sie besaß den familientypischen Idealismus, den unbedingten Glauben an Gerechtigkeit und Freiheit. Doch ebenso wie Cecile war sie der festen Überzeugung, dass Gewalt hierfür ein ungeeignetes Mittel war. Oh, er erinnerte sich an die lauten Diskussionen und die heftigen Dispute, die er mit Cecile austrug, als er anfing für die IRA zu arbeiten. Er hatte ihr den Eintritt in die Organisation wohlweislich verschwiegen, aber irgendwann war sie natürlich dahinter gekommen. So wütend hatte er sie nie wieder erlebt. Sie saß mit der kleinen Nuala auf dem Arm in der Küche und ihre grünen Augen funkelten ihn böse an. Natürlich hätte er auf sie hören sollen. Es kam genauso, wie sie es prophezeit hatte. Die Jahre im Gefängnis waren die schlimmsten seines Lebens. Die Trennung von Frau und Kind, die ständigen Misshandlungen, die bittere Armut der Familie. Er war nach wie vor davon überzeugt, dass es eine gesamte Republik Irland geben sollte. Dafür war er auch nach seinem Gefängnisaufenthalt noch bereit zu kämpfen, aber die Wahl der Mittel hatte sich für ihn geändert. Grandpa hatte sich gemeinsam mit Cecile in einer Vielzahl von Organisationen für die Verbesserung der Lebensbedingungen der katholischen Bevölkerung in Belfast engagiert. Sie demonstrierten, schrieben Briefe an das Parlament, versuchten die Kinder von der Straße zu holen und viele andere Dinge mehr. Doch nach dem Bloody Sunday und den Übergriffen der Protestanten in den sechziger und siebziger Jahren bekamen die Radikalen wieder Oberwasser. Er musste ohnmächtig mit ansehen, wie Nuala´s Mann in der IRA zum Brigadechef aufstieg und wenig später verhaftet wurde. Grandpa konnte auch nicht verhindern, dass Sean in die Fußstapfen der männlichen O´Mallys trat. Nuala engagierte sich ebenfalls in verschiedenen Vereinigungen, aber sie entwickelte nie dieses Feuer, das Cecile und Sarah so charakterisierte. Seine Tochter war mit Leib und Seele Mutter. Sie versuchte krampfhaft, die Familie zusammen zu halten, was ihr trotz der widrigen Umstände auch sehr gut gelang. Alle anderen Mitglieder des O´Mally Clans hatten dagegen nichts anderes als den Kampf gegen die Unterdrückung im Kopf, jeder auf seine eigene spezielle Art und Weise.

„Das ist aber nett von dir, dass du mir Blumen mitgebracht hast. Eine Flasche Whiskey hätte mich aber doch mehr beeindruckt."
Der alte O´Mally zeigte auf den Strauß in Martins Hand und lächelte spitzbübisch.
„Ich wollte dich fragen, ob du mich zum Friedhof begleitest. Wir könnten auf dem Weg noch eine bestimmte Sache besprechen, Grandpa. Ich würde nur gerne

Nuala und Mr. O´Mally guten Tag sagen, sind sie in der Küche?“

„Nein, sie sind bei Colm Lane. Der Junge ist gestern aus Long Kesh entlassen worden und hat Neuigkeiten über Sean. Irgendwie hat er wohl vom Tod seiner Schwester erfahren und ist völlig ausgerastet. Sie haben ihn nicht zur Beerdigungsfeier gelassen und daraufhin hat er wohl einen Wärter tätlich angegriffen. Soweit wir wissen, haben sie ihn übel zugerichtet. Er liegt jetzt auf der Krankenstation. Nuala hat gehofft, dass Colm noch weitere Informationen hat und deshalb sind sie kurz rüber.“

„Meinen letzten Besuchsantrag haben sie ohne Begründung abgelehnt und mein Brief an ihn kam auch geöffnet wieder zurück.“

„Wundert dich das, Martin? Ich kann mir ehrlich gesagt nicht vorstellen, dass sie dich noch einmal zu ihm lassen. Na komm, lass uns gehen, bevor der Regen wieder stärker wird.“

Sie nahmen ein Black Taxi bis zum Milltown Cemetery. Während sie zu Sarahs Grab schlenderten, erzählte Martin Grandpa alles über den Frachter „Helena“, den geplanten Umbau, sein Gespräch mit Dr. Kruske und den Sinn des Projektes. Der alte O´Mally hörte aufmerksam zu und nickte manchmal mit dem Kopf. Als Martin seinen Bericht beendet hatte, konnte er den Glanz in den Augen von Grandpa O´Mally sehen.

„Das klingt wirklich nach einer ausgezeichneten Idee, mein Junge. Ein Schiff für die Jugend und alle sollen mit anpacken. Ja, wie damals, als alle voller Stolz die Titanic gebaut haben und man in der ganzen Welt respektvoll von der Belfaster Werft sprach. Das könnte der Anfang sein, auf den die Menschen schon so lange warten. Ich hoffe sehr, dass es gelingen wird. Wenn ihr einen alten, kaputten Werftarbeiter braucht, dann könnt ihr auf mich zählen, Martin. Ohnehin solltet ihr die Belfaster von Beginn an einbinden. "

„Das Angebot nehme ich dann gerne an, Grandpa. Ich schätze, wir werden im Falle der Realisierung jede Hilfe brauchen, die wir kriegen können."

„Da fällt mir noch etwas ein, Martin. Hat sich damit dein Wunsch, die IRA betreffend, erledigt?"

„Ja, ich habe mich für das Schiffsprojekt entschieden. Die Sache mit der Gewalt ist einfach nichts für mich."

„Das freut mich. Du weißt ja, eine Entscheidung ist immer der Tod aller anderen Möglichkeiten. In deinem Fall hat die richtige Alternative überlebt."

Sie hatten Sarahs Grab erreicht. Grandpa legte den Arm um Martins Schultern und nickte kurz in Richtung der Ruhestatt seiner Enkelin.

„Sie wäre stolz auf dich, mein Junge. Das wäre sie ganz sicher."

Martin legte die Blumen auf ihr Grab und begrüßte sie ganz leise. Er wollte ihr eigentlich alle Neuigkeiten erzählen, aber sein Unterbewusstsein machte ihm einen Strich durch die Rechnung.

„Grandpa, ich kann es immer noch nicht glauben, dass sie da unten liegen soll. Verstehst du, es will mir einfach nicht in den Kopf. Alles in mir sträubt sich, diese Tatsache hinzunehmen. Es ist alles so unwirklich, wie in einem Film. Ich meine, wir stehen hier vor einem gravierten Stein und sollen uns vorstellen, dass wir sie besuchen. Wie soll ich dir das erklären? Weißt du, ich sehe nichts anderes als einen Stein. Ein frisch angelegtes Beet und einen Stein. Wie soll ich sie denn hier finden? Wie soll ich hier mit ihr sprechen? Ich habe ihr viel zu erzählen, aber mir scheint es so, als würde ich hier nur mit einem Grabstein sprechen. Ich sehe sie hier einfach nicht."

„Das verstehe ich sogar sehr gut, Martin. Du bringst sie einfach nicht mit dem Friedhof in Verbindung, und das ist nicht unbedingt schlecht. Du hast es ja schon richtig erkannt, wenn du sagst, dass du sie hier nicht finden kannst, dass du sie hier nicht siehst. Es ist deine Aufgabe, den Ort zu suchen, wo du ihre Anwesenheit spürst. Das kannst du nur ganz allein machen. Vielleicht ist es eine Bank, auf der ihr immer gesessen habt oder eine Laterne, unter der ihr euch stets einen Kuss gegeben habt. Ich weiß es nicht. Das wirst du fühlen, wenn es soweit ist. Es spielt nicht die geringste Rolle, wo sich der Ort der Trauer befindet, wichtig ist nur, dass man irgendwo einen hat."

Er sah den alten O´Mally dankbar an. Seine Sarah war nicht hier, aber er würde sie finden, an einem anderen Ort. Schweigend standen sie noch eine Weile vor dem Grab und machten sich dann gemeinsam auf den Rückweg. Der Regen wurde stärker, aber Martin und Grandpa beachteten ihn gar nicht. Die Tropfen prasselten auf die Steine der Toten und die Köpfe der Lebenden und versuchten, die Umgebung in Trostlosigkeit zu tauchen. An diesem Ort, zu dieser Zeit, ein sinnloses Unterfangen. Der nasse Vorhang fiel über Belfast und beendete die Darbietung der Sonne. Ein Gedanke verband die beiden Männer, der Gedanke an die große Liebe. Für Grandpa eine schöne, schmerzliche Erinnerung, für Martin eine brennende, fortwährende Sehnsucht.

29

Er klopfte und hämmerte wild gegen die Tür. Erst nach einigen Minuten vernahm er eine menschliche Regung hinter der hölzernen Abtrennung. Mit schweren Schritten kam jemand in seine Richtung. Durch den Spalt zwischen Boden und Türblatt konnte Martin sehen, wie im Zimmer das Licht angeknipst wurde. Die Äußerungen aus dem Inneren des Raumes ließen darauf schließen, dass der Bewohner nicht gerade erfreut über Martins Besuch war. Die Tür wurde geöffnet und Ian steckte seinen Kopf heraus. Die verquollenen Augen hatten es schwer, sich der Situation zu stellen und vernünftige Bilder an das Gehirn zu senden. Offensichtlich hatte er Ian geradewegs aus dem Schlaf gerissen, denn der glotzte Martin völlig verständnislos an und sagte kein Wort.

„Wenn wir es „Sarah“ nennen, dann bin ich dabei, Ian“
„Häh?“
„Das Schiff. Wenn wir dem Schiff den Namen „Sarah“ geben, dann steige ich in das Projekt ein.“
Plötzlich schien Ian hellwach zu sein. Er grinste und seine Augen strahlten wie die Morgensonne, als er verstand, was Martin ihm damit sagen wollte.
„Martin, du kannst den ollen Frachter auch „Goethe“ oder „Schiller“ nennen, das ist mir vollkommen egal. Die Hauptsache ist, dass wir im Spiel sind. Ich kann es nicht fassen, wie hast du das nur geschafft? Wie konntest du deinen Vormund davon überzeugen, die Kohle

jetzt schon locker zu machen? Komm rein! Und dann erzähle endlich! Ich will alles wissen. Nun mach schon!“

„Ja, also das war so: Ich habe dir doch erzählt, dass ich Dr. Kruske die kompletten Unterlagen des Projektes mitgeschickt habe. Er hat sie einem befreundeten Ingenieur gezeigt und dieser wiederum hat sie einem Kollegen von der berühmten Meyer Werft vorgelegt. Und stell dir vor, was passiert ist: Sie waren begeistert. Nein, nicht begeistert, sie müssen völlig aus dem Häuschen gewesen sein. Auf jeden Fall meinten sie übereinstimmend, dass deine Pläne schlichtweg genial seien und man so etwas auf jeden Fall unterstützen müsse, wenn man denn die Möglichkeit dazu habe. Dr. Kruske muss ziemlich überrascht gewesen sein, denn er hatte das ganze Projekt schon vorher als Kinderkram abgehakt und wollte sich das durch den Ingenieur einfach nur bestätigen lassen. Offensichtlich ging dieser Plan völlig in die Hose. Ich glaube aber, dass etwas anderes den Sinneswandel bei Dr. Kruske ausgelöst hat. Er hatte einfach Angst, dass ich mir das Geld auf irgendeine illegale Art und Weise besorge. Das hätte ihm schließlich weitaus mehr Probleme bereitet. Deshalb hat er wohl einen Weg gefunden, wie er mir das Geld doch zur Verfügung stellen kann. Es ist mir auch ziemlich egal, wo es letztlich wirklich herkommt, die Hauptsache ist doch, dass wir loslegen können.“

„Und sie haben wirklich gesagt, dass meine Pläne für den Umbau genial sind? Siehst du, ich habe es dir ja immer gesagt, ich gehöre zu den Besten. Das wird ein ganz großes Ding Martin, glaube mir, wir können es schaffen. Ich fasse es nicht, es kann wirklich losgehen." Sie umarmten sich und tanzten ausgelassen durch das Zimmer. Wie eine riesige Welle erfasste sie die Euphorie und riss sie mit sich. Jetzt konnte sie nichts mehr aufhalten! Sie besaßen die Naivität der Glücklichen. Sie waren auf der Siegerstraße und hatten das Zielband vor Augen. Der Weg zum Gipfel war aus ihrer Sicht ein Spaziergang, eine kleine Wanderung, nichts wirklich Schwieriges. Der Startschuss war gefallen und sie sprinteten los. Sie wollten keine weitere Zeit vergeuden, Stillstand bedeutete Rückschritt.

Und so legten sie die nächsten Tage auch ein Höllentempo vor. Ian hatte bereits wenige Stunden nach Martins Besuch den Konkursverwalter von ihren festen Kaufabsichten informiert. Dieser wollte zunächst Rücksprache mit der Gläubigerbank halten und dann ein konkretes Verkaufsangebot vorlegen. Martin konnte einen Tag später einen Termin bei Mr. Ferguson vereinbaren, der als einer der Chefs bei Harland and Wolff dem Bereich „Umbauten und Reparaturen" vorstand. Diesem wollten die beiden Freunde die kostenlose Nutzung eines Trockendocks aus dem Kreuz leiern. Nach ihren Vorstellungen würden sie zum Zeitpunkt dieses Gespräches bereits die Eigentümer des Frachters sein und könnten mit dieser Tatsache ihre ernsthaften Absichten beweisen. Sie waren sich sicher, dass Mr. Ferguson von ihrem Projekt begeistert sein und man sich schnell einig werden würde. Der Optimismus, mit dem sie ihre Aufgabe angingen, verleitete sie manchmal dazu, viele Schwierigkeiten überhaupt nicht zur Kenntnis zu nehmen. Das bewahrte sie zwar davor, Dinge aufgrund berechtigter oder unberechtigter Bedenken zu zerreden, andererseits nahmen sie dadurch manche Warnsignale nicht wahr und erlitten unnötige Rückschläge.

Die Gläubigerbank teilte den beiden mit, dass man bereit sei, die „Helena" für 450.000 $ zu veräußern. Sie schickten sogar ein Gutachten mit, aus dem hervorging, dass der Frachter die geforderte Summe auf jeden Fall wert sei. Ian überzeugte Martin davon, dass es sich um ein faires und solides Angebot handelte. Trotzdem engagierten sie einen ortsansässigen Sachverständigen und ließen den alten Frachter auf Herz und Nieren prüfen. Das Schiff bestand die strenge Musterung. Zwei Wochen nach dem ersten Anruf beim Konkursverwalter gehörte die „Helena" ihnen. Dr. Kruske hatte einen befreundeten Rechtsanwalt gebeten, den jungen Leuten bei den Formalitäten hilfreich zur Seite zu stehen. Im Nachhinein war Martin froh, dass sie diesen ausgewiesenen Fachmann für internationales Seerecht mit im Team hatten; die zwei unbedarften Studenten wären sonst mit den bürokratischen Hürden schon nach kurzer Zeit überfordert gewesen. Nach den unzähligen Behördengängen und der Vielzahl von Dokumenten, die sie unterschreiben mussten, war Martin sich zwischenzeitlich nicht mehr ganz sicher, ob sie lediglich ein Schiff oder die halbe Stadt Belfast erwerben würden. Noch glitten sie aber unbeirrt auf dem Strom der Zuversicht dahin.

An einem kühlen Januarmorgen standen Martin und Ian vor dem Verwaltungsgebäude der Harland and Wolff Werft im Belfaster Hafen. Martin war zwar aus Deutschland und seinem Internatsleben in der Schweiz ganz andere winterliche Temperaturen gewöhnt, aber diese feuchte Kälte kroch ihm förmlich in die Knochen. Ein nebliger Schleier lag über dem Wasser. Ohne den weiten Blick auf das Meer wirkte Belfast kleiner, fast gedrungen. Die Menschen, die an ihnen vorbeihasteten, steckten ihre Hände tief in die Manteltaschen. Ihr Blick war mürrisch nach unten gerichtet. Es war ein wirklich ungemütlicher Morgen. Martin wunderte sich immer, wie sehr das Wetter die Stimmung der Menschen beeinflusste, trotzdem entwickelten die Einwohner von Belfast schon so etwas wie eine stoische Ruhe, wenn es um das Ertragen von Dauerregen ging. Da gab es kein Schimpfen und Lamentieren. Man ergab sich in das Schicksal, es war ja doch nicht zu ändern. Er bewunderte diese Gelassenheit, zumal er in dieser Hinsicht typisch deutsch war. Schlechtes Wetter war immer ein Anlass zum Klagen, und eigentlich war es sowieso nie richtig gut. Die Iren hingegen liebten ihr unbeständiges Wetter, nicht zuletzt deshalb, weil es ein schier unerschöpflicher Quell für Diskussionen war.

„Guten Morgen, wir haben einen Termin bei Mr. Ferguson."
Die Dame am Empfang blickte kurz über den Brillenrand und musterte die beiden jungen Männer. Anscheinend hielt sie sich selbst für eine herausragende Persönlichkeit, nur weil sie für eine solche arbeitete. Sie hatte nicht etwa einen Job zu erledigen, nein, sie erfüllte eine

Mission. Martin kannte das System noch von der Firma seines Vaters. Die Vorzimmerdame Frau Hollerried war nicht etwa eine Sekretärin, sie war der menschliche Schutzschild des Chefs. Niemand drang zu seinem Vater vor, wenn sie es nicht wollte. Solche Personen symbolisierten für Martin den Vorhof zur Hölle. Ja, das war ein hartes Urteil, aber er war sich sicher, dass jeder, der öfter mit dieser Berufsgruppe zu tun hatte, ihm aus vollem Herzen zustimmen würde.

„So, Sie haben also einen Termin. Wie war doch gleich der Name? Sie werden verstehen, dass Mr. Ferguson ein vielbeschäftigter Mann ist und deshalb nur nach vorheriger Terminabsprache zu sprechen ist."
Martin platzte der Kragen, da half auch Ians Tritt gegen sein Schienbein nichts.
„Wir sagten ja bereits, dass wir einen Termin haben. Ich bin Mr. von Bergen und das ist Mr. McNolan. Wir haben vor zwei Wochen ein Gespräch mit Mr. Ferguson vereinbart."
Martin wusste genau, was jetzt kommen würde, und er sollte recht behalten.
„Einen kleinen Moment bitte, ich schaue nach. Hier habe ich es, heute Morgen neun Uhr. Setzen Sie sich doch bitte, ich werde Mr. Ferguson über ihr Erscheinen informieren."

Der Terminkalender, in dem sie so konzentriert gewühlt hatte, bedeckte fast den halben Schreibtisch. Martin sah genau, dass am heutigen Vormittag nur ein Eintrag vorhanden war. Er musste sich extrem zusammenreißen, um der Frau nicht an den Hals zu springen.

Die Schachtel tat ja gerade so, als wenn sie zwanzig Meetings zu koordinieren hätte. Vorzimmerdamen waren wie eine Art Türsteher: Sie musterten die Menschen in Sekundenschnelle und steckten sie in eine Schublade. Martin und Ian hatten sich zwar um korrekte Kleidung bemüht, aber das geschulte Auge der ach so vielbeschäftigten Sekretärin erkannte sofort, dass es sich um zwei junge Studenten handelte. Wahrscheinlich war sie der Meinung, dass die beiden Männer nach einem Job fragen oder ihren Mr. Ferguson mit einer anderen unwichtigen Sache belästigen wollten. Das ließ sie natürlich nur widerwillig zu, schließlich brauchte der Chef seine Ruhe, um die wirklich wichtigen Dinge des Lebens zu regeln.

„Sie dürfen jetzt durchgehen. Die Glastür am Ende des Ganges."
Martin schenkte ihr noch einmal einen Blick der Missbilligung, den sie ihrerseits mit einem gekonnten Naserümpfen beantwortete. Sie klopften an die Tür und traten ein. Das Büro war ein einziges Chaos. Unmengen von Akten und Papieren lagen auf dem Boden, den Fensterbrettern und den verschiedensten Ablagesystemen herum. An der Wand hingen überall technische Zeichnungen und einige Fotos, die im Belfaster Hafen entstanden waren. Mr. Ferguson war ein groß gewachsener Mann mit stattlicher Bauchfülle. Er trug ein ziemlich altes Jackett und darunter ein weißes Hemd, das am Hals aufgeknöpft war. Seine massige Gestalt thronte hinter dem Schreibtisch, dessen wahre Ausmaße man unter den Papierstapeln nur erahnen konnte. Er hatte volles, dunkles Haar und einen ungepflegten Vollbart.

Während er kurz von seinen Papieren aufsah, beschrieb seine Hand eine Geste, die man als das Angebot zum Platznehmen deuten konnte.

„Guten Morgen, meine Herren, was kann ich für Sie tun?“
Ian hatte Martin erzählt, dass er sich sehr gründlich auf das Gespräch vorbereitet hatte, doch seine Antwort hinterließ zunächst einen anderen Eindruck.
„Wir benötigen ein Trockendock und das möglichst kostenlos.“
„Tut mir leid, meine Herren, aber für studentische Feiern stellen wir diese Hallen nicht mehr zur Verfügung. Es gab einfach zu viele Unfälle. Sie werden verstehen, dass wir in dieser Hinsicht auch eine gewisse Verantwortung tragen.“

Erst nach dieser ablehnenden Antwort schien bei Ian der Knoten geplatzt zu sein. Er setzte Mr. Ferguson eingehend über ihr Projekt ins Bild. Der angehende Schiffsbauingenieur war ganz in seinem Element, Pläne, Analysen und Gutachten flogen nur so über den Schreibtisch. Martin war vollkommen begeistert und war sicher, dass sie die Zusage von Mr. Ferguson schon so gut wie in der Tasche hatten. Als Ian seinen Vortrag völlig euphorisch beendete, räusperte sich Mr. Ferguson kurz, bevor er antwortete.

„Das ist ein studentischer Scherz, oder? Sie wollen mich auf den Arm nehmen, nicht wahr? Glauben Sie wirklich, dass ich darauf hereinfalle? Eine gute Show, wirklich, sehr professionell gemacht, aber mich können Sie nicht hinters Licht führen. Sie hätten vielleicht nicht so dick auftragen sollen, dann wäre es eventuell gelungen, aber so ... Protestanten und Katholiken bauen gemeinsam ein Schiff um, damit es hinterher allen Belfaster Kindern und Jugendlichen zur Freizeitgestaltung dient. Na, geben Sie es schon zu, das ist doch wirklich ein Hirngespinst. Die bringen sich doch mit den Schweißbrennern eher um, als dass sie gemeinsam an einem alten Rostdampfer arbeiten. Das war wirklich ein netter Versuch meine Herren, vielen Dank für Ihren Besuch und ich wünsche Ihnen alles Gute für das weitere Studium."

Martin und Ian sahen sich völlig entgeistert an. Sie hatten vorher alle Eventualitäten durchgespielt und sich schlagende Gegenargumente zurechtgelegt, aber nie im Leben hatten sie damit gerechnet, dass man sie gar nicht ernst nehmen würde. Dieser Mr. Ferguson hielt ihr Projekt offensichtlich für einen schlechten Scherz. Nach ein paar Sekunden lähmenden Entsetzens versuchten sie den dicken Mann vom Gegenteil zu überzeugen, aber es war zwecklos. Mr. Ferguson war der Ansicht, dass man ihn zum Narren halten wollte, und das ließ er sich nicht gefallen. Nach einer Weile wurde er sogar wütend und schmiss die beiden jungen Männer einfach aus seinem Büro. Der schmähliche Abgang erlebte seinen Höhepunkt durch das nicht zu übersehende spöttische Lächeln der Empfangsdame, die ihnen auch noch höhnisch einen angenehmen Tag wünschte. Sie waren am Boden zerstört. Ian schüttelte immer wieder den Kopf.

„Das gibt es doch gar nicht, Martin. Sag mir, dass ich träume. Unfassbar, dieser Mensch. Ich meine, der hat wirklich geglaubt, wir wollen ihn auf den Arm nehmen. Der glotzt auf meine Pläne und denkt, dass ich die zum Spaß gezeichnet habe. Ich fasse es nicht."
Sie standen so unter Schock, dass sie während der gesamten Rückfahrt zur QUB schweigend nebeneinander saßen. Der erste Dämpfer und dann in dieser Wucht. Natürlich war ihnen bewusst, dass sie auf gewisse Schwierigkeiten treffen würden. Aber das es schon zu einem so frühen Zeitpunkt schlicht und ergreifend um alles ging, das haute sie doch ziemlich um. Ohne dieses Trockendock würde ihr gesamtes Projekt sterben. Es gab dafür keine Alternative, das war ihnen klar. Martin hatte das Gefühl, dass das Schicksal seine Spielchen mit ihm trieb. Es war anscheinend egal, was er anpackte oder mit wem er sich anfreundete, er hatte die Karte des Scheiterns schon in der Hand. Er war der Abonnent des Unglücks. Die große Lostrommel des Lebens hielt für ihn nur Nieten bereit. Sarah hatte ihm einmal gesagt, dass es nur noch bergauf gehen könne, wenn man ganz unten angelangt war. Martin hatte ihr das nicht gesagt, aber für seinen Geschmack war das eine abgedroschene Alltagsweisheit. Er glaubte, dass die Erwartung der springende Punkt war. Die Menschen verbanden ihr Handeln mit einer bestimmten Hoffnung, sie rechneten sich einen gewissen Erfolg aus. Wenn das Ergebnis dann nicht ihren Vorstellungen entsprach, waren sie frustriert, fühlten sich vom Schicksal ungerecht behandelt und wähnten sich auf der Schattenseite des Lebens. Enttäuschung war vielleicht einfach nur das Ergebnis einer zu hohen Erwartungs-

haltung. Im Sport sprachen die Reporter oft von einer faustdicken Überraschung, von einer Sensation oder von einem unglaublichen Ereignis. Der Athlet, völlig außer Atem, kreischte dann hysterisch ins Mikrofon, dass er niemals mit diesem Sieg gerechnet habe. Der geschlagene Favorit hingegen gab kleinlaut zu, dass er niedergeschlagen, ernüchtert und unzufrieden sei, weil er fest an den Erfolg geglaubt habe. Mit anderen Worten, er hatte erwartet, zu gewinnen.

Jean-Luc saß wie gewohnt im Schneidersitz auf seinem Bett und blies kleine Ringe aus Tabakqualm in die Luft. Als Martin eintrat, hellte sich sein Gesicht auf und er schmiss die Kopfhörer beiseite.

„Ahoi, Kapitän Krautfresser, wie ist das Gespräch gelaufen? Wann fangen wir mit dem Umbau an? Ich bewerbe mich hiermit ganz offiziell als Unterhaltungschef, eine Position, die meinen Neigungen und Fähigkeiten am besten entspricht. Ich sorge für gute Stimmung und meine Pflanzen für friedliche Atmosphäre unter den Arbeitern. Na, habe ich den Job?"

„Du würdest ihn bekommen, wenn wir denn das Schiff umbauen könnten, nur leider fehlt uns dazu das wichtigste Instrument, nämlich das Trockendock. Dieser Typ von der Werft wollte uns keins geben, weil er der Meinung war, dass wir ihn veralbern wollten. Das glaubst du nicht, Jean-Luc, der hat sämtliche Zeichnungen, Berechnungen und sonstigen Unterlagen gesehen und war der Ansicht, dass wir die nur erstellt haben, um ihm einen Streich zu spielen."

„Ja aber ihr seid doch Eigentümer dieses Frachters! Es müsste ihm doch klar sein, dass man sich solch einen Schrotthaufen nicht zum Spaß gekauft hat."
„Das haben wir ihm alles vorgelegt, aber der hat die ganze Zeit nur mit dem Kopf geschüttelt und immer wieder betont, dass er uns nicht auf den Leim gehen würde. Er ließe sich von zwei Studenten auf keinen Fall zum Narren halten. Zum Schluss wurde er sogar so wütend, dass er uns mehr oder weniger rausgeschmissen hat."
„Wie hieß der Typ gleich noch mal?"
„Mr. Ferguson vom Ressort Umbauten und Reparaturen. Wieso?"
„Lass mich mal machen, ich werde mich um die Sache kümmern. Schließlich habe ich mich schon mit meiner neuen Aufgabe als Chef der Unterhaltung angefreundet."
„Sei mir nicht böse, Jean-Luc, aber was willst du denn schon machen? Oder gehört eines seiner Familienmitglieder zu deinem exklusiven Kundenkreis?"
„Du musst nicht gleich sarkastisch werden, mein lieber Martin. Aber in meiner unendlichen Großherzigkeit verzeihe ich dir deine Frechheiten, schließlich bist du mein zukünftiger Arbeitgeber."
Jean-Luc grinste Martin entwaffnend an und übte spaßeshalber schon einmal eine unterwürfige Körperhaltung. Als er dann aber Martins Füße küssen wollte, um sich bei seinem neuen Chef für dessen Großzügigkeit und Milde zu bedanken, sprintete Martin laut lachend aus dem Zimmer.

30

Er hatte Sarah gefunden, genauer gesagt den Platz, an dem er mit ihr sprechen konnte. Der Ort, der seine Trauer widerspiegelte. Martin saß auf einer Bank im Botanischen Garten und fühlte ihre Anwesenheit. Nicht als Bild oder innere Stimme, es war mehr eine Ahnung, eine Art sechster Sinn. Sie hatten vor ihrem Tod oft gemeinsam hier gesessen und einfach nur die Sonne und die Natur genossen. Er konnte so herrlich mit ihr zusammen schweigen. So oft und so gern sie miteinander auch redeten, es waren gerade diese Momente, die ihre tiefe Verbundenheit ausmachten. In Gedanken streichelte er ihren Arm. Die Spätsommersonne hatte ihre Haut gewärmt. Martin sah sie oft einfach nur vor sich und spürte dabei deutlich, wie die Liebe ein wohliges Gefühl in seinen Magen zauberte. Er liebte es, wenn sie ganz konzentriert in ein Buch starrte und die Welt um sich herum völlig vergaß. Martin erinnerte sich an die widerspenstige Strähne, die ihr beim Lesen immer wieder ins Gesicht fiel und die sie dann energisch hinter dem Ohr befestigte. Das funktionierte jedoch nur für ein paar Minuten, dann wiederholte sich die Geste. Sie benutzte immer den Zeigefinger, um nicht in den Zeilen zu verrutschen. Ab und zu schaute sie kurz hoch und schenkte ihm dieses bezaubernde Lächeln, das seine Knie weich werden ließ. Er hätte gern gewusst, ob ihr wirklich klar war, wie sehr er ihr verfallen war. Manchmal genügte ein Blick und er vergaß mitten im Satz, was er eigentlich sagen wollte. Er fand es einfach erstaunlich, dass man einen Menschen so sehr lieben konnte, dass alles, wirklich alles andere, in den Hintergrund trat. Die Liebe war wie ein Ort, den man gerne aufsuchte, weil man dort Geborgenheit fand.

Martin erzählte Sarah von ihrem Reinfall bei Mr. Ferguson. Er hoffte, dass ihm im Zwiegespräch mit seiner Liebe eine Lösung einfallen würde. Doch diese Hoffnung war vergebens. Er zermarterte sich das Gehirn und quetschte die Synapsen aus. Alles umsonst. In diesem Moment hatte er das erste Mal Zweifel an seiner Entscheidung. Das ganze Projekt war vielleicht doch nur ein schöner Wunschtraum. Es könnte doch sein, dass Ian und er einfach zu euphorisch gewesen waren. Jetzt zeigte sich, dass die entscheidenden Menschen sie einfach nicht ernst nahmen. Dabei hatten sie noch eine Vielzahl von Gesprächen mit staatlichen Stellen vor sich. Martin hegte plötzlich die Befürchtung, dass man in vielen Fällen nicht mal an der Empfangsdame vorbei kommen würde.

„Martin ...“
Ian kam auf ihn zugerannt. Er war hochrot im Gesicht und rang verzweifelt nach Luft. Ein paar Mal fing er an zu erzählen, musste aber immer wieder dem Sauerstoffmangel Tribut zollen. Irgendwann gab er es auf und setzte sich neben Martin auf die Bank. Langsam kehrte seine normale Gesichtsfarbe zurück. Martin freute sich, dass es doch tatsächlich jemanden gab, der noch schlechter in Form zu sein schien als er. Jetzt hatte sich Ian offensichtlich erholt und die Worte schossen aus seinem Mund wie eine Ladung Torpedos.

„Das wirst du mir niemals glauben, Martin. Niemals. Vor ein paar Minuten hat mich Mr. Ferguson angerufen und mir mitgeteilt, dass er nach reiflicher Überlegung nun doch bereit sei, uns eines der Trockendocks zur Verfügung zu stellen. Und nun das Sahnehäubchen: Wir kriegen es sozusagen kostenlos. Er muss für die Buchhaltung lediglich einen symbolischen Pachtzins von einem Pfund pro Woche berechnen. Wir sollen morgen früh in sein Büro kommen, um alle Papiere zu unterzeichnen. Ich war so perplex, dass ich nicht mal gefragt habe, wie sein Sinneswandel zustande gekommen ist. Wir sind zurück im Spiel, mein Freund!"

Martin starrte Ian fassungslos an. Die Nachricht hatte er zwar registriert, aber glauben konnte er das Ganze nicht. Wieso hatte Mr. Ferguson plötzlich Interesse an ihrem Projekt? Was oder besser wer steckte dahinter? Er würde es herausfinden, aber später. Das Blatt hatte sich überraschend gewendet.

Die zarte Pflanze der Hoffnung war ein Überlebenskünstler, sie gedieh auf dem kärgsten Untergrund. Je unwirtlicher die äußeren Bedingungen waren, desto schöner blühte sie. Sie war der letzte Strohhalm der Verzweifelten und oft das schwache Licht, dass den Weg aus der aussichtslosesten Dunkelheit wies. Die Hoffnung war der einzige Begleiter der Gestrandeten des Lebens. Sie kostete nichts und versprach doch alles.

Der nächste Morgen überraschte mit einem wolkenlosen Himmel und einer Wintersonne, die nur knapp über dem Horizont ihren Weg durch den Tag absolvierte.

Martin mochte den Winter nicht, er empfand diese Jahreszeit als ziemlich überflüssig. Es war nicht die Wärme, die ihm in diesen dunklen Monaten am meisten fehlte, sondern die Farben der Natur. Im Frühling und im Sommer konnte er sich an den Düften der Blumen und Bäume berauschen. Der Winter war auf eine bestimmte Art geruchlos, er kam mit seinem Schnee und deckte einfach alles zu. Unter der Flockenpracht saß die graue, trostlose Wirklichkeit und wartete auf den süßen Kuss des Frühlings.

Die Dame am Empfang setzte ein falsches Lächeln auf, als Ian und Martin das Gebäude betraten. Sie gab sich alle Mühe, ihr Unbehagen zu verbergen, und doch gelang es nur unzureichend. Martin sah ihr deutlich an, dass sie Ian und ihn nur mit allergrößtem Widerwillen eine angemessene Höflichkeit zukommen ließ. Man hatte ihr aufgetragen, die beiden Studenten zuvorkommend und freundlich zu behandeln. Es ging ihr einfach nicht in den Kopf, dass diese beide Taugenichtse offensichtlich beste Verbindungen zur Chefetage unterhielten.
„Guten Morgen, es tut mir leid, wir haben keinen Termin bei Mr. Ferguson und ich weiß ja, dass er ein vielbeschäftigter Mann ist, aber könnten Sie trotzdem einmal nachfragen, ob er bereit wäre, uns zu empfangen?"
Nun gut, das war Sarkasmus von der ganz billigen Sorte. Martin machte sich nicht mal die Mühe, ihn besonders zu verstecken. Er genoss es sogar, diese hochnäsige Person von ihrem hohen Ross herunter zu holen. Es bereitete ihm eine diebische Freude zuzusehen, wie sie innerlich kochte und doch die Fassade wahren musste.

Am liebsten hätte sie Martin wohl einen Tritt in den Hintern verpasst und mit den übelsten Schimpfwörtern belegt, aber das verbot ihr ihre anerzogene Selbstdisziplin. Solche Menschen liefen immer irgendwie gedrosselt durchs Leben. Sie versagten sich selbst jegliche Möglichkeit, einmal richtig Dampf abzulassen. Wie gern hätte die strenge Empfangsdame in manchen Momenten losgebrüllt und auf den Tisch geschlagen, aber sie konnte nicht aus ihrer Haut. Die vielen Frustrationen des Lebens hatten sich tief in ihre Seele hineingefressen, und mit den Jahren war aus ihr eine alte, gemeine Frau geworden.
„Guten Morgen, meine Herren, Mr. Ferguson hat mich bereits über ihr Erscheinen in Kenntnis gesetzt. Im Moment führt er noch ein sehr wichtiges Telefongespräch. Ich bitte Sie, sich noch ein wenig zu gedulden. Darf ich Ihnen in der Zwischenzeit vielleicht einen Kaffee anbieten?“
„Ja, gerne. Ohne einen richtig guten Kaffee kann man doch eigentlich nicht in den Tag starten, nicht wahr?“

Martin trank überhaupt keinen Kaffee, weil er den bitteren Geschmack nicht im Geringsten mochte. Im Grunde wollte er seiner neuen Intimfeindin nur ein wenig Arbeit bereiten. Ihm war klar, dass sie fest damit gerechnet hatte, dass beide Männer dankend ablehnen würden. Er blickte zu Ian, doch der bekam von den Sticheleien zwischen Martin und Fergusons Sekretärin nichts mit, weil er viel zu sehr mit seinen Plänen beschäftigt war. Die Frage nach einem Kaffee beantwortete er lediglich mit einem Kopfschütteln.

Noch bevor sie Martin seine Tasse reichen konnte, klingelte das Telefon und Mr. Ferguson bat die beiden Männer in sein Büro. Die Ordnung in seinem Raum war nach wie vor nicht vorhanden. Das schien Mr. Ferguson jedoch völlig egal zu sein, er zog aus einem der Papierstapel eine Aktennotiz und lehnte sich entspannt in seinem Stuhl zurück.
„Guten Tag, meine Herren, ich will gleich zum Punkt kommen. Sie scheinen sehr einflussreiche Freunde zu haben. Man hat mich gebeten, meine Entscheidung nochmals zu überdenken und mir versichert, dass ihr Projekt kein studentischer Scherz, sondern eine ernsthafte Angelegenheit sei. Die Situation ist Folgende: Das alte Trockendock gehört für die nächsten zehn Wochen Ihnen. Bis dahin müssen Sie fertig sein, weil anschließend ein Großauftrag auf uns wartet. Wir benötigen dann auch das von Ihnen belegte ältere Dock. Wenn Sie mit dieser Zeitspanne einverstanden sind, können wir einen entsprechenden Vertrag abschließen. Wie ich Ihnen am Telefon bereits mitteilte, wird die Harland and Wolff Werft - aus von mir nicht nachzuvollziehenden Gründen - auf eine Pachtzinsforderung verzichten und lediglich einen symbolischen Betrag von einem Pfund pro Woche verlangen. Ich habe den Vertrag bereits aufsetzen lassen. Sie müssen nur noch hier unterschreiben und könnten sofort über das Dock verfügen."

Ian unterzeichnete die Vereinbarung allein, da Martin noch nicht volljährig war und sich von Dr. Kruske hätte vertreten lassen müssen. Das hätte allerdings viel zu lange gedauert, und Mr. Ferguson war mit Ian´s Unter-

schrift auch zufrieden. Sie wussten beide, dass zehn Wochen eine verdammt kurze Zeitspanne war. Allerdings mussten nicht alle Arbeiten im Trockendock ausgeführt werden und Ian war durchaus der Ansicht, dass sie mit dieser Frist sehr gut leben konnten.
Martin ging in diesem Moment ein völlig anderer Gedanke durch den Kopf. Mr. Ferguson sprach von einflussreichen Freunden. Wen meinte er damit? Wer hatte so viel Einfluss, um die Chefetage dieser berühmten Werft für das Projekt zu gewinnen? Es brannte ihm förmlich auf der Zunge, das merkte Ian deutlich. Er beugte sich zu Martin und flüsterte ihm ins Ohr:
„Ich weiß, worüber du nachdenkst. Aber tu mir ein Gefallen und frage nicht, wer diese einflussreichen Freunde sind. Egal wer sie sind, es sind unsere Trümpfe, und die sollten wir hier nicht leichtfertig aus der Hand geben. Lass ihn einfach in dem Glauben, dass wir genau wissen, von wem er geredet hat. Wir finden noch früh genug heraus, wer uns geholfen hat. Und selbst wenn wir es niemals herausfinden, dann sollten wir dankbar für diese Entwicklung sein und unser Glück einfach genießen.“

Martin fand es sonderbar, dass die Menschen ohne mit der Wimper zu zucken bereit waren, einen Glücksfall hinzunehmen. In solchen Fällen wurde nie nach dem Wie und Warum gefragt. Man freute sich über den unverhofften Segen von Fortuna und kam überhaupt nicht auf die Idee, den Hintergrund zu beleuchten. Bei einem Unglück sah es dagegen völlig anders aus. Da wurde sofort hinterfragt, wieso es nicht einen anderen Menschen ereilt hatte. Jeder plagte sich mit der Frage, wieso und warum gerade ihn solch ein Ungemach getroffen hatte. Die Wenigsten nahmen das Unglück genauso gleichgültig hin wie das Glück. Das war erstaunlich, wo doch beides dem Zufall entsprang.

„Meine Herren, ich wollte Ihnen gerne noch etwas mit auf den Weg geben. Dass ich Ihnen nicht glauben wollte, dass Sie dieses Projekt wirklich realisieren wollen, tut mir aufrichtig leid, aber das ändert nichts an meiner Meinung. Ich bin nach wie vor davon überzeugt, dass es nicht funktionieren wird. Glauben Sie mir, ich bin jetzt 25 Jahre bei dieser Werft beschäftigt und habe eins gelernt: Die Radikalen auf beiden Seiten werden nie Ruhe geben. Die werden Ihnen das Schiff wahrscheinlich kurz und klein hauen. Ich habe hier wirklich schon die irrsinnigsten Auseinandersetzungen erlebt und denke, dass ich mit Fug und Recht behaupten kann, dass diese Leute einfach völlig verbohrt sind. Denen ist einfach nicht zu helfen. Die wollen auch gar nicht, dass man ihnen hilft. Ich kann mir einfach nicht vorstellen, dass Sie es schaffen. Ich meine, gerade die Leute, die Sie von der Straße holen wollen, das sind doch die Schlimmsten. Sie wissen doch überhaupt nicht, auf was Sie sich da einlassen. Gerade Sie als Ausländer haben keine Ahnung, wie tief der gegenseitige Hass in den Köpfen sitzt. Meinen Sie denn wirklich, dass da so ein Projekt der große Wendepunkt ist?“
Martin war selbst überrascht, dass er völlig ruhig geblieben war. Er hatte Mr. Ferguson interessiert zugehört und überlegte noch eine Weile, bevor er ihm antwortete.

„Nein, Mr. Ferguson, wir glauben nicht, dass unser Projekt der große Wendepunkt ist, wir hoffen vielmehr, dass es ein Anfang sein kann. Nicht mehr, aber auch nicht viel weniger. Sie haben Recht, wir sind Ausländer, aber das muss kein Nachteil sein. Wir sehen die Dinge vielleicht mit anderen Augen und bestenfalls etwas objektiver als ein verständlicherweise vorbelasteter Belfaster. Wir haben gar nicht den Anspruch, die Leute von der Straße zu bekehren. Wir denken ganz einfach, dass man ihnen zunächst einmal eine Perspektive bieten muss, etwas, für das es sich lohnt, seine Vorurteile zu hinterfragen und vielleicht sogar zu überwinden. Wir wollen ihnen einfach das Gefühl geben, dass sie gebraucht werden und dass sie Teil einer großen Sache sind. Natürlich können wir scheitern, Mr. Ferguson, aber dieses Risiko wollen wir eingehen. Wir beide glauben an dieses Projekt und vielleicht überträgt sich unsere Zuversicht auf die Jugendlichen und Männer und Frauen, die hoffentlich zahlreich an diesem Umbau mitwirken werden. Und eines müssen sie noch berücksichtigen: Wir zwingen niemanden, bei diesem Projekt mitzuarbeiten. Das können wir auch gar nicht. Ich denke, wer freiwillig zu uns kommt, weiß worauf er sich einlässt und diejenigen, die der Meinung sind, dass sie niemals mit einem Protestanten oder Katholiken zusammen arbeiten können, werden sich erst gar nicht melden."

„Das werden sie trotzdem, verlassen Sie sich drauf. Auch und gerade bei einem solchen Projekt werden die Paramilitärs ihre Leute einschleusen, nur um informiert zu sein und dem Treiben gegebenenfalls ein Ende zu setzen. Ich bewundere wirklich Ihren Tatendrang und

Ihren Idealismus, aber entschuldigen Sie, wenn ich das sagen muss, Sie sind auch sehr naiv. Die Jugendlichen, die sie als Zielgruppe für ihr Projekt im Visier haben, sind alle in irgendeiner Weise politisch organisiert. In diesen Zusammenschlüssen haben Leute das Sagen, die keinerlei Interesse an einem friedlichen Miteinander haben. Die wollen ihre eigenen handfesten Ziele durchsetzen. Denen ist jedes Mittel recht, das müssten selbst Sie in Ihrer studentischen Scheinwelt mitbekommen haben. Wir reden hier nicht von armen Ghettobewohnern, sondern von Terroristen und illegalen Privatarmeen. Ich bitte Sie, lassen Sie sich die ganze Sache noch einmal durch den Kopf gehen."

Jetzt wurde es selbst Ian zu bunt, der sich bislang nicht unbedingt als großer Kämpfer für die Menschenrechte hervor getan hatte.
„Also jetzt hören Sie mal, Sie können doch nicht alle Leute aus den Problemvierteln als Terroristen oder Hobbysoldaten bezeichnen. Damit dokumentieren Sie nur Ihre eindimensionale Sicht auf diese Dinge. Entschuldigen Sie, Mr. Ferguson, aber solche Leute wie Sie sind der Grund dafür, warum es ein solches Projekt unbedingt geben muss. Ohne uns würde man diesen Jugendlichen überhaupt keine Chance geben. Sie werden abgestempelt und in eine bestimmte Ecke gedrängt. Ich gehe jede Wette ein, dass ein Junge aus West Belfast bei Ihnen keine Chance auf einen Job hat, egal, wie gut seine Noten sind. Wir räumen allen die Möglichkeit ein, bei uns mitzuarbeiten. Sie können ohne Ansehen ihrer Person, ihrer Herkunft und ihrer Vergangenheit an einer großen Sache beteiligt sein. Das Projekt ist gut und

es wird ein Erfolg, davon bin ich fest überzeugt. Ich hoffe, dass der Frachter ein Symbol für den Neuanfang werden kann. Und diese Hoffnung lasse ich mir auch von Ihnen nicht nehmen!“

„Nein, nein, da verstehen Sie mich falsch. Ich hoffe genauso wie Sie, dass Ihr Projekt ein Erfolg wird, allein der Glaube daran fehlt mir.“

Der Abschied fiel kurz und knapp aus. Ian suchte bereits fieberhaft in seinen Unterlagen nach der Telefonnummer der Firma, die ihr Schiff ins Trockendock schleppen sollte. Schließlich war die Maschine des Frachters nur noch rudimentär vorhanden, und aus eigener Kraft schaffte die „Sarah“ keinen einzigen Meter. Martin war mit den Gedanken schon wieder bei der Frage, bei wem es sich wohl um die einflussreichen Freunde handelte, von denen Mr. Ferguson gesprochen hatte. Er war dabei so in seine Überlegungen vertieft, dass er völlig das anbiedernde Lächeln der Dame vom Empfang übersah.

Mr. Ferguson ließ sich nach dem Händedruck mit den beiden Studenten wieder in seinen Bürostuhl fallen und seufzte laut. Er musste schmunzeln. Diese jungen Leute packten die Sache einfach an und waren völlig vom Gelingen ihres Projektes überzeugt. Seine Warnungen und Bedenken hatten sie zwar zur Kenntnis genommen, aber im Grunde nur aus Höflichkeit. Ein wenig Bewunderung hatte er für Ian und Martin schon übrig. Er hoffte sogar von ganzem Herzen, dass er sich irrte, was das Scheitern des Projektes betraf, aber seine Vorbehalte kamen nicht von ungefähr. Er war ein Belfaster

Junge und hatte über die Jahre hinweg genügend Erfahrungen gesammelt. Doch vielleicht täuschte er sich auch, vielleicht war die Zeit reif für einen Neuanfang. Mr. Ferguson sah aus dem Fenster zum Hafengelände hinüber, das im trüben Januarlicht vor sich hin träumte. Ja, vielleicht war die Zeit reif. Vielleicht.

Noch am gleichen Tag schleppte die von Ian engagierte Firma den Frachter in das Trockendock. Mittlerweile hatte sich das Projekt an der QUB herumgesprochen, und es waren eine Menge Studenten gekommen, um dem Schauspiel beizuwohnen. Martin musste zugeben, dass Jean-Luc eine wahre Koryphäe auf dem Gebiet der Öffentlichkeitsarbeit war. Seit der Franzose in die Pläne von Martin und Ian eingeweiht war, rührte er unermüdlich die Werbetrommel. Er hatte bereits ein Spendenkonto eingerichtet und eine Unmenge von Handzetteln verteilt, die über den Sinn und Zweck des Projekts informierten. Zwar beschränkte er seine gesamten Aktivitäten lediglich auf das Universitätsviertel, trotzdem waren die Erfolge seiner Arbeit unübersehbar.

Als sich die „Sarah“ quietschend und rasselnd in Bewegung setzte, hatte Martin einige Bedenken hinsichtlich der Haltbarkeit des Rumpfes. Das ganze Schiff hustete und räusperte sich unentwegt. Es knarrte und knackte überall. Martins Gesichtsausdruck wurde immer skeptischer. Der Frachter schien es ihnen übel zu nehmen, dass sie ihn aus seinem rostigen Schlaf geweckt hatten. Es bekundete lautstark seinen Unmut. Als ihr Schiff jedoch den Liegeplatz verlassen und in der Fahrrinne des Hafens etwas Geschwindigkeit aufgenommen hatte, schien es sich an seine eigentliche Aufgabe zu erinnern und gab endlich Ruhe. Ian und Martin standen gemeinsam auf der Kommandobrücke und hatten von dort oben einen guten Überblick über das gesamte Geschehen. Der Schiffsführer, den Ian aus gemeinsamen Praktikumstagen kannte, manövrierte den Frachter in überzeugender Ruhe und Routine. Sie glitten in gemütlichem Tempo dem Trockendock entgegen. Martin war viel ruhiger geworden, nachdem er feststellte, dass sie nicht gesunken waren, als sich das Schiff vom Kai gelöst hatte. Er hatte sich das Szenario eines Untergangs bestimmt in hundert verschiedenen Versionen ausgemalt und eine regelrechte Panik entwickelt. Sie hatten ihr Ziel jetzt deutlich vor Augen und sahen eine Menge Leute, die irgendwelche Handzeichen gaben oder mit den Armen wedelten. Ihr Mann am Ruder erklärte ihnen jedoch, dass die Einweisung in das Dock per Funk erfolgte und die Typen da draußen nur irgendwelche Wichtigtuer waren. Die Schlepper hatten ihre Aufgabe erledigt und entließen die „Sarah" vorläufig aus ihren Fängen. Der jetzt noch vorhandene Schwung sollte ausreichen, um das Schiff allein in das Trockendock zu befördern. Hierbei war eine Menge Erfahrung und Fingerspitzengefühl gefragt. Es klappte hervorragend und selbst ihrem vorher so stoisch agierenden Schiffsführer war die Erleichterung nun anzusehen.

Die „Sarah" wurde fixiert. Anschließend wurde das Wasser aus dem Dock gepumpt. Sie hatten es tatsächlich geschafft, ihr Frachter lag im Trockendock des Belfaster Hafens! Martin und Ian konnten ihre Freude nicht länger verbergen, die beiden jungen Männer fielen sich in die Arme und klopften sich immer wieder auf die Schulter. Sie wussten, dass sie das erste große Etappenziel erreicht hatten. Bislang waren sie mehr als ihnen lieb war von den Launen anderer Leute abhängig gewesen, jetzt lag es an ihnen, das Projekt mit Leben zu füllen. Ian hatte die Aufgabe übernommen, die notwendigen Materialien und Gerätschaften für den Umbau zu besorgen. Martin wollte sich dagegen um die benötigten Arbeitskräfte kümmern. Ein Vorhaben, das sich weit schwieriger darstellen sollte, als er anfangs annahm.

Martin kehrte erst am frühen Abend in die Alanbrooke Hall zurück. Auf seinem Weg begegneten ihm viele Studenten, die ihm aufmunternde Worte zuriefen. Als er sein Zimmer betrat, saß Jean-Luc in einem neu erworbenen Schaukelstuhl und strahlte ihn an.
„Na, was habe ich dir gesagt, Kapitän Krautfresser? Also wirklich, was für ein Glück du hast, dass ich dein Freund bin. Das hättest du nicht gedacht, dass dein alter Zimmergenosse Jean-Luc die Sache regeln wird?! Gib es zu, du hast mir nicht vertraut. Du hast mich für einen Spinner und Hochstapler gehalten und jetzt bleibt dir die Spucke weg, weil ich meinen Worten Taten folgen ließ."
Ja verdammt, er hatte recht, Martin hatte ihn tatsächlich für verrückt gehalten. Aber das konnte man ihm kaum verübeln. Es war ja eigentlich immer noch nicht zu glauben, dass dieser französische Rastaman solche Art von Beziehungen hatte. Wie drückte sich Mr. Ferguson doch gleich aus? Richtig, er sprach von einflussreichen

Freunden. Es war schon ziemlich merkwürdig, dass ausgerechnet Jean-Luc einflussreiche Leute kannte.

„Also, wie hast du das angestellt, Jean-Luc? Ich meine, welche Leute haben einen solchen Einfluss, dass uns das Dock nun doch zur Verfügung gestellt wird? Ich hab mir den ganzen Tag den Kopf darüber zerbrochen. Nun sag schon."
„Wie? Du kommst hier rein und fragst mich nach diesen Leuten. Ich hätte doch zuerst mal ein Dankeschön erwartet. Ihr Deutschen seid wirklich ein sonderbares Völkchen. So ganz ohne Manieren."
„Entschuldige, mein Freund, natürlich bedanke ich mich bei dir. Ohne deine Hilfe, na du weißt schon ... aber wer sind denn nun diese Leute? Ich würde mich auch gerne bei ihnen bedanken, verstehst du."
„Tut mir leid, Martin, aber meine Verbindungen kann ich hier leider nicht preis geben. Ich werde deinen Dank übermitteln. Weißt du, diese Leute wollen nicht in das Licht der Öffentlichkeit gezerrt werden. Sie handeln nach dem Prinzip: Leiste Gutes, aber sprich nicht ständig darüber. Du wirst also auf diese Information verzichten müssen."
„Das ist ja wohl nicht dein Ernst? Du tust ja gerade so, als wenn es sich hier um hochbrisante Dinge handelt, von denen die Öffentlichkeit auf keinen Fall etwas erfahren darf! Ich glaube, du hast zu viele Agentenfilme gesehen. Also los jetzt, raus mit der Sprache, mit wem hast du über unser Projekt gesprochen?"

Jean-Luc lehnte sich genüsslich in seinen neuen Stuhl zurück und machte ein betont ernstes Gesicht. Er ver-

schränkte die Arme vor der Brust und betonte jedes einzelne Wort.
„Wie gesagt, Martin, ich kann dir nicht sagen, mit wem ich gesprochen habe. Ich habe eben gewisse Beziehungen. In diesen Kreisen redet man nicht über die kleinen Gefälligkeiten, die man sich untereinander erweist. Du hattest eben ein ganz falsches Bild von mir. Ich gehöre sozusagen zu den führenden Köpfen einer geheimen Organisation, die sich um die großen Entwicklungen in der Welt kümmert. Ja richtig, mein Lieber, mein ganzes Auftreten ist nur Tarnung, in Wirklichkeit bin ich ein einflussreicher, mächtiger Mann mit den besten Verbindungen zu den Spitzen aus Politik, Justiz und Wirtschaft."
„Ist klar, Jean-Luc. Du hast wirklich zu viele Agentenstreifen gesehen. Ich gebe es auf, dann behalte es doch lieber für dich."

Der Franzose lächelte sanft und schaukelte gemächlich rauchend hin und her. Er fühlte sich großartig, weil er Martins Neugier förmlich riechen konnte. Nur eins war klar, selbst wenn er es gewollt hätte, durfte er Martin niemals erzählen, welche Leute tatsächlich für den Fortgang des Projektes gesorgt hatten. Das war die einzige Bedingung, die mit ihrer Hilfe verknüpft gewesen war. Aber das brauchte er doch dem Krautfresser nicht auf die Nase zu binden, lieber sonnte er sich noch ein wenig im Glanze seines Ruhms.

31

„Ich brauche eure Hilfe, und zwar dringend."

Martin saß am Küchentisch der O´Mallys. Er informierte Grandpa und Nuala über den aktuellen Stand des Projektes. Seit drei Tagen lag die „Sarah" nun schon im Trockendock und wartete auf den Beginn der Arbeiten. Es fehlte weder das nötige Werkzeug noch die erforderlichen Materialien, das Einzige, was sie nicht auftreiben konnten, waren arbeitswillige Belfaster. Martin hatte sämtliche Behörden abgeklappert und überall für ihr Projekt geworben. Man hatte ihm auch in allen Ämtern volle Unterstützung zugesagt, nur schien das nicht eine Frage des Wollens, sondern eher eine Frage der Zeit zu sein. Er war sich sicher, dass die zehn Wochen verstrichen waren, bis sich der Behördenapparat überhaupt erst mal in Gang gesetzt hatte. Es war ihnen schnell klar, dass sie andere Wege gehen mussten. Wenn die Leute nicht zu ihnen kommen konnten, dann mussten sie eben zu den Leuten gehen. Martin übernahm die katholische Seite und Ian kümmerte sich um den protestantischen Bevölkerungsteil. Das Ziel lautete, dass sie bis zum Ende der Woche zumindest so viele Menschen aktiviert hatten, dass sie mit der Arbeit beginnen konnten. Sie hofften, dass sich dann so etwas wie eine Eigendynamik entwickelte. Die Arbeiter sollten in ihren Vierteln über das Projekt berichten und so dafür sorgen, dass immer mehr kamen. Bislang hingen in dem Dock lediglich ein paar Studenten herum und tranken im Grunde mehr Bier, als dass sie etwas Sinnvolles taten.

„Was meinst du, Nuala? Ich denke, ohne die Hilfe der Sinn Fein wird es nicht gehen. Nur die verfügen über die notwendige Organisationsstruktur, um in kürzester Zeit eine große Anzahl von Leuten zu mobilisieren. Bleibt nur die Frage, wie man sie von davon überzeugt, dass es sinnvoll ist, bei diesem Projekt mitzumachen. Das sollte dein Mann erledigen, immerhin hat er seine Tochter verloren und sein Sohn sitzt noch immer in Long Kesh. Sie sind ihm also in gewisser Weise etwas schuldig. Außerdem hat sein Wort nach wie vor einiges Gewicht in der Sinn Fein. Ich glaube, mit dieser Strategie stehen die Chancen gar nicht so schlecht. Den Umstand, dass auch Protestanten mitarbeiten sollen, behalten wir lieber erst einmal für uns. Das können wir später immer noch regeln."

Nuala wirkte völlig geistesabwesend. Sie schien mit etwas Anderem beschäftigt zu sein. Der Blick war starr auf Martin gerichtet und ein zartes Lächeln umspielte ihre Lippen. Grandpa musste sie zweimal ansprechen, ehe sie sich aus ihrer Gedankenwelt löste.
„Nuala? Nuala, was sagst du denn nun dazu? Hey, ich spreche mit dir. Ist es zu fassen, da ist die Tochter noch schwerhöriger als ihr eigener alter Vater. Nuala!"
Grandpa wurde schließlich doch etwas ungehalten. Wenn er es nicht besser gewusst hätte, dann hätte er sich des Eindrucks nicht erwehren können, dass seine Tochter ihn absichtlich ignorierte.

Sarahs Mutter schaute den alten O`Mally fragend an und wandte sich dann doch zuerst an Martin.
„Sag mal, ist das wirklich wahr? Das Schiff heißt tatsächlich „Sarah“?“
„Das ist der Name des Schiffs. Ich habe gesagt, dass ich nur unter der Bedingung in das Projekt einsteige, dass wir den Frachter umbenennen. Ian war das ziemlich egal und deshalb heißt das Schiff seit dem Verkauf „Sarah“.“
„Das finde ich wirklich schön. Sie wird damit in gewisser Weise auch an diesem Projekt beteiligt sein. Verstehst du, wie ich das meine? Sarah wird bei euch sein. Der Name verbindet sie mit diesem Schiff und deshalb werdet ihr bei den Arbeiten immer an sie denken. Dieser Gedanke ist irgendwie tröstlich. Es wird später immer Menschen geben, die sich fragen, warum das Schiff „Sarah“ heißt und so wird ihre Geschichte immer wieder erzählt. Ist das nicht der schönste Liebesbeweis, den man jemandem machen kann? Du schaffst damit eine kleine Oase des Erinnerns inmitten der Wüste des Vergessens.“

Martin hatte mit einer solchen Reaktion überhaupt nicht gerechnet und schaute etwas verlegen auf den Küchentisch. Natürlich dachte er sich etwas dabei, als er die Namensänderung zur Bedingung für seine Beteiligung gemacht hatte, aber so schöne Gedanken wie Nuala hatte er dabei nicht im Sinn gehabt. Aber natürlich, sie hatte Recht! Das Schiff würde nicht nur für immer ihren Namen tragen, es würde auch bis ans Ende seiner Tage ihre Geschichte erzählen.

Das Projekt zeigte ihm aber auch eine andere Wahrheit. Die Welt drehte sich trotz des Todes von Sarah einfach weiter. Vielleicht war dieser Gedanke lächerlich, aber irgendwie hatte er erwartet, dass etwas geschehen würde. Nicht dass er eine Idee hatte, was genau hätte passieren sollen. Trotzdem hatte er auf eine Reaktion der Welt gehofft. Doch die erfolgte nicht. Die Leute gingen am Morgen nach der Ermordung seiner großen Liebe wie gewohnt zur Arbeit, das Radio dudelte die neuesten Hits, im Morgengrauen landete das erste Flugzeug aus London und im Friseursalon um die Ecke wurden die neuesten Klatschgeschichten erzählt. Natürlich, in seinem Leben, in seiner Welt, da hatte sich etwas verändert, und für eine gewisse Zeit wurde sein Weg durch die Wirklichkeit unterbrochen. Aber um ihn herum hatte man das Tempo nicht einmal gedrosselt.

Als Außenstehender kann man die Sichtweise der Trauernden nicht verstehen. Man urteilt rational und teilt den Hinterbliebenen nüchtern mit, dass auf der Welt ein ständiges Kommen und Gehen herrsche, da könne man doch nicht bei jedem Tod den Lauf der Dinge bremsen oder gar anhalten. Wenn man einen geliebten Menschen verliert, dann steht man diesem Phänomen jedoch fassungslos gegenüber. In diesen Momenten erkennt man, wie allein der Mensch auf der Welt wirklich ist. Die grenzenlose Traurigkeit über den Verlust des geliebten Partners erzeugt eine ungeahnte Einsamkeit. Man beobachtet verständnislos den dahin galoppierenden Alltag und stellt schmerzlich fest, dass Betroffenheit in diesen Fällen sehr individuell ist. Tröstende Worte und Mitleidsbekundungen ziehen wie

Wattewolken an einem vorüber. Es spielt keine Rolle, ob sie ernst gemeint sind oder lediglich als Plattitüden daher kommen, sie sind einfach zu kurzlebig, um dem Trauernden ein Gefühl von Gemeinschaft zu schenken. Er bleibt allein mit sich und diesem großen Loch in seinem Herzen zurück.

Martin hatte Angst. Es war keine konkrete Befürchtung, eher eine quälende Ungewissheit. Er wurde sich bewusst darüber, dass sich sein Leben nun mit Ereignissen füllen würde, die er nicht mit Sarah teilen konnte. Ziemlich schnell würde er an einen Punkt kommen, an dem er die meisten Dinge ohne sie erlebt haben würde. Diese Vorstellung fand er schrecklich. Wenn man am Leben eines anderen nicht mehr teilnahm, so viel hatte Martin in seinen jungen Jahren bereits gelernt, dann verschwand dieser Mensch schnell aus dem Kopf. Er fürchtete sich vor der Konsequenz dieser Erkenntnis. Könnte er wirklich eines Tages so viel erlebt haben, dass in seinen Gedanken und Erinnerungen kein Platz mehr für Sarah wäre? Jetzt war sie doch formuliert worden, die Frage, die ihm seit Tagen das Denken erschwerte. Nein, das würde niemals passieren, er würde nie die Erinnerungen an Sarah bis zur Unkenntlichkeit verblassen lassen. Aber hatte er das wirklich selbst in der Hand? Es lagen wahrscheinlich noch einige Lebensjahre vor ihm und mit dieser Zeit auch eine Unmenge von Erlebnissen und Begegnungen. Das könnte doch immerhin dazu führen, dass er es sehr schwer haben würde, Sarah immer vor Augen zu haben. Er befürchtete, dass er eines Tages vergessen könnte, wie wunderschön grün ihre Augen waren oder wie ihr Haar geduftet hatte oder wie ihr Lächeln seinen Tag verzauberte. Ja, da gab es immer noch die Sache mit den vielen Details, in denen er sie finden konnte, aber was war, wenn diese Dinge sich nach und nach verflüchtigen würden? Er wünschte sich so sehr, dass ihm das niemals passieren würde. Martin nahm sich vor, an jedem Tag in seinem Leben für einen kurzen Moment mit Sarah zu sprechen. Er wollte sich ihr Bild vor Augen rufen und ihr kurz von seinem Tag erzählen. So sollte sie weiter an seinem Leben teilhaben. Er hoffte inständig, dass ihm das gelingen würde.

„Da bist du ja endlich. Hast du Neuigkeiten? Wie geht es Sean?"
Mr. O´Mally war in die Küche getreten. Er war im Sinn Fein-Büro gewesen, weil er hoffte, dass man dort neue Informationen über den Gesundheitszustand seines Sohnes haben würde. Nach wie vor erhielt die Familie keine Besuchserlaubnis. So war man auf die Nachrichten und Berichte von Angehörigen anderer Gefängnisinsassen angewiesen. Das Parteibüro der Sinn Fein diente in dieser Hinsicht als Anlaufpunkt für Informationssuchende und solche, die Neuigkeiten zu berichten hatten. Die schweren letzten Wochen hatten deutliche Spuren in seinem Gesicht hinterlassen. Er wirkte hager und ausgezehrt. Martin konnte sich nicht erinnern, dass er Mr. O´Mally jemals herzlich lachen gesehen hatte. Er kannte ihn als ruhigen und ernsthaften Mann, der stets etwas nachdenklich wirkte. Aber nach allem, was er über das Leben von Sarahs Vater erfahren hatte, konnte man ihm diese Schwermut auch nicht verdenken. Er wusste, dass Mr. O´Mally die Fragen seiner Frau nicht

mit einem Wortschwall beantworten würde. Wie üblich, würde man diesem wortkargen Menschen jedes einzelne Wort abringen müssen.

„Es gibt nicht viel Neues zu berichten, ich konnte nur einige kleine Details in Erfahrung bringen."
Nuala schaute ihren Mann fragend an, doch der hatte offensichtlich nicht vor, noch mehr Worte zu verlieren. Diesmal verlor Grandpa die Geduld. Er sprach deshalb etwas lauter als eigentlich nötig gewesen wäre.
„Ja und? Welche kleinen Details wären das? Mein Gott, nun lass dir doch nicht alles aus der Nase ziehen!"
Mr. O´Mally holte einmal tief Luft und machte mit seiner rechten Hand eine abwehrende Bewegung.
„So viel gibt es wirklich nicht zu berichten. Sean liegt noch immer auf der Krankenstation. Die Kameraden in seinem Block wissen auch nichts Neues. Irgendwer meinte, er habe von einem der Wärter gehört, dass Sean nächste Woche wieder in seine Zelle verlegt werde. Aber so ganz sicher sei er sich da auch nicht. Es wird immer viel erzählt, nur ist das meiste einfach wirres Zeug. Ich denke, wir werden erst von ihm selbst erfahren, was wirklich passiert ist. Wenn alles normal läuft, dann hat er seine Zeit in fünf Wochen abgesessen."

Martin bemerkte verwundert, dass Mr. O´Mally in seinem Beisein noch nie so viel am Stück gesprochen hatte. Für diesen einsilbigen Menschen erfüllte eine derartige Vielzahl von Sätzen schon fast den Tatbestand der Geschwätzigkeit. Grandpa und Nuala schienen den gleichen Eindruck gewonnen zu haben, denn sie fragten nicht weiter nach. Das war nun wirklich mehr als ungewöhnlich.

Die Gunst der Stunde nutzend redeten Martin, Grandpa und Nuala wegen des Schiffsprojektes auf Mr. O´Mally ein. Alle durcheinander sprechend, wild gestikulierend und immer lauter werdend. Nach gut zehn Minuten glaubten sie, dass Mr. O´Mally vollkommen im Bilde sein müsste und warteten auf seine Reaktion.
„Ähm, seid mir nicht böse, aber ich habe absolut kein Wort verstanden."
Martin hatte plötzlich die rettende Idee. Er zog einen der Handzettel, die Jean-Luc im Studentenviertel verteilt hatte, aus der Tasche und übergab ihn Sarahs Vater. Dieser las sich die Informationen konzentriert durch und nickte ein ums andere Mal. Drei Augenpaare waren auf ihn gerichtet und erwarteten sehnsüchtig eine Reaktion. Aber Mr. O`Mally ließ sich Zeit, er drehte den Zettel unzählige Male hin und her, obwohl die Rückseite überhaupt nicht bedruckt war. Er brummte vor sich hin, zog die Augenbrauen hoch und zupfte sich am Ohrläppchen. Die Stirn in Falten gelegt schaute er in die Runde.
„Das ist ein interessantes Ding, dieser Umbau meine ich. Eine tolle Sache, wirklich. Das Ganze hat nur einen Haken."
Diesmal riss Martin der Geduldsfaden.
„Und der wäre?"
„Nun ja, der Haken an diesem Projekt ist, dass unsere Leute mit den Protestanten zusammenarbeiten sollen."
„Mr. O`Mally entschuldigen Sie, aber das ist nicht der Haken, sondern der Sinn unseres Projektes! Wir werden

niemals Fördermittel vom Staat bekommen, wenn wir den ganzen Umbau nicht unter das Motto „Aussöhnung der verfeindeten Bürgerkriegsparteien“ stellen. Außerdem wollen wir doch gerade, dass Katholiken und Protestanten zueinander finden. Wir möchten ihnen zeigen, dass es sich lohnt, wenn man gemeinsam etwas anpackt. Sie sollen lernen, dass sie zusammen Werte schaffen können, die allen Menschen in Belfast zugutekommen.“

„Das sind ja auch alles gute Ideen und schöne Vorstellungen, aber die Realität sieht nun mal so aus, dass keiner unserer Leute freiwillig mit einem Protestanten zusammen arbeiten würde. Die Gegenseite wird es genauso sehen. Mit einem solchen Vorschlag brauche ich im Sinn Fein-Büro gar nicht anzutanzen, die halten mich für verrückt und schmeißen mich raus.“

Grandpa O`Mally hatte sich bis jetzt zurückgehalten, aber nun sah er seine Chance gekommen.

„Und wenn wir ihnen einfach nichts davon erzählen, dass die Protestanten auch mit dabei sind?“

„Grandpa, unsere Jungs sind doch nicht blöd, spätestens am Dock sehen sie doch, wer ihnen da gegenüber steht.“

„Das weiß ich wohl, aber wir hätten sie erst mal da, wo wir sie brauchen und vielleicht kann man sie mit dem Schiff etwas beeindrucken. Vielleicht sehen sie dann, welche Chance ihnen da geboten wird. Ich weiß, dass das eine heikle Sache ist, aber meinst du nicht, dass es zumindest den Versuch wert wäre? Ich habe es in deinen Augen gesehen, mein Sohn, du wärst furchtbar gerne dabei, habe ich nicht recht?“

Mr. O`Mally lächelte ein wenig. Das heißt, er zog die Mundwinkel ein paar Millimeter nach oben. Er schwankte in seiner Entscheidung. Grandpa sah, dass er noch etwas nachlegen musste und holte seinen letzten Trumpf aus dem Ärmel.
„Denke doch mal an Sarah! Sie hätte dieses Projekt von ganzem Herzen befürwortet und hätte Martin mit allen Mitteln unterstützt. Du weißt, dass es so gewesen wäre. Wenn du schon selber nicht über deinen Schatten springen kannst, dann mache es für deine Tochter."
Grandpa hatte mit dem Hinweis auf Sarah alles auf die berühmte eine Karte gesetzt. Und er hatte gewonnen. Mr. O´Mally kratzte sich noch einmal am Kopf und gab sich dann den entscheidenden Ruck.

„Also gut, ich spreche mit ein paar Leuten. Schau mich nicht so grimmig an, Grandpa, ich erledige das heute noch. Wenn ich sie überzeugen kann, dann wirst du morgen früh deine Arbeiter haben, Martin. Aber ich kann nichts versprechen. Und Grandpa, du erklärst dann morgen früh den Leuten, warum wir dieses kleine Detail mit den Protestanten vergessen haben."
„Na, das lass mal meine Sorge sein, irgendwie biege ich das schon hin. Und letztlich kann es doch gut sein, dass Martins Freund die Protestanten vergeblich bittet, bei dem Projekt mitzuarbeiten, dann hat sich das Problem sowieso von selbst erledigt."
„Wir werden sehen, Grandpa. Ich bin jedenfalls schon sehr gespannt, wie du dich da rausreden willst."

Nuala und Martin amüsierten sich köstlich über die beiden Männer. Die personifizierte Skepsis kämpfte

gegen den jugendlichen Optimismus im Greisengewand. Grandpa war überzeugt davon, dass sich alles schon irgendwie regeln ließ. Nach seiner Ansicht musste man einfach an den Erfolg glauben, dann stellte er sich schon irgendwann ein. Kleine Tricks und Notlügen gehörten für den alten O´Mally einfach dazu. Erlaubt war, was zum Ziel führte.
Sarahs Vater dagegen ging alle möglichen Alternativen durch und meinte grundsätzlich, dass die schlechteste und ungünstigste Variante mit größter Wahrscheinlichkeit eintreffen werde. Mr. O´Mally war der typische Pessimist, bei dem das Glas halb leer war. Er handelte stets nach dem Grundsatz, dass man einfach nichts erwarten sollte, dann konnte man auch nicht enttäuscht werden. Ob Sarahs Vater schon immer so gewesen war oder ob ihn die schrecklichen Erlebnisse in seiner Vergangenheit zu dem gemacht hatten, was er jetzt war, konnte Martin nicht beurteilen. Er war jedoch überzeugt davon, dass diese beiden so unterschiedlichen Charaktere in der Vergangenheit eine Menge solcher Dispute ausgetragen haben mussten.

„Sag mal, Martin, was für Leute brauchst du eigentlich? Ich meine, müssen die irgendwelche Qualifikationen besitzen oder so etwas?"
„Wir können jede helfende Hand gebrauchen, Mr. O´Mally. Die „Sarah" ist ein riesiges Schiff und da gibt es für jeden etwas zu tun. Natürlich vereinfacht es die ganze Sache, wenn wir viele Arbeiter aktivieren könnten, die schon mal im Schiffbau tätig waren. Wir brauchen auch gelernte Handwerker wie Schweißer, Schlosser, Installateure und Elektriker. Im Idealfall könnten

einige Jugendliche, die bislang nur auf der Straße rumgelungert haben, bei uns ein Handwerk erlernen. Ich meine, sie würden natürlich keine richtige Ausbildung bekommen, aber es wäre so etwas wie ein qualifiziertes Praktikum, was ihnen bei der späteren Suche nach einem Job durchaus nützlich sein könnte. Sie sehen, es ist völlig egal, was jemand kann oder nicht kann, das Projekt steht allen offen und jeder kann sich einbringen."

„Das macht die Sache immerhin etwas einfacher. Und wie sieht es mit der Bezahlung aus? Ich denke, dass die meisten Leute zuerst danach fragen werden."

„Ich habe eine Vereinbarung mit den Behörden erzielen können, dass die Leute, die bei uns arbeiten und nachweislich vorher arbeitslos waren, einen Zuschuss zu ihrer Sozialhilfe bekommen. Eventuell können wir weitere Geldgeber von unserer Idee überzeugen, dann wären höhere Löhne durchaus möglich, aber versprechen will ich in dieser Hinsicht lieber nichts. Eigentlich steckt ja auch ein anderer Sinn hinter unserem Projekt. Das Schiff wird später allen Belfaster Jugendlichen und Kindern zur Verfügung stehen, im Grunde arbeiten sie nicht für uns, sondern für die Gemeinschaft. Ich denke, dass dies irgendwie auch ein Anreiz sein sollte. Wir werden an die fleißigsten Helfer Anteilsscheine ausgeben, so dass die „Sarah" später einmal vielen verschiedenen Leuten gehören wird. Sie wird praktisch zum Eigentum der Belfaster."

„Ob ich dieses komplizierte Zeug unseren Jungs erklären kann? Na ja, ich werde mir etwas einfallen lassen. Jetzt wollen wir erst mal sehen, ob wir überhaupt ein paar Freiwillige zusammen bekommen. Ich hoffe, wir sehen uns morgen früh am Dock, Martin. Und

Grandpa, auf deinen Auftritt freue ich mich schon ganz besonders."

„Bring du erst mal ein paar Leute zur Werft. Wenn sie morgen kommen, dann werden sie auch bleiben, verlass dich drauf."

Mr. O`Mally schüttelte den Kopf, zog seine Jacke an und ging noch einmal aus dem Haus. Eine völlig verrückte Idee war das. Er fragte sich, was Grandpa den wütenden Leuten morgen erzählen wollte. Und eins war klar, wenn er die Jungs wirklich dazu bewegen konnte, an diesem Projekt mitzuarbeiten, dann würden sie verdammt zornig sein, wenn sie von der Sache mit den Protestanten Wind bekämen. Egal, das war nun wirklich nicht sein Problem. Der Alte hatte den Mund ziemlich voll genommen, sollte der doch die Suppe auslöffeln. Er würde sich jedenfalls aus dieser Sache heraushalten und tat das Ganze sowieso nur aus einem einzigen Grund, und zwar wegen Sarah. In diesem einen Punkt war er sich mit Grandpa einig, sie hätte sich für dieses Projekt aufgeopfert.

Es dauerte einige Jahre, bis er und Sarah sich wieder näher gekommen waren. Der lange Gefängnisaufenthalt hatte eine Distanz zwischen ihnen geschaffen, die viel schwerer zu überbrücken war, als er anfangs dachte. Sarah hatte sich in den Jahren seiner Abwesenheit zu einem selbstbewussten Mädchen entwickelt. Er wollte nicht einsehen, dass sie nicht mehr das kleine Kind war, das er damals zurückgelassen hatte. Es fiel ihm schwer zu akzeptieren, dass sie auch ohne ihn ganz gut zurechtgekommen war. Mr. O`Mally musste lächeln, als er sich an die Auseinandersetzungen in den ersten Monaten nach seiner Entlassung erinnerte. Zwischen Sarah und ihm gab es einen permanenten Kleinkrieg um die unwesentlichsten Dinge. Er wollte mit aller Macht demonstrieren, dass er der Vater war und sie zeigte ihm mehr als deutlich, dass sie seine Autorität nicht anzuerkennen gedachte. Wenn er jetzt darüber nachdachte, dann war ihm klar, dass er es besser mit viel Liebe hätte versuchen sollen, schließlich hatte er Sarah im Stich gelassen. Man konnte kaum von ihr erwarten, dass sie sofort nach seiner Haftzeit die innigsten Tochtergefühle entwickeln würde. Damals jedoch war er ganz anderer Meinung. Wut stieg in ihm auf, wenn Sarah seine Forderungen mal wieder vollkommen ignorierte. Sie war ein widerspenstiges, kleines Biest. Aber er ließ sich seinen Zorn nicht anmerken. Sie erzählte ihm später einmal, dass sie ihn dafür bewundert habe, dass er trotz ihrer Frechheiten nie die Fassung verlor. Es habe sie immer beeindruckt, wie ruhig er bei ihren Streitigkeiten geblieben war. Sie hatten wohl niemals ein richtiges Vater-Tochter-Verhältnis, aber im Laufe der Jahre waren sie gute Freunde geworden und konnten sich aufeinander verlassen. Er wusste, dass der Begriff Freundschaft in diesem Zusammenhang einen seltsamen Klang besaß. Aber wenn man sich vor Augen führte, dass er die meiste Zeit ihrer Kindheit im Gefängnis gesessen hatte, dann fand er, dass dies schon eine Menge wert war. Sarahs Fröhlichkeit und heiterer Optimismus fehlten ihm besonders deshalb, weil sie oft die einzige war, die ihn aus seinem stumpfen Dämmerzustand befreien konnte.

Es war früh dunkel geworden. Mr. O`Mally zog die Mütze tief ins Gesicht und stemmte sich gegen den nasskalten Wind, der Belfasts Straßen mit einer feuchten Glasur versah. Er fragte sich, ob man ihn auch beim Umbau des Schiffes gebrauchen konnte. Gut, seine besten Tage waren lange vorbei, aber er hatte viele Jahre auf der Werft gearbeitet. Wenn sie ihn bitten würden, an diesem Umbau mitzuarbeiten, dann wäre er dabei. Aber erst einmal galt es, die Jungs von diesem Projekt zu überzeugen. Ihm graute vor dieser Aufgabe, denn im Reden war er noch nie besonders gut gewesen.

32

Aus großer Entfernung glich die riesige Halle einem riesigen, feuchten Pappkarton. Je näher man dem Bauwerk kam, umso schonungsloser offenbarte sich der katastrophale Zustand des Gebäudes. Lose Kabel hingen an den porösen Wänden und die Fensterscheiben waren teilweise eingeworfen worden. Das ganze Dock war in ein schmieriges Grau getaucht. Martin konnte sich kaum vorstellen, wie es hier aussah, wenn tatsächlich mehrere Dutzend Leute an der „Sarah" arbeiten würden. An diesem Morgen wirkte alles trostlos und verlassen. Die Halle schien dem Vergessen preis gegeben worden zu sein. Die ganze Szenerie wirkte genauso heruntergekommen wie das Schiff.

Noch bevor Martin das Trockendock betrat, hörte er lautes Stimmengewirr. Als er durch das Tor in die Halle trat, kam Ian auf ihn zugerannt. Hinter ihm hatten sich etwa fünfzig Jugendliche in Arbeitskleidung gezwängt, die Martin aus Deutschland besorgt hatte. Kleider machten wahrhaftig Leute. Ohne dass die Jungen auch nur einen Handschlag ausgeführt hatten, konnte man sich des Eindrucks nicht erwehren, dass sie dort schon seit Tagen beschäftigt waren. Sie waren keine Kulisse, sondern lebendiger Bestandteil des Ganzen.

„Und, Martin, wo sind deine Leute? Ich habe mir gestern Abend auf so einer seltsamen Jugendveranstaltung in Nord Belfast den Mund fusselig geredet und hatte eigentlich nicht den Eindruck, dass mein Auftritt sehr überzeugend war, aber sie sind tatsächlich gekommen. Ich habe schon alle nach ihren Erfahrungen und einer eventuellen Ausbildung im Bereich des Schiffbaus befragt und sie in die Listen für die Sozialbehörde eingetragen. Stell dir vor, wir haben Glück, es sind sogar ein paar gelernte Schweißer und andere Handwerker dabei. Nun brauchen wir nur noch ein paar Katholiken und unser Friedensprojekt hat alle Zutaten, die wir brauchen."

„Ich weiß nicht, ob sie kommen werden, Ian. Sarahs Vater wollte mit einigen Leuten sprechen und sie von der Mitarbeit an unserem Projekt überzeugen. Ob das von Erfolg gekrönt war, kann ich dir nicht sagen, das werden wir wohl noch abwarten müssen."

Wenige Augenblicke später stand eine große Gruppe junger Männer vor ihnen. Mr. O´Mally hatte es tatsächlich geschafft. Er hatte circa hundert Leute im Schlepptau, die sofort grimmig in Richtung der anwesenden Protestanten schauten. Es dauerte keine Minute und schon wurden die ersten Unmutsäußerungen laut.

„Mit denen arbeiten wir auf keinen Fall zusammen."

„Was wollen diese kleinen Scheißer denn hier?"

„Wollt ihr uns verarschen oder was?"

„Das hat uns aber keiner gesagt."

„Hey, verpisst euch, wir machen hier den Umbau!"

„Das könnte euch so passen, wir waren zuerst hier."

„Schau dich mal kurz um, du blödes Schwein, ich würde sagen, ihr seid ein paar Leute zu wenig, um hier die große Fresse zu riskieren."

„Komm doch mal rüber und ich zeige dir, wer hier ein blödes Schwein ist!"

„Macht euch vom Acker oder wollt ihr ein paar aufs Maul haben?“
„Von wem denn? Lass dir erst mal ein paar Arme wachsen.“
„So einen wie dich lass ich am ausgestreckten Arm verhungern.“
„Du kannst ja mal hochspringen und mir ins Knie beißen.“
„Ich haue dir gleich deinen Kopf durch den Hosenstall!“
„Hast wohl heute Nacht neben Papa geschlafen und von Kraft geträumt?“
„Halt lieber die Fresse oder deine Zahnbürste greift morgen ins Leere.“

Das ging ein paar Minuten immer so weiter. Die Qualität der Äußerungen nahm im selben Maße ab, wie die Aggression stieg. Es braute sich etwas zusammen. In der ganzen Halle hatte sich ein gefährliches Gemisch aus Hass, Feindschaft und Gewaltbereitschaft ausgebreitet, das beim kleinsten Funken zu explodieren drohte. Hilflos standen Martin und Ian zwischen den beiden Gruppen. Sie wussten, dass sie nicht den Hauch einer Chance haben würden, wenn diese beiden Horden aufeinander zustürmen würden. Aber was konnten sie gegen den bevorstehenden Ausbruch des Faustrechts tun? Martin zupfte Ian am Ärmel und nahm ihn beiseite.

„Sag mal, deine Jungs machen mir den Eindruck, als wenn sie gar nicht wussten, dass sie mit den Katholiken zusammenarbeiten sollen.“

„Du musst gerade reden, hast du ihnen etwa die ganze Wahrheit gesagt?“
„Nein, habe ich nicht, aber das war nicht meine Idee. Grandpa O´Mally meinte, dass man das später noch klären könnte.“
„Ich finde wirklich, dass jetzt ein guter Zeitpunkt für diese Klärung wäre. Eine Massenschlägerei wäre kein so guter Anfang für unser Projekt der Versöhnung.“

Grandpa schloss geräuschvoll das Tor des Trockendocks und stellte sich auf eine herumstehende Kiste, damit alle ihn sehen konnten. Er wedelte ein paar Mal mit seinem Stock und bat die Schreihälse um etwas Ruhe. Er hatte sich die ganze Nacht den Kopf darüber zerbrochen, was er in diesem Moment wohl sagen könnte. Am Morgen hatte er es wieder vergessen und beschloss, einfach das zu sagen, was ihm gerade in den Sinn kam. Und deshalb war es vielleicht auch keine große Rede, die er an diesem Morgen im Dock der Belfaster Werft hielt, aber sie kam von Herzen. Und das merkten die jungen Leute, die dem alten Mann nach anfänglichem Murren dann doch respektvoll zuhörten.

„Jetzt hört mal zu. Ja, wir haben euch ein wenig angelogen, aber das war auch nötig. Ich glaube, ihr werdet mir zustimmen, dass keiner von euch heute Morgen hierhergekommen wäre, wenn er gewusst hätte, mit wem er bei diesem Projekt zusammenarbeiten soll. Deshalb haben wir euch dieses kleine Detail verschwiegen. Nun seid ihr aber hier und ich möchte euch bitten, nicht vorschnell eine Entscheidung zu treffen, die euch hinterher leidtun könnte. Gebt euch und diesem Projekt doch erst einmal eine Chance. Lernt euch kennen und wenn ihr dann merkt, dass euch die Arbeit nicht gefällt oder ihr euch unwohl fühlt, dann könnt ihr immer noch aussteigen. Denkt doch mal an die Konsequenz, wenn jetzt eine Gruppe wieder nach Hause geht. Das Schiff gehört dann automatisch den anderen. Wollt ihr das wirklich? Ich meine, habt ihr euch schon mal die Pläne angesehen? Wenn es fertig ist, wird dieser olle Frachter ein Schmuckstück sein. Es ist dann ein Schiff für euch, für die Kinder und Jugendlichen aus Belfast. Die ganze Einrichtung und alle Anlagen auf diesem Kahn sind auf eure Bedürfnisse ausgelegt worden. Die ganze Stadt wird stolz auf diese Attraktion sein. Und da wollt ihr nicht dabei sein? Kein Mensch verlangt von euch, dass ihr die dicksten Freunde werdet, ihr sollt einfach nur zusammenarbeiten. Das ist der Sinn des Ganzen. Ihr sollt gemeinsam etwas schaffen. Ein Schiff, das allen Menschen aus Belfast gehört. Schaut mal in die Zukunft, in zehn Jahren wird vielleicht euer Sohn auf diesem Frachter spielen können. Wäre es nicht schön, wenn ihr ihm voller Stolz erzählen könntet, dass ihr damals auch dabei wart, dass ihr Teil dieses großen Projektes gewesen seid? Und eins kommt noch hinzu, ihr habt dann zu den Ersten gehört. Ihr seid dann nicht einer von denen gewesen, die sich viel später hier aufgedrängt haben, um auch etwas vom Ruhm abzustauben. Ihr könntet euren Nachfahren dann von den Anfängen berichten. Hey, schaut euch mal diese beiden jungen Leute an. Das sind Martin und Ian. Das sind die Verantwortlichen. Ich kann euch nur eins sagen, denen ist es scheißegal, ob ihr Katholik, Protestant, Jude oder was weiß ich was seid. Die haben ihr letztes Geld in dieses Projekt gesteckt, weil sie davon überzeugt sind, dass es ein Anfang sein kann. Sie zählen auf euch. Die wollen hier wirklich etwas schaffen, etwas, worauf die Belfaster stolz sein können. Ich habe mir sagen lassen, dass es so ein Freizeitschiff für Kinder und Jugendliche auf der ganzen Welt noch nicht gibt. Könnt ihr euch das vorstellen? Wir wären die ersten, die so etwas haben. Wahrscheinlich kommen dann wichtige Leute aus allen möglichen Ländern, um sich unser Schiff anzusehen und ihr müsstet ihnen dann erzählen, wie das alles zustande gekommen ist. Versteht ihr Jungs, dass hier ist eine einmalige Chance für uns alle! Ihr könnt jetzt natürlich wieder nach Hause gehen, euch vor die Glotze setzen oder im Park rumhängen und Bier saufen. Aber vielleicht ist euch jetzt auch bewusst, welche Gelegenheit ihr hier gerade vor der Nase habt. Ihr müsst einfach nur zugreifen. Viele von euch sind arbeitslos und das schon seit Jahren. Und warum? Ganz einfach, weil ihr aus den berüchtigten Vierteln kommt und dabei spielt es verdammt noch mal keine Rolle, ob ihr aus einem protestantischen oder katholischen Problemviertel stammt. Wer weiß, wann sie euch mal einen richtigen Job anbieten werden. Und selbst wenn sie eine Arbeit für euch haben, dann wisst ihr besser als ich, dass dies meist die miesesten Stellen sind. Aber hier, bei diesem Umbau, da brauchen wir euch und zwar alle. Hier wird keiner diskriminiert und keiner bevorzugt. Hier zählt einfach nur eure Arbeit. Ich bitte euch deshalb nur um eins, gebt diesem Projekt eine Chance. Ihr habt es selber in der Hand. Es ist eure Zukunft."

Martin war sichtlich bewegt. Egal, wie diese Sache jetzt ausgehen würde, Grandpas Worten konnte man wenig hinzufügen. Er hatte den Kern getroffen. Das Projekt war für alle Beteiligten eine große Chance. Es war aber vor allem für diese Jungs hier die Gelegenheit zu beweisen, dass die Vorurteile, die man ihnen aufgrund ihrer Herkunft entgegenbrachte, haltlos waren. Martin hoffte, dass die jungen Leute hierin auch die Möglichkeit sahen, sich vom Image des ewigen Verlierers, der alle seine Probleme mit Gewalt löst und immer die anderen für seine Lage verantwortlich macht, zu lösen. Er erinnerte sich, dass er bei Diskussionen über die Probleme Belfasts immer wieder argumentiert hatte, dass man diesen Menschen eine Perspektive bieten müsse, dass es nötig sei, eine Vision zu entwickeln und dass man ihnen durch angemessene Arbeit das Selbstwertgefühl zurückgeben müsse. Diese Forderungen erfüllte ihr Projekt, und deshalb lag es nun an den Anwesenden zu zeigen, dass sie bereit waren, den Teufelskreis aus Gewalt, Hoffnungslosigkeit und Vorurteilen endlich zu durchbrechen.

Die Spannung war unerträglich. Die jungen Männer verständigten sich im Flüsterton miteinander. Martin hatte keine Ahnung, was da gesprochen wurde. Erneut stand ihr gesamtes Vorhaben auf der Kippe. Erstmals wurde ihm bewusst, das Ian und er zwar die Verantwortung und das Risiko für den Umbau trugen, aber im Grunde völlig abhängig von den Entscheidungen anderer waren. Martin erkannte, dass es bei diesem Projekt für sie in erster Linie darum ging, Überzeugungsarbeit zu leisten. Die Belfaster waren der Schlüssel zum Erfolg. Das hatten sie bislang nicht erkannt. Sie hatten diesem Aspekt viel zu wenig Beachtung geschenkt. In diesem Moment war ihm plötzlich klar, dass sie die ganze Sache falsch angegangen waren. Sie brauchten die Unterstützung der Menschen, dann würden sich viele Türen wie von selbst öffnen. Die Öffentlichkeit musste mobilisiert werden, das würde dem Projekt den nötigen Schub verleihen. Ihr Vorhaben war nur einem kleinen Teil der Bevölkerung bekannt, und genau da lag das Problem. Sie hätten von Anfang an viel offensiver für ihr Projekt werben müssen. Jedes Kind hätte über den Umbau der „Sarah" Bescheid wissen müssen. Martin hoffte, dass diese Erkenntnis nicht zu spät kam.

„Also, wir sind dabei. Einen Versuch ist es wert, da hat der Alte völlig recht."
Diese klare Aussage brachte die Jugendlichen aus den Falls in Zugzwang. Die Protestanten würden bleiben, das war damit klar. Wenn sie nun gehen würden, dann gehörte das Schiff nach dem Umbau den anderen. Andererseits war unklar, was die Leute aus ihrem Viertel sagen würden, wenn sie erfuhren, dass ihre Jungs gemeinsam mit den Protestanten an einem Friedensprojekt arbeiten würden. Die Verunsicherung der jungen Leute war nicht zu übersehen. Sie waren unschlüssig und keiner wollte die Entscheidung treffen. Martin und Ian starrten von einem zum anderen. Sie suchten in den Gesichtern nach einer Antwort, nach irgendeiner Entscheidung, doch sie fanden nur Ratlosigkeit. Und plötzlich trat Mr. O´Mally zu Ian.

„Ich bleibe auch, wenn ihr so einen alten Sack überhaupt gebrauchen könnt."
Ian grinste über beide Ohren und antwortete so laut, dass es auch der Letzte noch hören musste.
„Das Alter spielt bei uns genauso wenig eine Rolle wie alle anderen Sachen. Wir freuen uns über jeden Helfer, es gibt schließlich mehr als genug zu tun."
Martin konnte es nicht fassen, ausgerechnet Sarahs Vater hatte den Bann gebrochen. Die katholischen Jugendlichen schauten sich etwas verdutzt an, mit dieser Entwicklung hatten sie überhaupt nicht gerechnet. Mr. O´Mally war für diese jungen Männer aufgrund seiner Vergangenheit eine Respektsperson. Wohl auch deshalb boten sie nach einigem Zögern ebenfalls ihre Mitarbeit an.

Ian teilte die anwesenden Arbeiter in verschiedene Gruppen ein. Er achtete darauf, dass überall qualifizierte und gestandene Handwerker mit ungelernten, unerfahrenen Männern zusammenarbeiteten. Das sollte nach seiner Vorstellung dazu führen, dass sich die Jugendlichen untereinander halfen und man nicht alles doppelt erklären musste. Er drückte den jeweiligen Kolonnenführern einen detaillierten Plan in die Hand und zeigte ihnen darauf, wo sich die erforderlichen Werkzeuge und das benötigte Material befanden. Zu Beginn waren die meisten Gruppen damit beschäftigt, den Rost von der Außenhaut der „Sarah" zu entfernen. Eine überaus mühselige und stumpfsinnige Arbeit. Mit großen Winkelschleifern rückte man den braunen Flächen zu Leibe. Ian hatte aus irgendwelchen undurchsichtigen Quellen ein technisches Wunderwerk besorgt. Dabei handelte es sich um einen Strahler, der kleine Sandkörner unter Hochdruck auf die korrodierten Areale prasseln ließ. Es war kaum zu glauben, aber dieses Gerät entfernte den Rost in atemberaubender Geschwindigkeit. Die behandelten Flächen wurden dennoch von Hand nachbehandelt, weil ein gewisser Schliff für einen besseren Halt der Farbe sorgen sollte.

Als Martin das erste Mal auf die Uhr schaute, war es kurz vor zwölf. Er war verblüfft, dass sie tatsächlich schon mehr als drei Stunden gearbeitet hatten. Die Einteilung der einzelnen Kolonnen hatte sich am Morgen etwas in die Länge gezogen, da es nicht nur die Befindlichkeiten zwischen Katholiken und Protestanten zu beachten galt, sondern auch jene, die untereinander existierten. Ian zeigte dabei ein unerwartetes diplomatisches Geschick. Jeder bekam von diesem Schotten das Gefühl vermittelt, der wichtigste Teil der Gruppe zu sein. Martin schmunzelte, als er sich an eines dieser Gespräche erinnerte. Ein riesiger Kerl stand vor Ian und beschwerte sich über die Tatsache, dass er nicht als Vorarbeiter eingeteilt worden war. Ian schaute kurz hoch und hatte in Sekundenbruchteilen die Antwort auf diese scheinbare Ungeheuerlichkeit parat.
„Ja sieh mal, das liegt daran, dass ich dich schon für eine andere, verantwortungsvollere Aufgabe vorgesehen habe."
Dann beugte sich Ian etwas nach vorne und sprach in gedämpfter, verschwörerisch anmutender Stimmlage.
„Aber es ist so, wenn ich dir jetzt schon den Posten des Vorarbeiters gebe und später eine noch viel wichtigere Funktion, dann denken alle anderen, dass ich dich be-

vorzugen würde. Wenn du aber jetzt einfacher Arbeiter bleibst, dann kann ich später allen sagen, dass du dir die Beförderung mit deiner guten Arbeit verdient hast, verstehst du?“

Der nordirische Riese grinste und nickte eifrig. Das Problem an dieser Vorgehensweise war, dass Ian jedem Zweiten dieselbe Geschichte auftischte. Trotzdem hatte er es geschafft, dass am frühen Vormittag tatsächlich alle an irgendwelchen Ecken des Schiffes arbeiteten. Überall hörte man lautes Gelächter, humorvolle Zwischenrufe und fröhliches Pfeifen. Die Anspannung des frühen Morgens war bei allen Beteiligten verflogen und es schien fast so, als wenn die Arbeit sie alles um sich herum vergessen ließ. Plötzlich interessierte es niemanden mehr, woher der Junge kam, der für alle Arbeiter Getränke geholt hatte. Sie feierten und begrüßten ihn, als wäre er ein berühmter Sportler oder Musiker. Schutzbrille, Mundschutz und Overall sorgten für ein einheitliches Erscheinungsbild. Der Roststaub setzte sich auf Kleidung und Haut, so dass sie nach zwei Stunden ihren Nebenmann allenfalls an den auffälligsten körperlichen Charakteristika erkennen konnten.

Die Wintersonne hatte ihren Zenit erreicht und schickte ihr gleißendes Licht durch jede kleinste transparente Öffnung der Halle. Die eingedrungenen Strahlen machten die staubige Luft des Docks sichtbar, winzige Partikel tanzten vergnügt im Sonnenschein auf und ab. Die Außenwände des Trockendocks wiesen unzählige kleine Risse auf, die wie Einschusslöcher wirkten. Vielleicht waren es sogar welche, das wäre in Belfast immerhin nicht auszuschließen.

Martin war klar, dass es bei noch kühleren Außentemperaturen und einem kräftigeren Wind auch in der Halle empfindlich kalt werden würde. Grandpa hatte ihm erzählt, dass man zu seinen Zeiten riesige Feuer im Trockendock entfacht habe, damit die Arbeit bei extrem kalter Witterung nicht unterbrochen werden musste. Er hoffte, dass sie nicht gezwungen waren, zu ebensolchen drastischen Maßnahmen zu greifen, schließlich hatten sie nur zehn Wochen Zeit, um die Arbeiten im Dock abzuschließen. Eine Unterbrechung konnten sie sich unmöglich leisten, vor allem weil sie bereits zu Beginn ein paar Tage verloren hatten. Doch jetzt war Leben in der Halle. Der Lärm durchdrang die vor sich hin dösenden Mauern und breitete sich weiter über die bis dahin schlafende Umgebung aus. Insekten und anderes kleines Getier suchten ob dieses Getöses ihr Heil in der Flucht. Der Krach der Werkzeuge klang für Ian und Martin wie süßes Glockengeläut. Das Dröhnen der Maschinen war Botschaft und Verkündung. Der Anfang war gemacht. Hundertfünfzig Arbeiter schliffen, hämmerten, schweißten und bohrten an ihrem Traum herum. Der Umbau der „Sarah“ begann.

33

Martin wartete ungeduldig. Die Frage, die er sich seit einer halben Stunde stellte, war die, wo der Franzose abgeblieben war. Er hatte Martin versprochen, dass es nicht sehr lange dauern würde, „höchstens zwanzig Minuten" hatte er gesagt. Nun wartete er schon seit einer guten Stunde auf Jean-Luc. Immer öfter fragte er sich, ob es ein gutes oder ein schlechtes Zeichen war, dass sein Freund noch immer nicht aus dem Gebäude der Lokalredaktion gekommen war. Er hatte Jean-Luc noch am Abend des denkwürdigen ersten Tages im Trockendock mit seinen Gedanken über die fehlende öffentliche Wahrnehmung ihres Projektes genervt. Der Franzose hatte nur gelächelt und gemeint, dass er da schon eine Idee hätte. Diesmal hatte er Martin sogar erzählt, wer seine gute Verbindung war.

Im letzten Sommer hatte Jean-Luc ein Praktikum beim Belfast Telegraph absolviert und sich dabei mit dem jungen Journalisten Michael Preston angefreundet. Hinter vorgehaltener Hand spotteten die Mitstudenten, dass dies der Zeitpunkt gewesen wäre, ab dem sich der Franzose selbst als den kommenden Star unter den Zeitungsreportern gesehen habe. Er trat unmittelbar darauf der Redaktion des studentischen Käseblattes bei und lief ständig mit Fotoapparat und kleinem Diktiergerät durch die Gegend. Die Beiträge fand Martin höchst amüsant, allerdings waren sie zumeist eine Mischung aus Dichtung, Wahrheit und Vermutung. Aber wie so oft im Leben, waren es die größten Kritiker seiner Artikel, die jede Ausgabe der Studentenzeitung förmlich in sich aufsogen. Sie bemängelten seinen Stil, sie meckerten über seine Themen, kurz gesagt, sie sprachen ihm jegliches journalistisches Talent ab. Nur dies änderte alles nichts an der Tatsache, dass seine Kolumnen immer in aller Munde waren. Jean-Luc besaß einen gottgegebenen Witz und dem konnte man sich nicht entziehen. Es war den meisten Studenten vollkommen egal, ob seine Geschichten hochklassig waren oder nur billiger Klatsch, man las sie, weil sie Ironie und Sarkasmus beinhalteten. Seine Beiträge waren kurzweilig und man fühlte sich unterhalten und darauf kam es doch letztlich an.

Endlich. Die Tür ging auf. Jean-Luc kam auf ihn zuspaziert. Im Schlepptau hatte er einen langen, dünnen Kerl, der auf seltsame Weise blass wirkte. Der hagere, große Mann trug Hut und Anzug. Er schleppte eine Tasche mit sich, die ihm aufgrund ihres Gewichts offenbar einiges abverlangte. Ansonsten war er ein eher unscheinbarer Typ. Keine besonderen Merkmale, würde man im Polizeijargon sagen. Jean-Luc stellte ihn vor.

„Martin, das ist Michael Preston, der Typ, bei dem ich mein Praktikum gemacht habe. Er wirkt zwar etwas unscheinbar, aber bei einer guten Story wird er zum Raubtier. Stimmt doch, Michael, oder?“
„Nun quatsch nicht so ein blödes Zeug Jean-Luc. Hallo Martin, Jean-Luc hat mir von eurem Projekt erzählt und gemeint, ihr bräuchtet ein wenig Publicity, damit das Ganze etwas in Schwung kommt. Ich finde eure Idee großartig und würde gerne eine Story für den Telegraph

bringen. Wenn es dir nichts ausmacht, würde ich gleich mitkommen und ein paar Fotos vom Umbau machen und eventuell ein paar Stimmen einfangen."
„Klar, das macht mir überhaupt nichts aus. Freut mich wirklich, dass du Interesse an dieser Sache hast. Wir könnten ein wenig öffentliche Aufmerksamkeit gut gebrauchen, uns fehlen nämlich nach wie vor noch arbeitswillige Männer und Frauen. Ich habe einfach die Hoffnung, dass durch einen Bericht in der Zeitung viele Leute von unserem Projekt erfahren und sich der eine oder andere auf den Weg macht, um mitzuhelfen."
„Diese Hoffnung ist ja auch nicht ganz unberechtigt, immerhin wissen nur die wenigsten Belfaster überhaupt etwas von eurem Umbau. Das ist wirklich schade, wir sollten das schnellstens ändern."

Sie nahmen ein Taxi zum Hafengelände. Die letzten hundert Meter gingen sie zu Fuß, weil Michael noch ein paar Fotos von den Außenanlagen schießen wollte. Schon in dieser Entfernung konnte man die hektische Betriebsamkeit hören, die im Dock herrschte. Die freie Fläche vor der Halle war inzwischen mit einer stattlichen Anzahl von Fahrzeugen zugeparkt. Die neuwertigen Transporter und LKW´s der verschiedenen Zulieferfirmen standen bunt gemischt zwischen den alten Rostlauben, die einige wenige der Arbeiter ihr eigen nennen konnten. Einige dieser fahrbaren Untersätze aus Nord- und Westbelfast waren in einem äußerst bedenklichen technischen Zustand. Wenn ihre Besitzer den Motor starteten, gab der Wagen ein solch absterbendes Geräusch von sich, dass man glaubte, es würden wesentliche Teile für den Betrieb eines Autos fehlen.

Wenn der Fahrer es jedoch nach einer Weile tatsächlich schaffte, die Kiste zum Leben zu erwecken, dann musste man sich rechtzeitig in Sicherheit bringen. Aber nicht wegen der rücksichtslosen Fahrweise der jungen Leute, sondern wegen des Qualms, den das Vehikel durch den Auspuff jagte. Dieses undefinierbare Gemisch schillerte in allen möglichen Blau- und Weißtönen und der Gestank erinnerte an eine alte Chemiefabrik. Martin wunderte sich jeden Morgen, wie die wenigen Pflanzen auf dem Hafengelände diese Gasattacken überleben konnten. Schließlich gab es ein Dutzend dieser Wunderwerke der Automobilkunst und der gemeinsam fabrizierte Nebel legte sich meist erst wieder nach einer Stunde.

Als sie die Halle betraten, sah man überall Menschen in einheitlich blauer Arbeitskleidung geschäftig hin- und herlaufen. Der ohrenbetäubende Krach der vielen Werkzeuge und Maschinen hing in der Luft und malträtierte das Trommelfell. Martin gab seinen beiden Begleitern einen Ohrenschutz. Dann begaben sie sich auf den Weg zum Ende des Docks, wo das provisorische Büro der Projektleitung eingerichtet worden war. Als die ersten Arbeiter die drei Besucher bemerkten, begannen sie fürchterlich zu lachen. Martin schaute an sich hinunter und überlegte, was wohl der Auslöser dieser Heiterkeit sein mochte. Dann fiel es ihm schlagartig ein. Natürlich, Jean-Luc! Einen solchen Paradiesvogel hatten diese Jugendlichen wahrscheinlich noch nie gesehen, und wenn überhaupt, dann höchstens mal im Fernsehen. Der Franzose hatte heute wieder seine feinste Garderobe angelegt. Die Hose war knallrot, mit blauen Sternen bedruckt, sehr weit geschnitten und schlackerte bei jedem Schritt um seine dünnen Beine. Als Oberteil hatte er eine Art Poncho gewählt, der alle Farben dieser Welt zu enthalten schien. Das einzig Einfarbige an Jean-Luc waren seine braunen Schuhe aus dem Leder des peruanischen Hochlandrinds. Diese den Gesamteindruck zerstörende Eintönigkeit bekämpfte er jedoch erfolgreich durch das Benutzen von grellen, orangefarbenen Schnürsenkeln. Auf dem Kopf trug er seinen bekannten und bewährten gehäkelten Topflappen. Dieser komische Hut war immerhin ein Original aus der jamaikanischen Heimat seiner Mutter, wie Jean-Luc unermüdlich betonte. Die pechschwarzen Rastalocken waren in einer solchen Fülle auf seinem Haupt zu finden, dass man unweigerlich den Eindruck hatte, es müsse sich um eine Perücke handeln. Martin musste zugeben, dass der Aufzug Jean-Lucs nicht so recht in den grauen Winter Belfasts passen wollte. Er wirkte hier nicht nur deplatziert, sondern einfach nur zum Schreien komisch. Warum war ihm das nur nicht vorher aufgefallen?

Immer mehr Arbeiter legten ihre Geräte beiseite und schauten kopfschüttelnd zu Jean-Luc. Der Franzose hingegen genoss diesen Auftritt sichtlich. Seine Selbstverliebtheit bekam in diesen Augenblicken wieder neue Nahrung. Er stolzierte an den prustenden Jugendlichen vorbei. Ihr Hohn und Spott waren für ihn nichts anderes als eine Art Huldigung und Ehrerbietung. Jean-Luc war versessen darauf, Aufmerksamkeit zu erhaschen, in welcher Form ihm diese zuteilwurde, war dabei zweitrangig. Ganz nebenbei hatte er auch die Arbeitsmoral an diesem Tag gesteigert, denn noch Stunden später war sein Einmarsch in das Belfaster Trockendock das einzige Gesprächsthema unter den Arbeitern.

Ian saß über einen Plan gebeugt am Tisch und murmelte vor sich hin. Er sah kaum auf, als Martin und die beiden anderen das Büro betraten. Martin wusste, dass Ian schon seit drei Tagen nicht mehr richtig geschlafen hatte.

„Hallo Ian, ich möchte dir Michael Preston vorstellen. Er ist Reporter beim Belfast Telegraph und will einen Artikel über das Projekt in die nächste Ausgabe bringen. Vielleicht erreichen wir dadurch noch ein paar Leute."

„Freut mich sehr, dich kennen zu lernen, Michael. Wir brauchen aber ehrlich gesagt nicht nur ein paar Leute, sondern mindestens noch hundert. Im Moment hängen wir unserem eigenen Zeitplan um ein Vielfaches hinterher. Ich bin mir nicht mal sicher, ob wir das überhaupt noch aufholen können. Setz dich doch, Martin und ich werden dir mal die Pläne erklären. Anschließend kannst du mich auf meiner Runde zu den einzelnen Kolonnen begleiten."

„Sehr gerne. Dann lasst mich mal sehen, was ihr euch so vorgestellt habt."

Michael Preston war ein begabter junger Journalist und erkannte sofort, dass man aus dieser Geschichte mehr machen musste als einen kleinen Artikel für den Lokalteil. Hier bot sich die Chance, erstmals seit Jahren wieder etwas Positives aus Belfast zu berichten. Kein Bombenattentat, keine Straßenschlacht und kein groß angelegter Polizeieinsatz. Ein Schiff für die Jugend. Ein

Schiff für die Zukunft. Ein Schiff für die Hoffnung. Was für eine großartige Idee! Diese beiden Studenten hatten fast unter Ausschluss der Öffentlichkeit schon so viel erreicht, dass es mehr als Zeit wurde, das Augenmerk der Bevölkerung und der Welt auf dieses Projekt zu lenken. Er würde mit dem Chefredakteur sprechen müssen, das Ding mussten sie ganz groß aufziehen. Michael wusste, dass die Medien auch in Nordirland einen riesigen Einfluss auf die Gesellschaft hatten. Es kam darauf an, wie man diesen Umbau vermarktete. Er hatte da schon eine Idee. Auf keinen Fall durfte er die politische Schiene fahren, das würde gründlich in die Hose gehen. Die Formulierungen mussten gut überlegt werden. Das Beste wäre wohl, wenn er die Kinder und Jugendlichen in den Vordergrund stellte. Nur nicht auf dieser Bürgerkriegsscheiße rumreiten, das war zu gefährlich. Die Zusammenarbeit der Katholiken mit den Protestanten würde er zwar erwähnen müssen, aber höchstens am Rande. Viel wichtiger war die Tatsache, dass die Arbeiter alle von der Straße kamen. Genau, das war es, das Leitthema des Artikels musste die Hoffnung sein. Der Begriff war politisch nicht vorbelastet und jeder konnte etwas damit anfangen. Schließlich hatten alle Menschen irgendwelche Hoffnungen und Träume. Er würde ein paar der Beteiligten fragen, welche Erwartungen sie mit dem Umbau dieses Frachters verbanden. Das alles würde er noch mit ein paar Stimmen internationaler Politiker und Persönlichkeiten garnieren und schon hätte er das Grundgerüst seines Artikels. Die Zielsetzung war klar, er würde den Stolz aller Belfaster auf dieses Projekt wecken müssen. Natürlich war das kein leichtes Unterfangen, aber genau das reizte ihn daran. Michael schaute zufrieden in die Runde. Er hatte sich die technischen Fakten des Umbaus notiert, aber jetzt kam der schwierigere Teil der Recherche, er musste die Stimmung auf dem Dock einfangen. Interviews waren zu führen, Geschichten warteten darauf erzählt zu werden und interessante Details sehnten ihre Entdeckung herbei.

Michael verbrachte fast den ganzen Tag bei den Arbeitern im Trockendock und hatte danach so viel Material, dass er einen Roman hätte schreiben können. Auf dem Weg zur Redaktion ließ er in der hauseigenen Abteilung die Fotos entwickeln. Er hastete die Stufen zum Büro des Chefredakteurs hinauf, klopfte kurz an und stürmte hinein, ohne die Aufforderung zum Eintreten abzuwarten. Hinter einem schweren Mahagonischreibtisch saß sein Boss, Mr. Hogan.
„Preston, wie oft habe ich Ihnen eigentlich schon gesagt, dass es nur etwas nützt anzuklopfen, wenn man dann auch draußen auf die Einladung „Herein!“ wartet.“
„Ja, schon klar, Chef, aber ich habe hier ein ganz großes Ding an der Angel. Eine Exklusivstory, um die sich die internationalen Agenturen reißen werden, wenn sie erst mal Wind davon bekommen haben.“
„Das haben Sie mir schon unzählige Male erzählt, Preston. Wissen Sie noch im letzten Monat, die Geschichte mit der sprechenden Katze? Mensch, wachen Sie endlich auf und erledigen Sie einfach das normale Tagesgeschäft. Es mag ja sein, dass der hundertste Bombenanschlag keinen mehr vom Hocker reißt, aber das ist nun

mal Ihr Job, mein Lieber, genau dafür werden Sie bezahlt."
„Diesmal ist es etwas anderes Chef, glauben Sie mir! Keine sprechende Katze, keine Außerirdischen und keine intelligenten Mülltonnen. Ich schwöre es!"

Es klopfte und die Tür wurde aufgerissen.
„Himmel noch mal, lernt es denn niemand hier in diesem Irrenhaus?! Ihr braucht nicht an meine Tür zu hämmern, wenn ihr sie im selben Moment aufreißt. Bin ich nur von Idioten umgeben?"
„Sorry Chef, aber Michael sagte, seine Bilder hätten absolut höchste Priorität und ich müsste sie sofort zu Ihnen bringen."
Mr. Hogan knurrte etwas Unverständliches, nahm die Bilder entgegen und schickte den Boten mit einer lässigen Handbewegung aus dem Büro. Er schaute sich die Fotografien eingehend an und ließ Preston Platz nehmen.
„Also Preston, ich sehe hier einen Haufen Schwachsinnige in blauen Overalls, die an einem alten rostigen Kahn herumschleifen. Ich bin schon sehr gespannt, wo sie den absoluten, ultimativen Knaller bei dieser Story sehen."

Immerhin gab ihm der Alte Gelegenheit, von dieser Sache zu berichten. Michael erinnerte sich, dass er schon mehr als einmal aus seinem Büro geworfen wurde, ohne dass er überhaupt etwas sagen konnte. Also nutzte er die Gelegenheit und erzählte in knappen Sätzen, worum es bei dem Projekt der beiden Studenten ging. Er fasste sich kurz, weil er wusste, dass der Alte jegliches Geschwafel hasste. Er sagte immer, dass sie Journalisten seien und keine Poeten. Reporter würden auf den Punkt kommen und die Fakten in möglichst komprimierter Form darstellen. Dichter hingegen würden nie auf den Punkt kommen und sich eingehend mit dem unwichtigen und unfassbaren Dingen beschäftigen. Hogans langjährige Mitarbeiter erzählten Michael vor Jahren, dass sich der Boss selbst einmal als Poet versucht habe, allerdings seien seine Manuskripte von den Verlagen mit vernichtenden Kommentaren zurückgeschickt worden. Seitdem habe er ein äußerst gespanntes Verhältnis zu den Kollegen vom lyrischen Fach.

Irgendetwas an Michaels Bericht schien sein Interesse geweckt zu haben. Er zog die Augenbrauen hoch und kratzte sich am Kinn, das typische Zeichen dafür, dass er äußerst konzentriert zuhörte. Mr. Hogan entwickelte dann eine Geduld, die er sonst nur selten aufbrachte. Michael konnte es kaum glauben, aber er durfte wahrhaftig zu Ende berichten. Er holte tief Luft und wartete auf das übliche Gebrüll seines Chefs, doch von der gegenüberliegenden Schreibtischseite kam zunächst gar nichts. Eine lange Pause entstand. Mr. Hogan nahm erneut die Bilder zur Hand und kehrte Michael den Rücken zu. Er stand auf und starrte aus dem Fenster. Endlich holte er tief Luft und drehte sich um.

„Also gut, Preston, ich bringe die Story. Wir machen das aber im ganz großen Stil. Sie werden jede Woche über die Fortschritte an diesem Dampfer berichten, ist das klar? Die ganze Sache bringen wir nicht im Lokalteil, sondern auf der Hauptseite. Ich glaube, diesmal hatten Sie den richtigen Riecher. Es ist durchaus möglich, dass dieser Umbau das internationale Interesse wecken könnte. Da wir vor Ort sind, werden die großen Tageszeitungen in der Welt möglicherweise auf unsere Berichte zurückgreifen. Dann lassen Sie es uns anpacken. Morgen will ich den ersten großen Artikel auf Seite eins sehen. Machen Sie sich an die Arbeit Preston."

Michael sprang auf. Er wollte so schnell wie möglich aus dem Büro kommen, bevor der Alte es sich wieder anders überlegte. Doch Mr. Hogan hielt ihn noch mal kurz zurück.

„Und Preston ... versauen Sie das nicht! Geht das schief, sind Sie Ihren Job los."

„Geht klar, Chef, machen Sie sich keine Sorgen, ich kriege das schon hin."

„Das hoffe ich, mein junger Freund, das hoffe ich für uns beide. Heute Abend, Punkt 23 Uhr, liegt der Probedruck auf meinem Schreibtisch."

„Keine Minute später Chef, Sie kennen mich doch."

„Eben drum. Und jetzt raus hier, ich muss mich noch um andere Dinge kümmern."

Der junge Journalist stürmte aus dem Zimmer und rannte die Treppe hinunter zu den Redaktionsräumen. Er würde sich beeilen müssen, wenn er einen wirklich guten Artikel vorlegen wollte. Michael war sich darüber im klaren, dass er hier eine riesige Chance vor der Nase hatte. Vielleicht könnte sogar sein großer Traum in Erfüllung gehen und man würde ihm im Laufe der nächsten Wochen einen Job bei einer bekannten und renommierten Zeitung in London anbieten. Eigentlich hatte er die Hoffnung schon aufgegeben, jemals gefragter Journalist in einer Weltstadt zu werden. Aber jetzt bestand zumindest die theoretische Möglichkeit, dass die Reportage über das Projekt im Belfaster Hafen ihn in das Blickfeld der internationalen Nachrichtenagenturen rückte. Wenn das tatsächlich passieren sollte, dann, ja dann würden die wichtigsten Zeitungsbosse der Welt seine Artikel lesen. So stellte sich der junge Michael Preston das jedenfalls vor. Mit dieser Einbildung im Hinterkopf machte er sich an die Arbeit. Pünktlich um 23 Uhr lag der Entwurf auf dem Tisch von Mr. Hogan. Michael hatte mit Herz und Verstand geschrieben, er hatte um jede Formulierung gerungen und die Absätze immer wieder gelöscht. Es schien fast so, als wenn er an den eigenen Ansprüchen scheitern würde. Er arbeitete wie ein Fünf-Sterne-Koch, indem er den Text wie einen guten Fond immer weiter reduzierte. Zum Schluss blieb nur noch die Essenz übrig. Michael war überzeugt davon, dass es ein guter Artikel war, vielleicht sogar der beste, den er je geschrieben hatte.

Mr. Hogan setzte sich seine Lesebrille auf und überflog den Text. Dann las er ihn ein zweites Mal und nach dem dritten Durchlesen hellte sich seine Miene auf. Er strahlte Michael förmlich an.

„Preston, das ist definitiv das Beste, was Sie jemals geschrieben haben. Ich bin wirklich stolz auf Sie. Mir gefällt die Überschrift „Schiff der Hoffnung“, das macht neugierig und strahlt Eleganz aus. Ich habe keine Einwände, das geben wir so in den Druck. Jetzt ab nach Hause mit Ihnen, morgen wartet das Seniorenheim mit

seinem fünfzigjährigen Jubiläum auf Sie. Also Preston, gute Nacht."
„Gute Nacht, Chef, und danke für Ihr Lob."

Mr. Hogan brummte und winkte ab. Michael verschwand durch die halb geöffnete Tür und machte sich beschwingt auf den Heimweg. Er fühlte sich großartig, denn schon morgen würde sein Artikel auf Seite eins des Belfast Telegraph erscheinen. Er verließ das Gebäude und verschwand in der Dunkelheit der Nacht.

Am nächsten Morgen fand man Michael Preston unweit des Redaktionsgebäudes mit einer Schusswunde in der Brust tot auf. Ein Kioskbesitzer hatte den Leichnam auf dem Weg zur Arbeit gefunden. Eine Stunde nach seiner grausigen Entdeckung verkaufte er im Minutentakt die neueste Ausgabe des Belfast Telegraph. Auf Seite eins wurde ausführlich über das Projekt zweier Studenten berichtet, die einen alten Frachter zum Freizeitschiff für Belfaster Kinder und Jugendliche umbauen wollten und dabei auf die Mithilfe vieler Freiwilliger hofften. Der Verfasser dieses Artikels war ein gewisser Michael Preston, der in der Nacht vor dem Erscheinen der besagten Ausgabe, im Alter von 26 Jahren, vermutlich von einer Gruppe Paramilitärs hingerichtet worden war. Es konnte nie geklärt werden, warum er ermordet wurde und was der Grund für seinen gewaltsamen Tod war. Die Polizei ging davon aus, dass er Opfer einer Verwechslung geworden war. Michael Preston war bereits tot, als sein Artikel in ganz Belfast eine Aufbruchsstimmung auslöste, die es schon seit Jahrzehnten nicht mehr gegeben hatte.

34

Martin traute seinen Augen nicht. Er schaute ein ums andere Mal aus dem Fenster und schüttelte nur immer wieder ungläubig den Kopf. Vor der Halle standen Hunderte von Menschen, die entweder mitarbeiten oder nur mal vorbeischauen wollten. Martin saß mit Ian im Büro. Sie überlegten angestrengt, wie sie dieses Chaos da draußen in geregelte Bahnen lenken wollten.

„Es hilft nichts, Martin, wir müssen die Einteilung der Leute vor der Halle erledigen. Wenn wir die Massen hier reinlassen, dann bricht die Ordnung völlig zusammen, das garantiere ich dir."

„Du hast vermutlich recht. Nur wie sollen wir das denn alleine schaffen? Die Leute brauchen Arbeitskleidung, wir müssen sie in die Listen eintragen, wir brauchen Angaben über ihre Erfahrungen und eine eventuelle Ausbildung und schließlich müssen sie noch in Kolonnen eingeteilt werden. Ich weiß auch nicht, aber zu zweit wird das schwer zu schaffen sein."

„Ich habe eine Idee. Wie wäre es, wenn wir unsere Vorarbeiter zusammentrommeln und uns von denen helfen lassen? Die wissen doch am besten, wen sie in ihrer Kolonne noch gebrauchen können. Wir füllen die vorhandenen Arbeitsgruppen zunächst einfach auf und kümmern uns später um die Neueinteilung. Außerdem lassen wir ein Areal in der Halle absperren, wo sich Schaulustige aufhalten können. Die behindern dann die Arbeiten nicht und können trotzdem jederzeit den Fortgang des Projektes beobachten."

„Das klingt sehr gut, so sollten wir es machen."
Die Vorarbeiter wurden kurz in die Planung eingewiesen. Dann begab man sich kurzerhand auf die Freifläche vor dem Dock. Ian hatte eine Megaphon unter dem Arm, das ihm schon innerhalb der Halle sehr gute Dienste erwiesen hatte. Sie bauten einen Tisch auf und Martin stapelte darauf die Listen und andere wichtige Unterlagen. Es gab eine provisorische Arbeitskleidungsausgabe und die Vorarbeiter sollten den ihrer Kolonne zugewiesenen neuen Mitarbeitern den Weg zu ihrem Arbeitsplatz zeigen. Ian schaltete sein Megaphon ein und wandte sich an die Menschenmenge.
„Hallo, wir freuen uns, dass so viele Leute Interesse an einer Mitarbeit bei unserem Projekt zeigen. Um es gleich vorweg zu nehmen, wir können wirklich jeden gebrauchen. Wir möchten Sie jedoch bitten, eine Schlange zu bilden, damit wir nach und nach alle registrieren und für jeden einen geeigneten Arbeitsplatz auswählen können. Wir wissen, dass dies bei den heutigen kühlen Temperaturen nicht ganz angenehm ist, aber es würde sonst ein Chaos entstehen, dass wir sehr schlecht kontrollieren können. Insofern hoffen wir auf Ihr Verständnis. Danke."

Trotz der Tatsache, dass sie auf diesen Ansturm überhaupt nicht vorbereitet waren, schafften sie es, in knapp drei Stunden alle Interessierten durch ihr Verfahren laufen zu lassen. Ian und Martin hatten sich die Finger wund geschrieben. Die Vorarbeiter waren im Lauf der Zeit immer hektischer geworden, weil die Ordnung in ihren Kolonnen verloren zu gehen drohte. Es kam ihnen daher ganz gelegen, dass die Hälfte der Menschen

nur gekommen war, um sich das Schiff mal anzuschauen. Trotzdem war es der von Ian so sehnsüchtig erwartete Schub, denn am Ende ihrer Erfassungstätigkeit konnten sie voller Stolz zweihundert neue Mitstreiter begrüßen. An diesem ersten Tag nach Erscheinen des Artikels im Telegraph herrschte im Dock ein ziemliches Durcheinander. Die bislang gut funktionierenden Arbeitsabläufe gerieten völlig durcheinander. Es waren einfach zu viele Leute an den verschiedenen Arbeitsplätzen beschäftigt. Ständig stand jemand einem anderen im Weg. Die Stimmung wurde zusehends gereizter und letztlich schafften sie auch nicht mehr als mit der ursprünglichen Anzahl von Helfern. Damit sich die Arbeiter nicht gegenseitig auf den Füßen herumstanden, schlug Ian vor, dass man in zwei Schichten am Umbau der „Sarah" arbeiteten könnte. Die Vorarbeiter befragten ihre Leute und am Abend hatten sie eine Liste mit den Namen derer, die gern später anfangen und bis in die Abendstunden arbeiten wollten. Durch diese Maßnahme entfiel auch die Notwendigkeit, neue Kolonnen zu bilden, sie teilten die vorhandenen einfach in zwei gleich große Gruppen. Damit hatte sich das Problem erledigt. Darüber hinaus konnten sie so viele Arbeiter auch gar nicht mit den notwendigen Maschinen und Geräten ausstatten, da ihr diesbezügliches Budget vollkommen erschöpft war.
Aus den Tiefen der Halle kam Mr. O`Mally auf Martin zugestürmt. Er sah ziemlich ärgerlich aus. Grandpa folgte seinem Schwiegersohn mit einigen Metern Abstand und kriegte sich offensichtlich vor Lachen nicht wieder ein.

„Hör mal Martin, so geht das aber nicht. Das lasse ich auf keinen Fall mit mir machen. Den kann doch wohl ein anderer in seine Kolonne nehmen."

Martin war ganz erstaunt, dass es tatsächlich jemand geschafft hatte, Sarahs Vater aus der Reserve zu locken. Er war wirklich verärgert und zeigte das deutlich, allerdings hatte Martin keinen Schimmer, um was es überhaupt ging.
„Entschuldigen Sie, Mr. O`Mally, aber worum geht es denn überhaupt? Wer soll wen in seine Kolonne nehmen? Ich habe absolut keine Ahnung, um was es geht."
„Ich kann dir genau sagen, um wen es geht. Ihr habt den widerlichen Pat in meine Kolonne gesteckt. Du weißt schon, dieser hässliche Zwerg, der bei uns gegenüber wohnt und Sarah immer belästigt hat. Dieser hinterhältige Bursche ist zu nichts zu gebrauchen, und ich will ihn auf keinen Fall bei mir haben. Du musst dafür sorgen, dass er in eine andere Kolonne kommt oder zumindest in eine andere Schicht."
„Mr. O`Mally, wir haben die Einteilung der neuen Arbeiter nicht vorgenommen, das hat Grandpa gemeinsam mit den zuständigen Vorarbeitern erledigt. Sie haben die Leute nach eventuellen Qualifikationen befragt und sie dann den einzelnen Kolonnen zugeteilt. Das hat uns eine Menge Arbeit erspart. Wir waren mit der Aufnahme der Adressen und der persönlichen Angaben für die Sozialbehörde schon vollkommen ausgelastet."

Plötzlich konnte sich Grandpa nicht mehr beherrschen und lachte lauthals los. Das war ein Scherz ganz nach seinem Geschmack. Als er den dummen Pat gesichtet hatte, zog er ihn sofort aus der Menge und teilte ihn ohne weitere Befragung der Kolonne seines Schwiegersohnes zu. Es ärgerte ihn lediglich, dass er das dumme Gesicht von Sarahs Vater verpasst hatte, als Pat bei ihm auftauchte und sich zur Arbeit meldete. Als er Mr. O´Mally dann mit wütendem Gesicht durch die Halle stapfen sah, nahm er sofort die Verfolgung auf, um ja nicht ein Wort zu verpassen. Was für ein gelungener Streich! Er freute sich wie ein kleines Kind über seinen Erfolg. Auch Martin musste sich sehr zusammenreißen, um nicht bis über beide Ohren zu grinsen. Mr. O`Mally drehte sich zu Grandpa um und sah ihn mit vollkommen regungsloser Miene an.

„Was bist du nur für ein böser alter Mann."

Mehr sagte er nicht. Mr. O´Mally zuckte kurz mit den Schultern und ging zurück zu seiner Kolonne. Grandpa hatte sich zwischenzeitlich wieder gefangen und versuchte ihn wieder zu beruhigen.

„Nun komm schon, du wirst doch wohl noch einen Spaß verstehen. So schlimm ist es doch auch wieder nicht. Pat wird sich schon benehmen, da bin ich mir ganz sicher."

Kaum hatte er die letzten Worte ausgesprochen, musste er wieder loslachen. Pat war für Mr. O´Mally das berühmte rote Tuch. Immer, wenn diese beiden aufeinander trafen, gab es danach denkwürdige Anekdoten zu berichten. Grandpa erinnerte sich besonders gern an die Geschichte mit dem Fahrrad. Damals kam Pat zu ihnen herüber und fragte Mr. O´Mally höflich, ob er sich mal dessen Fahrrad ausborgen könne, da er für seine kranke Mutter eine Besorgung machen müsse. Mr. O`Mally konnte ihm diese Bitte natürlich nicht abschlagen, er war mit Pats Mutter immerhin früher ein paar Mal ausgegangen. Der kleine Pat schnappte sich also das Fahrrad und kam zwei Stunden später ohne den Drahtesel wieder zurück. Gemeinsam mit seiner Mutter klingelte er bei den O´Mallys und erzählte, dass er von einer Horde wilder Protestanten angegriffen worden sei und sie ihm das Rad weggenommen hätten. Als Dank hätten sie ihm noch ein paar Tritte in die Magenkuhle verpasst. Pats Mutter standen die Tränen in den Augen und sie bat Mr. O`Mally vielmals um Entschuldigung. Es sei doch aber nach ihrer Meinung das Wichtigste, dass dem Jungen nichts passiert sei. Nun ja, zu dieser Zeit ging man nicht zur Polizei, weil von dort sowieso keine Hilfe zu erwarten war, schon gar nicht in derartig gelagerten Fällen. Kurzum, Mr. O`Mally musste sein Fahrrad wohl oder übel abschreiben. Er war dann jedoch nicht schlecht erstaunt, als es am nächsten Morgen von einem seiner Kollegen Richtung Werft geschoben wurde. Dieser erzählte dem inzwischen sichtlich erregten O`Mally, dass er das Fahrrad von so einem kleinem Knirps auf dem Flohmarkt gekauft habe. Er habe sich noch gewundert, wieso dieser verdreckte Lausebengel ein so schönes Rad für diesen lächerlichen Preis verkaufen wollte. Aber letztlich sei ihm das völlig egal gewesen, schließlich müsse er auch sehen, wo er bleibe. Mr. O´Mally bat den Kollegen um eine detaillierte Beschreibung des Jungen und siehe da, der junge Verkäufer war kein geringerer als Pat. Das gab natürlich ein schönes Theater auf der Straße. Und das war nur eine von vielen Begebenheiten, die Pat und Mr. O`Mally zu besonders guten Freunden machte. Ein wenig konnte er den Ärger seines Schwiegersohnes ja verstehen, aber trotzdem musste man ihm zugestehen, dass es ein gelungenes Späßchen gewesen war. Er wusste aber auch, dass man den Bogen nicht überspannen sollte, und deshalb wandte er sich noch einmal an Martin.

„Lass ihn mal, mein Junge, ich bringe das schon wieder in Ordnung. Ich stecke Pat in eine andere Kolonne. Er ist jetzt zwar stinksauer auf mich und wird es auch noch ein paar Tage sein, aber ehrlich gesagt, der Spaß war es mir wert."
Der Alte grinste in sich hinein und ging dann Richtung Schiff, um Pat und Mr. O`Mally voneinander zu befreien.

Martin hatte in den letzten Tagen enttäuscht festgestellt, dass die katholischen und protestantischen Arbeiter sich konsequent aus dem Weg gingen, sobald die Arbeit an der „Sarah" aus irgendeinem Grund ruhte. Dieses Verhalten konnte er in jeder Mittagspause und nach jedem Feierabend, ja selbst bei jeder Raucherpause beobachten. Da wurde kein Wort und kein Blick gewechselt. Stumm und in sich gekehrt stand man sich gegenüber. Es fiel gar nicht weiter auf, wenn sich mehrere Gruppen gebildet hatten, aber manchmal hielten zwei einsam vor dem Tor stehende Raucher einen Abstand von mehreren Metern zueinander, nur um nicht in die Verlegenheit zu kommen, dem Gegenüber in die Augen blicken zu müssen. Natürlich konnte Martin nicht wissen, ob sich die Angehörigen der beiden Gruppen wirklich nichts zu sagen hatten oder ob jedes harmlose Wort sofort in eine Konfrontation mündete. Die Vorurteile und das Misstrauen saßen viel tiefer, als er es sich vorgestellt hatte. Wahrscheinlich, so glaubte er in diesem Augenblick, hatte er diese Problematik etwas zu naiv betrachtet. Bei der Überwindung dieses jahrzehntelang ausgehobenen Grabens konnten Gespräche, Projekte oder Programme nur die Fundamente für die Brücke sein, deren Baumeister zweifellos die Zeit war. Diese Menschen würden wahrscheinlich mehrere Jahrzehnte benötigen, um ihren Frieden miteinander zu schließen. Wie hatte er erwarten können, dass ihr Projekt die Belfaster binnen weniger Wochen zusammenführen würde, wo doch der Bürgerkrieg seit vielen Jahren tiefe Wunden in ihre Herzen gerissen hatte? Nein, dieses Ziel durften sie nicht verfolgen. Es blieb dabei, vielleicht war ihr Projekt der Beginn einer Annäherung. Zumindest gab die reibungslose Zusammenarbeit Grund zur Hoffnung. Alles Weitere würde Zeit brauchen.

Am späten Abend kam er völlig erschöpft in sein Zimmer gewankt. Die Füße schmerzten und die Hüfte erinnerte ihn mit allem Nachdruck daran, dass sie vor wenigen Wochen einen erheblichen Schaden davon getragen hatte. Die Brandwunden auf seiner Brust waren inzwischen vernarbt und sahen wie runzlige rosa Blasen aus. Die physischen Schäden der letzten Zeit begannen zu verheilen, aber den inneren Schmerz konnte er mit harter Arbeit nur zeitweise betäuben.
Martin schlüpfte aus den Schuhen und genoss das befreiende Gefühl. Erst danach bemerkte er, dass Jean-Luc regungslos auf seinem Bett lag und an die Decke starrte. Er hatte es vermieden, das Licht im Zimmer anzuschalten, weil er seinen französischen Freund nicht

wecken wollte. Inzwischen war es kurz vor Mitternacht; für gewöhnlich hatte sich Jean-Luc zu dieser Zeit schon in seine Tagesdecke aus Hanffasern eingewickelt und träumte von sich immer weiter ausdehnenden Marihuana-Anpflanzungen. Martin blickte zu ihm rüber und flüsterte in die Finsternis des Zimmers hinein.

„Was ist los, Jean-Luc? Kannst du nicht schlafen?“
„Es ist wegen Preston. Du weißt schon, der Reporter.“
„Ja, was ist mit ihm?“
„Er ist tot, Martin. Sie haben ihn erschossen, einfach eine Kugel ins Herz und aus.“
Martin stockte der Atem. Er brauchte einige Sekunden, um sich zu sammeln.
„Wie tot? Aber wann ... wir haben doch gestern noch mit ihm gesprochen. Das kann doch gar nicht sein. Du musst dich irren.“
„Nein verdammt, ich irre mich nicht. Er wurde heute Morgen tot aufgefunden. Ich habe es erfahren, als ich ihn heute Vormittag in der Redaktion besuchen wollte, um ihm zu seinem Artikel auf Seite eins zu gratulieren. Die Kollegen beim Telegraph waren völlig aufgelöst, weil sie sich nicht erklären konnten, wer ein Interesse daran hatte, Preston kalt zu machen. Er hatte doch immer nur die wenig beachteten Reportagen aus den Stadtvierteln geschrieben. Mal hier einen hundertsten Geburtstag, mal dort eine Ausstellung im Seniorenheim. Wem kann man denn damit Grund für einen Mord geben? “
„Das tut mir wirklich leid, Jean-Luc, ich weiß, dass ihr gute Freunde gewesen seid. Wenn ich irgendetwas für dich tun kann, dann komm zu mir. Wenn es Mord war,

wird die Polizei sich um den Fall kümmern, und früher oder später werden sie den Täter ermitteln, da bin ich mir ganz sicher."

„Nein, das bist du nicht, Martin. Wir sind hier in Belfast und hier ticken die Uhren anders, das weißt du wahrscheinlich besser als ich. Die fahnden entweder erst gar nicht nach dem Täter oder präsentieren uns einen völlig Unbeteiligten, weil sie den sowieso schon die ganze Zeit wegsperren wollten. Ich weiß doch, wie das läuft. Jeder weiß, dass die Paramilitärs hinter den zielgerichteten Exekutionen stecken, aber man kann es ihnen seltsamerweise nie nachweisen. Ich denke, die Bullen wollen das auch gar nicht und wahrscheinlich stecken sowieso alle irgendwie unter einer Decke."

„Aber angenommen, es wäre so, wie du es sagst, welchen Grund hätten die Paramilitärs, ausgerechnet Preston umzubringen?"

„Was fragst du mich das? Ich habe doch keine Ahnung, was der neben seiner Reportertätigkeit noch so alles getrieben hat. Wir kannten uns seit dem Praktikum und haben uns einfach gut verstanden, aber ich hatte doch keinen kompletten Einblick in sein Leben. Vielleicht hat er irgendwelche krummen Geschäfte gemacht oder Hetzartikel in einer anderen Zeitung unter falschen Namen geschrieben, was weiß ich denn."

„Ich denke aber, dass seine Kollegen bei der Zeitung seinen Tod nicht so einfach hinnehmen werden. Wahrscheinlich werden sie auf eigene Faust recherchieren und die Öffentlichkeit mobilisieren. Das könnte doch Licht in das Dunkel bringen."

Jean-Luc lachte verächtlich auf.
„Ach die, die haben doch alle Angst, dass sie als nächstes dran sind. Es geht nämlich auch das Gerücht um, dass man Preston mit einem anderen Reporter verwechselt habe. Das würde bedeuten, dass es bald noch einen Toten gibt. Du glaubst doch nicht im Ernst, dass seine Kollegen unter diesen Umständen ein großes journalistisches Interesse an diesem Mord entwickeln werden."
„Nein, wahrscheinlich nicht, da hast du leider recht. Weißt du, ich fand ihn wirklich nett und sympathisch, soweit man das nach einem Treffen beurteilen kann. Es ist schon eine Schande, da löst er mit seinem Artikel eine solch unglaublich positive Reaktion in der Öffentlichkeit aus und kann das selber nicht mehr miterleben. Es tut mir wirklich leid, Jean-Luc."
„Ja, ich weiß Martin, danke."

Die beiden Freunde lagen in dieser Nacht noch einige Stunden wach, aber sie sprachen kein einziges Wort mehr. Wie sollte man auch Worte für diese Art von Geschehnissen finden. Letztlich verlor man sich stets in den üblichen Allgemeinplätzen. Die Leute fanden die Tat furchtbar, schrecklich oder unfassbar. Aber das alles konnte ein derartiges Ereignis nur unzureichend beschreiben. In einer Stadt wie Belfast waren diese Begriffe schon zu oft bemüht worden, sie waren abgegriffen. Die endlose Vielfalt der Sprache versagte angesichts der Gewohnheit von Mord und Terror. Die Menschen entwickelten Standardfloskeln, die sie gebetsmühlenartig bei jeder neuen Schreckensmeldung wiederholten. Das Perverse an einem Krieg und jeder gewaltsamen Auseinandersetzung war, dass neben den unzähligen Toten auch die Überlebenden ihre Seele zu Grabe trugen.

35

Martin hatte die Nacht über kaum geschlafen. Schmerzen, Traumsequenzen und quälende Gedanken hatten ihn ständig wach gehalten. Der permanente Schlafentzug führte zu Schwindelanfällen, Antriebslosigkeit und Phasen von überwältigender Müdigkeit. An manchen Tagen war Martin kaum in der Lage aufzustehen. Seine Arme und Beine fühlten sich bleiern an, er musste fast unmenschliche Kräfte aufbringen, um sich überhaupt zu bewegen. Die Erschöpfung lähmte seine Willenskraft. Dieser Zustand von frühmorgendlicher Dysbulie zerstörte zeitweise auch seine Fähigkeit zu denken. Er lag steif und unendlich schwer in seinem Bett und es fiel ihm einfach kein Grund ein, warum er aufstehen sollte. Wenn der Wecker klingelte, hatte er stets das Gefühl, gerade erst eingeschlafen zu sein. Martin war in den ersten Minuten nach dem Erwachen oft orientierungslos und nicht in der Lage, sein Bewusstsein in die Realität zu transportieren. Die Bilder, die er am Tage aus seinem Kopf verbannte, holten ihn in der Nacht wieder ein. Er durchlebte diesen einen Augenblick immer wieder. Nacht für Nacht derselbe kurze Moment. In Zeitlupe sah er, wie das Plastikgeschoss aus dem Lauf getrieben wurde. Es flog völlig unbeirrt von den äußeren Umständen geradewegs auf Sarah zu. Im Traum beobachtete Martin, wie das Geschoss die Luft zerschnitt. Im Hintergrund sah er die Menschenmenge, die reglos und mit offenen Mündern die schnurgerade Flugbahn der todbringenden Munition verfolgte. Dann blickte Sarah ihm direkt ins Gesicht. Ihre grünen Augen strahlten Martin an. Sie sagte etwas, aber er konnte sie nicht hören. Er schüttelte den Kopf und deutete auf seine Ohren. Sarah rief lauter, doch noch immer verstand er ihre Worte nicht. Und dann hörte er das tödliche Pfeifen des Plastikgeschosses. Der Ton wurde immer lauter und greller. Die Menschen gingen in die Knie und hielten sich verzweifelt die Ohren zu. Martin sah, wie Blut zwischen den Händen der Leute hervortrat. Die Trommelfelle waren geplatzt. Er schaute zu Sarah und schrie und brüllte sich die Seele aus dem Leib. Er zeigte auf das Geschoss und flehte sie an, sich auf den Boden zu schmeißen. Aber Sarah strahlte ihn nur an. Um ihre Mundwinkel bildeten sich die Grübchen, die er so liebte. Sie neigte den Kopf etwas zur Seite und strich sich mit der Hand eine Strähne aus dem Gesicht. Ihr ganzer Körper klappte nach hinten, als sie getroffen wurde. In unendlicher Langsamkeit brach sie in sich zusammen. In diesem Moment waren alle Menschen um sie herum verschwunden. Es herrschte völlige Stille. Sarah lächelte die ganze Zeit. Sie wirkte kein bisschen überrascht oder verwundert. Und plötzlich vergrößerte sich der Abstand zwischen ihnen, erst langsam und dann in rasender Geschwindigkeit. Martin musste hilflos mit ansehen, wie sich Sarah immer weiter von ihm entfernte. Er versuchte ihr zu folgen und rannte so schnell er nur konnte, aber es war aussichtslos. Die Luft blieb ihm weg und er musste stehen bleiben. Dann tauchte hinter ihm unvermittelt Sean auf. In seiner Häftlingskleidung sah er ziemlich lächerlich aus. Er packte Martin an der Schulter und schrie ihm immer wieder den gleichen Satz ins Gesicht.

„Wieso warst du nicht bei ihr? Wieso warst du nicht bei ihr?“

Martin konnte ihm nicht antworten. Die Schuldgefühle erdrückten ihn förmlich. Er stand mit hängenden Schultern vor Sean. Und dann wachte er abrupt auf. Er hatte wieder einmal geträumt. Den gleichen Traum, jede Nacht. Die Schweißperlen standen ihm auf der Stirn und er atmete noch für Minuten nur stoßweise. Martin starrte in die Dunkelheit hinein und zermarterte sich das Gehirn nach einer Antwort auf Seans Frage. Doch es gab keine. Sean hatte ihn eindringlich gebeten, auf Sarah aufzupassen, und er hatte versagt. Er konnte keine mildernden Umstände vorbringen. Diese Selbstzweifel, diese Schuldgefühle würden ihn sein ganzes Leben begleiten. Niemand konnte ihm diese Last von den Schultern nehmen. Er würde niemals eine zweite Chance bekommen. Wenn er nach diesen Träumen in seinem Bett lag und über den einen entscheidenden Moment grübelte, dann hatte er schreckliche Angst. Er fürchtete sich vor der Begegnung mit Sean. Was konnte er seinem Freund sagen? Wie sollte er dem Menschen, der ihn ausdrücklich darum gebeten hatte, auf seine Schwester aufzupassen, erklären, dass genau diese Schwester jetzt tot war? Wie erklärt man einem Bruder, dass man das nicht verhindern konnte? Martin wusste, dass er sich nicht trauen würde, Sean unter die Augen zu treten. Es war bedeutend mehr als ein schlechtes Gewissen, was ihn plagte.

Martin rollte sich aus dem Bett und schüttelte die quälenden Gedanken ab. Der Radiowecker auf dem Nachtschrank informierte ihn neben der Uhrzeit darüber, dass Sonntag war und er unanständig lange im Bett gelegen hatte. Jean-Luc hatte sich bereits auf und davon gemacht. Martin steckte den Kopf aus der Tür und bemerkte, dass es im ganzen Haus ziemlich still war. Am Wochenende schlief ein Teil der Studenten bis zum Mittag den vorabendlichen Rausch aus und der Rest hatte sich schon am Freitag in den Flieger gesetzt, um den tristen Belfaster Sonntagen zu entfliehen. Er schnappte sich Handtuch und Shampoo und schlurfte in seinen uralten Badelatschen zum Waschraum. Das heiße Wasser spülte den nächtlichen Angstschweiß von seinem mageren Körper. Martin kostete das seltene Vergnügen, ungestört duschen zu können, lange aus. Seine Haut war bereits krebsrot und der ganze Raum in einen feuchten Nebel gehüllt, als er den Hahn zudrehte und das Fenster öffnete. Sofort strömte trockene, kalte Winterluft in die Badestube. Martin fröstelte und warf sein riesiges Handtuch um die Schultern. Mit zwei schnellen Schritten verließ er den Duschraum und eilte zurück in sein Zimmer.

Jean-Luc erwartete ihn bereits. Er hielt eine Zeitung in der Hand, die er immer wieder triumphierend in die Höhe streckte. Martin hätte vielleicht erkennen können, um welche Gazette es sich dabei handelte, wenn der Franzose das Blatt mal für einige Sekunden still gehalten hätte.

„Das glaubst du mir niemals, Krautfresser! Ich war heute Morgen in der Redaktion des Telegraph, um zu hören, ob es etwas Neues gibt. Die halbe Belegschaft ist auf mich zugestürmt, als ich hereinspaziert bin. Sie haben alle durcheinander gebrüllt und mich dann zum Chefredakteur, einem Mr. Hogan, geschickt. Der war genauso aufgeregt, und ständig klingelte sein Telefon. In einer kurzen Pause hat er mir dann diese Zeitung hier in die Hand gedrückt und gemeint, dass Preston tatsächlich auf das richtige Pferd gesetzt habe. Hier, schau es dir an mein Freund!"

Jean-Luc überreichte ihm die Zeitung. Es handelte sich um eine Ausgabe der französischen Le Monde, die bei den Meldungen aus dem europäischen Ausland einen Artikel über den Umbau der „Sarah" abgedruckt hatte. Unter der Überschrift „Le miracle de Belfast" wurde ausführlich über ihr Projekt berichtet. Martins Französisch war zwar nicht schlecht, aber trotzdem bat er Jean-Luc um die Übersetzung des Inhalts.
„Eine Übersetzung ist nicht nötig, mein Freund, sie haben Prestons Artikel etwas verkürzt übernommen. Was sagst du dazu?"
„Das ist unglaublich, damit hätte ich im Traum nicht gerechnet. Ian wird ausflippen, wenn er davon erfährt."
„Ausflippen kann er, wenn er diese hier auch noch alle gelesen hat."

Jean-Luc griff unter den Tisch und holte einen dicken Stapel weiterer Zeitungen hervor. Martin traute seinen Augen nicht. Die italienische, spanische, britische und belgische Presse hatten ebenfalls über das Projekt berichtet. Ganz oben auf dem Stapel lag die Frankfurter Allgemeine Zeitung, die in ihrer Rubrik „Deutschland und die Welt" einen Artikel über die „Sarah" nebst Foto veröffentlicht hatte. Martin las seinen Namen und konnte das irgendwie alles nicht glauben. Ganz Europa hatte von ihrem Projekt Notiz genommen. Nie im Leben hätte er mit diesem Interesse gerechnet. Sie waren in allen großen Tageszeitungen des alten Kontinents erwähnt, wenn auch in den meisten Fällen nur auf den hinteren Seiten. Trotzdem, mit Hilfe von Prestons Reportage hatten sie ein wichtiges Ziel erreicht, Belfast hatte für positive Schlagzeilen gesorgt. Martin hoffte, dass sich diese internationale Berichterstattung positiv auf die finanzielle Lage des Projektes auswirken würde, immerhin war in sämtlichen Artikeln erwähnt worden, dass sie auch auf Spenden aus dem Ausland angewiesen waren. Michael Preston hatte in dieser Hinsicht ganze Arbeit geleistet. In seinem Bericht über den Umbau des alten Frachters hatte er unzählige versteckte und offene Hinweise eingeflochten, dass die Verantwortlichen auf die Hilfe privater und öffentlicher Sponsoren angewiesen waren. Natürlich hatte er die derzeitige Situation im Dock etwas dramatisiert, aber klappern gehörte nun einmal zum Handwerk. Außerdem waren zum Zeitpunkt des Erscheinens seines Artikels gerade einmal rund hundert Arbeiter mit den notwendigen Geräten und Materialien zu versorgen. Das hatte sich jedoch grundlegend geändert und die Maschinen litten unter dem sechzehnstündigen Dauereinsatz erheblich. Kurz gesagt, sie konnten weitere Gelder gut gebrauchen.

„Sag mal, Jean-Luc, wie sieht es eigentlich auf unserem Spendenkonto aus?“
„Ehrlich gesagt ziemlich mau, aber ich denke, das wird sich jetzt schlagartig ändern. Ich habe jedenfalls die Bankdaten gleich in der Redaktion des Telegraph gelas-

sen und die haben mir versprochen, dass man sie an die ausländischen Pressestellen weiter geben wird. Ich bin überzeugt davon, dass sich durch die positive Berichterstattung einige Sponsoren finden werden."

„Das wäre wirklich schön. Mit dem zusätzlichen Geld könnte Ian noch einige Verbesserungen an dem alten Kahn vornehmen."

„Ich werde das schon klar machen, Krautfresser, kümmert ihr euch mal um den Umbau. Schließlich bin ich der Mann mit den wichtigen Verbindungen. Du weißt schon."

„Jetzt fang nicht wieder damit an. Ich weiß, du bist der geheimnisvolle Schattenmann, der sich nur hinter dieser bunten Fassade versteckt. Du drehst die ganz großen Räder dieser Welt. Wahrscheinlich bist du nur in Belfast, weil du hier so gut untertauchen kannst und sie dich hier niemals vermuten würden."

„Genau richtig erkannt, Martin. Aber sei auf der Hut, solltest du das jemals ausplaudern, landest du mit Betonschuhen im Lagan. Wir kennen da keine Gnade. Aber jetzt muss ich wirklich los, heute ist Sonntag und ich bin bei Bettys Eltern zum Essen eingeladen."

„Wer ist denn Betty?"

„Habe ich dir etwa noch nicht von Betty erzählt? Macht nichts, ich wollte morgen sowieso mit ihr Schluss machen."

„Und dann gehst du heute noch zu ihren Eltern essen?"

„Ja klar, Bettys Mutter kocht phantastisch und ich bin zurzeit völlig pleite. Also mache ich einen auf sympathischen Schwiegersohn und bekomme ein kostenloses Menü. Das ist doch kein schlechter Deal, oder? Irgendwie haben alle Beteiligten etwas davon."

„Das ist mal wieder eine ziemlich bescheuerte Logik. Aber wieso willst du denn eigentlich mit Betty Schluss machen?"
„Na ja, da gibt es diese scharfe Brünette von den Geologen. Sie heißt Carol und ist definitiv total scharf auf mich. Was soll ich machen, ich bin Sklave meiner Lenden."
„Oh Mann, so einen wie dich gibt es wirklich kein zweites Mal. Du kannst doch nicht jeder Frau, die dich einmal kurz anschaut, unterstellen, dass sie scharf auf dich ist."
„Mach ich doch gar nicht. Ich unterstelle es den Mädchen nicht, ich weiß, dass es so ist. Alle Frauen fahren auf mich ab. Sag bloß, dass dir das noch nie aufgefallen ist. Deshalb kann ich ja auch nicht lange bei einer bleiben, die anderen wären enttäuscht und das bringe ich einfach nicht übers Herz. Ich bin nämlich ein guter Mensch, weißt du. Ich will alle Frauen glücklich machen."
„Du hast wirklich einen Dachschaden."
„Dass ihr Deutschen immer so neidisch sein müsst. Ich meine, warum gönnst du mir nicht einfach meinen Erfolg? Was kann ich denn dafür, dass mich der liebe Gott mit so viel Schönheit bedacht hat."
„Das kann sich ja keiner mit anhören, hau bloß ab zu deinem Essen."

Jean-Luc schüttelte sich vor Lachen und zog die Schuhe an. Er stellte sich vor den Spiegel, sprühte sich von oben bis unten mit seinem speziellen Eau de toilette ein und übte einen Kussmund. Dann zog er eine Jacke über und schnappte sich eine Selbstgedrehte aus seinem

reichhaltigen Fundus. Ein letztes Mal kontrollierte er sein Outfit und grinste Martin belustigt an.
„Machs gut, Krautfresser, und lass während meiner Abwesenheit die Finger von meinen Klamotten. Der Erfolg beruht nämlich nicht auf meiner exzellenten Garderobe, sondern auf dem harmonischen Gesamteindruck von äußeren und inneren Werten."

Martin stöhnte laut auf und warf eine Badelatsche in die Richtung des Franzosen. Der wich elegant aus und spazierte laut pfeifend aus dem Zimmer. Es war Sonntagmittag und Martin fühlte sich allein. Er hasste diesen Wochentag. Die Arbeit am Schiff ruhte und seine Kommilitonen hatten übers Wochenende die Stadt verlassen. Die Einsamkeit war Martins schlimmster Feind, denn sie fokussierte seine Gedanken in unangenehmer Weise auf Sarahs Tod. Der Apparat in seinem Kopf setzte sich in Bewegung und produzierte ständig neue Fragen, auf die es keine Antwort gab. Während der Woche forderte das Projekt seine ganze Konzentration, da hatte er kaum Zeit über Schuld, Verantwortung und Versagen nachzudenken. Er war durch die Arbeit im Dock abgelenkt und viel zu beschäftigt, um in eine depressive Stimmung zu verfallen. Die Menschen um Martin herum ließen ihn an den Werktagen nicht zur Ruhe kommen, ständig waren Anfragen zu beantworten, Termine wahrzunehmen oder Entscheidungen zu treffen. Er führte unzählige Gespräche mit Behördenvertretern, Vorarbeitern und Empfangsdamen. Während Martin die Tage mit diesen Notwendigkeiten ausfüllen konnte, boten die Nächte genügend Zeit, in die Tiefen der eigenen Psyche einzutauchen. Sein Unterbewusstsein hatte eine Vielzahl von Traumata im Repertoire, die sich in sein Gehirn fraßen. Sobald er die Augen geschlossen hatte und in den Schlaf abzugleiten drohte, quälte ihn sein Gedächtnis mit der Angst, dass ihn im nächsten Augenblick ein Haufen brutaler Wärter aus dem Bett zerren und in einen gewölbeartigen Folterkeller schleppen könnte. Dieses Szenario hatte sich so tief in seine Seele gegraben, dass er es oft stundenlang nicht wagte, die Augen zu schließen, obwohl er vor Müdigkeit kaum noch denken konnte. Wenn der Schlaf und die Erschöpfung ihn dann doch irgendwann übermannten, schreckte er gepeinigt von den immer gleichen Albträumen in regelmäßigen Abständen auf. Martin konnte sich nicht mehr daran erinnern, wann er das letzte Mal eine ganze Nacht durchgeschlafen hatte. Eine Folge des andauernden Schlafentzugs war die Verlangsamung aller bekannten Körperfunktionen. Er spürte deutlich, dass er sich trotz größter Anstrengung nur sehr pomadig bewegen konnte. Oft brauchte er ungewöhnlich lange, bis er eine Frage verstanden hatte und die entsprechende Antwort geben konnte. Martin war vergesslich und erinnerte zuweilen an einen zerstreuten Professor. Die Semesterferien neigten sich dem Ende entgegen und er fragte sich ernsthaft, wie er die nötige Konzentration für das Studium aufbringen sollte. Er hatte das Gefühl, dass in seinem Kopf momentan kein Platz für betriebswirtschaftliche Lehren war.

36

Seit Michael Prestons Tod waren drei Wochen vergangen. In dieser Zeit wurde fieberhaft an der „Sarah" gearbeitet. Die Außenhaut des Frachters war völlig von Rost befreit worden und erstrahlte in neuer Farbenpracht. Der Schwerpunkt der Arbeiten hatte sich inzwischen auf das Deck verlagert. Zwischendecken wurden eingezogen, unendliche Meter Leitungen verlegt und weitere Flächen im Innern des Schiffs von Rost und Schmutz befreit. Die einzelnen Teams waren hoch motiviert und versuchten sich gegenseitig zu übertrumpfen. Sie hingen ihrem eigenen Zeitplan zwar immer noch ein klein wenig hinterher, hatten in den letzten beiden Wochen aber enorm aufgeholt. Sobald man die Halle betrat, konnte man die Zuversicht und den Willen aller Beteiligten förmlich mit den Händen greifen. Ab und zu kamen einige Bosse der Harland and Wolff Werft vorbei und begutachteten den Fortschritt des Projektes. Man war allenthalben erstaunt über die Professionalität und den Einsatzwillen der Leute. Zwei Elektriker ihrer Mitarbeiterschar hatten es sogar geschafft, die schiffseigenen Kräne wieder flott zu machen. Dies hatte den Vorteil, dass einige Projektabschnitte schon früher in Angriff genommen werden konnten und sie die Kosten für einen externen Lastenzug einsparten. Es gab unzählige solcher Beispiele, wo die jungen Leute mit viel Engagement und Improvisation für den Fortgang der Arbeiten sorgten.

Jean-Luc hatte wieder einmal recht behalten. Nach den in ganz Europa veröffentlichten Zeitungsberichten meldeten sich einige ausländische Geldgeber, die ihre Unterstützung für das Belfaster Projekt anboten. Der gewiefte Franzose lockte die Sponsoren mit dem Versprechen, dass man ihre Namen auf dem Schiff verewigen würde. Aus dieser Idee entstand die Supporters Wall, die sich unterhalb der Kommandobrücke befand. In feinste Messingschilder graviert konnte man dort die Namen der Spender finden. Das durch diese Maßnahme eingenommene Geld steckten sie zu hundert Prozent in den weiteren Umbau. Der Geräte- und Maschinenpark wurde erweitert und Ian arbeitete in die Pläne noch einige Verbesserungen ein, die insbesondere die Ausstattung des Freizeitbereiches auf dem Schiff aufwerteten. Jean-Luc sorgte auch dafür, dass der kontinuierliche Fortgang des Projektes in der Presse eine angemessene Beachtung fand. Martin war fest davon überzeugt, dass die Redakteure des Telegraph fluchtartig die Räume verließen, wenn der Rastaman im Anmarsch war. Jede kleinste Veränderung an der „Sarah" wurde vom Franzosen mit Hilfe seiner Kleinbildkamera festgehalten und sofort zum Labor der Belfaster Lokalzeitung gebracht. Es war nicht übertrieben, wenn man zu dem Schluss kam, dass er die Redaktion mit seinen Fotos und kleinen handgeschriebenen Zetteln bombardierte. Wahrscheinlich gaben sie oft genug seinem Drängen nach, nur um ihn schnellstmöglich wieder loszuwerden. Jean-Luc war das völlig egal, er nahm seine Aufgabe als Chef der Öffentlichkeitsarbeit sehr ernst und arbeitete auf seine spezielle Art und Weise effizient und erfolgreich. Keiner der Beteiligten konnte sich mehr über eine mangelnde Aufmerksamkeit der Öffentlichkeit beschweren. Der verrückte Franzose machte einen großartigen Job. Martin war ihm dafür sehr dankbar. Jean-Luc aber lachte und drehte tatsächlich an einigen großen Rädern in der Medienwelt.

Martin hatte sich in die Rechnungen der letzten Woche vertieft, als die Tür aufflog und Ian mit gehetztem Blick eintrat.
„Hey, da draußen stehen etwa fünfzehn Typen in grünen Overalls. Sie haben gesagt, dass sie dich kennen würden und dass sie aus Deutschland kommen. Mehr habe ich nicht verstanden, weil die Kaputten auf dem Oberdeck mal wieder alle gleichzeitig die Trennschleifer angestellt haben."
Ian hatte in den letzten Wochen körperlich immer mehr abgebaut. Er gönnte sich kaum mehr als vier Stunden Schlaf pro Nacht. Martin gelangte schon nach kurzer Zeit zu der Annahme, dass Ian ein Besessener war. Der drahtige Schotte war ständig auf dem Schiff unterwegs. Er wusste genau, welches Team gerade mit welcher Arbeit beschäftigt war. Ihm entging einfach nichts. Martin bewunderte Ian für seine Zielstrebigkeit und für seinen unbändigen Ehrgeiz, es allen zeigen zu wollen. Für Ian waren Hindernisse dafür da, dass man sie aus dem Weg räumte. Er war ein verdammt guter Bauleiter. Die Arbeiter liebten und die Kolonnenführer respektierten ihn.

Ian McNolan entstammte einer angesehenen und ehrwürdigen schottischen Familie. Der Clan der McNolan hatte sich schon im schottischen Unabhängigkeitskrieg einen Namen gemacht. In der Schlacht von Bannockburn (23. und 24. Juni 1314) hatten die McNolans Seite an Seite mit dem späteren schottischen König Robert Bruce gegen das englische Heer unter Führung von Edward I. gekämpft. Ian war ebenso wie alle anderen Mitglieder seiner Familie bestens mit der Geschichte des eigenen Clans vertraut. Sie waren stolz auf ihre lange Ahnenlinie und die großartigen Persönlichkeiten, die im Laufe der Jahrhunderte ihren Namen trugen. Als schottischer Clan hatten sie ein eigenes Muster für den Kilt und ein kunstvoll gestaltetes Familienwappen. Jedes Jahr trafen sich alle McNolans auf dem schottischen Landsitz der Familie. Ian erzählte ihm, dass Clanmitglieder aus der ganzen Welt zu diesem jährlichen Wiedersehen nach Schottland kamen. Martin war fasziniert von dieser völlig anderen Art der familiären Bindung und fragte Ian sprichwörtlich Löcher in den Bauch. Auf diese Weise erfuhr er, dass sein Vater die Whiskybrennerei schon in der vierten Generation führte. Mit Ians Bruder Angus stand auch schon sein Nachfolger bereit. Der einzige McNolan, der bisher an einer Universität studiert hatte, war sein Onkel William. Im Jahre 1967 hatte William an der QUB in Belfast sein Biologiestudium abgeschlossen. In anständiger Familientradition wurde der Studienwunsch Ians unter der Bedingung akzeptiert, dass auch er an der Queens in Belfast seinen Abschluss machte.

Dem jungen Ian McNolan war es ziemlich egal, wo er seiner Leidenschaft für den Bau von Schiffen nachgehen konnte. Schon als kleiner Junge hatte er sich für alle Facetten der Seefahrt interessiert. In einer der wenigen ruhigen Stunden auf dem Dock erzählte er Martin, warum ihn gerade der Schiffsbau so fesselte. Ian war verzaubert von der gewaltigen Kraft des Wassers, von seiner Schönheit und Anmut. Stundenlang saß er in seiner Kindheit an der Steilküste und beobachte die Brandung des Meeres. In einer unglaublichen Zähigkeit warf die See ihre Wellen immer wieder gegen die Felsen. Der Ozean schäumte vor Wut, doch die steinernen Riesen hielten dem Druck scheinbar mühelos stand. Ian starrte diesem Schauspiel gebannt zu und konnte sich am Kampf der Elemente nicht satt sehen.

Eines Tages havarierte ein großer Frachter unweit seines Beobachtungspostens. Die Bergungsteams waren zwei Wochen lang damit beschäftigt, die Einzelteile des Schiffs aus dem Meer zu fischen. In der Zeitung las Ian, dass bei diesem Unglück zwölf Seemänner ihr Leben verloren hatten. Ihre Leichen wurden nie gefunden. Als er das nächste Mal die See beobachtete, hätte er schwören können, dass die Wellen ein höhnisches Gelächter von sich gaben. Ab diesem Zeitpunkt war Ian klar, dass er das Meer als Gegner achten und respektieren musste. Man durfte nicht darauf hoffen, dass es Mitleid hatte, wenn man sich mit einer besseren Nussschale in seine Gewalt begab. Er träumte davon, ein Schiff zu bauen, dass jeglichen Angriffen der wütenden See trotzte. In den folgenden Jahren entwickelte sich seine Leidenschaft zum Fanatismus. Aus dem anfänglichen Traum wurde ein konkretes Ziel. Er las alles, was jemals über das Thema Schiffe geschrieben wurde und hing ganze Tage auf dem Hafengelände herum. Doch am liebsten saß er am Meer.

Mit dreizehn Jahren baute er sein erstes Boot. Es dauerte fast ein halbes Jahr, bis Ian es zu Wasser lassen konnte, weil er alles allein machte. Mit diesem kleinen Ruderboot erwarb er erste eigene Erfahrungen. In den nächsten Jahren arbeitete er an unzähligen Schiffsmodellen, weil sein Vater die Finanzierung von realen Objekten energisch abgelehnt hatte. Die Familie beobachtete die Besessenheit des jüngsten Sprosses mit einer Mischung aus Sorge und Faszination. Ian war für seine Mitmenschen ein ungewöhnlicher Junge. Er lebte offensichtlich in einer eigenen Welt. Niemand hatte ihn jemals bei Tanzvergnügen oder anderen Lustbarkeiten gesehen. Die sozialen Kontakte des jüngsten Sprosses der McNolans beschränkten sich auf einige wenige Menschen. Irgendwie war seine Mutter erleichtert, als Ian das Studium in Belfast aufnahm. Sie hoffte wohl, dass er dort viele Gleichgesinnte treffen würde und diese ihren Sohn ein wenig aus seiner selbsterwählten Isolation befreien könnten. Doch sie wurde enttäuscht, auch an der Queens University blieb Ian ein Einzelgänger. Unter seinen Kommilitonen galt er als Streber und Eigenbrötler. Außerdem störte es die meisten Studenten, dass die Professoren ihn für eines der hoffnungsvollsten Talente hielten, die jemals an der QUB studiert hatten. Seine Arbeiten und Vorträge waren brillant. Ian schloss sämtliche Semester mit Bestnoten ab und legte seine Diplomarbeit in Rekordzeit vor. Als die Idee mit dem Umbau des Frachters in seinem Kopf ausgereift war, versuchte er zu seinen Mitstudenten ein freundschaftlicheres Verhältnis aufzubauen, um sie von einer Beteiligung an diesem Projekt zu überzeugen. Aber für die meisten jungen Leute war er einfach nur ein Spinner, der langsam, aber sicher dem Wahnsinn verfiel. Niemand glaubte ernsthaft daran, dass es gelingen würde, eine solche Sache in Belfast auf die Beine zu stellen. Die Professoren hörten ihm zwar interessiert zu, aber hinter seinem Rücken schüttelten sie nur die Köpfe über diesen blinden Eifer, der nach ihrer Meinung zu nichts führen konnte. Alle dachten, dass Ian schon irgendwann einsehen würde, dass niemand an einer Mitarbeit interessiert sei. Doch einem Mann des McNolan Clans lag das Kämpfen im Blut und deshalb ließ sich Ian nicht beirren, bis er durch die Fügung des Schicksals in Martin einen idealen Partner für den Umbau fand.

Die beiden jungen Männer wurden nie so etwas wie beste Freunde, aber sie respektierten einander und arbeiteten gemeinsam für ihren großen Traum. Dass Martin und Ian dabei völlig unterschiedliche Motive hatten, störte die Zusammenarbeit in keiner Weise. Die Leidenschaft, mit der Ian an der Realisierung des Projektes arbeitete, steckte alle Beteiligten an. Er feuerte die Kolonnenführer unermüdlich an, das Beste aus sich herauszuholen. Die Arbeiter motivierte er mit der Auslobung eines Fasses Bier, wenn sie das vorgegebene Soll übertreffen sollten. Die Leute im Dock merkten in jeder Sekunde, dass dieser Umbau für ihren schottischen Bauleiter mehr als nur ein Job war. Ian lebte für dieses Projekt und steckte deshalb alle ihm zur Verfügung stehende Energie hinein. Seine Eltern hatten seit Wochen nichts mehr von ihm gehört und sorgten sich um seine Gesundheit. Diese Sorge war, angesichts des körperlichen Zustandes ihres Sohnes, auch nicht unberechtigt. Martin wusste, dass es aussichtslos war, dem Tempo Ians folgen zu wollen. Keiner im Trockendock arbeitete so hart und ausdauernd und mit diesem Enthusiasmus wie dieser McNolan. Er war die treibende Kraft, daran bestand für niemanden ein Zweifel.

Als Martin aus dem Büro trat, um nach den Deutschen zu sehen, von denen Ian gesprochen hatte, war er vollkommen sprachlos. Vor ihm standen fünfzehn Mitarbeiter des Familienunternehmens von Bergen. Sie hatten ihre Reisetaschen und Koffer auf den Boden gestellt und schauten ihn erwartungsvoll an. Martin kannte einige schon von Kindesbeinen an. Aber warum waren sie gekommen? Stimmte irgendetwas mit der Firma nicht? Er suchte sich das vertraute Gesicht von Herrn Schloth und fragte vorsichtig nach.
„Hallo Herr Schloth, freut mich wirklich, sie alle zu sehen, aber was führt sie denn nach Belfast? Gibt es irgendwelche Probleme in der Firma?"
„Hallo Chef, mit der Firma ist alles in Ordnung. Wir haben in der Zeitung von ihrem Projekt hier gelesen und weil wir doch ihrer Familie so viel zu verdanken haben, wollten wir einfach helfen. Also haben wir unsere Sachen gepackt und hier sind wir."
Martin schaute völlig irritiert.
„Das ist ja wirklich schön, aber was passiert denn mit dem Betrieb, wenn sie alle hier sind? Und wie sind sie überhaupt hierhergekommen? Wer hat das denn alles bezahlt? Sie haben doch nicht etwa ihr eigenes Geld dafür verwendet?"
„Im Betrieb läuft alles normal weiter, Chef. Wir haben alle unseren Jahresurlaub genommen und unsere Ver-

tretungen sind geregelt. Das mit dem Flug hat alles Dr. Kruske erledigt. Wir waren ganz schön aufgeregt, viele von uns sind das erste Mal mit einem Flugzeug geflogen. Na ja, jedenfalls wollen wir gerne unsere Hilfe anbieten. Vor ihnen stehen fünfzehn ausgebildete Schweißer, die auf ihren Einsatz brennen."

Er musste über das ungewollte Wortspiel lachen. Er fühlte, wie sich seine Augen mit Tränen füllten. Da standen nun Mitarbeiter der Firma seines verstorbenen Vaters vor ihm und wollten bei ihrem Projekt helfen. Sie hatten den Jahresurlaub geopfert und anstatt in den Sommermonaten am Strand zu liegen oder in den Bergen zu wandern, wollten sie während des ungemütlichen Belfaster Winters im rostigen Rumpf der „Sarah" schuften. Martin hatte einen richtigen Kloß im Hals und schluckte schwer. Auch wenn er es kitschig fand, er war zutiefst gerührt. Es tat ihm gut, mal wieder in seiner Muttersprache reden zu können und über den neuesten Kleinstadttratsch informiert zu werden. Trotzdem konnte er es noch immer nicht glauben, dass diese Männer sich aus Deutschland auf den Weg gemacht hatten, um an einem Projekt in Nordirland mitzuwirken, dass sie lediglich aus der Zeitung kannten. Sie hätten schließlich auch in der Firma Geld für das Projekt sammeln können. Aber diese Kerle waren nach Belfast gekommen, um mit ihren eigenen Händen anzupacken. Diese Geste bewegte ihn sehr.

„Ian, hier hinter mir steht eine ganze Kolonne ausgebildeter Schweißer aus Deutschland. Hast du auf dem

Schiff noch eine Verwendungsmöglichkeit für diese Männer?“

„Soll das ein Witz sein? Eine ganze Kolonne Schweißer? Lieber Gott, ich danke dir! Mit denen schaffen wir unseren Zeitplan vielleicht doch noch. Wo hast du die denn aufgetrieben? Ach egal, Hauptsache sie sind jetzt hier. Ich zeige ihnen gleich ihren Arbeitsplatz. Auf gehts!“

„Ich kümmere mich in der Zwischenzeit um ein Quartier für meine Landsleute, schließlich müssen sie auch irgendwo schlafen. Oder haben sie schon eine Unterkunft, Herr Schloth?“

„Nein, wir sind ziemlich spontan gekommen und haben uns ehrlich gesagt um nichts weiter gekümmert.“

„Na, das kriegen wir schon hin, ich rede mal mit der Verwaltung der Queens University, vielleicht haben die noch ein paar Appartements frei.“

Ian hatte sich schon den Helm aufgesetzt und bat die Gruppe, ihm zu folgen. Die Deutschen stellten ihre Koffer und Taschen an die Seite und mussten Ian fast hinterher rennen, weil der mal wieder im Stechschritt durch die Halle hetzte.

Eine Stunde später hatte Martin für die fünfzehn Arbeiter aus seiner Heimat eine Schlafmöglichkeit organisiert. Er verließ das Büro, um Herrn Schloth und den anderen mitzuteilen, wo sie für die nächsten Tage bleiben konnten. Auf dem Weg zum Frachtraum der „Sarah“, indem die Schweißarbeiten in vollem Gange waren, hörte er lautes Geschrei aus dem Maschinenraum. Als er die Szenerie erblickte, konnte er sich vor Lachen kaum beruhigen. Inmitten einer Traube von Menschen stand Mr. O`Mally und war von oben bis unten in Altöl getränkt. Das Team von Sarahs Vater war dort unten mit der Demontage des riesigen Schiffsmotors beschäftigt, den sie nicht mehr gebrauchen konnten, weil der Frachter fest verankert werden sollte. Mr. O`Mally sah aus wie ein Schokoladenweihnachtsmann ohne Silberfolie. Außer dem schwarzen Guss konnte man nichts von ihm sehen. Lediglich seine Stimme, die bedrohlich im Raum hing, verriet seine Identität.

„Welcher Idiot hat den Absperrhahn nach rechts gedreht?"
Das laute Schreien und Brüllen setzte wieder ein. Jeder zeigte mit dem Finger auf seinen Nebenmann und beschuldigte gleichzeitig noch sechs andere Anwesende. Man verstand sein eigenes Wort nicht, und so drangen immer nur Wortfetzen an Martins Ohr. Trotzdem konnte er irgendwann erahnen, was passiert war. Mr. O`Mally wollte mit seiner Kolonne die große Ölwanne des Maschinenraums leer pumpen. Dazu hatten sie einen dicken Feuerwehrschlauch an die Zuleitung gelegt, durch den das Altöl dann nach draußen gepumpt werden sollte. Einzige Sache, die es zu beachten galt, war die Öffnungsrichtung des Absperrhahns. Man hatte sich geeinigt, den linken Anschluss zu benutzen, da die Leitung auf der anderen Seite bereits stark korrodiert war. Damit das Altöl in die ausgewählte Richtung floss, musste der Absperrhahn nach links gedreht werden. Das musste jedoch jemand verwechselt haben, und so schossen die ersten Liter des schwarzen Schmierstoffes aus der anderen Öffnung genau auf den darunter stehenden Mr. O´Mally. Obwohl man den Fehler sofort

beseitigte, bekam Sarahs Vater eine stinkende, ölige Dusche verpasst. Der arme Kerl wirkte noch immer sehr ärgerlich und ließ die Sache auch nicht auf sich beruhen.

„Ich frage euch nicht noch mal. Wer hat den beschissenen Absperrhahn nach rechts gedreht?"
Erneut begannen die Tumulte, aber diesmal waren die Zwischenrufe klar zu hören.
„Das waren doch bestimmt die Protestanten, die können es nicht ertragen, dass sie unter einem katholischen Vorarbeiter arbeiten müssen."
„Erzähl doch keinen Scheiß, immerhin steht auf dem Absperrhahn geschrieben, wo links und rechts ist und wir sind doch diejenigen, die lesen können!"
„Dann kannst du ja auch lesen, dass auf deiner Stirn Vollidiot geschrieben steht."
„Da hast du bestimmt den ganzen Vormittag gebraucht, bis dir dieser Spruch eingefallen ist, was?"
„Sag mal, hast du ein Aquarium?"
„Häh, was soll das denn jetzt? Warum fragst du?"
„Ganz einfach, wenn du eins hast, dann erzähl es doch deinen Fischen!"

Martin spürte deutlich, dass die verbalen Scharmützel fast ihren Höhepunkt erreicht hatten. Es fehlte nicht mehr viel und die Kontrahenten wären handgreiflich geworden, doch dann tauchte Grandpa auf. Er haute mit seinem Gehstock so fest er konnte gegen ein Eisenrohr und verschaffte sich so Gehör. Der alte O´Mally hatte es geschafft, sich den Respekt beider Parteien zu erarbeiten, als er den Beginn der Arbeiten mit seiner

Rede möglich machte. Das bedeutete, dass sie ihm zumindest erst einmal zuhörten. Er schaute grimmig in die Runde. Sein Blick blieb an Sarahs Vater hängen, der die ganze Zeit ölverschmiert an Ort und Stelle ausgeharrt hatte. Grandpa starrte ihn an und verzog dann das Gesicht zu einem breiten Grinsen. Er schmiss seinen Gehstock beiseite, breitete die Arme aus und stürzte auf seinen Schwiegersohn zu. Mr. O´Mally wusste nicht, wie ihm geschah, und bevor er überhaupt etwas sagen oder in irgendeiner Weise reagieren konnte, fiel im Grandpa auch schon um den Hals und schluchzte laut.
„Mein Sohn, was haben sie nur mit dir gemacht? Komm an meine Brust, lass dich fest umarmen."

Die Umstehenden schauten sich zunächst verdutzt an, erkannten dann jedoch, dass es sich wohl um einen Spaß handeln musste und johlten lauthals. Grandpa nutzte sofort die Gelegenheit und riss sich von seinem Schwiegersohn los. Er schaute verschmitzt in die Runde und stürzte dann auf sein nächstes Opfer zu. Durch die Umarmung mit Sarahs Vater hatte er ordentliche Mengen Öl an seiner Kleidung und seinen Händen.
„Shane, mein Junge, komm auch du an meine Brust. Na los, zier dich nicht so, wir mögen uns doch."
Mr. O`Mally ließ sich tatsächlich auch auf diesen Schabernack ein und umarmte zeitgleich den nächsten der Arbeiter aus seiner Kolonne. Es dauerte nur ein paar Minuten und die ganze Kolonne lag sich ölgetränkt in den Armen. Martin schüttelte nur den Kopf über so viel Unsinn, war aber doch froh, dass Grandpa die Situation auf diese Weise entschärft hatte. Trotzdem zeigte dieser kleine Disput, wie wacklig die Füße waren, auf

die sie die Zusammenarbeit von Katholiken und Protestanten gestellt hatten. Ein Konflikt zwischen den beiden Gruppen konnte schon durch eine Banalität ausgelöst werden. Eins war klar: Grandpa würde nicht immer zufällig in der Nähe sein, um den Streit mit einem kleinem Spaß aus der Welt zu schaffen.

Martin entschloss sich, einen kleinen Umweg über die Kommandobrücke zu nehmen. Er öffnete die Tür und stellte erleichtert fest, dass niemand im Raum war. Hier oben war es seltsam ruhig. Martin rückte sich einen Stuhl zurecht und setzte sich ans Fenster. Die Arbeiter liefen scheinbar unkontrolliert auf den verschiedenen Ebenen des Schiffes hin und her. An manchen Stellen flogen Funken im hohen Bogen durch die Luft. Er konnte Ian leicht an seinem roten Helm erkennen. Alle anderen Arbeiter trugen gelb. Aus luftiger Höhe sah es aus, als wenn sich das Rot verirrt hätte, es wirkte wie ein Fremdkörper. Verstärkt wurde dieser Eindruck durch die Tatsache, dass Ians Helm immer wieder an verschiedenen Stellen des Schiffes auftauchte. Martin machte sich einen Spaß daraus, zu raten, wo die rote Kunststoffhaube als nächstes auftauchen würde. Immer wenn Ian seinen neuen Standort erreicht hatte, begann er wild mit den Armen zu fuchteln und hielt den Vorarbeitern einen riesigen Plan unter die Nase. Die nickten geduldig und machten den Eindruck, alles verstanden zu haben. Nach der wochenlangen Schinderei konnte man die Veränderungen an dem alten Frachter deutlich sehen. Immer mehr Details wurden fertig gestellt und gaben dem anfänglichen Chaos eine unübersehbare Struktur. Oftmals kam Martin das ganze Projekt irreal vor. Er konnte nicht glauben, dass sie wirklich Besitzer dieses Schiffes waren. Genauso unfassbar war es manchmal für ihn, dass fast dreihundert Leute ständig mit dem Umbau beschäftigt waren. Die ganze Sache hatte eine gewaltige Eigendynamik entwickelt. Er konnte sich noch gut daran erinnern, wie Ian im BOT zum ersten Mal von seiner Idee erzählt hatte; es kam ihm so vor, als wäre es erst gestern gewesen. Nun saß er hier oben und schaute auf die „Sarah" und die unzähligen Arbeiter hinunter, die damit beschäftigt waren, einen großen Traum zu realisieren. Den Traum zweier Studenten und vielleicht ein ganz wenig auch ihren eigenen.

37

„Martin! Martin! Nun los, wach auf und mach diese verdammte Tür auf!"
Ian hämmerte wie wild gegen die Tür und brüllte aus Leibeskräften. Er nahm keine Rücksicht auf die anderen Bewohner und schlug weiter wie von Sinnen mit den Fäusten auf das Holz ein. Es war kurz vor halb vier in der Nacht.

Martin schreckte aus einem Traum auf und vernahm Ians Klopfen lediglich als unangenehmes Dröhnen im Hintergrund. Die Rufe des völlig aufgelösten Schotten vermischten sich mit anderen Stimmen in seinem Kopf. Martin war noch immer in einem Stadium zwischen Traum und Wirklichkeit gefangen. Er hörte die Stimme Ians laut und deutlich, aber sein Gehirn konnte keines seiner Worte filtern. Die verschiedenen Töne flogen an ihm vorbei, ohne einen Sinn zu ergeben.

Jean-Luc dagegen stand nach wenigen Minuten aufrecht im Bett. Er steckte sich erst einmal in aller Seelenruhe eine Zigarette an, um sich von dem Schock des plötzlichen Aufwachens zu erholen. Nach einem ersten langen, intensiven Zug trottete er gemächlich zur Tür und öffnete sie, ohne ein Wort zu sagen. Kaum hatte er den Schlüssel gedreht und den ersten winzigen Strahl des künstlichen Flurlichtes in das Zimmer gelassen, wurde er von Ian fast umgerannt. Der schottische Eindringling stürzte sich auf Martin und rüttelte ihn unsanft aus seinem Dämmerzustand.

„Martin! Wach endlich auf! Verdammt nochmal, es brennt! Das Schiff, es brennt!“
Martin schaute Ian entgeistert an, aber nicht weil er ihn verstanden hatte, sondern weil er überrascht und im gewissen Maße wütend über dessen körperlichen Angriff war. Zögerlich nahm sein Verstand den Sinn von Ians Worten wahr. Offensichtlich dauerte dieser gedankliche Prozess seinem Projektpartner etwas zu lange und deshalb suchte Ian ein paar von Martins Sachen zusammen.
„Nun komm schon, zieh dich an, wir müssen zum Dock. Hast du mich noch immer nicht verstanden? Unser Schiff brennt, es steht in Flammen. Die Feuerwehr ist schon vor Ort. Wir müssen sofort da hin und schauen, wie schlimm es ist. Martin? Ist das jetzt bei dir angekommen?“
Martin hatte inzwischen alle seine Sinne zusammen und auch sein Verstand arbeitete nun wieder fehlerfrei.
„Ja, aber wie konnte das passieren? Wie sieht es denn aus? Ist es nur ein kleiner Brand? Wurde sehr viel beschädigt?“
„Ich habe doch gesagt, dass wir zum Dock müssen, um uns ein Bild zu machen. Keine Ahnung, wie es aussieht. Sie haben mich nur angerufen und mir erzählt, dass es brennt, mehr weiß ich auch nicht. Jetzt beeil dich doch mal.“
„Schon fertig, wir können.“
Jean-Luc hatte die ganze Zeit über auf seinem Bett gesessen und die Szene unkommentiert beobachtet. Vielleicht lag es an der ungewöhnlichen Uhrzeit, auf jeden Fall wollte ihm kein lockerer Spruch einfallen und so

schrie er den beiden Hinauseilenden lediglich ein paar Worte hinterher.
„Ich komme später nach, Martin!“

In dem allgemeinen Chaos galt es für den Franzosen nun erst einmal seine Kamera zu finden, schließlich musste hier ein wichtiger Zwischenfall dokumentiert werden. Erst zu diesem Zeitpunkt fiel ihm ein, dass sich andere Reporter ebenso auf den Weg zum Feuer machen würden. Diese Erkenntnis führte dann doch dazu, dass sich Jean-Luc mehr beeilte, als es für ihn eigentlich üblich war.

Martin und Ian flehten den Taxifahrer abwechselnd an, aufs Gas zu drücken. Der ließ sich aber nur wenig beeindrucken und fuhr vorschriftsmäßig die leergefegten Belfaster Straßen entlang. Als sie jedoch in der Innenstadt auf die Victoria Street einbogen, wurde es für diese Zeit ungewöhnlich voll auf der Straße. Alle Fahrzeuge schienen dasselbe Ziel zu haben. Sie hatten gerade die Queens Bridge passiert, als Martin und Ian im gleichen Moment den hellen Schein des Feuers erblickten. Man konnte noch nicht erkennen, wo genau die Flammen ihr Licht in den Nachthimmel schickten, aber den beiden war sofort klar, dass nur das Dock in Frage kam. Der Fahrer wurde fortan nicht mehr gebeten, schneller zu fahren. Langsam rollten sie durch das Werftgelände auf das Trockendock zu. Martin stockte der Atem, als sie das ganze Ausmaß der Katastrophe vor sich sahen.

Das war kein kleines, unbedeutendes Feuer in der hintersten Ecke eines Lagerschuppens. Das ganze Dock stand in Flammen und brannte lichterloh. Sie konnten die Hitze auf ihren Gesichtern spüren, als sie aus dem Taxi stiegen. Die brennende Halle machte solch fürchterliche Geräusche, dass Martin glaubte, das Gebäude schreie seine Schmerzen heraus. Die Flammen schlugen mehrere Meter hoch aus dem Dach. In unregelmäßigen Abständen brachen Teile der Hallenkonstruktion in sich zusammen und ließen einen millionenfachen Funkenregen niedergehen. Der Wind, von der See landeinwärts getrieben, fachte das Feuer zusätzlich an.

Die Feuerwehr hatte die Umgebung des Docks großzügig abgesperrt, so dass Martin und Ian nicht näher als dreihundert Meter an den Ort des Geschehens herankamen. Die Brandschützer kämpften gegen die gewaltige Feuersbrunst an, doch es war ein aussichtloses Unterfangen. Sie versuchten ein Übergreifen der Flammen auf andere Gebäude zu verhindern, das Trockendock selbst hatten sie längst aufgegeben. Die Feuerwehrleute lösten sich bei den Löscharbeiten immer wieder ab, weil es niemand lange an der Flammenfront aushielt. Die Hitze war unerträglich. Die abgelösten Männer nahmen ihre Helme ab. In ihren rußgeschwärzten Gesichtern zeichnete sich die Erschöpfung deutlich ab. Sie wirkten müde und verzweifelt. Seit drei Stunden waren sie nun schon im Einsatz und jeder von ihnen wusste, dass sie noch den ganzen Tag brauchen würden, um den Brand unter Kontrolle zu bekommen.

Um exakt 00.12 Uhr hatte ein anonymer Anrufer die Belfaster Feuerwehr alarmiert, weil nach seiner Aussage auf dem Werftgelände von Harland and Wolff eine riesige Explosion das Trockendock zerstört hatte. Als die Einsatzkräfte vor Ort eintrafen, brannte bereits die ganze Halle und im Inneren gab es gewaltige Detonationen. Die enormen Mengen brennbarer Flüssigkeiten, die sich noch in der „Sarah“ befanden, machten den Job der Feuerwehrleute ungemein gefährlich. Immer wieder wurde das Gebäude von kleineren Explosionen erschüttert, meist hervorgerufen durch die Gasflaschen der Schweißgeräte, die überall auf dem Schiff verteilt waren. Dazu kamen die Unmengen von Altöl, die eigentlich im Laufe der nächsten Tage entsorgt werden sollten und nun den Flammen als bevorzugte Nahrung dienten. Wegen dieses unkalkulierbaren Risikos waren die Feuerwehrleute bislang nicht in das Innere des Docks vorgedrungen. Niemand wusste, wie es in der Halle aussah. Erst nachdem größere Teile des Gebäudes eingestürzt waren, konnten sich die Männer an den Spritzen ein erstes Bild von der Lage im Trockendock machen. Nach den Aussagen dieser Feuerwehrleute stand das ganze Schiff in Flammen. Aus jeder Luke, aus jeder Öffnung loderte und züngelte es. Die mörderische Temperatur schmolz ganze Eisenteile ein, andere dehnten sich unter der Hitze so aus, dass der Rumpf der „Sarah“ zunehmend an Stabilität verlor. Der alte Frachter wehrte sich standhaft gegen die zerstörerische Kraft des Feuers, doch der Widerstand wurde immer schwächer.

Martin blickte Ian an, der völlig versteinert neben ihm stand. Den Mund leicht geöffnet, starrte er auf die brennenden Reste seines Traums. Das Feuer zerstörte nicht nur das Trockendock mitsamt ihrem alten Frachter, sondern auch einen großen Teil seines Lebensmutes. Ian hatte in dieses Projekt viel mehr investiert als nur sein Geld, er hatte dieser Sache einfach alles untergeordnet. Seit Wochen wohnte er praktisch im Dock und ging nur zum Duschen und Kleidung wechseln zurück in sein Appartement. Jeden der Arbeiter kannte er entweder mit Namen oder wusste zumindest, in welches Team er gehörte. Er schuftete und rackerte wie kein anderer, nur um allen Zweiflern zu beweisen, dass man ein solches Projekt in Belfast realisieren konnte. Natürlich ging es ihm auch darum, bestimmten Leuten zu zeigen, dass er ein großartiger Ingenieur war, und deshalb spielte auch sein Ego eine nicht unerhebliche Rolle bei dieser Sache. Aber gerade dieses persönliche Motiv war mitverantwortlich dafür, dass Ian als technischer Leiter des Projektes fast Unmenschliches leistete. Natürlich war er erst ein junger Schiffsbauingenieur und hatte das gesamte Berufsleben noch vor sich, aber ein erfolgreicher Umbau hätte ihn mit einem Mal in die höchste Liga seiner Berufssparte katapultiert. Sein Name wäre für eine gewisse Zeit allen bedeutenden Werftbossen bekannt gewesen. Dieses großartige Projekt wäre für immer mit seiner Person verbunden gewesen. Das Einzige, was von diesen Träumen übrig blieb, war ein brennender Schrotthaufen.

Ian hatte nicht dieselben großen ethischen Ansprüche an diese Sache wie Martin, das gab er auch offen zu. Er hatte Belfast ausgewählt, weil es nach seiner Meinung in dieser Stadt genügend gut ausgebildete Fachkräfte gab, die auf der Straße saßen. Den Konflikt zwischen Protestanten und Katholiken hatte er nie verfolgt und eigentlich interessierte es ihn auch nicht, warum sich diese beiden Volksgruppen gegenseitig in die Luft sprengten. Er sah in dieser Auseinandersetzung die Chance, an Fördergelder heranzukommen, wenn er das Projekt auf die politische Schiene zog. Im Grunde entstand Ians Interesse an einer friedensstiftenden Zusammenarbeit zwischen Katholiken und Protestanten aus einem gewissen Geldmangel heraus. Das klang ziemlich unromantisch und gleichzeitig ernüchternd, aber es war nun einmal die Wahrheit. Während der Umbauarbeiten kam ihm der Gedanke, dass er trotz dieser offensichtlich niederen Beweggründe doch eigentlich ein wahrer Diener der guten Sache war. Es war ihm völlig egal, woher die Männer und Jugendlichen kamen, die an ihrem Projekt mitarbeiten wollten, er beurteilte alle lediglich nach ihrem Können. Insofern hatte er das Ziel schon längst verinnerlicht und wendete die Grundidee ihres Projektes konsequent an. Die Gleichbehandlung, die Toleranz und die Vorurteilsfreiheit waren bei ihm täglich geübte Praxis. Für ihn stand immer die Realisierung seiner Idee im Vordergrund und alle, die ihm dabei helfen wollten, standen auf seiner Seite. Ian blickte auf das brennende Etwas direkt vor ihm und konnte es noch immer nicht fassen, dass nun alles vorbei sein sollte. Er hatte doch bis zuletzt an weiteren Verbesserungen gearbeitet. Erst gestern Morgen kam ihm ein spontaner Einfall, den er noch in die Pläne einarbeiten wollte. Plötzlich wurde ihm bewusst, dass er nichts mehr einzuarbeiten brauchte, es würde keinen Umbau mehr geben. Sie waren gescheitert. Die Erkenntnis traf ihn wie ein Hammerschlag. Er sank unmerklich in sich zusammen. Seine Augen füllten sich mit Tränen. Ian McNolan drehte sich um und verließ schweigend den Ort, an dem gerade sein größter Traum von den Flammen vernichtet wurde.

Martin blickte ihm für ein paar Sekunden fragend nach, verstand dann aber, dass Ian lieber allein sein wollte. Am Horizont ging langsam die Sonne auf. Ihr Licht hatte es schwer, die tiefschwarzen Rauchwolken zu durchdringen. Martin warf einen letzten Blick in die davon eilende sternenklare Nacht und wusste, dass es ein schöner, sonniger Tag werden würde. Irgendwie machte das die ganze Sache noch trostloser. Ein stetiger Nieselregen aus einem unansehnlichen grauen Himmel wäre die angemessene Kulisse für diese Katastrophe gewesen. Doch das Wetter hielt sich aus solcherlei Tragödien heraus. Die einsetzende Morgendämmerung warf ein konstantes Licht auf den Ort des Geschehens. Erst in diesen Minuten erkannte Martin, dass die Belfaster Feuerwehr tatsächlich mit allen verfügbaren Leuten und dem gesamten Fuhrpark ausgerückt war. In der Dunkelheit der Nacht und bei den diffusen Schattenspielen der Flammen hatte er zeitweilig den Eindruck, dass nicht mehr Brandschützer vor Ort waren als bei der Rettung des fetten Jackson aus dem Klofenster des BOT.

Entlang der Absperrung hatten sich viele Schaulustige versammelt. Hier und da sah Martin bekannte Gesichter. Einige Studenten waren ebenso gekommen wie die Bedienungen aus dem BOT. Fast am Ende des gesicherten Bereiches hatten sich ihre Arbeiter versammelt. Zum ersten Mal standen sie zusammen. Katholiken und

Protestanten standen schweigend nebeneinander und schauten betroffen zum brennenden Dock hinüber. Viele von ihnen wischten sich die Tränen aus dem Gesicht. Martin hatte einen dicken Kloß im Hals. Die Männer waren schockiert und entsetzt. Da war keine routinierte Ernüchterung, diese Katastrophe hatte sie wirklich erschüttert. Sie waren unfähig miteinander zu sprechen, aber diesmal nicht aus Hass oder wegen unüberbrückbarer Vorurteile, sondern weil es ihnen einfach nicht gelang, das Unfassbare in Worte zu fassen. Die Arbeit an diesem Schiff hatte ihrem Leben wieder einen Sinn außerhalb der üblichen Spirale aus Gewalt, Hoffnungslosigkeit und Armut gegeben. Sie hatten erstmals wieder ein Ziel, das nichts mit Zerstören und Bekämpfen zu tun hatte. Alle Beteiligten waren stolz darauf, ein Teil dieses Projektes zu sein. Ihr Selbstwertgefühl definierte sich nicht mehr über das Siegen und Verlieren bei diversen Straßenschlachten, sondern aus der Tatsache heraus, dass man bei diesem Umbau auf sie zählte. Den Männern konnte man deutlich im Gesicht ablesen, dass sie bereits zu diesem frühen Zeitpunkt wussten, was sie verloren hatten. Ihre Mienen waren düster von Enttäuschung und Niedergeschlagenheit. Für eine kurze Zeit hatten sie sich aus dem Staub der allgegenwärtigen Trostlosigkeit ihrer Viertel erhoben. Die Tür wurde einen Spalt geöffnet und sie konnten eine andere Welt sehen; der Anblick war faszinierend und verstörend zugleich. Sie hatten wieder Träume und Wünsche abseits des Bürgerkriegs, doch direkt vor ihnen qualmte und brannte die Hoffnung auf einen Neuanfang.

Grandpa und Mr. O´Mally waren auch gekommen und nahmen Martin in die Mitte. Sie wechselten minutenlang kein Wort. Jeder hing seinen Gedanken nach und verfolgte ohne echtes Interesse die anhaltenden Löschversuche der Feuerwehr. Dann legte Grandpa eine Hand auf Martins Schulter.
„Es tut mir leid, Junge, das musst du mir glauben. Ich habe wirklich daran geglaubt, dass es funktionieren wird. Du weißt ja, wo du mich findest, wenn du darüber reden willst."
Martin nickte stumm. Mr. O`Mally klopfte ihm auf den Rücken und brummte die üblichen unverständlichen Laute vor sich hin.

In der nächsten Stunde schafften es die Feuerwehrleute, den Brand vollständig unter Kontrolle zu bringen. Als es nichts Aufregendes mehr zu sehen gab, lichteten sich die Reihen der Schaulustigen und Betroffenen zusehends. Martin saß auf einem großen Stein und dachte nach. Was sollte er jetzt tun? Gab es überhaupt noch etwas zu tun? Belfast hatte ihm so vieles geschenkt und fast alles wieder genommen. Er war sich nicht sicher, ob er diese Stadt hassen sollte oder nicht. Jeder hier wusste, dass der Brand kein Zufall oder Unfall war. Es war vollkommen klar, dass ihr Projekt bewusst sabotiert worden war. Von wem fragte niemand. Das war auch völlig egal. Eine Suche nach dem oder den Schuldigen würde es ohnehin nicht geben. Nach kurzen Nachforschungen würde man zu dem Schluss kommen, dass es sich um einen bedauerlichen Unglücksfall gehandelt habe. Ian und er würden den Schaden von der Versicherung ersetzt bekommen, die Werft könnte mit Hilfe des Geldes von der Assekuranz ein neues Trockendock bauen und der Bürgerkrieg hätte endlich wieder den Stellenwert, den er nach Meinung führender Köpfe verdient hatte. Die einzigen Verlierer in diesem schlechten Spiel waren die Arbeiter.

Jetzt musste Martin doch heulen und er war froh, dass niemand in der Nähe war, der sehen konnte, wie ihm dicke Tränen die Wangen herunter rollten. Mit einem Mal brach alles aus ihm heraus. Die ganzen Enttäuschungen, Verluste und traumatischen Erlebnisse flossen mit den salzigen Tropfen die Wangen hinab. Sein ganzer Brustkorb bebte und der Körper gab jeden Widerstand auf. Martin weinte hemmungslos und verfluchte innerlich den Tag, an dem er seinen Fuß auf den Boden Nordirlands gesetzt hatte. Er wünschte sich, dass er niemals nach Belfast gekommen wäre und erschrak im gleichen Moment fürchterlich, weil dies auch bedeutet hätte, dass er Sarah nie begegnet wäre. Durfte er Belfast also doch nicht hassen? Und ob! Wenn er eine Bilanz seiner Anwesenheit zog, dann kam diese Stadt verdammt schlecht weg. Trotzdem war er nicht fähig, einen wirklichen Groll gegen Belfast zu hegen. Eine gewisse Faszination konnte er diesem Fleckchen Erde einfach nicht absprechen, und er hatte hier zweifellos wunderbare Menschen kennen gelernt. Martin entschied, dass er an einem solchen Tag keine Bilanz ziehen sollte. Er war immer noch blind vor Tränen und bemerkte nicht, dass sich jemand von hinten näherte. Der Schatten eines Mannes verdunkelte sein Gesicht und Martin versuchte zu erkennen, wer ihn in seiner Verzweiflung und Trauer störte. Doch die tiefstehende

Wintersonne blendete seine Augen und spendete dem Mann eine natürliche Anonymität.
„Entschuldigung, wird hier noch ein Arbeiter gebraucht?“
Sean O´Mally setzte sich neben ihn und warf einen Stein in hohem Bogen Richtung Hafenbecken.

Glossar

Ardoyne: am oberen Ende der Crumlin Road gelegener Stadtteil im Norden von Belfast. Einer der Stadtteile, in denen die IRA im Jahre 1968 neu gegründet worden ist. Ardoyne ist von den protestantischen Vierteln Shankill und Cliftonville umschlossen und immer wieder das Ziel massiver Angriffe von Loyalisten. Während der *Troubles* fand in dem Viertel eine ethnisch-religiöse Säuberung statt.

Black Taxi: dabei handelt es sich um gebrauchte schwarze Sammel- und Linientaxen, die in Großbritannien gekauft wurden und seit Anfang der siebziger Jahre in den Ghettos von Belfast und Derry den öffentlichen Nahverkehr ersetzten, nachdem die Busse und Taxen der staatlichen Gesellschaft während der Auseinandersetzungen zwischen Sicherheitskräften und Bewohnern der Problemviertel immer wieder als brennende Barrikaden benutzt wurden. Die Black Taxis waren oftmals die einzige Arbeitsmöglichkeit für ehemalige Häftlinge. Die argwöhnische betrachtete und oft bekämpfte Konkurrenz zum öffentlichen Nahverkehr wurde in den Neunziger Jahren teilweise rechtlich anerkannt. Dies galt zum Beispiel für die West Belfast Taxi Association, die im September 1995 legalisiert wurde. Übrigens betreiben auch die Protestanten in West Belfast eigene Black Taxis. Bis zum heutigen Tage gibt es in der Innenstadt zwei unterschiedliche Standorte dieser Taxen, einen republikanischen und einen loyalistischen.

Divis Street: in den 60er Jahren berühmt und berüchtigt für einige der härtesten Straßenschlachten in der Geschichte der Troubles. Am Ende der Straße steht noch heute der sogenannte Divis Tower, dessen Dach der britischen Armee als Beobachtungsstation dient.

Falls Road: eine der Hauptverkehrsadern der nordirischen Hauptstadt, die West Belfast in südwest-nordöstlicher Richtung durchzieht. Das am unteren Ende in Richtung Innenstadt gelegene ärmste katholische Viertel Lower Falls mit Divis und Clonard grenzt im Norden an das protestantische Shankill-Viertel. Beide Viertel trennt die sogenannte Peace Line, eine bis zu 6 Meter hohe Mauer, welche die Bewohner beider Stadtteile voreinander schützen soll. Die Peace Line verläuft teilweise durch Gärten und zwischen Grundstücken und erinnert den deutschen Betrachter häufig an die Berliner Mauer, auch wenn diese mit einer völlig anderen Intention erbaut worden ist.

Fenier: in Nordirland gebräuchliches Schimpfwort für einen Republikaner. Der Begriff geht auf die Fenier Bewegung des 19. Jahrhundert zurück, die als Geheimbund im Jahre 1867einen Aufstand initiierte, dem allerdings kein Erfolg beschieden war. Anschließend wurde die Bewegung von den Briten zerschlagen.

Four Green Fields: ein sehr populärer republikanischer Song, in dem es um die Befreiung der Provinz Ulster geht. Traditionell bezeichnen die Iren ihre vier Provinzen Munster, Leinster, Connacht und Ulster als grüne Felder.

Gräberfeld: ein Areal des Milltown Cemetery, der sich zwischen Falls Road und der M 1 in West Belfast befindet. Auf dem republican plot werden traditionell die Mitglieder der Belfaster IRA und der INLA begraben. Dort befindet sich unter anderem auch die Grabstelle von Bobby Sands, der bei einem Hungerstreik für verbesserte Haftbedingungen im Hochsicherheitsgefängnis Long Kesh starb. An der Beerdigung im Jahre 1980 nahmen rund 100.000 Menschen teil.

Grafschaften: die Insel Irland besteht insgesamt aus 32 Grafschaften, wobei 6 dieser Verwaltungsbezirke zu Nordirland gehören.

H-Blocks: die Bezeichnung leitet sich von der dem Buchstaben H nachempfundenen Bauweise der Zellentrakte im Hochsicherheitsgefängnis Maze (Long Kesh) ab. In diesem Gefängnis in der nordöstlichen Grafschaft Antrim wurden bis zu seiner Schließung politische Gefangene festgehalten. Während der 70er Jahre glich dieser Ort mehr einem Internierungslager denn einem Gefängnis. Nach Ansicht von amnesty international kam es dort zu schwersten Menschenrechtsverletzungen, die zum überwiegenden Teil niemals aufgeklärt worden sind.

IRA: die Irish Republican Army wurde 1917 als Guerrillaarmee gegründet. In den Jahren 1919 bis 1921 führte sie den Unabhängigkeitskrieg gegen die britische Armee. 1922 erfolgte die Spaltung in zwei Fraktionen. Ein Teil akzeptierte den Friedensvertrag sowie die damit verbundene irische Teilung und wurde zur regulären Armee des irischen Freistaates. Der andere Teil lehnte die Abspaltung der Provinz Ulster strikt ab und wollte weiter für eine gesamtirische Republik kämpfen. Diese Gegner des Friedensvertrages behielten den Namen IRA (gälisch: Oglaigh na h´Eireann) bei. Nach ihrer Niederlage im Bürgerkrieg versteckte die IRA die Waffen in Depots, deren Lage nur die sogenannten Waffenmeister kannten. In den Jahren 1939 bis 1940 führten die Mitglieder der IRA eine Bombenkampagne in England durch. Anschließend waren sie im Zeitraum von 1942 bis 1944 und von 1956 bis 1962 in Nordirland aktiv. Ende der sechziger Jahre engagierten sich viele IRA-Mitglieder in der Bürgerrechtsbewegung und versuchten erstmals den politischen Weg zu gehen. Die massiven und gewalttätigen Attacken der Loyalisten sowie der britischen Armee führte gegen Ende des Jahres 1969 zu einer erneuten Spaltung der IRA. Während die Official IRA weiter den politischen Weg verfolgte und im Jahre 1972 einen Waffenstillstand ausrief, war die Provisional IRA fest davon überzeugt, dass der nordirische Staat zerschlagen und sich die britische Besatzungsmacht aus Irland zurückziehen müsse. Nach dem Ende der Officials nannte sich die Provisional IRA kurzerhand wieder IRA. Allerdings kam es 1986 zu einer erneuten Spaltung, die Continuity IRA entstand.1997 verließ mit der Real IRA eine weitere Gruppe die Organisation. Die Real IRA verlegte ihr Operationsgebiet in die südlichen Regionen Nordirlands, in denen der Rückhalt für den bewaffneten Kampf traditionell besonders groß ist. Ab dem Jahre 1970 führte die IRA einen bemerkenswert effektiven Guerrillakrieg gegen die britische Armee, die RUC und die Territorialstreitkräfte. Die IRA konnte dabei in der Regel auf gerade einmal 300 bis 600 Volunteers (Freiwillige) zurückgreifen, die einen eher symbolischen Sold von ein paar Pfund in der Woche erhielten. Die überwiegende Zahl der Volunteers schied nach einigen Jahren wieder aus der Organisation aus, waren aber weiter zur Geheimhaltung verpflichtet. Mit ihrem in vielen Fällen viel zu hartem und fragwürdigem Vorgehen was die Nordirlandpolitik betraf, sorgte die britische Regierung dafür, dass die IRA nur selten Probleme bei der Rekrutierung neuer Freiwilliger hatte.

Lagan: Fluss durch Belfast, der hier auch ins Meer mündet.

RUC: die Royal Ulster Constabulary ist eine zu über 90% aus Protestanten bestehende Polizeitruppe, die paramilitärisch geführt wird. Mitte der siebziger Jahre war sie zuständig für die Aufstandsbekämpfung in Nordirland. Die RUC wurde wegen ihrer Foltermethoden vielfach kritisiert. Die Zusammenarbeit dieser Polizeitruppe mit loyalistischen Killerkommandos ist mittlerweile vollständig nachgewiesen worden. Die Umstrukturierung und Reformation der RUC steht derzeit im Mittelpunkt der politischen Debatte, ohne das es bislang zu wesentlichen Ergebnissen gekommen ist.

Sean Nós: Traditionsmusik des gälischen Irlands. Dabei handelt es sich um einen schwermütigen Sologesang ohne Instrumentenbegleitung, der meist von einer klaren Frauenstimme vorgetragen wird. Die Lieder handeln ausschließlich von Liebe, Tod und Heldentum.

Shankill: von Protestanten und Loyalisten bewohntes Arbeiterviertel in West Belfast. Der nördlich der Lower Falls gelegene Stadtteil ist vom katholisch-nationalistischen Falls-Gebiet durch die schon oben erwähnte Peace Line getrennt. Shankill gilt als die Hochburg der loyalistischen Paramilitärs. Das Viertel war am 14. August 1969 der Ausgangspunkt der sogenannten Troubles. Dieses ärmste Ghetto der Protestanten wird von den Medien, anders als die katholischen Viertel kaum beachtet.

Sinn Féin: (deutsch: „Wir selbst") wurde 1907 von Arthur Griffith gegründet. Sie gilt als die größte politische Partei der republikanischen Bewegung. Während des Unabhängigkeitskrieges stellte die Sinn Féin die meisten Abgeordneten im Dáil (das irische Parlament). Nach der Abspaltung von Fine Gael und Fianna Fáil wurde die Sinn Féin ein unbedeutendes Anhängsel der IRA. In der Republik Irland etwa ab dem Jahre 1957 zur Bedeutungslosigkeit herabgesunken. Ab dem Jahre 1970 konzentrierte sich die Partei wieder auf ihre politische Vergangenheit und nahm in der Folge auch wieder an Wahlen teil. Seitdem wächst ihr Stimmenanteil in der nationalistischen Bevölkerung stetig an. Im Norden gilt die Sinn Féin noch immer als der politische Flügel der IRA. Sinn Féin ist die einzige gesamtirische Partei und kann seit 1997 auch im Süden wieder auf Wahlerfolge verweisen.

Taig: unter loyalistischen Paramilitärs übliches Schimpfwort für einen Katholiken.

UDA: die Ulster Defense Association ist die größte paramilitärische Organisation der Loyalisten. Die UDA ging 1971 aus einem Zusammenschluss lokaler Selbstverteidigungsgruppen hervor. Schätzungen gehen davon aus, dass die Organisation in manchen Jahren auf bis zu 50.000 Mitglieder zurückgreifen konnte. Die Todesschwadrone der UDA ermordeten in den Anfangsjahren der Organisation wahllos katholische Zivilpersonen unter dem Decknamen UFF. Erst später gingen sie unter der Anleitung des britischen Geheimdienstes zielgerichteter gegen unliebsame Republikaner vor. Ein offizielles Verbot der UDA erfolgte trotzdem erst im Jahre 1992. Bis zu diesem Zeitpunkt hatten die Kommandos dieser Paramilitärs 408 Menschen getötet.

UVF: die Ulster Volunteer Force war die zweitgrößte paramilitärische Organisation der nordirischen Loyalisten. Ursprünglich kämpfte die 1912 gegründete Privatarmee gegen die Einführung der sogenannten Home Rule, die damals diskutierte begrenzte Selbständigkeit Nordirlands. Die Mitglieder der UVF traten nach Beginn des Ersten Weltkriegs geschlossen in die britische Armee ein. Später ging die Organisation in der nordirischen Polizei, der RUC, auf. Die „neue“ UVF wurde im Jahre 1966 gegründet und tötete noch im Sommer desselben Jahres drei Menschen, was zu ihrem Verbot führte. Während der Troubles töteten Killerkommandos der UVF insgesamt 547 Menschen. Die politische

Führung der UVF gehört zu den entschiedensten Befürwortern des Karfreitagsabkommens.

Volunteer: (deutsch: Freiwilliger). Ironischerweise sind alle Beteiligten am Nordirlandkonflikt Freiwillige. Weder die paramilitärischen Truppen beider Seiten noch die reguläre britische Armee greifen auf Wehrpflichtige zurück. Der National Service wurde nach dem Zweiten Weltkrieg in Großbritannien wieder abgeschafft.

Im Blaulicht-Verlag erschienen:

Dominik Bartels
Bruderkuss
Roman

ISBN 978-3-9415-5200-5

Nach mehr als zehn Jahren kehrt Paolo Wagner in seine Geburtsstadt Bad Langensalza zurück. Es ist auch die Rückkehr an den Ort eines schrecklichen Verbrechens. Wenige Monate vor dem Mauerfall wird seine damals 18-jährige Schwester Katrin an der innerdeutschen Grenze erschossen aufgefunden.

Niemand kann sich erklären, unter welchen Umständen das Mädchen in die streng bewachte Zone gelangt war. Keiner glaubt ernsthaft daran, dass Katrin die DDR verlassen wollte. Doch das Ministerium für Staatssicherheit brandmarkt die junge Frau als Republikflüchtling, verhaftet den Vater wegen angeblicher Mitwisserschaft und setzt die gesamte Familie mit perfidesten Methoden unter einen enormen psychischen Druck. Als die Strategie des Geheimdienstes schließlich aufgeht, interessiert sich zunächst niemand mehr für die offensichtlichen Ungereimtheiten des Todesfalls.

Paolos Suche nach der Wahrheit beginnt mit einer mysteriösen Begegnung …